아름다운 유혹의 시절

한스 카로사 지음 / 홍경호 옮김

 범우

차 례

▨ 이 책을 읽는 분에게 · 5
뮌헨 도착 · 11
학부學府의 여러 교수들 · 39
우리들의 프로메티우스 · 52
만 남 · 73
보 학譜學 · 86
프랑스의 그늘 아래서 · 100
시인의 밤 · 114
세후라 춤 · 126
고뇌의 세계 · 136
로이젤 행 · 160
구술시험 · 188
방 학 · 197
도보여행 · 211

☐ 작품 해설 · 285
☐ 연 보 · 291

▨ 이 책을 읽는 분에게

여기에 소개하는 《아름다운 유혹의 시절(Das Jahr der Schönen Täuschungen)》은 한스 카로사(Hans Carossa, 1878~1956)의 자전적인 작품이다.

작가 한스 카로사는 부친의 가업을 이어 일생을 의사醫師로서 인간의 육체적 질병을 퇴치하기 위해 싸우면서도 불멸의 명작을 써서 인류의 정신적인 질환을 치유해 온 사람이다.

괴테가 남긴 유산의 가장 정통적인 계승자라고 할 수 있는 이 작가는 1878년 12월 15일에 의사의 아들로서 남부 독일의 소도시 튈츠에서 태어났다. 뮌헨 대학과 라이프치히와 부르츠부르크 대학에서 의학을 연구하고, 25세의 젊은 나이로 파사우에서 개업을 했다. 그는 1차 세계대전을 통해서는 군의관으로서 전쟁에 참여하여 고통받는 많은 젊은이들에게 직접 인술의 손을 뻗쳐 주었고, 작가로서는 괴테문학상을 받을 정도로 성공을 거두기도 했다.

그는 의사였기에 인간의 삶과 죽음에 대해 보다 깊게 알았으며, 그의 심정은 언제나 내적인 평온과 인간애로 가득 차 있었다. 그는 일찍부터 광포狂暴를 사랑으로 변형시키려 노력했고, 인생의 비밀을 탐구하려는데 일생을 바쳤는데 그러한 그의 노력은 심리적인 자기표현이란 의미로서가 아니라, 인생의 법칙과 리듬을 체험한 데서 우러나온 표현의 세계였다. 내밀內密과 성장과 인간 세계의 밝음으로 그의 일생이 충만되어 있었던 것처럼 그는 자신의 그런 삶을 통해 보다 밝은 빛을 타인의 노정에다 던져주려고 애썼다. 대부분 자기의 과거를 솔직담백하게 그려냈던 그의 문학세계는 독자들로 하여금 스스로의 내면세계와 과거를 돌아다 보도록 하며 인생이란 결코 부정만 할 것이 아니라는 긍정적인 신념을 갖게 해준다.

29세가 되던 1907년에 그는 첫 시집을 간행했으며, 32세였던 1910년에는 최초의 본격적인 작품이라 할 수 있는 《뷔르거 박사의 임종》을 간행했다. 이 작품은 일기체의 소설로서 의사와 시인이란 심리적인 갈등과 생활의 모순 속에서 작가 자신이 겪었던 초년기의 체험을 그린 것이다. 그 후 1924년에는 1차 세계대전에서 얻었던 전선의 체험을 토대로 《루마니아 일기》를 간행했으며, 그보다 2년 전에는 그의 삼부작이라 할 수 있는 《유년시절》, 《젊은이의 변모》, 《아름다운 유혹의 시절》 등 세 작품 가운데서 그 첫 작품이 되는 《유년시절》을 출판했다. 이 세 작품들은 모두가 자신의 지나간 생애를 그대로 그린 일종의 고백적 수기라고도 할 수 있다. 《유년시절》은 일생을 결정짓는 유년기가 갖는 그 신비한 세계를 그렸으며, 《젊은이의 변모》는 한 고등학교 학생이 꿈과 격정의 고교시절을 거쳐 청년이 되고 의사가 되며 마침내는 시인이 되는 과정을 애정 어린 필치로 담고 있다.

이 세 작품 중에서 가장 결정판이라 할 수 있는 본 작품인, 《아름다운 유혹의 시절》은 그가 고향을 떠나 수줍고 순박스러운 젊은이로서 대도시 뮌헨에 도착해서 의학을 공부하는 날로부터 시작해서 그 시절 그와 스쳐 지나간 여러 여인들과의 사랑과 좌절을 그렸으며, 고명한 여러 교수들과 그들의 강의에서 얻는 새롭고 외경에 찬

학문의 세계, 그리고 그가 밤을 새워 읽었던 고전과 당대의 명저와 시인들의 사상, 거기서 얻은 정신적인 자양분이 이 젊은이의 영혼에 투영되어 마침내는 질서와 사랑이 평형을 이루는 좌표를 구해내게 되는 과정을 차원 높은 관조자의 입장으로 보여 주고 있다. 여기에는 괴테적인 고전의 세계가 있고 데멜이 그려 보였던 격정의 소용돌이가 있으며 엄밀 냉철한 자연과학의 법칙이 담겨 있다.

해부학 교실에서 처음으로 접하게 된 여인의 시체에 전율하면서도 이 꿈많은 의학도는 변색된 여인의 시체에서 사랑의 신비와 생명의 의미를 찾아낸다. 아무리 애써도 눈에 보이지 않던 화학방정식이 갖는 세계가 구체적인 모습으로 그의 눈앞에 전개되고 있다. 삼림에 은거하며 일상 속에서 시를 쓰는 여류 시인에게서 문학세계가 갖는 마력을 엿보게도 되며, 이렇게 끊임없이 변화되며 생성되어 가는 한 의학도의 내적인 발전과정을 읽으면서 젊은 독자들이라면 자연스럽게 자신의 내부에서 울려나오는 변화의 소리에 귀를 기울이게 될 것이다.

이런 작품 외에도 한스 카로사는 수많은 걸작들을 남겼다. 인간관계에 있어서의 신비성이나 자연에 대한 외경, 인간의 생명과 애정을 괴테적인 고전적인 필치로 그린 《성년의 비밀》이 있는가 하면 1차 세계대전 이후로 폐허가 된 독일 땅에서 새로운 생명의 삶과 숨결을 찾아보려고 했던 《의사 기온》이 모두 그런 대작들이다.

뿐만 아니라 이 작가는 여러 권의 수필집과 시집도 낸 바 있는데 그 중에 《지도와 순종》은 그가 사색생활에 있어서 여러 면으로 영향을 받았던 사람들에 대한 회상을 엮은 수필집이다. 거기에는 릴케, 게오르규, 데멜 같은 당대의 위대한 시인들이 등장하기도 하고, 진찰실에서 만났던 수많은 사람들의 인상이 수록되었다. 이 수필집은 독일문학에서 가장 높이 평가되는 수필집 중의 하나다. 2차 세계대전 후에는 대작에는 별로 손을 대지 않고 이런 류의 수필집을 계속 펴냈다. 《이탈리아 여행》, 《두 개의 세계》 등이 모두 이 부류에 넣을 책들이다.

거듭 얘기하지만, 카로사야말로 괴테의 전통을 가장 충실하게 지킨 작가다. 그는 가장 지성에 넘치는 작가이면서도 의식적으로 그것을 숨기고 하찮은 일상 속에서 세계가 지닌 영원한 법칙이나 신성神性을 찾아내고자 했다. 그의 작품세계는 동시대의 작가인 헤르만 헤세나 토마스 만과는 전혀 달랐다. 이런 작가들은 자연과 인간의 관계를 대립적으로 다루었지만, 카로사에게는 자연이란 언제나 생에 위안과 질서를 주는 대상으로 나타났던 것이다.

그가 그려 보인 아름다운 자연의 신비, 티 없이 순수한 젊은이의 미적 발전은 비뚤어진 젊음을 바로 세우고, 생에 대해 따뜻한 애정을 느끼게 한다. 이런 의미에서 그의 작품은 정신적인 불모로, 허약해져 가는 우리 젊은이들에게는 더할 수 없는 양식이 되리라 믿는다. 여기에 소개되는 이 작품이 젊은 독자들에게 많이 읽히어 아무쪼록 카로사의 작품세계를 이해하는 데 다소나마 도움이 되기를 바란다.

옮긴이 홍 경 호

아름다운 유혹의 시절

아름다운 충주의 시절

뮌헨 도착

    온 세상에 있는 사과나무가 한 그루 남김없이 말라죽고 별로 볼품도 없는 단 한 알의 네트종 씨앗밖에는 남지 않게 되었다고 한다면 사람들은 그것으로 어떻게 할 것인가. 그 한 알의 씨앗을 분해하고 현미경 검사를 해서 그 정밀한 기록을 후세에 전할 것인가, 그렇지 않으면 하늘에 운을 맡기고 새로운 나무로 자랄 가망은 희박하나마 그것을 땅에 심고 어떻게든 그 결과를 보기로 할 것인가? 우리들은 때때로 어떤 젊은이의 생활을 묘사하면서 그와 유사한 의문을 제기해 본다. 언제인가는 존재했으나 다시는 나타나지는 않을 그 생활을. 그런 유형의 인간은 지금은 거의 멸종되려고 하기 때문이다. 그러나 다행히도 예술가들은 정신계에서는 앞서의 두 가지 방법이 서로 결합될 수 있음을 우리들에게 증명해 보여줬다. 때문에 여기서도 그 방법을 따르고 싶으며, 또한 인간의 성장을 돕는 여러 가지 소재를 규명하고 싶다. 그러나 그보다는 차라리 살아 있는 모습 그대로를 친구들의 가슴 속에다 심어 그것이 싹트고 성장하는 것을 기다려 보는 게 더욱 좋을 듯싶다.
    나는 드디어 뮌헨시에서 장래 의사가 될 교육을 받게 되었으나 그 바이에른주의 주도主都에 대해 내가 그 때까지 알고 있었던 것은 고작 책이나 이야기를 통해서였을 뿐이었다. 그것도 특히 어머니가 들려준 이야기를 통해서였다. 그러나 뮌헨이라는 이름은 그 울림만으로도 나의 마음에다 색다른 느낌을 불러일으켜 주었다. 그 말 속에는 땅 속에 숨어 사는 무엇이 잠깐 밖으로 나왔다가 숨는 것 같은 느낌과 함께 잔 물결이 다가오는 음조가 깃들어 있었다. 그 배경에는 화환모양으로 장식이 된 뮌헨의 그림책에 나오는 여러 가지 장면이 혹은 화려하게 혹은 무서운 모습으로 나타나는 것이었다. 그런 그림에 붙어있는 운문조의 설명문을 나는 군데군데 외우기까지 했다.

어머니께서 어머니의 출생지인 뮌헨에 대해서 하나에서 열까지 칭찬하였던 이야기는 소년시절 나에게 묘한 인상을 심어 주었었다. 마치 그곳에는 행복하고 현명한 사람들만 살고 있어 그들에게는 아무리 어려운 일도 쉽게 척척 해결되리라는 그런 인상이었다. 카딩으로 우리들을 찾아오는 뮌헨의 백모나 사촌들은 언제나 제비꽃이나 은방울꽃의 은은한 향기에 싸여서 그 향기가 나의 그런 공상을 더욱 부채질해 주었다. 실은 나는 그 냄새의 근원이 되는 작은 화장수병 같은 것을 눈으로 똑똑히 보았으면서도 그것이 그녀들의 타고난 피부에서 오는 것이라고 믿으려 하였다. 뮌헨 여성에게서는 언제나 좋은 냄새가 난다고 여겼었다.

그 밖에도 나의 뇌리에는 쑥 빠진 신사들의 모습이 남아 있었다. 그들은 우아한 부인들과 동행하여 개선문이나 수정궁 둘레를 산책하며 마주치는 사람들 한 사람 한 사람에게 정답게 답례를 해 주는 것이다. 또 신성한 분위기로 넘친 어둠침침한 성당 내부에 발을 들여 놓으면 다채로운 색유리가 끼인 창 사이로 등불이 타고 지하에 안치된 은빛 관 속에는 역대의 선제후選帝侯나 왕들이 국민들의 무한한 경애를 받고서 잠들어 있다. 고해대까지도 작은 예배당 정도의 크기로 어마어마하고, 사방에서 목각의 천사가 춤을 춘다. 그 속에 자리잡은 사제司祭들은 어떤 무서운 죄악이라도 용서하는 힘을 틀림없이 가지고 있으리라. 카딩의 스님으로서는 도저히 용서할 수가 없는 죄악이라도―. 그 위에 넓고 장엄한 성 안에는 백발노인 루이트볼트 폰 빗텔스바하가 형형한 눈으로 노려본다. 그 노인의 초상은 바이에른의 어느 학교나 음식점에도 걸려 있다. 어렸을 때는 훈장을 아로새긴 그의 푸른 군복과 폭넓은 오렌지색의 견대가 부러웠고, 성장한 후에는 누구나 그러하듯 나도 그분에게 전폭적인 신뢰감을 쏟았던 것이다. 익사한 왕(바이에른 왕 루트비히 2세를 가리킴. 1846년에 왕위에 올랐으며 특히 리하르트 바그너의 후원자로 알려지며 정신병으로 1886년에 익사했음)을 언제까지나 슬퍼하는 의심많은 바이에른 국민의 마음을 그 분은 한 발짝 한 발짝씩 그런 신뢰감으로 전환시켜 버렸다. 그는 '섭정'이라는 호칭 이상을 바라지 않았으며 자신을 버리고 왕위를 지키는 임무를 맡고 있다.(섭정 루이트볼트는 익사한 왕의 숙부로 왕이 익사하자 섭정이 되었고, 뒤에 왕제 오토 1세가 왕위에 오른 뒤에도 계속 섭정으로 국정에 임했음) 그리고 그 왕좌의 참다운 상속자는 회복될 가망도 없는 정신적인 어둠에 싸여서 넓은 뜰로 둘러싸인 하얀 건물 속에서 혼미한 나날을 보내고 있는 것이다. 정통의 왕위 상속자인 두 형제(루트비히 2세에 이어 왕위에 오른 오토 1세도 1827년에 정신장애를 일으킴)가 잇따라 광기에 빠지게 되었다는 사실은 독일의 모든 왕가의 앞날을 말하는 불길한 전조라고 보는 사람들의 수효를 불어나게 했다.

그러나 우리들 일가에게는 그런 불길한 예언에 대한 감각은 없었다. 우리들은 어쩐지 그런 슬픈 일을 일종의 집안의 불행 같은 것으로 느껴 그것에 대하여 이야기하기를 꺼렸다. 어머니만은 루트비히 왕의 기일에는 비단상복을 입고 교회를 찾는 것을 잊은 적이 없었다. 그러나 강대한 실행력과 신중한 배려로 세상의 흐름으로 하여금 평형을 지키도록 해 준 사람으로서 우리 집안 모두가 존경하던 분은 노老 비스마르크(1815~1898)였다. 그가 관직(비스마르크가 독일제국의 재상의 지위를 떠난 때는 1890년이었음)에서 떠난 후에도 그 마음에는 변함이 없었다. 엄격한 그의 이름은 종종 북풍처럼 세찬 기세로 무풍지대라고도 할 수 있는 잔잔한 저지低地 바이에른 주민의 귓전을 때렸다. 그리고 잔자분한 병환이 잦았던 과묵한 우리 부친도 이야기가 한 번 그 신제국의 건국 공신에 이르게 되면 다른 사람처럼 활기를 띠우는 것이었다. 비스마르크의 공적을 인정하는 점에서는 양친의 의견은 언제나 일치하였는데 여동생과 나는 진작부터 그것을 알고 있었다. 그러므로 때로 집안에 불온한 공기가 떠도는 기미만 있어도 우리들 두 사람은 무심한 척하면서도 미리 계획된 질문을 끌어 내어 이 노 재상의 일을 끌어 내었고 그것은 언제나 훌륭한 화해의 효과를 거두었다.

원래 부친에게는 내가 괴테를 너무 읽는다는 것이 도리어 걱정이었다. 인간은 정신만으로 이뤄져도 못 쓴다는 것이 부친의 의견이었다. 그러므로 자유전쟁의 역사나 나아가서는 《의학평론》을 읽는 것이 부친의 눈에 띠면 부친은 걱정스러워했다. 부친은 그 잡지에다 자신이 필로가르핀(의사였던 카로사의 부친이 항상 절대적인 자신을 갖고 썼던 결핵약의 이름임)으로 완치한 최신의 임상실험 보고를 발표하곤 했었다. 환자에 대한 부친의 치료방법은 참으로 적합한 것이었으나 부친이 비스마르크를 존경하는 점은 그 강렬한 성격보다는 복잡한 국제관계를 조종하는 변화불측하는, 모든 힘에 잘 대처해 나가는 그 대가의 예지였다. 비스마르크가 바이에른의 특수한 권리를 인정한 점, 보불전쟁普佛戰爭이 끝나자 지난날의 적의 감정을 누그러뜨리는 데 다대한 힘을 다한 일, 이런 것들을 부친은 높이 평가했다. 오히려 이 정책에 있어서는 온화하고 은둔적인 시골 의사 쪽이 일대의 대정치가를 훨씬 능가하고 있었다. 누구도 자기의 의견에 찬성하지 않을 줄을 뻔히 알면서도 부친은 정치담만 나오면 반드시 주장하는 지론이 있었는데, 그것은 독일인은 프랑스인과 동맹해야 한다, 그것이 바로 세계의 구원이다 하는 것이었다. 국가간의 대표자들 사이의 교환이 개인들 사이의 그것과 똑같게 이루어지는 것이 어째서 불가능한가, 왜 국제간의 교섭에서는 상대에게 마음에서 우러나오는 우의를 가지고 손을 내미는 것이 바보스런 일, 손해보는 일로 간주되는가, 아무리 해도 부친에게는 그것이 이해되지 않았던 것이다. 쉬는 날 같은 때는 이런 말도 하셨다. 우리들 바이에른인은 요즈음은 프러시아인과 대단히 잘 화합하지 않는가, 그러니 라인 강의 건너편 이웃(프랑스인을 일컬음)과 친구로서 교제하는 것도 그리 어려울 것이 없지 않은가, 아버지의 그런 정견은 카딩 시민들이 목요일 밤에 화합하는 술집, 목각상을 간판으로 내건 레알관에서 언제나 비웃음의 대상이 되었다. 오늘날도 역시 부친의 이러한 논법은 이해하기 어려우리라. 뮌헨 사람들의 집에 가끔 '셋방 있음. 프러시아인의 신청에도 응함'이라고 일부러 우호적인 구절을 써서 곁들인 팻말이 걸려 있었던 시대는 우리들 중의 최연장자일지라도 그렇게 쉽게 생각해 내지는 못한다.

  모친은 여러 가지로 애쓴 끝에 짙은 갈색 비로드 같은 후리겐난〔蘭〕을 뜰에 꽃피게 할 수가 있었는데, 우리 고장에서는 꽃이 피지 않는다고 알려진 것이었다. 어머니는 성령강림제에 그것을 처음으로 공개해서 부친을 깜짝 놀라게 했다. 부친은 즉시 그 진기한 꽃 중에서 가장 아름다운 것을 골라서 프리드리히스루에 은거하고 있는 노 공작에게로 보내자는 생각을 해내셨다. 구근도 함께 파내어 조심스럽게 짐을 꾸렸으며 부친은 밤늦게 짧은 사연이나마 한 통의 편지를 써서 거기에다 동봉했다.

언제나 그렇듯 부친이 어떤 중대한 일에 몰두하고 있는 것을 보면 나의 마음 속에는 자신의 중대사가 이중으로 강하게 눈떴다. 나는 나의 조그만 방으로 들어가서 굉장히 긴 한 편의 장시를 깨끗하게 정리하였는데, 오래 전부터 공책에 적어 두었던 원고였다. 어느 한낮에 숙제를 할 때 쓴 것으로 〈밤의 사념〉이라는 우울한 표제가 붙여져 있었다. 항상 미지의 것을 추구하면서도 친숙해진 것에서도 떨어질 수 없는 청년의 동경과 불안이 거기에 표현되어 있었다. 나보다 연하의 학생으로 이미 훌륭한 시를 쓰던 프리츠 카푸만은 벌써부터 내게 나의 작품을 베를린의 오토 폰 라이크스네르에게로 보내라고 충동거렸다. 라이크스네르의 비평안에 대해 그는 절대적인 신뢰를 갖고 있었기 때문이다. 나는 그 충고에 따르려고 결심하였다. 부친도 아들도 서로의 편지를 보이지는 않았다. 이리하여 다음날 아침에는 두 개의 발송물은 준비가 다 갖추어졌으며, 여동생 슈테파니는 소포를 우편국에 갖고 가는 역할을 지원하였다. 나는 나의 이중의 편지를 주머니에 몰래 넣고 그녀를 동행하였다. 소포의 수신인을 보고 우체국 직원이 허! 하고 눈을 휘둥그레 뜨는 것이 즐거웠으나 우리들은 아무렇지도 않은 듯 태연을 가장하였다. 비스마르크가와의 통신쯤은 우리 집으로서는 보통의 일이라는 것처럼.

수 주일이 지났다. 학교는 방학이 되었고 정원에 핀 봄의 최후를 장식하는 갖가지의 꽃도 시기가 끝났다. 그러한 어느 아침의 일이었다. 부친은 한밤중의 왕진에서 귀가했는데 집에서도 벌써 환자들이 부친을 기다리고 있었다. 앉지도 못하고 거실에서 아침 식사를 하면서 부친은 어떤 우편물이 와 있는가 물었다. "아무것도 없는 것 같았어요. 인쇄물 두세 가지와 프리드리히스루에서 온 편지가 하나예요." 모친은 아무 일도 아니라는 듯 대범한 투로 대답하려 했으나 그 연극은 별로 신통치가 못했다. 그 날은 우리들에게는 더할 수 없는 기쁜 날이 되었다. 비스마르크의 은근한 회답은 꽃에 대한 것이라기보다도 거기에 동봉했던 부친의 편지에 대한 것이었다. 그것은 밤샘으로 피로한 부친을 일순에 청년처럼 젊게 해주었다. 부친이 문장紋章이 박힌 그 서간지를 이리보고 저리보고 하던 모습은 지금도 나의 기억에 생생하게 남아 있다. 이전에 어느 환자의 유물로서 보내온 운철隕鐵을 돌려가며 바라보던 모습과 너무나 똑같았다. 많은 사람들을 병으로부터 구하였으나 그 결과 지금에는 자기 자신이 자꾸만 피로해져서 흥분제의 도움을 빌지 않으면 안 되게 된 부친. 부친은 그 위대한 동시대인으로부터 보내진 향기로 그 후에도 오래 원기와 기쁨을 얻었던 것이다. 거기에 부친은 이미 환자에 바치려는 힘을 저축하기 위하여 가족과의 자리를 함께 하는 것을 피하기 일쑤였다. 그러므로 부친을 전적으로 우리들의 것으로 하기 위해서는 우리들은 무엇인가 열이 나거나 적어도 기관지 카다르 정도는 앓아야만 되었다. 그러면 부친은 즉시 넘칠 듯한 사랑을 우리들에게 맛보게 해 주셨다. 이처럼 일에 열심이어서 재산도 꽤 비축했겠지만 그런 타이프의 인간에게는 그러한 재능은 없었다. 이런 종류의 사람은 자기의 집을 드나들 때도 다른 생각으로 방심하기가 일쑤이니 가난한 사람이 누군가가 '여기에 착한 의사가 있다'라고 다른 가난한 사람들에게 알리려고 때로는 문기둥에 백묵으로써 놓은 암호를 지워버릴 재치가 있을 턱이 없다.

아들에게도 똑같이 그 반향反響이 베풀어졌다. 〈밤의 사념〉이 베를린에서 호의로써 받아들여졌던 것이다. 답장서에 보여준 고무적인 칭찬의 말은 훈계로 옮아갔는데, 그 훈계도 예술상의 그것이라기보다는 오히려 도덕적 태도에 관한 것이었으므로 나의 사존심에 꼭 들어맞지는 않았다. 그래서 나는 그 부분만은 다른 구절만큼 그렇게 되풀이하여 읽지는 않았다. "옛 사람들을 당신의 가슴에서 떼어 버리지 않기를." 오토 폰 라이크스네르는 그 편지의 마지막에다 그렇게 썼다. "그러나 그들이 그들의 시대를 보았던 내적인 눈으로 당신의 시대를 보는 것이 중요합니다. 당신의 내부를 깊이 파고들어서 당신의 존재의 핵심을 탐구하십시오. 그러나 절대로 성급하게 굴어서는 안 되며 새롭다고 해서 그것을 해결로 보지 않도록 하십시오. 동경에 넘친 당신의 청춘을 마음껏 즐기되 관능적인 생활에 대한 욕구를 제어하는 것을 배우십시오. 나의 말에 귀를 기울여 주십시오. 당신이 당신 자신의 내부에서 계획하는 하나하나의 불꽃의 힘이 당신의 찬성의 근원을 기르게 되는 것입니다. 나는 결코 금욕을 설교하는 것은 아닙니다. 그러나 당신은 가능한 한 마음의 순결을 지키지 않으면 안 됩니다. 그리고 우리들을 구하는 예술은 여성적인 예술이어서는 안 됩니다. 남성적인 힘에 넘친 정결한 예술에 '미래'는 소속되어 있습니다."

1890년대의 베를린에서 생활하던 저명인사 라이크스네르로서는 확실히 그러한 경고와 부탁을 할만한 이유를 가지고 있었겠으나, 괴테의 제자로 자처하는 젊은이에게 여성은 아직도 하나의 신비였다. 여성은 그의 마음에다 혹은 공포를 혹은 신뢰의 마음을 불러일으켰다. 어느 쪽이든 그는 절대로 여성이라는 것을 의혹의 눈으로 보고 싶지는 않았다. 정결을 찬미하는 이야기는 철이 들고부터 지금껏 설교단이나 교단에서 싫도록 들어 왔으므로 독일제국의 수도로부터는 좀더 다른 말을 기대했었다. 그렇다고 해서 그것이 어떤 말이어야 한다는 것은 그 자신도 확실하지는 않았다. 그러나 어떻든 라이크스네르는 진리에의 길은 죄라는 것을 경유한다는 점은 인정했다. 그 한 마디는 그에게 느슨함을 주었으며 그는 그것을 일종의 '비상금'

으로서 기억 속에 예입해 두려고 생각하였다. 요컨대 그는 그 먼 곳에서 온 현인賢人의 편지에서 자기 마음에 맞는 것만을 되풀이해서 읽었으며, 그 편지를 부적처럼 언제나 지니고 다녔다.

  대학에 입학하기 전 나는 가톨릭을 믿는 조용한 내 고향에서 시대정신을 예감케 하는 어떤 장면을 목격하게 되었다. 그것은 결국 또 시류를 따르지 않는 사람들의 숨은 승리를 예감시키는 것이었다. 카딩에서 바이에른 삼림森林 쪽을 향하여 두 시간쯤 떨어진 곳에 필거스 도루푸라는 고장이 있었고, 그곳 의사는 몇 년 전부터 주임사제와 교전상태交戰狀態에 있었다. 사제는 처음에는 의사에게 몇 번인가 은밀한 충고를 했을 뿐이었으나 그것이 헛수고가 되자, 이번에는 설교단에서 공공연하게 경고를 하게끔 되었다. 그 의사는 남편을 버린 어떤 부인과 민법상의 수속만 끝내고 결혼 생활을 하고 있었는데, 그것이 교회의 손을 거치지 않았다는 이유 때문이었다. 그러나 얼굴 전체가 수염으로 뒤덮인 거대한 지신地神과 같은 의사는 그러한 경고를 받아들이지 않았다. 그의 회답은 즉시 행동으로 나타났다. 그는 엄숙히 가족의 교회 이탈을 선언하였고, 그 후로도 여러 명의 자기 아이들을 종교 교육으로부터 멀리 하도록 조처하였던 것이다. 그리고 그의 장남이 병이 들어 절망상태에 빠졌을 때도 사제는 그에게 영적인 원조를 제의했으나 그런 것은 불필요하다고 냉랭하게 거절해 버렸다. 소년은 드디어 죽었다. 그러나 의사는 교회의 장례 같은 것을 바라지 않아 뮌헨으로부터 헤겔의 제자인 자유사상가를 한 사람 불렀다. 그로 하여금 장례식장에서 무엇인가 연설을 하도록 하기 위해서였다. 그런데 학생시절부터 동료였던 그 마을의 의사는 나의 아버지에게도 아들의 부고를 보내왔으므로 아버지로서는 그 장례식에 얼굴을 내민다는 것은 당연한 의리였다. 모친은 집에 남고 부친은 나를 데리고 떠났는데, 우리들은 집의 사륜마차를 타고 조금 늦게 거기에 도착했다. 장례행렬은 이미 집을 나간 뒤였으므로 한 떼의 경관이 란다우로부터 파견되어 묘지로 가는 길을 경비했다. 방해하는 자들을 막기 위함이었다. 그러나 소동을 일으키려고 생각한 사람은 한 사람도 없었다. 그 고장 사람들은 무뚝뚝하고 화를 잘 내지만 능력에 있어서는 틀림없는 자기들의 의사에 대하여 적지 않은 호의를 갖고 있어서 호전적인 사제의 편만을 드는 것은 아니었다. 그런 이유로 보통 장례식처럼 관 뒤에는 많은 사람이 따랐으며 시골 악대는 절도 있게 조가를 불어 댔다. 나는 뮌헨에서 온 이교異敎의 변론자를 보고 싶다는 호기심으로 불탔다. 나는 천제天帝에 반역한 천사처럼 악마 같은 미로 빛나는 사람을 상상했었는데, 악마는커녕 그 사람은 당일로서 환멸만을 사게 되어 버렸다. 그 사람의 긴 곱슬머리는 이미 희끗거렸으며 흐릿한 안경 너머로 음침한 눈은 겁에 질린 듯이 조심스러웠다. 그것쯤은 그래도 괜찮다고 해도 딱하게도 그 혁신론자는 병자였다. 뒤에 부친이 나에게 설명해 준 바에 의하면 그는 척추병 환자였다. 말을 하지 않을 때는 탈이 없었으나 드디어 그가 점점 소리를 높이자 자신의 감동이 양쪽 무릎으로 이동되어 무릎이 떨리기 시작하는 것이었다. 열심히 이야기하면 할수록 그 떨림은 더욱 심해져 양쪽 어깨와 양쪽 팔이 서로 맞장구를 치기 시작하였다. 이것이 얼마나 사람들을 당황하게 하였는가를 바라볼 틈도 없이 우리들은 당자인 그 사람에 대하여 조마조마하지 않을 수가 없었다. 그는 묘혈에 너무 가까이 서 있어서 떨어질 수도 있는 노릇이었다. 필거스도루푸 사람들은 놀람과 연민의 마음이 뒤범벅이 되어 이 수난의 인물을 바라보고만 있었는데, 그 모습은 역시 예부터 내려오는 신앙에 충실한 편이 좋다는 것을 모두에게 뼈아프게 가르치고 있는 것 같았다. 또 누구나가 내심으로 남몰래 이 사람과 거기에 없는 사제를 비교하여 생각해 보고 싶기도 했다. 사제에게는 틀림없이 신의 은총이 내려져 있다. 용모에는 진취적인 기상이 나타나며 수족에는 떨림이 없다. 사제는 한여름 돌연한 소나기가 올 때는 스스로 밭에 나타나서 원기 왕성하게 힘껏 보리단을 짐수레에 던져 싣는 사람이었다.

그것은 그렇다하고 일동은 멀리서 온 그 사람의 말에 남몰래 귀를 기울였다. 그가 회색빛의 조그마한 책을 열고 몇 구절의 운문을 읽자 사람들은 십자가가 박혀있는 각자의 기도서를 단정히 들었다. 그가 읽는 구절에는 나쁜 것은 하나도 들어있지 않다는 게 들어났기에 무언가 악마와 같은 것을 기대하고 있던 사람은 그만큼 손해였다. 거기에서 말한 것은 전일죤ㅡ, 지고의 실제, 세계의 영혼, 신비하고 영원한 예지계에로의 새로운 전환 따위로서 요컨대 누구의 마음도 해치지 않는 온화한 구절뿐이었다.

묘지에서는 남녀가 갈라져서 정렬을 하고 있었는데, 나는 남자 쪽의 선두여서 비른징의 농장 주인의 젊은 처와 마주 서게 되었다. 그녀가 입은 검은 장옷은 너무나 넓어서 옆에 선 부인네들의 얼굴을 보이지 않게 했다. 그 부인은 친밀하면서도 조금은 짓궂은 듯한 표정으로 나의 아버지를 향해 미소를 지었는데, 나는 그 이유를 알고 있었다. 아버지에 대한 그녀의 그러한 흉허물 없는 친밀에는 그럴만한 이유가 있었다. 부친은 몇 해 동안에 저 괴상하게 꼬부라진 수술기의 도움을 빌려 그녀의 태내에서 다섯 아이들을 꺼내 이 세상 빛을 보게 해 주었던 것이다. 그리고 그 다섯 아이는 모두가 건강히 자라고 있다. 그러나 그녀는 이내 여자다운 조심스러운 모습으로 되돌아가 버렸다. 그리고는 생각에 잠긴 듯 예의 그 사람의 떠는 무릎에 눈길을 보낸다. "아아! 마리아님이시여! 자혜로운 마리아님, 예수님과 함께 계신 마리아님!" 그녀의 속삭임이 확실히 들려 왔다. 내가 서 있는 곳은 야트막한 울타리 곁이었는데, 하얀 교회와 사제의 백색집 사이에는 곡식을 거둬들인 밭이 내려다보였고 양 떼들이 잿빛 구름처럼 풀을 뜯으면서 차츰 저 쪽으로 옮겨간다. 그리고 멀리는 불바다처럼 빨갛다. 늦게 핀 양귀비 밭이었다. 산들은 카딩에서 보는 것보다는 훨씬 뚜렷한 형태를 하고 아지랑이 사이로 가까이 보였다. 그 쪽을 향해 양귀비 밭은 점점 푸른빛을 띠며 사라져 간다. 얼마나 마음이 따스해지는 전망인가. 아무리 고매한 사상일지라도 이런 풍경 속에서는 그 영향력을 잃어버린다. 그런 것은 인간에게 직관적인 미를 주는 일이 없기 때문이다. 농민들이 갖는 것과 같은 고집쟁이인 그 의사는 그런 일에는 무관심한 것 같아 그게 우리들에게는 이상하게까지 생각되었다. 위대한 어머니 대지와 신의 어머니 마리아와는 수천 년 동안을 이 고장에서는 하나가 되어 있는 것이다. 그리고 누구의 마음에나 지상의 모든 것에 자비를 주는 성모와 그 팔에 안겨져 위엄이 깃든 얼굴에 미소를 띠고 있는 이 세상의 기둥인 아기의 모습은 살아 있다. 온갖 빛깔을 아로새긴 푸른색 성모의 외투 속에 일체의 것이 그 존재의 장소를 갖고 있다. 숲과 밭, 채원이나 헛간에 집을 짓는 가련한 제비, 그 제비를 잡기 위하여 태어난 매, 그리고 모든 인간들이. 죽은 자나 살아 있는 자나 구별 없이.

 우리들은 그 외래의 설교자가 설교를 빨리 끝내주어 고맙게 생각했다. 식은 삼십분이 걸렸을까 말까하게 끝나고 마지막에는 한 사람씩 삽으로 흙을 세 번 퍼서 관에 뿌렸다. 그것은 보통 관습 그대로였다. 다만 성수반 대신에 가을꽃들을 넘칠 듯 담은 바구니가 준비된 점이 달랐을 뿐이다. 눈물로 눈이 충혈된 상주 부부는 아스터와 국화꽃을 골라서 죽은 아들의 묘에 던졌다. 이어 연고자들도 그렇게 했으며 부친과 나와 그 외의 두세 사람도 그렇게 했다. 그러나 시골 사람들은 습관대로 흙만을 뿌리고 꽃은 사양하였다. 그것이 끝나자 조객들은 차례차례로 의사부부에게 악수를 나눈다. 우리 부자는 의사의 집에서 대접을 받은 다음 카낫키 마을 쪽으로 해서 카딩의 우리 집으로 마차를 달렸다. 도중 우리들은 줄곧 생각에 잠겨 있었다. 부친은 오늘의 일에 대해서는 완강히 침묵을 지켰는데 단 한 번 아깝다는 듯, 그 젊은이에게 필로가르핀 치료를 게을리한 것은 분한 일이다. 늦기 전에 손을 썼더라면 오늘의 장례까지는 이르지 않았을 것이라고 말했을 뿐이었다.

1897년 10월에 나는 카딩의 집을 떠나 뮌헨으로 향했다. 이번에는 란츠후트(바이에른의 주읍. 카로사는 여기서 김나지움을 다녔음)를 뛰어 넘어서 앞으로 계속 나아가는 것이다. 프라이징시를 지나서 한 시간이 채 되기 전이었다. 어떤 어린이가 창 밖을 가리키며 손가락질을 했다. "성모 교회의 탑이다!" 그 쪽을 보는 나의 눈에 저 유명한 사원과 두 개의 둥근 천개天蓋가 보였고, 산 너머 불어오는 세찬 남풍으로 그 날은 멀리 보이는 콘덴서를 댄 듯 짙푸른 알프스가 아주 가깝게 보였다. 마치 산맥들이 도시 안으로 걸어 들어오는 느낌이었다.

드디어 열차는 요란스러운 소리와 함께 커다란 전당 내부로 들어섰다. 이리하여 나는 처음으로 머리 위로 거대한 궁형 모양의 금속과 유리로 된 어마어마한 지붕을 우러러 보았으며, 이제부터 지구를 한 바퀴 돌려는 궤도의 기점 앞에 선 것이다. 이런 건물이야말로 한눈에 볼 수가 있는 무한이며 시간을 뛰어넘는 초시간적 존재였다. 상복을 입은 어떤 부인이 나와 함께 기차를 내렸고 한 사람의 젊은이가 그 부인을 맞이했다. 두 사람은 서로 껴안고 울었다. 그것을 목격하자 나는 지금까지 이렇게도 강렬한 비탄과 애정이 사람의 얼굴에 나타난 것을 본 일이 없다는 생각이 들었다. 이지理智와 영혼의 기막힌 조화가 아니고 무엇인가. 엄밀하고 냉정한 오성이 정확을 뛰어넘은 계량에 의하여 대규모의 건물을 건축한 것이다. 이별의 장소이면서도 해후의 장소 이상으로 인간의 심정이 빛나는 곳은 별로 없다. 여기 이상으로 진심에서 우러나는 용서와 후회가 나오는 곳도 없으며, 짧은 생명의 신성한 가치가 몸에 배어서 느껴지는 곳도 없다. 두 줄의 선로 사이에서 겁도 없이 놀고 있는 두 마리의 짙은 갈색 비둘기를 나는 이상한 감정이 되어 잠시 바라보다가 역원에게 재촉을 받고 출구로 향했다.

역전 광장에서 나는 챙이 없는 빨간 모자를 쓴 어떤 대학생과 마주쳤다. 그는 지나가는 여승을 붙잡고 애원을 하는 중이었다. 맹물인 듯한 맥주를 너무 마신 것 같으나 여승에게 자신이 처한 곤경의 전말을 설명할 수 있을 만큼은 정신이 뚜렷했다. 자기는 친구를 만나 아침술을 상당히 마셨다. 그러나 그렇다고 해서 별로 수치스러운 결과로까지는 이르게 하지는 않았다. 다만 유감스러운 것은 손에서 빠져나간 산책용의 단장을 자기 스스로는 집을 수가 도저히 없게 되었다. 신께서도 바라보시는데 자기는 몇 번이나 그걸 시도해 보았으나 신체의 균형을 잃어서 도저히 어쩔 수가 없다. 때문에 여승께서 그리스도교적인 박애를 베풀어 단장을 집어 주신다면 평생을 두고 그 은혜를 잊지 않을 것이라고 애원하는 중이었다. 사슴뿔 손잡이가 달린 굵은 단장은 보기좋게 포석 위에 누워 있다. 나는 자진해서 그 대학생의 소원을 들어주고 싶었으나 내게 그럴 권리가 있을까 의심스러워 그 여승이 어떻게 하는가를 본 뒤에 마음을 결정하기로 했다. 여승은 처음에는 얼굴을 붉히고 뒤돌아 보지도 않고 지나갔으나 커다란 소리로 외치는 그 간청이 본심에서라고 느껴서인지, 갑자기 되돌아와서 단장을 주워 신체가 부자유하다는 그 학생에게 건네주는 것이었다. 학생의 얼굴도 쳐다보지 않고 여승은 눈을 내리깔고 급히 뒤로 사라져갔다. 과장된 감사의 말을 뒤로 받으면서.

어느덧 어그스트가(街) 삼십오 번지가 나타났다. 지금도 아직 높은 건물 사이에 끼어서 그 때와 똑같은 모습을 하고 있는 조그마한 이층집이다. 마리아가 아래층에 있는 그녀의 방에서 나를 기다려 주었다. 그녀는 40년 간이나 나의 외조부모를 섬겨 왔는데, 이제는 수입도 상당한데다 이자 수입도 있으며 또한 그런 대로 괜찮은 교실을 세로 빌려주는 형편이었다. 나는 지금까지 그녀의 이야기가 나올 때마다 그녀는 우리 집을 수호하는 천사라고 들어와서 내 마음 속에는 완전히 그 천사적 자태가 뿌리를 박고 있었다. 때문에 실제로 보는 그녀의 외모는 나의 상상과는 너무나 틀려 무척이나 놀라지 않을 수가 없었다. 그리하여 그 인상을 지우려고 마음 속에서 어떤 상을 연상하여 눈앞에 그려보지 않으면 안 되었다. 물론 아직까지 그녀의 그 커다란 검은 눈에서는 광채가 넘치지만 아쉽게도 그녀는 몸단장에 너무 무관심했다. 볼이나 턱이나 윗입술에는 수염투성이인데다 그것이 하얗게 새어 있었고 한 번도 깎은 일이 없는 것 같았다. 그녀는 내가 앞으로 기거할 커다란 거실로 나를 안내했는데, 나의 외조부모님이 쓰시던 방이었다. 그리고 그분들이 최후의 숨을 거두시던 방이었다.

한쪽 벽에는 외조부의 장년 시대의 초상이 걸려 있었다. 몸매는 아직 젊고 날씬했으며 늘어진 머리와 진지한 눈초리였고 조그마한 탁자에 실크 해트와 장갑이 놓여 있는 초상화였다. 나를 그 초상화 앞으로 데리고 갔을 때 노비(老婢: 늙은 계집종)의 눈에는 눈물이 글썽거렸다.

"영감마님이 루트비히 1세(앞에서 나왔던 루트비히 2세의 조부. 예술과 과학의 장려자였음)를 알현했을 때가 이런 모습이었어요. 알현실에 들어가시자마자 영감마님은 이 실크 해트를 떨어뜨리셨지요. 그렇지만 폐하의 눈에는 띄지가 않으셨대요." 그 군주의 이름은 나로 하여금 책에서 외운 어떤 사실을 생각나게 하였다. 그래서 왕은 외할아버님께 괴테에 대한 이야기를 하셨는가고 물어보았다. 이제까지 이 바이에른 왕이 바이마르의 노 시인(괴테를 일컬음)을 방문했던 저 고난스러웠던 여행기 이상으로 나를 기쁘게 한 글은 별로 없었기 때문이다. 그리고 나는 알현이라는 것이 무엇인가 담화 같은 것으로 생각했으므로 외조부가 왕을 알현하였을 때 저 유명한 바이마르 회견이 화제에 오른다는 것은 있을 수 있는 일이라고 여겨졌던 것이다. "그럴지도 모르지요. 괴테나 실러에 대한 이야기가 나왔을지도 모르죠" 하고 마리아가 말했다. "보겐라이더 고문관님은 무엇이나 아시고 계신 분이었으니까요." 그러나 내가 그녀에게 더 좀 자세하게 그 일에 대하여 이야기해 달라고 부탁하자 그녀는 그 수염투성이 입가에 미소를 띠우며 그 알현은 다만 2분간이었다고 고백했다. 그리곤 부엌으로 사라졌다가 잠시 후 차 준비를 해가지고 나타났다. 계란거품에 예쁜 열매를 뿌려 만든 과자도 곁들여서. 휴고 모트와 발터 가아크와 5시와 6시 사이에 커피숍 루이트풀올트에서 만날 약속이 있다는 나의 말도 그녀에게 아무런 반응을 일으켜 주지 못했다. "거기라면 멀지는 않아요" 하고 마리아는 말했다. "첫번째 모퉁이를 왼쪽으로 꼬부라지면 브리너 거리이니, 거기서 똑바로 가면 그 커피숍이 우측에 있어요."

내가 다과를 먹는 동안 마리아는 검은 표지에다 놋쇠 문장을 붙인 사진첩을 갖고 와서 족보학의 강의를 시작하였는데, 나로서는 별로 즐거운 일은 아니었다. 오래 전부터 내 기분은 정신이나 미래에서 놀며 항상 거기에서 생명을 탐지해 내었으므로 파우스트나 안티고네편이 나의 조상의 그 어느 누구보다도 내게는 가까운 존재였다. 때문에 지금 누가 이 앨범이라는 창에서 나를 바라보고 있는 농부의 얼굴이나 관리의 얼굴이 존재하지 않았다면 너는 지금 이렇게 생을 즐길 수도 없었으리라고 내게 설득한다 해도 나는 단연 그것을 터무니없는 농담으로 보아 넘겼을 것이다. 그러나 마리아는 내 감정에는 아무렇지도 않은 듯 계속 강의를 해갔다. 그리고 내가 무관심한 척하면서도 마음 속으로 격노해서 너는 온갖 경의를 내던져 버리고 이 충실한 수염투성이 노파에게 내년 1월 1일이 되자마자 전세계약 파기를 선언할 용기가 있겠느냐고 자문하는 동안, 노파는 사당에 모셔둔 조상들의 이름을 일일이 열거하며 한 분 한 분의 경력을 상세히 이야기하는 것이었다. 어머니로부터 몇 번이나 들어서 알고 있다고 말해도 아무런 소용이 없었다.

거기에는 저지 바이에른의 의복을 입고 어두운 색깔의 머리수건을 쓴 팔십 세쯤 되는 카타리아 보겐라이터가 있었다. 그녀는 나폴레옹이 오스트리아에 침입하려고 파사우를 지날 때 제슈뎃렌 마을에서 가축을 지키고 있었다. 불과 십이 세의 소녀로서 그녀는 갑자기 좋은 생각이 떠올라 훌륭한 소는 모두 사람의 눈에 띄지 않는 제젠바하 계곡으로 몰아넣어 프랑스군의 손에 떨어지는 것을 막았던 것이다.

그 다음 페이지부터는 좀더 도시풍을 느끼게 하는 여성이 나를 보고 있었다. 그 할머니에 대해 마리아가 아는 것은 그 할머니가 참으로 희귀하나마 단순한 방법으로 우리 집 가문의 신부新婦가 되었다는 사실이었다. 프리트베르크 공증인의 외동딸로 태어난 그녀는 집안의 걱정거리였다. 그 당시는 아직 공증인이라는 직업은 마치 왕위계승처럼 세습적이었다. 때문에 그녀의 양친이 일찍 세상을 떠나자 법률가를 그녀의 남편으로 맞이하지 않는 한은 수입이 많은 그 직업상의 권리는 자연 다른 집으로 넘어가지 않을 수가 없게 되었다. 그 작은 고을에서는 그러한 사윗감을 찾아내기가 극히 어려운 일이었으므로 얼마 후 후견인이 되는 부부는 결심을 하고 어떤 기발한 방책을 강구하지 않을 수가 없게 되었다. 처녀에게 여장을 갖추게 해서 그 머리에다 성수를 뿌리고 역마차에 태워 처녀자신이 넓은 세상을 주유하며 법률에 조예가 깊은 사윗감을 찾아내도록 했던 것이다. 그런데 그 처녀의 여행은 그다지 길지는 않았다. 그날 저녁 그녀는 뮌헨에 도착해서 성모 마리아 대사원 근처에 있는 어떤 검소한 여관에 들었다. 이 집이 후에 주점 크르츠가 된 곳이다. 저녁 식사 때 혼자서 여행하는 그 처녀의 모습이 안주인의 눈에 띄었다. 안주인은 그녀에게로 다가가서 다정하게 여행 목적을 물었으며 잠시 후에는 그 사정의 전말을 알게 되었다. 안주인은 스스로 등을 들고 여행으로 지친 그녀를 방으로 안내하고, 성 안드레아 스님(인연을 맺어주는 성자聖者)에게 기도하라고 권하면서 다음 날은 너무 일찍 출발하지 않는 편이 좋을 것이라고 충고를 해주었다. 그 여관에는 얼마 전부터 젊은 사법관시보가 숙박하고 있었기 때문이다. 안주인은 다음 날 아침 차를 드는 시간에 그 젊은이에게 처녀에게서 들은 이야기를 해주고 있었다. 마침 공증인직의 상속자인 처녀가 아침 식사를 하려고 층계를 내려오던 참이었다. 그 후 어떻게 이야기가 되었는지 마리아도 자세히는 모르나 어떻든 그 날 중으로 약혼이 성립하였다. 다음 날 이 약혼자들은 사원에 참배한 다음 역마차로 프리트베르크로 돌아갔다. 지금의 우리들로서는 그 젊은 남녀가 결혼을 결심하기 전에 우선 서로의 내적 생활의 일치여부를 따져 볼 필요를 인정하지 않았다는 게 이상하게 느껴지겠지만, 그 결혼 생활이 불행으로 끝났다는 이야기는 전해지지 않았다. 이 두 사람이 많은 자녀를 낳고 함께 해로偕老하였다는 것만 알려져 있을 뿐이다.

그러나 나는 그런 삽화들을 오늘날처럼 그렇게 재미있게 느끼지는 않았고 너무나 흔해빠진 이야기라고 여겼다. 때문에 행상인인지 무엇인지가 현관의 벨을 울려 마리아를 불러냈을 때 나는 기뻐서 얼른 그 기회를 잡아 카페 루이트볼트로 서둘렀다. 마리아는 창을 열고 아직도 또 다른 충고를 나에게 해주는 것이었다.

"만약에 도중에서 훌륭한 마차를 만나 거기에 초록색 옷을 입고 하얀 깃털장식이 붙은 모자를 쓴 사람이 앉아 있는 게 보이면 그것이 어용 기병으로 그 뒤에는 섭정대공 전하가 앉아 있는 것입니다요. 그걸 보거든 멈춰 서서 모자를 벗고 절을 해야만 합니다."

모퉁이를 돌아서 나는 비교적 조용한 브리너 거리로 들어섰다. 그러나 얼마 후에 웅대한 건물 한 채가 앞을 가로 막았다. 나는 전체를 휘둘러 보지 않아도 그곳이 어딘가를 이내 깨달았다. 나는 카딩의 신부관神父館에 걸려 있던 그림으로 본 그 멋진 그리스풍의 문 앞에 와 있는 것이다. 그리고 그 줄지은 기둥 사이로 이미 본전 건물이 보인다. 이것이 바로 그 문인 것이다. 카딩을 떠나서 란츠후트의 고등학교에 입학한 이후로 이 프로폴레이엔 신전神殿(고대 아테네의 성문 앞에 서 있던 신전)은 차츰 내 기억에서 희미해져 갔다. 그런데 작년에 고등학교의 주임교사인 엄격한 막스 로트만너 선생이 바이에른의 역사 강의를 할 때 이 문에 대하여 언급한 적이 있었다. 괴테의 숭배자인 루트비히 1세는 퇴위(이 왕은 처음에는 자유주의적이었으나 차츰 국민파와 멀어지게 되어 1848년에 퇴위했음)한 다음 날 이 문을 세우기 위한 비용을 갹출했었다. 그리하여 그의 재위의 나날들을 불유쾌하게 해 주었던 뮌헨인들의 불친절에 대하여 그는 그리스도교적인 그리고 극히 왕자다운 보복을 하였던 것이다.

그리스나 시리아의 어린이들이 조상이 남긴 아름다운 성전을 눈 앞에 보면서 자라나가는 것을 보면 누가 부러워하지 않을 수가 있겠는가. 또한 이목을 둔하게 하는 것임을 잊기가 쉽다. 생각건내

저 지고의 예술품이 우리들 북방민의 마음 속에 일게 하는 장려한 경외감은 그 본국에서 위대한 조상의 후예로서 태어난 자들이 안고 있는 그것보다 더욱 강렬한 것인지도 모른다. 또 대개의 경우 우리들은 이것은 대건축물이라고 생각할 뿐으로도 감동할만큼 생생한 감수성을 지니게 된다. 때문에 반드시 원건축原建築을 보아야 감동을 받는다고는 할 수가 없다. 모방건축이라도 상관없다. 가령 어떠한 원작과는 거리가 먼 모방일지라도 나의 앞길을 막고 있는 크렌츠(고전파의 건축가. 1784~1864. 뮌헨에는 그의 작품이 많음) 제작의 대 주랑건축을 보았을 때 원래라면 파스툼(이탈리아 남부도시로 포세이돈 신전의 유적이 있음)이나 세게스타에서나 나를 엄습할 전율이 내 등줄기를 빠르게 지나갔던 것이다. 카딩에서 보았고 그림에서 예감되었던 것 같은 대리석의 밝은 모양은 현실의 프로페레엔에서는 이미 찾아볼 수가 없다. 풍우에 부딪치고 역에서 나오는 매연에 씌워 이미 이끼 투성이가 되어 잿빛으로 물들어 있었다. 특히 양측의 부문副門 위가 더해서 다만 몇 군데만이 빗물 탓으로 얼음기둥처럼 하얗게 씻겨져 있었을 뿐이었다.

길에는 사람의 그림자도 드물었고, 낙조가 문의 서쪽 면을 불그스레 물들이고 있었다. 철모를 쓴 한 사람의 보초가 왔다 갔다 한다. 나의 마음 속에서는 지난날의 감정이 다시 눈을 떴다. 완전히 잊었던 어린이 같은 염려가 머리를 쳐든 것이다. 이런 문이 우리들 시대의 인간들을 위하여 서 있다는 것이 도저히 믿기지가 않았다. 나는 감격스러운 나머지 그 보초에게 여기를 지나가도 괜찮은가 하고 물었고 수위는 눈썹을 찌푸리고 나를 흘겨봤다. 그러나 나의 태도에서 나의 물음이 진심이라는 것을 느꼈던지 그는 그러라고 대답을 하였을 뿐 아니라, 다시 나를 격려해서 위층에도 올라가 보기를 권하는 것이었다. 이층에서는 내부의 주랑(복도)이 보인다는 것이었다. "시간을 두고 천천히 보는 겁니다. 그만큼의 가치는 충분히 있으니까." 그는 친절한 말투로 그렇게 말하고는 나의 구경을 방해하지 않으려고 다른 곳으로 발길을 돌렸다.

문을 지나자 길이 다시 계속되었다. 그 좌우에는 가을 잔디를 앞에 하고 밝은 회색의 신사神社가 저녁노을에 희미하게 보였다. 어떠한 신이 모셔졌는가에 대해서는 마음을 쓸 여유가 없어 나는 그대로 친구를 만나려고 길을 재촉했다. 그리고 얼마 후에는 코오피 궁전의 장려하고 넓은 방이 나를 맞이했다. 거기에 들여놓은 나의 발은 저절로 허공에 뜨는 기분이었다. 성역에라도 들어온 것 같았다. 유리로 만든 벽감 속에는 전광이 빛나고 그 빛이 다시 검은 대리석 기둥에 비쳐서 빛난다. 우선 나의 시선을 잡은 곳은 천장이나 벽의 그림이었다. 금테 속에 들어 있는 설경雪景 그림에는 날개가 돋친 어린아이가 실오라기 하나 걸치지 않은 나체로 서 있었는데, 새들이 지저귀고 있으므로 아기의 얼굴은 당장에라도 울음을 터뜨릴 듯이 일그러져 있다. 또 다른 그림 속에는 서로 사랑하는 두 사람이 구름 위에서 쉬는데, 그 머리 위로는 영예의 월계관을 받으려는 손이 있다. 현재의 행복에 의하여 지고의 승리를 얻은 것이나처럼.

친구들의 모습은 아직 보이지 않았다. 나는 비어 있는 작은 탁자를 골라서 앉았다. 그러자 이번에는 측면 벽에 있는 좀더 커다란 그림이 눈에 띄었다. 그 그림 속에 밝은 정경을 이루어 표현되어 있는 것은 평화스러운 존재, 아무런 방해도 없는 인간생활의 모습이나 더욱 커다랗고 더욱 떠들썩한 생활이 그 배후에 숨겨져 있는 것처럼 생각되었다. 주황색의 저녁 하늘을 배경으로 높다란 한 척의 배가 보이고, 그 배에는 동물이나 인간의 머리가 그림무늬로 새겨져 있다. 배는 방금 강가에 닿은 듯 빈 어망이 젖은 채 마스드에 걸려 있다. 그리고 소년들이 온갖 해산물들을 버드나무 바구니로 물가에 올리고 있는 중이다. 금빛 눈의 넓적한 고기, 노랑이나 짙푸른 집게의 커다란 게, 명암이 교차되는 가지가지의 조개류 등, 한편으로는 대리석 계단이 있고 그 아래에는 시커먼 사나이 하나가 산더미 같은 자일에 싸여 앉아 있는데, 머리에는 흰 천을 쓰고 있으나 그것이 리본으로 묶여져 있어서 일종의 모자의 형태가 되어 있다. 사나이는 방금 짙은 녹색 수박에다 칼을 넣어 그걸 돌로 쪼개는 중이다. 담홍색 수박 속에 짙은 제비꽃색의 씨가 보인다. 한편 계단 위에는 젊은 여자가 서서 내려올까 어쩔까하고 망설이고 있고, 또 한 여인은 가슴에 팔꿈치를 대고 옆을 향하여 잿빛 하늘을 배경으로 화면에 떠오르는 한 조각의 천을 바라보고 있다. 그래서 나는 거기에는 그려져 있지 않은 보이지 않는 바다를 느낄 수가 있었던 것이다.

  잠시 후에는 그 그림 아래에 앉아 있는 살아 있는 현실의 여인들이나 남성들이 나의 주의를 끌었으나 그것도 잠시 뿐이었다. 그들 중의 어느 누구도 그들의 시중을 들고 있는 백색과 검은색의 단순한 복장을 입은 싱싱한 소녀들의 천사 같은 사랑스러움에는 비교도 되지 않았기 때문이다. 이들 소녀들에게서 나는 이 집의 참다운 지배자를 보았다. 가벼운 걸음걸이, 손님들의 요구대로 마실 것은 춤 높은 은그릇으로부터 도자기그릇으로 옮겨 따르는 맵시, 그런 것들은 모두가 정성스럽게 대접하겠다는 기풍에 젖어 있다. 무엇보다도 섭정의 이름을 붙인 그 현란한 장소의 꽃이었다. 커피와 뻬죽한 빵값을 물었을 때 그건 내게는 몹시 싸게 생각되었다. 때문에 나는 이미 이 경탄할만한 시설이 고객으로부터의 수입에 의하여 경영되고 있다고는 생각할 수가 없게 되었으며, 오히려 이 회사는 다만 예의상 소액의 지불을 요구하는 것이라고까지 생각했다. 그러나 아까운 것은 그러한 장소를 전연 이해 못하는 손님이 있다는 것이었다. 초라한 화폐 몇 장으로 그들은 마치 왕자 같은 기분이 되어 난폭하게도 그 화폐로 빛나는 대리석 탁자를 두들기며 저 선녀 같은 소녀들에게 자기들의 초라한 외계로 되돌아가는 것을 얼마나 서두르고 있는가를 알리는 것이었다. 이리하여 그들은 푸른 연기가 꽉 차고 사람의 이야기소리가 중얼대는 기도소리와 같이 넘치는 그 넓은 방의 장엄한 기분을 흩뜨렸다. 더욱이 소녀들이 그들의 높은 목소리에 현명하게도 상대를 하지 않자 그들은 횡포한 태도로 욕설까지 퍼붓는다. 그런 불미스러운 행동도 여기서는 한 마디의 비난도 받는 일이 없다. 은그릇을 나르는 손, 어떠한 모욕에도 더럽혀지지 않는 천사들은 너무나 관대했다. 그녀들은 이들 어리석은 자가 외투를 입는 것을 도와주며 또 오세요 라는 말로써 그들을 전송하지 않는가!

그러는 동안에도 나는 손의 위치나 발의 놓임에도 그 집에 어울리는 품위를 잃지 않으려고 애를 썼다. 나는 신문을 들고 있거나 그걸 읽고 있는 것이 이 집의 의식의 하나가 되어 있다는 것을 터득했다. 나의 탁자를 맡고 있던 짙은 갈색의 소녀는 내 뜻을 알아차리고 여러 가지 신문과 몇 종의 잡지가 놓여 있는 회전대로 급히 가서 커버를 골라 내 탁자 위에다 놓는다. 거기에는 잡지 세 권이 아무렇게나 끼여 있었다. 노란 표지에 불꽃이 타오르고 있는 기둥을 양쪽에 두고 《게젤샤프트》(사회라는 뜻의 잡지명)란 표제가 있었다. 발행자는 미치엘 게오르크 콘라트. 나는 페이지를 넘기며 차츰 열중해서 읽어갔다. 그리고 드디어 약속시간이 훨씬 지나서 발터와 휴고가 왔을 때 그들을 맞아준 것은 이미 두 시간 전에 프로페레엔을 들어갔던 동일인은 아니었던 것이다. "기존의 사물을 넘이라!" 이것이 그 잡지의 모든 시, 모든 논문을 대변하는 것이었다. 거기에는 전대미문의 말들의 향연이 있다. 그것은 새로운 감각, 새로운 감정, 일체를 짓밟는 분방한 사랑, 나신찬양裸身讚仰의 설교이며 인류를 허탈 상태에 떨어뜨린 그리스도교에 대한 반항이었다. 아무리 마른 해면일지라도 그것들의 새로운 관념이 나의 내부로 힘차게 스며 들어온 만큼 물을 빨아들이는 일은 없을 것이다. 그리고 내 마음속 깊이에서 어떤 것은 받아들이지 않는, 침투하기 힘든 층이 있다는 사실을 후에야 알았지만 그래도 그 때 나는 지금까지 내가 겪었던 카딩이나 란츠후트의 생활이 과연 값이 있었던 것일까 하는 의문을 스스로에게 던지지 않을 수가 없었다. 나의 부친은 비스마르크 시대를 독일이 지금까지 경험했던 가장 좋고 가장 행복한 시대라고 말하고 있는데, 이런 신사상가의 견해는 전혀 다르다. 그들은 이제부터 황금의 세기를 성취하려고 분발하고 있지 않은가.

 가장 나의 마음을 사로잡은 것은 리하르트 데멜(1863~1920. 독일의 시인)에 대한 멜러부르크의 보고문이었다. 데멜은 세계의 중심을 자신의 내부에서 발견했으며, 현대에는 폐쇄되어 있는 심령의 영역을 찾아냈다는 것이었다. 지금까지 괴테나 셰익스피어나 호메로스에게 이러한 말이 쓰인 일이 있을까. 더욱이 그 문장에서 울리는 감동은 진실한 것이었다. 그리고 불꽃처럼 새로우며 마음 속 깊이까지 흔들어 놓지 않을 수가 없었던 것은 그 문장에 인용되어 있던 데멜의 사생아 임신의 시였다. 거기에 담겨져 있는 일체를 나는 새롭다고 느꼈고, 그 중에서도 양성兩性 사이에서 뜨겁게 떠는 처참한 마음은 내게는 전대미문의 것이었다. 나 자신의 생활은 아직 그러한 일에 대해서는 아무것도 몰랐다. 아니 또 그런 것이 지금까지 눈앞에서 일어났다고 해도 내게는 그것을 보는 눈이 없었던 것이다.

 다시 페이지를 넘겨가자 오토 폰 라이크스네르의 이름이 눈에 띄었다. 나의 손은 얼른 주머니 속에 소중히 넣어둔 저 귀중한 편지를 찾기 시작하였다. 그것이야말로 새 정신으로 가득 찬 세계에다 나의 가맹을 확인해주는 신분증명서와 같이 생각되었다. 그러나 이 기운찬 희망도 불과 몇 초밖에는 계속되지 못했다. 란츠후트 사람들이 그렇게 숭배하던 그 문인도 여기서는 연약한 선전가의 한 사람으로서 부정되고 있지 않은가. 이리하여 그 아름다운 편지도 한 순간에 기한이 끊긴 여권으로 격하되고 말았다.

  사십 년의 세월이 흐른 오늘날 그 때의 흥분을 다시 불러일으키려고 하면 그것이 그 후의 내게 얼마나 불길한 의미를 가진 사건이었던가를 확실하게 깨달아진다. 활자로 인쇄된 것은 무엇이나 확실한 기초 위에 서 있는 것이라고 생각하던 십팔 세 소년에게는 이 새로운 복음의 선포는 유혹의 소리 이외에 아무것도 아니었다. 소년은 거기에서 지금까지 염원했던 모든 것을 끌어낼 수가 있었으며 단념이나 분별, 그리고 특별한 업적도 요구되지 않았으며 무제한한 자유의 향수, 그것이 지상명령이었다. 가령 그것에 대한 다소의 의심이 내심 중에 일어났을지라도 그것은 삶의 향수로 불러주는 다른 소리에 의하여 완화되었다. 그것은 가난한 자와 결핍에 괴로워하는 자들을 위한 공분과 동정의 소리였다. 사회가 갖는 암흑의 처참한 밑바닥이 규명되었고, 만인의 해방과 복지가 위압적인 투로써 요구되었으며, 그것이 궁극적인 이상으로서 널리 알려졌다. 경험도 사려도 없는 몸으로서 그것을 읽었을 뿐으로 이미 반은 자신을 피압박 계급의 해방자의 한 사람으로 생각하지 않을 수가 없었다. 그리고 그런 만큼 한층 떳떳한 양심으로 라이크스네르에게 가해진 지상의 즐거움을 자기도 요구할 수 있는 권리가 있다고 믿게 되었다.

  우리들이 자라온 세계는 아직 고전적 교육가의 세력하에 있었다. 그 세계는 정신적으로는 말하자면 과거 시대의 이자에 의하여 생활을 하고 있는 셈으로 기본재산을 별반 늘리지 않는 대신에 일부러 그것에 손을 대는 일도 없었다. 그에 반하여 이 황색 책자를 집필하는 사람들은 낭비에 대한 소심이라는 것을 일체 갖고 있지 않았다. 아니 그들은 명확히 전래의 부동산까지 손을 대는 일도 꺼리지 않았다. 그러한 경향에 따라 우리들이 아직 입에 올려서는 안 된다고 생각했던 일이 아무런 거리낌도 없이 논의되는 것은 자연스러운 일이다. 우리 집에서 주고받던 담화가 너무나 조심스러운 것이었을까. 바이에른 왕실의 형제가 앓던 정신질환에 대한 이야기도 금물이었으나 동시에 생리적 방면의 여러 가지 현상도 침묵의 막에 덮여져 있었다. 그뿐 아니라 부친은 의사이면서도 아들에게 당연히 설명할 의무가 있다고 생각되는 일들을 말할 때도 몹시나 괴로워했었다. 또 아들 쪽도 부친의 그런 마음을 이해하고 의학 교과서에서 그런 것은 다소 읽은 적이 있노라고 고백하기가 싫었다. 의학 교과서는 무심하게 집구석마다 뒹굴어 다니지 않았던가. 무산계급의 경우에 대하여도 부친이 한 번도 언급하는 것을 나는 들어본 적이 없었다. 부친은 또 자신이 매일 그런 가난한 사람들을 위해 무료로 의료를 하고 있는 사실에 대해서도 입 밖에 비치지 않았다. 이리하여 그 친절한 소녀가 또다시 나의 탁자 곁을 지나갔을 때 나는 그녀에게 솔직히 고백했다. 당신의 통찰력에 실로 감탄한다. 당신은 나라는 인간이 여기에 이렇게 많은 잡지 속에서 어느 잡지에 제일 적합한 인간인가를 알아 차렸기 때문이라고 인사를 했던 것이다. 그러나 그녀는 겸손하게도 그 노란 잡지가 별로 대수로운 것이 아닌 듯한 말투로 그것이 그렇게 재미있거든 가지고 가셔도 좋다, 여기에 놓아두어도 별달리 읽는 사람도 없을 것이니까 라고 대답하는 것이었다.

마침내 두 사람의 친구가 왔다. 어디가 나쁜가하고 휴고가 쥐색의 가을 외투를 벗으면서 물었다. "필경은 벌써 대도회의 맛을 안 게로군. 얼굴이 핼쑥하니 말이야." 나는 예의 잡지를 가리켰다. "그것을 읽어 보게나. 그 이유를 알 테니까." 휴고는 휴가 중에 몹시 건강하게 되었으나 키는 1인치도 자라지 않았다. 그리고 변함없이 솜털이 많은 복숭아같이 볼록한 볼이었지만 목소리에는 남성미가 더하여져 있었다. 나는 초조한 기분을 억누르고 최초의 보고나 응수가 일단락될 때까지 억지로 참았다. 그리고는 휴고에게 데멜의 시가 실려 있는 《게젤샤프트》의 페이지를 펴 보였다. 그는 의심스러운 듯한 안색으로 그걸 읽어간다. 갑자기 마음을 도려내는 것 같은 신음하는 시 구절이 그를 사로잡은 것이다. 그의 안색이 변했다. 호흡이 한층 빨라지며 그는 몇 번이나 몇 번이나 되풀이하여 읽으면서 이마를 손으로 받쳤다. 나는 광포한 새 정신이 그 투철하고 섬세한 혼 속에 밀고 들어가는 모습을 불안스러우면서도 만족한 마음으로 바라보았다. 어머니 같은 다정함으로 여급은 어깨 너머로 그의 얼굴을 넘겨다본다. 그러나 그만큼 혜지慧知의 소유자라고 믿었던 그 사랑스런 아가씨도 가장 긴요한 점에 있어서는 밝지 못하다는 것이 드러났다. 그녀는 우리들의 왜소한 친구들을 미성년으로 잘못 본 것이었다. "도련님은 무엇으로 할까요? 파이? 그렇지 않으면 초콜릿 케이크? 크림이 붙은 초코로 할까요?" 거기에 앉아 있는 것은 김나지움의 졸업증서를 이미 얻어낸 청년이며 더욱이 지금 그 심중에는 세기의 악마가 대군을 몰고 쇄도하여 온다는 사실을 식별할 능력이 그녀에게는 없었던 것이다. 다행스럽게도 휴고는 이러한 오인에 대한 불만을 기지로 숨기는 데는 이미 익숙해져 있었다. 그는 상대의 다정스런 질문에 대하여 약간 퉁명스럽게 브라질 시가(엽궐련)와 피르젠 비어를 주문하였고, 여급은 깜짝 놀라서 자기의 바보스러움을 사죄하였다. 여급은 이 새로 온 손님이 즉시 기분을 고쳐준 데에 안도의 숨을 내쉬었다. 그러나 내가 처음부터 그 갈색 머리의 여성에게 바쳤던 무조건의 숭배는 어느 정도 식어 버렸고 동시에 이 현란한 거실도 그 종교적 숭고미를 잃게 되었다.
 발터도 노란 잡지 한 권을 집어 들었다. 그러나 그 시는 그의 관심을 자극할 수는 없었다. 그는 계속 페이지를 넘기다가 마침내 새 음악에 관한 논문을 찾아냈다. 그는 그것을 통독하고는 나가자면서 돈을 내던져서 돈이 대리석 위를 빙빙 돌았다. 나는 당장에 그 무례스러운 행동을 탓하려고 하였으나 생각해 보니 화를 내며 화폐로 대리석을 때리는 것과 단순히 탁상 위에서 화폐가 돌고 있는 것과는 의미가 틀렸다. 게다가 발터가 던진 것은 금화여서 맑고 기품 있는 소리를 내었다. 금은 아직 민중의 생활에서 은퇴하지 않았던 시절이었다. 천만의 수맥水脈을 이루며 이 빛나는 작은 원형물은 손에서 손으로 맥맥히 흘렀고 머슴과 하녀, 눈 치우는 인부, 승려의 시동侍童에 이르기까지 신비적 사상가가 태양의 동족이라고 일컫는 세계 통보의 그 금속에 의하여 보수를 받을 수가 있었던 시대였다. 여급은 절대로 그 맑고 깨끗한 울림을 헛듣지는 않아 미소를 띠며 달려왔다. 그녀는 휴고에게 미안했다면서 또 와달라고 우리들에게 부탁하는 것이었다.
 발터는 잡지를 검은 커버 속에다 다시 넣었으나 별로 기분이 좋은 안색이 아니었다. 그는 약간 냉랭하게 말했다. 대도회에서는 모든 것이 전부 쓰여지거나 인쇄되거나 하지는 않는다. 도착한 첫 날부터 주위 사람들에게 목을 디밀고 있으면 어떻게 되겠는가. 그것은 새로운 제복만 입고 있다면 하사관을 만나서도 원수元帥로 생각하는 신병과 조금도 다를 바가 없지 않는가고.

학부學府의 여러 교수들

 수개월에 걸친 제1학기의 격동기를 보내며 언제나 마음에 평온을 준 것은 무어라 해도 학교 강의였다. 대학교수라면 아직도 절대시 되던 시절이었으며, 교수가 강의실에 들어올 때 우리들이 인사로서 발을 구를 때면(지금도 독일 대학에선 교수가 입실할 때 학생들이 발을 구른다) 인간의 발에도 애정을 표현하는 능력이 있는 것이라고 느끼게 하여 주었다. 모든 것이 현실 인식에 봉사하는 무미건조한 강의실의 공기는 기쁨과 냉정에 넘쳐 조금도 기분 나쁜 것을 느끼게 하지 않았다.
 뒷날 님펜부르크 대식물원을 창설한 칼 괴벨은 해가 짧은 겨울날 오후 5시부터 식물학을 강의했는데, 몸이 마른 편이며 멋진 수염을 기른 그 교수는 수많은 세계 여행에서 얻은 진귀한 분위기를 희미하게 감돌게 하면서 밝게 불을 켠 대강의실 좌우에다 탐스러운 푸른 식물을 세워두곤 했다. 그리곤 식물의 진화과정이나 동족관계를 선명하게 그려내 주었다. 다년간에 걸쳐 식물 세계를 벗삼아 온 탓으로 그의 얼굴은 대단히 부드럽고 온화한 상을 띠웠으며 강의를 하는 그 어조에 습관이 되어버리면 우리들은 무한한 재료의 정돈사로서 그분에게 감사를 바치지 않을 수가 없었다. 자연계의 영원한 모든 형태를 마치 예술품을 생각하게 하도록 그분만큼 넓은 식견을 가지고 있는 사람은 극히 드물었다. 그 풍부한 전망에 의하여 신이 창조한 피조물의 아름다움 속에는 합목적성이 깃들어 있다는 것이 그분의 주장이었다.

  학기말이 다가오면 괴벨의 깊고 진지함에서는 순진한 어린이 같은 애교가 솟아 나와서 일종의 휴일 기분 같은 것이 강의실에 충만하는 강의 시간이 있게 마련이었다. 그것은 그가 부름메리앗센 종을 설명하면서 파인애플을 단순히 말로 설명하는 게 아니라 정선한 실물에 의하여 우리들에게 제시해 준 다음 그것을 일동에게 분배하는 시간이었다. 우리들이 강의실에 들어가자 교수용의 커다란 탁자 위에는 거의 사람 머리통만한 오렌지색의 과실이 금속 같은 녹색의 엽관을 쓰고 몇 개의 긴 줄로 나란히 놓여 있다. 우리들은 그 날이 어떤 날이라는 걸 금세 깨닫는다. 그리고 잠시 후 그 박식한 식물학자가 강의실에 모습을 나타내면 그를 맞는 우리들의 발구르는 소리는 더욱 요란스러워진다. 드디어 교수는 미소를 지으면서 손을 흔들어서 제지한다. 그 맛있는 과실을 맛보기까지는 상세한 강의가 금단의 울타리 같이 기다리고 있다. 그 강의에 의하여 우리들이 파인애플을 과학적으로 고찰하게 되면 그것이 기다리고 있다. 그 강의에 의하여 우리들이 파인애플을 과학적으로 고찰하게 되면 그것은 한 개의 응대과실에 지나지 않는다는 것을 알게 된다. 그래도 그런 인식은 우리들의 갈망을 가라앉혀 주지는 못한다. 잠시 후 일꾼이 나타나서 보기 좋은 과실에 칼을 대어 그 조각들을 접시에 나누어 담기 시작하고 그 접시는 사방으로 돌려진다. 그 동안 교실에는 맛좋은 냄새가 진동한다. 실제 열매는 다만 상징적인 의식이라고 할 수 있어 각자에게 돌아오는 것은 극히 작은 한 조각에 불과하지만 분배를 받지 못하는 학생은 아무도 없다. 개개의 학생들은 자기가 그 존경하는 선생에게서 개인적인 만찬에 초대받은 것 같은 느낌이 되어 경건하게 자기에게 분배된 한 조각을 맛보는 것이었다.

이르치스 거리에 있는 화학연구실에서도 우리들은 똑같은 즐거운 경험을 하게 되었다. 그것은 대지의 온갖 물질의 통달자인 아돌포 폰 바이엘 교수가 우리들의 눈앞에서 다이아몬드 연소를 보여 준 때였다. 그 교수는 최고의 명성에 싸여져 있어 귀족의 서열에 끼게 된 것도 이미 오래 전이었다. 게다가 그는 어마어마한 부富에 대해서도 세인으로부터 감탄과 칭송은 받으나 질시는 받지 않는 보기 드문 사람이었다. 그의 부는 일종의 연금술적인 대사업인 인조청람人造靑藍의 발견으로 얻어진 자연적인 결과였다. 더욱이 그 중대한 업적에 이르게 된 경과는 색다르고 흥미로운 전설 같은 것이었다. 국보적인 존재인 그 석학이 한 주일에 몇 차례씩 아침 일찍부터 우리들에게 나타나서 그의 전문과학의 ABC를 교수하는 수고를 싫어하지 않는다는 사실은 우리들의 자존심을 무척이나 높여 주었다. 그뿐 아니라 그는 지금 한 개의 다이아몬드 실물을 불길 속에서 연소시켜 그 가장 고귀한 광석이 순수히 탄소로 이루어진 것을 증명해 준 것이었다. 증명해 주지 않는다고 해도 우리들은 교수를 조금도 의심하지 않았을 텐데 말이다. 우리들 모두는 그 일을 일종의 특별대우로서 감사하게 여겼다.

나는 사육제 기간에도 빠짐없이 바이엘 교수의 강의를 들었다. 대개의 청강자들이 가장무도회의 피로로 나오지 않았지만 나는 한 번도 빠지지 않아 언제나 그로부터 칭찬의 시선을 받았다. 교수가 확 타오르거나 빠작빠작 소리를 내거나 연기가 나오거나 색이 변하거나 하는 실험을 하는 모양은 때때로 나에게 저 마술사 게오르크

백부를 생각나게 해 주었다. 어느 때 나는 병이 나서 며칠인가 강의실에 나타나지 못했었는데 나를 다시 보았을 때 깜짝 놀란 교수의 얼굴에 우려의 표정이 스쳤던 것을 나는 절대로 잊을 수가 없다. "부루투스 자네인가?" 그의 커다랗고 푸른 눈은 부친과 같은 준엄함으로서 그렇게 묻는 것이었다. 그래서 나는 이제부터는 무슨 일이 있어도 출석하자, 가령 고열이 날지라도 하고 마음속으로 맹세했다. 아니 때로는 나는 영구히 이 과학에다 일생을 바치겠다는 소원까지도 가슴 속에 지니게까지 되었다. 많은 사람들이 미래는 화학의 시대라고 예언하고 있지 않은가.

물리학에 대하여 말한다면 그것은 그 때는 아직도 대학본부 측에서 강의를 맡고 있었다. 대학본부만은 절대적 보편정신의 본성이라고 나는 생각하고 있었으나 우리들 학도들은 물리 강의 이외에는 거기에 갈 필요가 없었다. 그러나 그 대학가는 도리어 나를 자극해서 나는 종종 물리학자 롬멜을 존경했고, 철학자 리프스, 고대언어학자 이반 폰 뮐러의 강의에 출석하곤 했다. 나중에는 매일매일 갖는 그 원정이 결국 부담이 되어 미래의 의사들에게 청강시키기로 되어 있다. 외적인 경험적 영역의 지식을 획득하는 것만으로 만족하기로 하였다. 그러나 물리학의 시간을 소홀히 한데는 또 다른 구실이 있었다. 롬멜은 빛의 연구에 종사해서 훌륭한 발견에 성공한 사람으로 방사선 발견자, 빌헬름 렌트겐의 선배이지만 지금의 그는 병약하여 몹시 연약한 목소리로 강의를 했으므로 나는 그의 설명의 반은 들을 수가 없었다. 게다가 휴고의 연고자에 그 비슷한 사람이 있었는데 그 사람은 아직 대학의 상급반 학생이면서도 대단히 요령이 있는 물리학 입문서를 저술하였다. 우리들이 이 얇은 소책자의 간단한 문답만 머리에 넣어 둔다면 시험에 떨어지는 일은 절대로 없었다. 〈간편 물리학〉이라고도 말할 수 있는 문답서였다. 학생들도 그 가치를 인식하여 중판에 중판이라는 매상으로 그 젊은 저자의 주머니는 크게 따뜻해졌으며, 그는 그 내용을 끊임없이 최신의 학설에 적응시키는 일을 게을리 하지 않았다.

거기에 반하여 리하르트 폰 헤르트뷔히의 강의는 거의 빼먹은 일이 없었다. 그 강의는 어디에고 나무랄 데가 없었다. 조직적으로 진행되는 그 강의에는 특별히 흥미로운 것은 없었으나 명석한 화술 그것이 바로 충분한 매력이었다. 동물이라는 명칭으로 부르기는 하지만 극한이라고도 말할 수 있는 미생물계의 경이의 세계가 바로 헤르트뷔히가 특별한 애정을 쏟는 대상이었다. 그의 강의를 장년 이후의 괴테에게서 들었으면 하는 현실 불가능한 희망이 마음에 일어날 때도 종종 있었다. 그리고 그가 생물의 변화능력에 대하여 이야기할 때는 우리들은 실제 괴테의 식물의 변태를 생각해 내지 않을 수가 없었다. 물론 집에 돌아와서 그것을 다시 읽어보면 시대의 변천을 간과할 수는 없었다. 괴테는 명확한 서술에 있어서도 자연의 온갖 존재를 찾아 떠도는 신비를 느끼게 하였다. 괴테가 모든 피조물에 대하여 이야기하는 것은 마치 총명하고 분별 있는 장형이 철없는 매제들에게 들려주는 것 같은 그런 취지였다. 즉 그 매제들이 자라나는 성장의 흔적을 그는 애정으로서 더듬고 그것을 외워 써 두었던 것이다. 그렇지만 시대의 흐름에 따라 모든 것은 보다 정확하고 냉정하고 예리하게 되어 왔다. 인식은 눈뜨면서 꿈꾸는 듯한 심정에서보다는 보다 오성의 탐색에서 이루어졌다. 과학은 생물의 내부조직의 진상을 알기 위해서 그것을 산 채로 상처를 입히거나 죽이는 그런 폭력적인 탐구법도 피하지 않게 된 것이다. 스승들은 모두가 공직의 몸이 되어 국가로부터의 위탁자로서 밤낮으로 그 연구를 계속하고 있다. 그들은 착실하고 진지하게 그 의무를 수행하여 커다란 성과를 이루고 있다. 그들에 대한 존경은 점점 높아갔는데, 그것은 그분들이 절대로 개인적으로 세상의 표면에 서려고 하지 않았기 때문이다.

그 당시 나는 아직도 높은 칭호나 직함이 갖는 매력에 사로잡혀 있었다. 그것들을 문자 그대로 받아들였기 때문이다. 학부의 교수들 전부가 괴테처럼 추기樞機고문관인 것이 나의 존경심을 더욱 부채질해 주었다. 나는 그들이 세계 창조의 추기에 관하여 정말로 고문으로서 의논에 임할 수 있을 만큼 학식을 갖고 있는 것으로 생각했다. 그러나 물론 그 당시 끊임없이 머리에 떠돌던 하나의 의문은 이 추기고문관들에 의해서도 해답이 주어지지 않았다. 그들의 훌륭한 강의가 내 흉중에 떠도는 그 의문에 대해 날로 자극을 더해 갔지만 우리 지구상에 있어서의 생명의 기원, 그것이 바로 나의 어마어마한 의문이었다.

살아 있고 또 살 수 있는 모든 것은 한 개의 단세포로부터 진화된 것이며, 저차적인 형태로부터 차츰 고차적인 형태가 생겼다고 우리들은 듣고 있어서 그것으로 만족하지 않으면 안 되었다. 그러나 그 단세포 그것은 어떻게 해서 발생하였는지, 지구는 예전에는 작열하는 액체로 이루어져 있었다고 하는데 그런 열도에서는 일체의 단백질은 파괴되며 또 파괴되는 것을 면치 못하였을 것이다. 그런데 모든 유기적 존재는 단백질과 결부되어 있는 터이므로 동물과 식물의 생존은 지구가 냉각한 후에 처음으로 가능해진 것이다. 그런데 유기체가 자연발생에 의하여 무기물로부터 생길 수도 있다는 생각은 헤르트뷔히 자신이 바보스러운 망상이라고 단언한 바였다. 그러나 어찌해서 유기체는 존재하게 되었는가 ― 이런 수수께끼를 혼자서 더듬고 있노라면 문득 유년 시대로 돌아가서 생명은 시작이 없는 영원한 것이라는 느낌이 솟아오르는 순간이 있다. 생명은 열도 한기도 범할 수 없는 나라를 고향으로 삼고 있음에 틀림없다.

가령 가장 맹렬한 회오리바람도 저 정답고 부드러운 광선을 파괴할 수 있기는커녕 휘게 할 수도 없듯이 열과 한기도 생명의 그 영토에 대해서는 어떻게도 할 수는 없다. 생명이 지구상의 존재로 된 이후로는 그것은 끓어오르는 고열을 피하여 한쪽 구석에 틀어박혀 있었던 것이다. 거기에는 일종의 가장자리, 생명이 존속할 수 있는 부동적인 지대가 있다. 그 사실은 생명은 항상 위험에 쫓기고 있다는 우리들의 일상생활의 경험과 일치한다. 오늘날에도 생명은 다만 이 지구의 얇은 외피 위에 번성하고 있을 뿐으로 항상 그것을 잡아 다니려는 저 무섭고 어두운 작열의 지저에 있어서도, 또 언제나 동경하는 에테르의 한냉 속에서도 그것은 존속할 수는 없다. 결국 생명에는 하늘의 여러 힘이 참여하고 있어 그것은 단순히 눈으로 볼 수 있는 가시적 세계에서 생겼다고 만은 말할 수는 없다. 먼저 저 불가지의 세계로 이르는 통로가 생명 자체 속에 감추어져 있을지도 모른다는 사실은 그 때의 우리들로서는 전연 생각할 수도 없었던 사상이었다. 우리들은 칸트에 대해서도 또 수베텐 보르크나 그 계통의 사람에 대해서도 아무것도 몰랐다. 만약 누군가가 우리들에게 생명의 발상에 관한 온갖 수다한 학설은 언제까지나 진리에 도달할 수 없다, 천사 같은 순수한 정신의 소유자만이 이 가지可知의 세계가 불가지의 세계로부터 생기는 과정을 알 수가 있는 것이라고 말하였다고 해도 우리들은 그 의미를 이해할 수는 없었으리라고 생각된다.

  10월 말의 어느 날 나는 처음으로 해부학 강의에 출석하게 되었다. 거기서는 매일 한 시간은 강의였고 그 다음 두 시간은 시체 해부의 실습을 하게 되어 있었다. 장소는 당시는 실러가에 있는 구 교실이었다. 공포와 호기심이 뒤엉킨 착잡한 기분으로 나는 그곳으로 갔다. 이런 이상한 경험을 해야 하는 처지에다 나를 몰아넣은 부친에 대하여 마음속으로 화를 내면서도 한편으로는 자랑스런 마음을 버릴 수가 없었다. 그리고 나는 절대로 혐오나 악감의 포로는 되지 않겠다고 결심하였다. 실습시간보다 15분쯤 빨리 올리브색을 띤 갈색의 건물에 닿았으나 이미 다른 두 학생이 먼저 도착하여 있었다. 보기에 신입자는 아닌 듯 하얀 작업복을 입은 남자와 이야기를 하다가 얼마 후 함께 지하로 통하는 계단 쪽으로 걷기 시작하는 것이었다. 그 아래에 시체실이 있을 것이라고 나는 상상하였다. 그때 돌연 내 귀에 이런 말이 들려왔다. "마침 좋은 때에 오셨군요. 오늘 아침 처형되어 목을 잘린 것이 있어서요. 열 시경에 여기에 가지고 옵니다." "드문 일인데"라고 한 학생이 대꾸한다.

—"십 년에 한 번 있을까 말까 하는 일이야." 흰 작업복은 대답하며 지하실 문을 열었다. 지하실이라고 해도 실은 삼면에 커다란 창이 있는 밝은 방이었다. 나는 그 세 사람에게 인사를 하고 이름을 대었더니 안내역의 남자는 해부학의 고용인 하스라고 대답하였.

무엇보다도 거기서는 평정하고 냉정한 태도를 갖는 것이 첫째의 의무인 것 같았기에 나도 그보다 더한 일에도 익숙하다는 것을 보여주려고 애썼다. 먼저의 동학同學인 두 사람으로서는 그것은 어려운 일이 아니었다. 그들은 자기들 말대로 안면에다 담배를 장치하고 흡연자의 유연悠然하고 우월한 태도를 취할 수가 있었다. 담배를 갖지 않은 나는 나 자신의 평형에 의하여 그것에 대항할 수밖에 없었다. 우리들은 한 사람의 자살자 앞에 섰다. 암녹색의 부어오른 목에 반쯤 가려져서 기묘하게 가느다란 줄이 아직 그대로 매어져 있었고, 눈 두덩에는 솔잎이 붙어 있고 쇄골의 움푹한 곳에는 가랑잎이 붙어 있었다. 예의 두 학생은 억지로 농담을 짜내어 말없는 그 존재에다 연막공세를 한다. 다른 시체들은 조잡한 관 속에 들어 있었다. 고용인은 가끔 관 뚜껑을 열어 설명하였고, 나는 무언가 불어오는 것 같은 두려움을 털어버리고 있었으나 그러는 동안 갑자기 현기증을 느꼈다. 그러나 나를 참을 수 없게 한 것은 이상하게도 일그러진 얼굴이라기보다는 오히려 삶의 미련이 남아 있는 얼굴이었다. 나는 좀 뒤에 처졌다가 몰래 위로 올라갈 순간을 엿보았다. 그 계획을 숨긴 채 나는 아무렇지도 않은 듯한 얼굴로 때때로 걸음을 멈추었으나 마침내 관 뚜껑을 하나 열었다. 그리곤 그것을 떨어뜨릴 것 같아 억지로 참아 냈다. 젊은 여자가 흐릿한 눈을 커다랗게 뜨고 누워 있는데 그 시선은 나를 꿰뚫고 허공을 응시하는 것이었다. 이 순간에 또다시 유년 시대에 가졌던 그 기분이 되살아났다. 밝은 등에 둘러싸여서 관에 누워 있는 시체를 보았을 때의 긴장되고 엄숙한 느낌, 모든 죽은 자에 대해 그들의 미래의 생명과 평화에 대해 마음을 쓰던 그 당시의 생각이. 그러나 지금 우리들 앞에 누워 있는 이 죽은 자들은 꽃으로 장식된 저 명예로운 장례에 참여할 기회가 부여되지 않아, 장식도 축복도 없이 끝없는 죽은 자들의 행진이 해부학 강의실의 문을 지나 계속되는 것이다. 죽음조차도 다수라는 것으로 해서 무가치하게 되어버린 것이다. —— 이것을 보고는 누가 감히 부활을 믿을 것인가. 젊은 여자의 자태에는 병을 앓은 흔적은 조금도 엿보이지 않는다. 그리고 자연사가 아니라는 흔적도 없었다. 머리털은 검고 숱이 많았으며 눈에는 아직도 약간의 시력이 남아 있다고 여겨질 정도였고, 얼굴에는 어딘가 비천한 듯한 상이 있어 살아 있을 때도 그 얼굴은 특별히 강렬한 표정은 갖지 못했을 것 같다. 내가 완전한 여인의 나체를 본 것은 처음이었다. 그런데 그것은 괴멸하고 있는 자의 육체가 아닌가. 며칠 전까지도 그녀에게 사랑을 바친 남자는 적지 않았으리라. 이제는 그녀를 위하여 최소한의 매장비용까지도 부담하려는 자가 없다. 눈을 감겨 주는 자도. 그 때는 카닝의 여관집 여주인이 친절하게도 찔려 죽은 슈메롤트 부인에게 이 최후의 친절을 베풀어 주었었다. 그러자 갑자기 그 여주인을 본받으라는 소리가 나의 마음 속에서 속삭였다. 마침 저쪽 사람들이 내게 눈을 돌렸으므로 나는 이미 그 생각을 하나의 변덕으로밖에 느낄 수 없었다. 나는 별로 놀랄만한 일은 아니라는 듯한 얼굴로 뚜껑을 닫고는 해부학 교실로 올라갔다. 거기서는 학생의 좌석이 반원형의 계단식으로 되어 있고, 그 가운데로 통로가 뚫려 있었다. 이미 많은 학생이 추기고문관 류케르트의 강의를 받으려고 모여 있었다. 수염이 난 학생, 볼이 매끈한 학생도 있고, 잡담을 하거나 잡지(짐플리치스무스)를 읽고 있는 자도 많았다. 고용인이 교수가 나타날 문을 열자 그 거대한 교실 내에는 와삭와삭하는 소리가 일어났다. 예의 대인기의 잡지를 접는 소리였다. 이어서 먼지를 일으키면서 학생들의 환영의 발 구름이 시작되었다.

나는 그 강의에서 특별한 것을 기대하지는 않았으나 잠시 후에는 그런 생각을 버리지 않을 수가 없었다. 거기에는 조금도 무상無常의 공기가 지배하지는 않았기 때문이다. 아니 그 강의의 특성을 상징하는 것은 우리들을 우연하고 더욱 힘세게 해부학의 배움 속에 인도해주는 독일적이며 괴테적인 하나의 언어였다. 그것은 나의 부친도 종종 인용하는 언어였다. 즉 류케르트는 조직에 대하여 이야기했던 것이다. 그는 그것을 우리들의 안전에 나타내 보였다. 그리고 색분필을 손에서 떼어 놓는 일이 없이 큰 흑판에다 설명을 보충하였다. 조직이란 즉 같은 종류의 세포의 결합으로 그 결합에서 각 기관이 만들어진다. 혈액까지도 우리들은 액체에 의하여 상호간에 결합도 되고 떨어지기도 하는 무수한 세포가 만드는 조직이라고 볼 수가 있다. 그런데 무엇이 그 무수한 '짜임 손(세포)'에게 그런 위탁을 하였는가는 아무도 모른다. 아마도 일체를 포괄하는 일종의 신령이 모든 경우를 통하여 부성적인 생산력을 갖고 작용하고 있을 것이다. 그러나 실제의 운영에서는 우리들은 더없는 모성적인 것을 느끼는 것이다. 감추어진 의도에 따라서 몇 만의 세포가 끊임없이 새로운 형성물을 만들기 위하여 운반되고 동원되어간다. 그런 경우 일은 신과 같은 인내로서 진행되어 저장고는 언제나 가득 찬다. 그리고 '짜임 손'은 아무리 일에 실패를 거듭하여도 끊임없이 새로운 활동을 개시하는 것이다.

강의시간은 이해의 기쁨 속에서 벌써 지나가 버렸다. 해부실에서 다시 한 번 시체와 대면하였을 때 나는 이미 공포의 현기증에 대하여는 방어력을 갖추게 되었다. 류케르트 이상으로 번뜩이는 말솜씨를 가진 사람은 많겠지만 그의 진지함, 대상에 대한 사랑은 결코 지워지지 않을 감명을 내게 심어 주었다. 가령 혐오할 인상이라도 그것을 편안하고 고요하게 받으며 충실히 학문에 종사한다는 것은 얼마나 남자로서 어울리는 일인가를 나는 확실히 느꼈다. 만약에 의료직을 맡으려는 자가 타인의 죽음이나 무서운 괴멸을 목격하고 마음의 평형을 잃는다면 그는 어느 누구에게도 구원의 힘이 될 수는 없을 것이다. 가령 문외한으로부터 비정의 인간이라고 여겨진다고 해도 그는 다만 자신의 임무를 다하면 되는 것이다. 물론 미숙한 연배에 있어서는 그런 기분이 태도로서 밖으로 나타날 때는 극히 무례한 형태를 취할 때가 있겠지만 그것은 다만 혼돈의 위력과 유혹에 마음을 어지럽히지 않기 위한 정당방위에 지나지 않는 것이리라.

그 날은 해부실에서도 아직 본격적인 실습은 행해지지 않았다. 우리들은 일반적인 지시를 받고 필요한 기구의 이름을 필기하였을 따름이었다. 그래서 실내를 둘러 볼 여유가 있었다. 둔탁한 햇살을 받고 머리가 없는 커다란 동체가 누워 있고 그것을 청강자의 한 떼가 둘러싸고 있었는데, 그 속에는 키가 무척이나 큰 금발의 여학생이 섞여 있었다. 이 단 한 사람의 살아 있는 여성이 거기에 있다는 사실이 지하실의 공기를 변하게 해주었다. 젊은 교수는 그녀보다도 더욱 짙은 금발로 검은 작업복 차림으로 시체 앞에 서서 얕은 목소리로 설명을 하고 있었다. 이 청강생들은 의사 지망생이 아닌 것을 이내 알 수가 있었다. 그들은 우리들과는 확실히 달랐다. 복장부터가 무관심해서 어떤 자는 자색의 비로드 상의를 걸쳤을 뿐으로 해부복을 입고 있는 자는 한 사람도 없었다. 그 교수는 닥터 몰리어로 한 주일에 두 번씩 예술가들에게 해부학을 가르치고 있는 것이라고 한 학생이 말했다. 그러자 나도 란츠후트의 동창생인 화가 빌리 가이거의 모습을 보았다. 그의 뛰어난 재능은 이미 명성을 떨치고 있었던 것이다. 그는 나에게 고개를 끄덕해 보였으나 이내 몰리어의 설명에 주의를 기울였다. 나는 우리들과는 전혀 다른 그들을 보며 생각에 잠겼다. 나는 타인의 강제에 의하여 감금되어 있다고. 그러자 갑자기 극히 가까운 사람들이 눈앞에 나타났다. 그러나 그쪽에서는 나를 구출하려고는 조금도 생각하지 않았다.

　몰리어는 메스나 핀셋을 손에 쥐고 있지도, 죽은 자의 사체에 손을 내리는 일도 없이 다만 말과 손짓에 의하여 가르치고 있었다. 그 때 문득 그가 키가 큰 금발의 처녀에게 곁으로 와 달라고 부탁하는 것이었다. 그리고 그녀의 화사한 손을 들어서 처형된 시체의 털투성이의 손등과 나란히 놓아 보였다. 그녀는 그의 지시대로 따르며 얼굴을 붉히지도 창백해지는 일도 없이 완전히 설명의 도구가 되어 있었다. 그 순간의 일이 내게는 또 다른 잊을 수 없는 인상을 남겨 주었다. 그 시체실에 누워 있는 어떤 죽은 자도 이제는 혼자가 아니라는 감정이 나의 내부에서 눈떴던 것이다. 그 엄숙한 여성은 마치 방황하는 영혼의 안내자처럼 창 가까이에 서 있고 그 창

밖에는 정오의 햇살을 받고 익은 인동 덩굴의 열매가 탐스런 금빛으로 비치고 있었다. 죽은 자들의 운명에 부드럽고 새로운 빛이 비쳐왔다. 그들은 각자 독특한 의무와 권리를 갖는 계층에 들어간 것이다. 그렇다. 그들은 그들의 해체를 다른 사람과 달리 자연스럽게 맡긴다. 의식과 미의 사도의 손에 맡김으로서 보다 높은 왕국의 시민이 된 것이다. 타는 촛불이나 눈물에 젖은 의식 같은 것이 필요 없는 나라로.

 몰리어는 아주 낮은 목소리로 이야기하고 있으므로 그 말은 이쪽에서는 알아들을 수가 없었다. 그렇지만 그가 이 예술가 지망의 청강자들에게 우리들 의과생은 들어 본 일이 없는 일들을 가르치고 있다는 것을 알 수가 있었다. 해부도를 대는 일을 그들은 단념하고 오늘은 육체의 표면에서 그들의 제작과 그들이 목적하는 명성에 소용되는 것만을 충분히 찾아낸 것이다. 몰리어는 잇따라 그들의 눈을 뜨게 해 주었다. 그리고 우리들에게는 단지 피부에 지나지 않는 그곳, 그리고 우리들이 임금님의 새로운 의상이 보이지 않았던 저 아이들과 같은 기분이었을 때 이들 예술가들은 눈을 크게 뜨고 진주나 루비를 발견하듯 찬탄의 소리를 흘리는 것이었다. 나의 동학인 의학생들은 그러한 해부학 연구는 거의 문제로 여기지도 않았다. 그들이 존경하는 단 한 가지 일은 핀셋과 메스로 이 적막의 광산을 꿰뚫는 일. 시독屍毒이라는 갱내 가스에 위협받으면서 부지런히 암흑의 세계를 파들어 가는 일, 그 외에는 그들에게는 아무것도 아니었다.

우리들의 프로메티우스

　대도회에 대한 우리들의 존경심이 결코 식기 시작한 것은 아니었다. 날카로운 용모와 암울한 눈을 가진 남자들은 분명 모두가 천재로 느껴졌으며, 날씬한 여성을 볼 때면 우리들과 전혀 다른 차원에서 사는 사람들과 접하는 기분이 되었다. 거기에 시대의 공기도 새로운 조류나 움직임에 넘쳐 있었다. 우리들은 정확한 일을 모르면서도 그것을 느끼고는 있었다.
　만추의 저녁나절, 나는 휘황하게 불이 켜진 강의실로부터 돌아온다. 귀에는 아직도 괴벨 교수나 헤르트뷔히 교수의 목소리가 들려온다. 몇백만 년의 세월을 수 분 간의 일처럼 이야기하는 그 목소리가. 가로등은 안개를 굴리며 물들어 있고 길가에서는 조그마한 각등角燈의 불빛 아래서 새카맣게 탄 여자나 아이들이 철화로에다 밤을 구워 파는데 그 밤 냄새가 향긋하게 거리에 흩어진다. 그리고 수많은 젊은 눈에는 벌써 가까이로 성큼 다가선 겨울에 대한 기대가 빛나고 있으며, 때로는 창백한 자아초극자自我超克者라고 할 수 있는 얼굴이 우리들 눈앞에 나타날 때도 있다. 무엇인가 도래해야 할 시대의 환영을 마음속에 틀림없이 지니고 있을 것 같은 그런 얼굴이.

 운이 좋으면 우리들은 그 시각에 멋진 옷차림을 한 젊은이 하나가 시작詩作에 몰두해 있는 모습을 목격할 수가 있다. 카페 슈테파니의 높은 유리창 저 쪽에 그는 전용의 둥근 작은 탁자를 앞에 두고 앉아 있다. 곁에는 그곳을 근거지로 하는 한 떼의 사람들이 장기 승부에 열중하고 있다. 청년 시인의 눈은 자기가 토해내는 자연 紫煙을 뚫어지게 응시한다. 그리고 갑자기 그 연기 속에서 착상이 떠오르면 거친 동작으로 그것을 종이에다 써가는 것이다. 누구도 그 내용을 읽어달라고까지 감히 말하지는 못하지만 그 가두실연街頭實演은 사람들을 매혹시킨다. 어른도 아이도 그걸 보려고 몰려들어 때로는 경관이 나타나 군중을 헤쳐야 할 때도 있다.
 음주를 강령으로 하는 학생관의 생활은 휴고의 화사한 심신이 허락하지 않았으나 자유를 사랑한다는 점에 있어서는 우리들 세 사람은 의견의 일치를 보았다. 그래서 우리들은 맹약하고 어떤 결사結社에도 가입하지 않기로 작정했다. 그러면서도 좀더 위대한 협동형식을 동경했다. 물론 그런 여러 가지 염원은 공상에 지나지 않았지만 우리들은 지향하는 바를 함께 했으며, 직업이나 성질을 달리하는 인간끼리의 제휴를 생각하였는데, 그것은 일종의 비밀 동맹으로 입회를 권유하지 않고 다만 선택된 자만을 참가시키는 것이었다. 신앙이나 국적에 구애됨이 없이.
 온 세계를 앞에 두고 창작을 하고 있는 저 젊은 시인을 우리들은 참다운 마음으로 받아들이지는 못했다. 그래서 나는 숙소의 마리아 노파에게 뮌헨에는 참다운 시인은 없느냐고 물어보았더니 바로 가까이에 있다는 대답이었다. "바로 조각관 뒤켠에 독일의 최고 시인 파울 하이제(독일 소설가, 극작가로 노벨문학상 수상. 1830~1914)가 살고 있습지요." 그 이름은 나도 알고 있었다. 그 이름은 그렇게 열광적인 것은 아니지만 언제나 최고의 경의로써 세인들의 입에 오르내리는 이름이었다. 나는 그 사람의 시 몇 편을 외우고 있었고 사망한 나폴레옹에게 헌정된 만쪼니의 그 유명한 송가를 번역한 파울 하이제의 음조에 완전히 혼을 빼앗긴 적도 있었다. 그 때문에 운을 쓰지 않고 무미건조한 괴테가 한 번역이 퇴색되어 보였을 정도였다. 미술품점에는 하이제의 초상화가 걸려 있으나 될 수 있으면 직접 그의 얼굴을 보고 싶었다. 그렇다고 그의 집 주위를 서성거리기는 싫었다. 그러던 어느 일요일 나는 왕궁 뜰을 지나가는 그의 모습을 보았다. 모자를 손에 들고 있는 반백의 긴 머리, 확실히 그 얼굴이다. 그는 그 얼굴을 똑바로 쳐들고 있는데 작위적으로 그렇게 하고 있는 것 같아 보였다. 뜰을 산보하던 어떤 부인이 데리고 가는 사내 아이에게 그 노 시인은 손짓해 보인다. 나도 모자를 벗었다. 그리고 그의 밝은 회색 눈이 나를 보자 내게 가볍게 끄덕여 보였다. 나는 얼굴이 빨개지는 것 같아 허둥지둥 영국공원(뮌헨 중심부에 있는 대공원. 영국인이 설계했다 하여 영국공원이란 이름이 붙었음) 쪽으로 들어갔다.

  그 다음 날 나는 그의 장편, 《아이들》을 읽기 시작했으나 아직 삼분의 일도 채 못 읽었을 때, 그것과는 전연 부류가 다른 시대의 한 시인이 나를 완전히 사로잡고 말았다. 당시 세상에 격동을 불러일으킨 시인이다. 해부학 교실에서 옆 자리 학생의 노트 곁에서 그 작품을 발견했었다. 게르하르트 하우프트만(독일 자연주의의 최대작가로 노벨문학상을 수상했음)의 《침종沈鐘》이었다. 그 학생은 내게 그 책을 빌려주겠노라고 했다. 그 희곡의 전편을 통해 노호하며 거칠게 불어오는 새로운 시대의 열풍은 몇 날 몇 달 동안 나의 머리 속을 선회하였고, 약동하는 자연의 바람처럼 화려한 언어구사력에 비하면 다른 모든 것은 먼지를 뒤집어쓴 진부한 것으로밖에는 생각되지가 않았다. 나는 읽고 또 읽었다. 그리고 그 작품이 무대를 의식하고 쓴 각본이라는 느낌을 조금도 가질 수가 없었다. 나의 영혼, 그것이 바로 그 무대로 되어버린 것이다. 여기저기에서 들려오는 친숙한 언어는 나의 친밀감을 강하게 해주었을 뿐이었다. 어느 때는 민요를 듣는 듯하고, 어느 때는 파우스트의 제1부나 셰익스피어를 연상시키기도 했다. 게다가 모방의 흔적은 조금도 찾아볼 수가 없다. 후에 읽은 《한네스의 승천》은 내가 지금까지 알고 있었던 어떤 모형도 생각나게 하지 않았다. 인생의 적나라한 모습과 애절한 정감이 서로 섞여서 짜여 전율을 불러내어 다시는 《아이들》로 되돌아갈 수가 없었다.

그러나 이 숙독의 폭풍이 그치자 뒤에는 우울만이 남겨졌으며, 또 무엇인가 다른 소리가 부르는 것이 있어 그것에 따르게 되었다. 그리하여 우리들은 시대의 흔들림 그대로 책에서 책으로 옮아갔다. 고대의 위대한 시작이 차츰 우리들의 시계에서 사라져 괴테의 모습까지도 한 때는 멀어졌을 정도였으므로 우리들은 기준을 잃어갔다. 그러나 뜻하지 않게도 갑자기 데멜의 힘찬 부름이 우리들의 귓전을 울렸다. 휴고가 어느 주간잡지에서 〈들에 어둠이 내릴 때…〉로 시작되는 데멜의 짧은 시를 발견한 것이다. 우리들은 그것을 베끼고 매일처럼 읊조렸다. 물론 거기에는 후기의 괴테의 목소리가 들려오는 내용도 있었으나 전체는 설명하기 어렵고 새로웠다. 이 열두 행의 시에 대해서 무엇인가 설명을 할 수는 도저히 없었다. 그것은 다만 항상 아름다우며 삶의 의의를 스치고 심정을 꿰뚫었다.

우리들은 점점 강렬하게 그 시인의 매력에 사로잡혀 갔는데 그것은 비단 그의 예술만이 그 원인은 아니었고 또 다른 사정이 더해져 우리들의 감정을 부채질한 것이다. 우리들은 데멜의 가장 열렬한 숭배자의 한 사람과 교제하기에 이르렀다. 그 사람은 데멜과 개인적으로도 접촉하고 있었으므로 그 사람을 통하여 데멜은 말하자면 우리들의 안전에 구체화된 것이다. 그 숭배자는 데멜적 요소에 삼투滲透되어 버렸으므로 나중에는 외모까지도 어딘가 시인과 유사하게 되었고, 필적도 시인에 아주 동화되어 버렸기 때문이었다. 그러나 우리들이 그 때 처음으로 알게 된 면목지인面目知人의 그러한 이중인격에 이른 것은 아니었다. 그는 나이는 어리지만 시대의 온갖 중요한 지식을 거두어 자기 독자의 소화와 흡수를 했다. 그는 의과생이면서도 훌륭한 물리학 입문서를 출판한 바로 휴고의 친척이었다. 일년 전부터 그는 뮌헨시의 중심가에서 의료업에 종사하며 진료하는 한편 각 지방의 뛰어난 지식인과 사상을 교환하는 여가를 즐기고 있었다. 정밀과학에 몰두했으면서도 동시에 칼 둑 프레르의 사도였다. 프레르는 원래 바이에른의 사관이었으나 1871년의 전역 후 은거하면서 인간의 보다 높은 자아를 탐구하려고 한 사람이다.

휴고와 인척간인 이 청년 의사가 우리들에게 미친 매력의 중심은 그의 천성이 가까이 하기 어려운 점에 있었다. 그는 모친과 단 두 식구로 예전부터 어느 승원의 일부였던 저택에 살고 있었는데 넓기는 하지만 어딘가 음산한 곳이었다. 그리고 그는 교제 상대를 고르는데 무척이나 조심스러웠다. 휴고는 종종 그의 저택에 초대되었으나 그 때마다 나의 심부름으로 여러 가지 것을 그 의사에게 물어보는 처지였다. 니체를 어떻게 생각하는가 물어 달라, 사후에도 의식 같은 것이 있는가 없는가 물어 달라, 화성에도 사람이 살고 있는가, 책은 무엇을 읽으면 좋을까. ― 이런 대부분의 질문에는 회답이 없었으나 다만 독서에 관해서는 그대들은 프랑스어로 쓰여진 책들을 읽어봐야 한다는 충고를 받았다. 그는 즉석에서 두 개의 작품을 휴고를 통하여 보내주었다. 프로베르의 《감정교육》과 메델링의 《아그라뵈느와 세리제트》였다. 대화로 이루어진 후자의 소책자는 아무런 어려움 없이 읽을 수가 있었다. 이미 그 이름에서 몽환적인 울림을 지니고 있기에 나는 기뻐하며 그 낯설고도 어슴프레한 세계로 끌려들어 갔으나 결국은 꿈 속에서 듣는 것 같은 고상한 흐느낌만이 나의 귀에 남았을 뿐이었다. 저 가련한 두 여인을 나는 기억 속에서 구별할 수가 없었다. 프로베르의 소설은 나의 프랑스어 실력이 충분치 못해 나는 얼마 후 그 두 권의 책을 방치한 채 모파상의 독일어 번역에 몰두하였다.

 그러나 어떠한 분야에 있어서도 그 젊은 의사를 더욱더 신뢰할 수 있는 지식인이라고 생각하는 나의 믿음에는 지금까지 조금도 변함이 없다. 신앙에 가까운 그런 믿음은 어느 날 내가 그에게 소개되는 행복에 접했을 때 더한층 고조되었다. 휴고와 산책을 하고 있을 때 그가 우연히 저 쪽에서 나타난 것이다. 담화는 극히 짧은 시간이었으나 나는 확고한 지력을 가지고 대지 위에 굳건히 서서 일체를 통찰하며 온갖 현실은 물론 일반 가시계可視界의 피안까지 주시하고 있는 그 명성 높은 현대인을 만난 그 순간을 그 후 영영 잊을 수가 없었다. 확고한 의식이 그의 모습을 형성하고 있었는데, 거기에는 황혼의 몽상 같은 것이 들어갈 틈이라곤 조금도 없었다. 회청색의 눈은 꿰뚫듯 후배이며 동학자며 미래의 동료에게 집중되었으나 일종의 호의의 빛이 아주 없는 것은 아니었다. 말할 때면 이마에 주름이 졌고 미소하면 윤기 있는 붉은 입가에 아름다운 예각의 주름이 나타났다. 그가 이야기하는 투는 나와는 정반대였다. 나는 또렷또렷하게 말하지 못하고 우물거리지만 그는 의견이나 판단을 일종의 군대 같은 명확성을 지니고 이야기하였다. 아쉬운 것은 그는 왕진 도중이어서 언제까지나 우리들을 상대하고 있을 수가 없다는 점이었다. 헤어질 때 그는 데멜의 근작 시집을 우리들에게 빌려주겠다고 약속하였다. 그것은 《여성과 세계》라는 표제로 근래에 출판된 것이었다. "그것을 읽으면 누구도 지금까지 작품다운 작품이 있었는가 하고 의심하지 않을 수 없겠지." 그런 예리한 한 마디 말과 함께 그는 우리들에게 손을 내밀고 전차에 껑충 뛰어올랐다. 전차라고는 하지만 아직은 말이 끌고 가는 것이었지만.

나는 그 때까지 그렇게도 남성적인 자신감에 넘친 사람과 접한 일이 없었다. 그 사람을 또 만나고 싶다. 그리고 가능하다면 나도 그 사람처럼 되고 싶다고 나는 마음속으로 간절히 바랐다. 그런 일을 생각하면서 나는 나도 모르게 침묵에 잠겼고 친구는 나의 기분을 꿰뚫어보고 이렇게 말했다. "저 사람은 누구에게나 저렇게 친밀하게 대해주지는 않아." 내가 그 말을 믿을 수 없다는 표정을 짓자, 그는 계속해서 말했다. "자네가 마음에 들지 않았다면 자네 앞에서 데멜의 일 같은 것은 한 마디라도 말할 줄 아나, 그건 틀림없는 진리야." 겨우 나는 기운을 되찾았다. "자네는 멋진 사람을 친척으로 가졌네. 저 사람은 시대의 모든 신들과 친교를 맺고 있는 듯해. 저런 사람은 새로운 정신의 불을 우리들 하계인에게 날라주는 거야. 우리들은 저 사람을 프로메티우스라고 부르세." 이 경칭의 봉정에 대해 휴고도 이의는 없었다.

우리들은 앙연한 기분으로 친구 발터를 찾아갔다. 그날 밤 그는 피아노 콘서트를 열기로 되어 우리들도 손님으로서 초대를 받았던 것이다. 모여 있는 사람은 대개 미술학교 생도나 젊은 음악가들이었는데 아가씨를 동반한 손님도 적지 않았다. 발터는 오래되고 귀중한 그의 피아노와 헤어져 있지를 못해서 란츠후트에서 그걸 보내라고 해서 밤낮으로 그걸 벗삼아 슈미트 린트너의 열성 있는 제자였음을 실증하였다. 자유로우면서도 작품에 완전히 매료된 그의 연주는 우리들 모두를 기쁘게 해주었다. 시대의 흐름에 맞도록 그는 차이코프스키와 쇼팽을 연주곡목으로 선택하였고, 이어 그리크의 비가, 그리고 제일 마지막으로 베토벤의 〈비창〉을 연주했다. 벗의 수고를 감사하는 감동의 침묵이 잠시 일동을 지배하였으나 잠시 후에는 담화가 풀려나왔다. 그런데 그 담화는 그날 밤 그 자리에 모여 있는 자들의 공통된 감정이 어떤 것임을 즉석에서 나타내는 것이었다. 이들 모두의 젊은 심정 속에는 뭐라고 이름 붙일 수 없는 무언가 새로운 것이 끓어오르고 있었던 것이다. 누구나 자기에게서나 남에게서 이상한 것을 기대했으며 관습적인 것은 그 가치가 의심되었다. 사람은 종교를 버리고 마술로 뛰어들었고 영원히 감추어져 있는 것에 대한 호기심 그것은 당시 어떤 장소 어떤 방면에서나 퍼져 있었다. 거기에 모인 사람들 마음 속에도 역시 눈떠 있어서 자칫하면 기묘하게 겉으로 나타났다. 우리들을 휘감고 있는 오관의 음울한 속임을 돌파하고 싶다는 것이 모두의 염원이었다. 그러나 정상적인 과정으로는 그것은 불가능하였으므로 일동은 질병을 예찬하며 그것을 천재와 위대함에 도달하는 통로처럼 생각했다. 그런 뒤틀린 생각에도 일종의 진리의 싹은 감추어져 있었다. 이미 옛 사람들도 자연이 어느 인물에게 탁월함을 부여했을 때는 그것에 응해서 다른 점에 있어서의 결함을 주었다는 사실을 알고 있지 않았는가. 그런 까닭으로 우리들은 천성으로 혜택받은 사람의 건강상태에 대하여 이야기를 나누었다.

쇼팽의 폐환, 베르네의 음주벽, 레나우, 휴고 볼프, 니체 등의 정신착란이 역설되었다. 거기서 휴고는 우리들의 프로메티우스가 그에게 이야기한 하나의 비밀을 공개하기에 이르렀다. 그는 어딘가 모르게 뽐내는 자세로 저 위대한 데멜이 때때로 가벼운 간질의 발작으로 괴로워한다는 사실을 털어놓았던 것이다. 그런 일은 혼자만이 가슴 속에 감추어 두어야 할 일이라고 생각되었다. 그러나 이 작은 모임에서는 그 때문에 시인의 명성에 조금의 훼손도 미치게 하지는 않았다. 아니 참으로 그 반대였다. 데멜의 탁월함에 아직도 의심을 가지고 있었던 듯한 사람들도 그것을 듣고 잠자코 있었으며, 어느 손님은 시저나 나폴레옹도 같은 간질병을 앓았다는 설이 있지 않느냐고 말하는 것이었다. 흥분을 감추지 못하고 거기에 모인 예술의 사도들은 발터의 상기한 얼굴을 응시했으며, 누구의 얼굴에서나 열심히 자기 내부에서 어떤 질병의 소재를 파내려고 애쓰는 모습이 보였다. 참으로 악마에게 혼을 팔아 넘기려는 자는 현대에는 이미 찾아볼 수 없겠다. 그러나 천재의 한 조각을 손에 넣기 위하여 병이라는 악마에게 다소의 재물을 바치는 것쯤은 감히 사양하지 않을 용사는 적지 않은 것 같았다. 나 자신으로서는 별로 유리한 소재는 없었다. 란츠후트의 기숙사 동료가 내게는 몽유병 증세가 다소 있었다고 말했으나 아무리 해도 그것으로는 무게가 부족했으며 특수한 재능을 증명하기에는 너무나 불충분했다.

나는 또다시 늘 나에게 위안을 주는 괴테에게 매달렸다. 괴테야말로 건강과 완전성의 정화로서 우리들에게 전해지고 있지 않은가. 우리들은 또 저 예민한 취각을 가진 모비우스(1853~1907, 병리학자로서 괴테, 루소, 쇼펜하우어, 니체, 슈만 등을 병리학적으로 연구함)에 대해서는 아무것도 몰랐다. 그 사람은 지치지 않는 만족감으로 괴테에 있어서의 여러 가지 병적 증상을 지적하였으므로 그 때문에 이피게니아 미뇽(괴테의 주인공들)에 대한 애호심을 잃어버린 사람도 있었을 정도였다.

마지막으로 누군가가 서로의 집중력을 시험해 보지 않겠느냐고 제안하였다. 어떤 아름다운 여점원이 최초의 시험 대상으로 선정되어 우선 넥타이핀을 보여준 다음 그녀의 눈을 가렸다. 그 핀을 감추고 그녀로 하여금 찾아내게 하려는 것이었다. 찾는 손은 온 정신력을 목적물에 집중해야만 한다. 만약에 그녀가 뛰어난 집중력을 가지고 있다면 그 소재를 틀림없이 감지한다는 것이다. 아가씨는 잠시 탁자나 의자를 더듬다가 곁에 있는 사람들의 옷을 쓰다듬어 내리더니 별안간 빙글 돌아 오른쪽 옆방으로 들어가 똑바로 안락의자를 향해 가서는 베개 밑을 더듬어 넥타이핀을 집는 것이었다. 그녀는 스스로 눈가리개를 떼고 놀라서 아연해진 사람들에게 생긋 웃어 보였다.

다음 사람은 겨우 급제였고, 그 중에서 내가 최열등 성적이었다. 핀에 온 정신을 집중하는 것이 내게는 불가능하였다. 주위가 나의 안계에서 사라지자마자 그 날의 커다란 체험으로서 프로메티우스가 눈앞에 나타나는 것이었다. 나는 여기저기를 마구 더듬어댔다. 마침내 정이 떨어진 듯 누군가가 눈가리개를 풀어주면서 반은 농담으로 반은 화를 내며 이렇게 말했다. 자네는 참으로 둔감하군. 이끌리는 대로 따르면 되는 거야. 그게 안 된단 말이군.

이번에는 어느 젊은 조각가의 차례가 되었다. 나는 처음부터 이 사람의 경우는 어떨까 하고 호기심을 품고 있었다. 그는 제법 사람들의 화제에 오르곤 했으나 조각가로서의 재능 때문이라기보다는 그의 풍채의 아름다움, 특히 그 풍부하고 빛나는 금발 때문이었다. 한편으로는 거의 승려적이라고 할 만큼 금욕적인 일상생활, 그리고 이렇게 서로 모순된 두 개의 현상이 상호 어떠한 관계를 가지고 있는가라는 점이 세인의 입에 오르내리게 한 원인이 되었다. 그는 몇몇 아름다운 여성의 마음을 포로로 사로잡았으나 그는 사랑의 밤을 지낸 다음 날에는 그의 멋진 두발이 언제나 조금은 그 젊은 황금의 광채를 잃어버린다는 사실을 확인하지 않을 수가 없다고 믿었다. 아마도 그것은 그의 지나친 생각이거나 혹은 다소는 근거가 있었는지도 모른다. 어떻든 그는 '미'를 '열락'의 희생으로 바치기를 좋아하지 않았다. 때문에 이제는 허영에서 덕성으로 인도되어 그는 여성을 피하며 지내갔다. 그런 형편이었으므로 그를 놀리려는 생각으로 핀은 그를 사모하는 어느 아가씨의 블라우스에 끼어졌고 몇 분 후에 그 거처가 발견되었을 때는 무척이나 명랑한 장면이 벌어지게 되었다.

  돌아오는 길에 우리들의 이야기는 다시 프로메티우스에게로 이어졌다. 그는 확고한 세계관을 가지고 있는 드문 인물이며 여가에는 시작에 몰두한다는 것, 그러나 쓴 것 전부를 상자 밑바닥에 넣어두어 사람들의 의견을 들으려 하지 않는다는 등의 얘기였다. 나는 그런 것을 의외로는 생각하지 않았다. 그의 내부에 도사린 힘의 존재를 예상하고 있었기에 시작이라 해도 그는 우리들처럼 앞뒤 생각 없이 아무렇게나 써 갈기리라곤 생각해 본 일조차 없었다. 아니, 그의 시작은 불가사의한 연금술과도 같은 것이리라. 세기의 모든 지력과 심령을 총동원한 대규모의 실험임에 틀림없으리라. 그리고 온갖 고초와 실패를 거쳐서 최후로 일체를 포함하며 일체를 능가하는 시가 증류蒸溜하여 나오는 것이리라. 그와 한 번 마주 앉아서 이야기를 하고 싶다. 비록 몇 분간이라도 좋다. 그것이 나의 가슴 깊이 감추어진 소원이었다. 그리고 얼마 후에 소원은 실현의 날을 맞이하게 되었다.

  나는 구 식물원 내에 있는 유리궁 뒤켠에 자리잡고 휴고를 기다리고 있었는데 그는 그 날은 유달리 오랫동안 프로메티우스에게 머물러 있었다. 그 날은 바이에른의 11월이 아니고는 도저히 볼 수 없는 온화하고 맑은 날씨였다. 그런 날에는 뮌헨의 하늘도 플로렌스의 하늘 이상으로 푸른빛을 띠는 수조차 있었다. 저 멀리 하늘 높이 떠 있는 몇 조각의 구름 그것은 해초처럼 부드럽게 걸쳐 있기도, 때로는 성운 같은 모양이 되기도 한다. 잔디는 습기를 띠며 마지막 낙엽을 아로새기고 있었다. 그래도 곳곳에는 아직 데이지가 피어 있다. 나의 벤치에는 이미 각양각색의 사람들이 와서 앉았다가는 갔다. 아이를 데리고 온 어머니, 겨우 자리를 기동할 수 있어 보이는 창백한 병자들, 그 후 노신사 하나가 왔다. 모피 외투를 입고 하얀 줄무늬가 진 푸른 모직 목도리를 두른 노인이었는데 마침 엽서를 읽는 나를 보고 말을 걸어왔다. "좋은 소식이 있었는가." 다정하게 묻는 질문이었는데도 내가 시들하게 대꾸하자 자기는 뮌헨에 있는 어느 초등학교의 교사였는데 방학 때마다 유럽 각지를 여행했었다고 하면서 지금은 87회째의 생일을 맞으려는 참이라고 이야기하였다. 그 숫자도 내 가슴에는 별다른 반응을 일으키지 못했다. 그러나 문득 그가 파리에 갔을 때 암스테르담가에서 병을 앓고 있던 하인리히 하이네를 방문한 일이 있다는 이야기를 입 밖에 냈을 때 나는 비로소 노인이 몹시 고령임을 깨달았다. 그가 나를 의과생으로 보지 않고 젊은 예술가로서 대우하는 게 내게는 무척이나 기분이 좋았다. 그러자 나는 갑자기 대담해져서 시작에 대한 나의 소망을 털어놓았다. 자작시의 한두 편을 들려주는 것도 사양치 않을 참이었으나 아쉽게도 상대방은 별로 듣고 싶어 하는 것 같지 않았다. 노인은 피로한 듯한 미소를 띠고 나의 전도를 축복해 주었을 뿐이다. 그러면서 다음과 같은 의견을 말하는 것이었다. 실러의 〈종의 노래〉를 능가할 수 있는 독일시는 절대로 나오지 않을 것이다. 그런데도 대체 무엇 때문에 시를 쓰겠다고 애를 쓰는가. 시작의 참다운 샘은 말라버렸으며 새로운 것은 어느 것이나 그가 보는 한에 있어서는 모방이거나 경련이라고. 나는 데멜은 어떠하냐고 물었으나 그는 입을 다물고 머리를 흔들었다. 그는 그 이름을 아직 한 번도 들은 적이 없었던 것이다.

새로운 그림에 대해서는 그는 열정을 가지고 이야기했다. 회화繪畵에 있어서의 사정은 시와 정반대다. 이제야 비로소 회화는 그 정점에 이르렀다. 슈트크의 〈죄〉와 같은 그림은 인간의 밑바닥 모습을 나타낸 천재적인 작품은 지금까지 어떠한 대가도 성취 못하였던 것이다. 라파엘로까지도 거기에 비하면 빛이 흐려진다. 이 작품은 자기에게 예술에 대한 신앙을 되돌아오게 해 주었다. 만약에 자네가 아직 그것을 보지 못했다면 일요일에 꼭 현대 회화관에 가 보는 게 좋다. 거기에 그 걸작이 걸려 있는데 여생이 얼마 남지 않은 자기에게 아직도 그런 계시가 남았다는 행복을 자기는 얼마나 고맙게 여겨야 좋을는지 모르겠다고.

"부러운 일이야. 이런 시대에 이십대를 보내는 사람은!" 그는 탄식했으며 내가 노인장은 매우 젊어 보인다고 해도 귀에 들어오지 않는다는 듯 좋아하지도 않았다. 그의 인생은 결코 안락한 것은 아니어서 고투의 연속이었다. 그러나 자기는 그것을 견디어냈다. 지금 자기는 오십 년 전과 비교해서 훨씬 밝은 기분이다. 그리고 죽음을 겁내지 않는다라고. "나는 좋은 카르마(불교에서 말하는 업業)를 갖고 있거든." 그는 그렇게 속삭이며 일어났다. "손금에 나와 있으니까 볼 줄 아는 사람은 알거든." 그러나 나는 부끄럽게도 카르마라는 말의 의미를 묻지 못하고 말았다. 나는 그걸 나중에 묻겠다고 결심했다. 나는 다시 뵈었으면 좋겠다고 말했다. "일요일 날 〈죄〉 앞에서 만나게 되겠지." 그는 목도리를 매만지며 말했다. "안녕. 나의 카르마를 나는 믿고 있다네." 그는 또다시 중얼대며 종종걸음으로 사라져갔다.

노인의 모습이 정원의 고전적인 문을 지나서 보이지 않게 되었을 때에야 발터가 나타났고, 그보다 약간 늦게 휴고도 나타났다. 휴고는 손에 봉서 하나를 들고 멀리서부터 그걸 흔들어 보여 무언가 대단한 것을 갖고 있다는 태도였다. "시야! 아직 인쇄되지 않은 원고야. 시인의 자필시라구." "데멜인가?" 발터와 나는 거의 같이 외쳤다. "데멜은 아니지만 프로메티우스는 이것은 새로운 시대가 낳은 가장 아름다운 것이라고 말했다네. 그가 이걸 우리들에게 잠시 빌려주었지. 다섯 시까지라는 조건으로. 프로메티우스의 어느 환자의 것일세. 비어바움씨라고 말했지 아마. 그 사람이 하루 이상은 빌려줄 수 없다고 했다는 걸세." 벗은 쫓기듯 숨을 헐떡였다. 우리들은 그를 벤치 한가운데에 앉히고 그가 봉투에서 꺼낸 하얀 종이 조각에 무언의 경의를 표했다. 아무렇게나 쓴 것이지만 개성에 넘친 필적으로 쓰인 짧은 구절들이 눈앞에 나타났다. 작자의 이름은 없었고 제목은 〈두 사람〉이었다.

두 사람

여인이 떠받들고 있는 술잔.
그녀의 턱과 입이 스친다
그렇게도 가볍고도 틀림없는 발걸음
한 방울도 흘리지 않네.

다루는 솜씨가 그렇게도 가벼이
마상에 앉은 젊은이
눈부신 모습으로
아무 일도 아닌 듯 말을 세우네.

허나 여인의 가벼운 손에서
잔을 받아드는 것도
두 사람에게는 너무나 어려운 일.
손과 손을 대어도 반도 구하지 못해
땅에 떨어지는 진홍의 술

우리들의 행복감이 그 색다른 시에서 왔는지 아니면 그 까다로운 사람이 우리들에게 표시해준 신뢰에 대한 만족감에서 온 것인지 그 점에 대해서는 우리들은 별로 생각해 보려고도 하지 않았다. 세 사람 모두 손수건으로 손가락을 닦고는 그 종이를 조심스럽게 접어서 차례차례로 건네주었으며 이어 암기가 시작되었다. 베끼는 것은 엄금이었기 때문이다. 서로 암송의 시험을 거치는 동안 나는 무언가 대담한 기분에 사로잡혔다. 나는 휴고더러 내가 대신 프로메티우스에게 이 시를 돌려보내려 가면 안 되겠느냐고 담판하였다. 그는 약간 투덜대면서도 결국은 나의 열성에 양보를 해주었다. 이리해서 하나의 환희는 다른 환희를 낳게 되었다. 나는 아직 세상에 알려져 있지 않은 마술적인 언어를 뇌에 새겼으며, 그 위에도 전달자의 집에 발을 들여놓을 수 있고 잘 되면 대담을 해 볼 수도 있는 영광을 입게 된 것이다.

그는 마침 진찰이 끝난 환자를 전송하는 중이었으므로 벨을 울릴 필요도 없었다. "십 분 간만 자네에게 쓰겠네"라고 그는 말했다. 그러나 내가 진찰실을 떠났을 때는 겨우 7분도 되지 않았다. 그곳은 모든 것이 아버지의 취미와는 얼마나 다른가. 부친의 경우는 한가로운 듯하면서도 난잡한 상태였었다. 특히 모친이 잠시라도 집을 비우면 엉망이었다. 이 지방 의사가 손수 약을 찧는 그릇이나 미량의 분말을 다는 저울대 바로 옆에는 도저히 있을 수도 없는 물품들이 뒹굴어 다녔다. 발굴된 병조각이라든가 조그마한 짐승들의 골격이 아무렇게나 흩어져 다녔으며 멀쩡한 책들도 요오드팅크로 얼룩져 있었다. 그런 방임 상태는 프로메티우스의 병원에서는 상상할 수도 없었다. 그가 입은 진료복과 마찬가지로 일상용품이나 벽도 새하얗게 빛났고 흰 것이 아닌 것은 모두가 니켈 도금으로 반짝이고 있었다. 단 하나 주사기와 소식자消息子가 널려 있는 사이로 어울리지 않는 것이 있었는데 그것은 타는 듯한 빨간 봉투였다. 그 봉투 위에다 그는 내가 돌려준 시를 얹혀놓고 몇 초 동안 그 자리에 서서 손을 쉬고 있었다.

"얼마나 아름다운 여운인가? 작자는 빈 태생으로 나이는 아직 젊으나 신동이라는군. 그러나 우리들의 시대정신을 대표하는 참다운 시인은 달리 있다네. 자네도 아는 사람이야. 그 사람은 멀리 북해 근처에 살고 있는데, 그의 위대한 벗, 리온크론(독일의 시인. 1841~1909)이 사는 근처야. 마침 오늘 편지를 받았어." 발송자의 이름을 읽을 수 있도록 그는 그 봉투를 내 눈앞에다 내놓았다. 그리하여 빨강 바탕에다 검은 글씨로 쓴 데멜의 이름이 또다시 나의 시선을 끌었다. "이 사람과 견주면 어떤 시인의 작품도 빛이 흐려져 버린다네." 프로메티우스는 그렇게 덧붙였다. 그것은 강력한 사상이 곁들인 의지적인 인격을 나타낸 필적이었고, 명확하며 힘에 넘치고 독창적인 필적이었다. 자신의 특징을 똑똑히 의식한 필적으로서 저 신동의 쭉쭉 뻗어 갈겨 쓴, 그러나 독특한 필체와는 근본적으로 부류가 달랐다. "전번에 이야기한 저서를 빌려주기로 하지. 그리고 먼저 나온 《구제救濟》도. 한 달 뒤에는 꼭 돌려주게나. 《여성과 세계》 — 지금까지 이만큼 멋진 표제가 있었을까. 그렇다네. 우리들의 시대는 위대하다네. 장려한 성좌가 떠오르는 때일세. 자네들은 세 사람이 모두 젊어 어느 누구도 자네들이 삶의 제왕이 되는 것을 방해하는 자는 없어. 자네들에게 그 왕관을 수여하는 것은 바로 여성이야. 남성은 자신의 영혼을 구제하기 위하여, 지복의 아픔에 의하여 육肉을 넘지 않으면 안 되네. 초감각적인 것으로 이르는 길은 초감각의 한복판을 관류하여 뚫려 있다네. 이것이 바로 우리들 세기의 성실한 고백일세." 그러한 설교가 모두 추상적이며 구체감이 흐려져 있어 우리들을 존재의 비밀로 인도해 주지는 못하리라고 나는 희미하게나마 느끼고는 있었던 것 같다. 나는 힘차게 고개를 끄덕이고는 이미 오래 전부터 그런 인식에 의해 생활하고 있다는 인상을 그에게 주려고 애를 썼다.

밖에서 벨이 울렸고 의사는 작별을 고했다. 그는 나의 뮌헨 생활을 위하여 유익한 힌트를 주었고 좋은 음식점, 좋은 궐련회사의 이름을 가르쳐 주었다. '삶의 제왕'을 때로 위협할지도 모를 몇 가지 병에 대한 좋은 예방처치도 가르쳐 주었다. 그런 모든 충고는 문학이나 예술에 대한 해명처럼 간결해서 군대식이라고 해도 좋을 만큼 명료하게 주어졌다.

〈죄〉라고 하는 무서운 말은 소년 시대의 나의 영혼을 천상으로부터 위압했던 것처럼 나를 찍어 눌렀다. 대개의 경우 이 말의 언저리에는 또 '신'이라는 이름이 울리고 있기에. 그러나 그 말은 도회에서는 일종의 다른 어조를 띠고 있어 젊은이에게는 땅 속에서 솟아나오는 것 같은 전율을 불어 넣는 것이었다. 나는 프로메티우스에게 스트크의 그림에 대해 그의 의견을 물을 작정이었으나 밖에 나와서야 겨우 그 생각이 떠올랐다. 되돌아 들어갈 수는 없었다. 그날 밤 나는 친구에게 노 교사와의 해후를 이야기해 주었으며, 다음 일요일에는 세 사람이 함께 현대 회화관으로 갔다. 그 그림에 대한 명성은 우리들로 하여금 몇 개의 방을 지나쳐가게 하였다. 일체 한눈을 팔지 않고 우리들은 곧장 그 그림 앞에 선 다음 눈을 번쩍 떴다. 그림은 폭넓고 장려한 액자에 넣어져 특별한 화가畵架에 올려져 있었는데, 호기심 많은 사람들이 반원형을 이루어 그 그림 앞에 떼지어 서 있었다. 조금 떨어진 휴게용 의자 위에서 나는 식물원에서 만났던 그 존경할 지우知友를 보았다. 그렇지 않아도 우리들은 예술에 대한 경의에서 이미 모자를 벗고 있었으므로 나는 그에게 인사를 하고 즉시 그에게 '카르마'에 대해 물어보려고 했으나 그는 오늘은 별로 얘기를 하고 싶지 않은 기색이었다. 그는 내 인사에 대해 가볍게 고개를 끄덕이고 눈을 깜박이다가 꼼짝도 않고 무언가 응시한다. 내가 누구인가는 분명히 아는 모양이나 영원으로 통하는 대걸작을 앞에 두고 잡담을 나누는 게 온당치 않다는 그런 기색이었다. 내가 친구들을 데리고 온 것이 언짢았는지도 모른다. 얼마 후 그가 자리에서 몸을 일으키자 수위 하나가 그를 부축해 주었다. 그는 나를 향해 다시 한 번 오른쪽 눈으로 깜박여 보이고는 낭하廊下로 사라져 갔다.

친구들은 그 해후에 대해 거의 주의를 하지 않았으므로 우리들 세 사람은 함께 그 그림을 응시했다. 그것은 창백한 여성의 몸을 거의 가린 머리카락과 뱀과의 어두움이었다. 음형이 깊은 얼굴, 검은 눈동자를 두드러지게 하는 푸른 기를 띤 흰자위는 처음에는 거기에 달라붙은 뱀의 번쩍임, 그리고 사악하고 아름답게 구부러진 목, 등 위에 있는 쥐색의 무늬, 그것을 뚫고 달리는 꿰맨 줄 같은 은청색의 선 등에 압도되어서 눈에 띄지가 않았다. 그림 전체는 암울과 창백 속에서 떠돌고 있고, 위쪽 귀퉁이에만 붉은 기를 띤 노란 지옥의 업화業火가 암시적으로 타고 있었다.

예술작품에는 우리들 속에 있는 인간과의 연대감을 강화시켜 주는 것도 있고, 우리들을 개체로 이끄는 작품도 있다. 슈트크의 그 그림은 후자의 부류에 속하는 것이었다. 거기에 그려진 여성상은 만인을 고독의 길로 가게 한다. 그 길을 가면 조만간 살아 있는 그녀의 자매를 만나게 된다. 우리 세 사람은 빈틈없이 서로 짜여져서 별로 기분이 좋다고는 할 수 없는 그 인상에 지지 않도록 서로를 격려하였다. 카페 루이트볼트의 벽화 이외에는 그림을 감상할 기회가 전연 없었던 초심자인 내가 도대체 어떻게 판단을 내릴 수가 있을까. 나는 멍하니 바라보고 있었을 뿐이다. 막히는 곳은 거울을 돌려 뒤에 무엇이 있는가를 보려고 하는 원숭이와 같은 기분으로.

　휴고는 그가 받은 놀람을 속어적인 표현으로 폭발시키고는 말없이 생각에 잠겼고 그 반대로 이미 여러 작품에 접했으며 몇 사람의 상당한 화가를 친척으로 둔 발터는 우선 그 그림에서 반사되는 강렬한 힘에 대해 방어해야만 된다는 점을 이해하였다. 그러기 위해서는 비평 이상의 더 좋은 수단은 없다. 그는 두세 발짝 뒤로 물러서서 두 눈을 집중시킨 다음 몸을 약간 구부려 그림을 위로 쳐다보았다. 그는 이 명성 있는 동향의 화가에 대하여 경의를 표하면서도 몇 가지 비판을 가했다. 우선 그에게는 그 여성상이 너무나 온아하고 통속적이라는 것이었다. 그녀는 마치 가장무도회에 나가는 듯한 옷차림을 하고 있을 뿐더러 몸을 감고 있는 뱀만 하더라도 다만 장식을 위한 값비싼 모피 같은 역할을 할 뿐이라고. 그가 그렇게 말하자 순식간에 그 상은 변용하는 것처럼 생각되었다. 발터의 비판이 전염된 것이다. 그러자 휴고도 즉각 한 가지 흠을 들추어 내었다. 그 뱀의 머리도 뱀이 아니고 수달의 머리다. 다만 수염이 없을 뿐이라는 이야기였다. 그러나 내게는 그것은 중대 문제로는 생각되지 않았다. 나의 관심을 끈 것은 무엇보다도 역시 그 여인의 모습이었다. 그리고 그녀의 병든 얼굴에서 죄의 흔적을 찾고 있자니 문득 살아 있는 하나의 얼굴이 나의 영혼 앞에 떠올랐다. 도나우 강가에 사는 소녀(카로사의 다른 작품 《젊은이의 변모》에 나오는 아말리에)가 나를 향해 웃었던 것이다. 이미 오래 전에 아말리에는 나의 기억에서 사라져 버렸는데 이제 그녀가 내게 하나의 부담같이 느껴졌다. 나의 사념은 갈피를 못 잡고 그 두 개의 상 사이를 왔다 갔다 하다가 드디어는 몽상에 잠겨버리고 말았다. 그 그림 속에서 아말리에를 연상하자 갑자기 그 금빛 액자는 사라져 버리고 어떤 풍경이 나타났다. 도나우 강과 멀리서 오는 밝은 빛깔의 선미船尾,

검은 빛깔의 낡은 오두막, 그 앞에 널려져 있는 그물, 끝없는 숲이. 그 반대로 뱀에 감긴 그 여인에게서 호화로운 테두리를 벗겨보면 그 그림을 휩싸고 있는 것 같은 살아 숨쉬는 세계는 존재하지 않는다. 거기에는 다만 어둠과 업화에 넘친 공간이 존재할 뿐이었다.

"그래 자네의 의견은 어떤가. 놀래서 목소리도 나오지 않는다는 건가" 하고 발터가 물었다. 나는 얼른 대답할 말이 생각나지 않아 이 여성의 얼굴은 화니를 생각나게 한다고만 말했다. 화니는 후란치스카너 음식점에서 언제나 우리들 시중을 들어주던 안색이 나쁜 여급의 이름이었다. 두 사람은 한바탕 웃고 내 말이 옳다고 인정했다. 우리들은 농담과 야유로 그 그림의 마성에서 벗어났다고 믿고 거기를 떠났지만 암울한 여운은 떠나지 않아 도저히 그 작품과 친숙해지지 않았다. 우리들은 품위높은 낭만파 화가나 그 외의 거장들의 아름다운 꿈의 세계를 냉담하게 지나쳐 출구를 향하여 서둘러 나갔고 거기서 헤어져서 각기 자기의 길을 걸어갔다.

아직 정오까지는 시간이 있었기에 나는 마음과는 달리 어느 은밀한 계획을 실행하기 시작하였다. 나는 거침없이 도심을 향하여 걸어갔고 이윽고 프로메티우스의 집 앞에 선 나 자신을 보았던 것이다. 그가 이미 그 그림을 보았을 것은 틀림이 없다. 그래서 그의 의견을 듣고 직접 그 입에서 방향을 지시받을 수 있는 말을 듣는다는 것, 그것은 다소는 무례한 행위가 될는지는 모른다. 그러나 독특한 세계관을 가진 그 부러워할 사람이 매일 출입하는 현관 근처 어두컴컴한 구석에 내가 서 있다는 것만으로도 얼마나 기분 좋은 일인가. 그가 순수한 시인적 생활과 일상의 의료행위와 훌륭하게 일치시켜 나가는 것을 알고부터는 그에 대한 나의 신뢰는 한층 높아졌다. 몇 초 동안 내게는 그는 완전히 이 도시의 무언의 주권자며 히말라야의 동굴에 살면서 세계의 운명을 좌우하였다는 왕자 같은 유가행자瑜伽行者에 비견할 수 있는 사람으로 생각되었다. 나는 거친 숨결이 다소 가라앉을 때까지 잠시 기다릴 작정이었다. 나의 손은 이미 벨을 울리고 있었으며 그와 동시에 나의 시선은 금빛 갓을 두른 조그마한 도자기로 만든 선반 위에 떨어졌다. '일요일과 공휴일에는 휴진임' 새까만 글자로 쓰여진 그런 게시문이 거기에 있었다. 집 안에 발소리가 나는 것 같았으나 문은 열리지 않았다. 나는 두 번째의 벨은 도저히 누를 수가 없었다. 그리고 그 게시문은 일요일인 그 날 내가 어머니의 친척뻘되는 어떤 가정에 초대되었음을 생각나게 해주었다. 친척이란 여러 해 전부터 셸링가(철학자 셸링에 이름을 붙인 거리이름)에 살고 있는 쌍둥이 자매였다. 그녀들은 오래 전에 이 세상을 떠난 카타리나 보겐라이터의 후예이다. 한 마을의 가축을 나폴레옹의 군대로부터 빼돌렸던 처녀 카타리나 보겐라이터의 후예.

만남

 뒤죽박죽이던 시절, 내가 이 쌍둥이 종자매, 루이제와 레나를 장래 언제인가는 마음 맞는 친구 이상의 여성으로 볼 때가 오리라고 예언하는 자가 있었다고 해도 나는 도저히 그것을 믿을 수가 없었으리라. 열정을 갖고 새로운 사상을 위해 싸우는 동시대의 자각적이고 정신적 존재, 그러한 인물들이야말로 당시의 나에게는 이 자매보다 훨씬 상위에 있었기 때문이다. 그러나 그 많은 사상, 또 그 사상을 위한 투쟁자도 얼마나 빨리 기억에서 사라져 버렸던 것인가. 나는 비로소 두 자매의 일을 약간 생각해 보았을 뿐으로도 무의식 속에서 위대한 현자들의 발자취를 좇는, 기쁘고도 경건한 생활이 갖는 영원한 마력을 즉각 느낄 수가 있었다.
 동생보다 5분 먼저 태어난 루이제는 옛날 나의 어머니가 가르친 제자이기도 했으며, 모친의 권유에 따라서 여교사가 되었다. 동생인 레나는 매일 언니를 따라서 학교에 갔다가 집에 돌아와서 가사에 종사하였다. 자매 중의 하나가 만약 밖에 나가서 약속시간이 지나도 돌아오지 않으면 다른 하나는 견딜 수 없는 불안과 초조감에 어쩔 줄을 모른다. 그 때는 그것만이 맛보지 않으면 안 될 인생의 유일한 괴로움인 것같이 생각되었다. 둘이 모두 아름다운데다 재산도 있었으므로 청혼도 상당히 들어왔고 또 구혼자 중의 어떤 사람은 상당히 좋은 자리로 생각된 적도 몇 번인가 있었다. 그러나 그럴 때마다 자매애가 그걸 이겼고 마침내 레나의 눈이 보이지 않게 되기 시작할 때부터는 결혼이라는 말은 말끔히 이 두 자매의 생활에서 추방당하고 말았다.

눈동자의 장막 제거는 오늘날에는 치료가 가능하지만 당시는 그렇지가 않았다. 처음에는 흐릿하게 보이던 그녀의 시계가 마침내 칠흑의 방으로 되어 버렸다. 실명의 불행도 종교적 인종으로서 참아내어 결코 슬픔의 포로는 되지 않았다. 생애를 통하여 그녀는 젊고 맑은 소녀의 얼굴을 계속 갖게 되었는데, 그 시기에 이 두 자매의 내면생활에는 어느 종류의 변화가 일어났음에 틀림없다. 말하자면 결합된 영혼의 주거이전이라는 것이 있었던 것이다. 이전보다는 작지만 그러나 보다 높은 곳에 위치한 곳으로의 이주, 그녀들은 거기에 들어박혔다. 그 새로운 주택의 문은 닫혀져 있을 때가 없었으며 창들도 언제나 열려져 있었다.

아직 휴일 학교에 다니는 젊은 친척 아가씨를 맞아 레나의 보이지 않는 눈 대신을 하기로 했고, 그 외는 외적 생활에 아무런 변화도 없었다. 자매는 언제나 같은 의복, 같은 모자, 같은 장식이었으며, 일요일 아침은 루트비히 대성당의 엄숙한 미사에 참석했고, 오후에는 친척들의 묘를 찾았다. 10월제가 가까워지면 바이에른에 사는 모든 사촌 형제자매들을 초대해서 그들에게 숙소를 제공했다. 모든 즐거움에 의혹의 눈길을 보내는 다른 신앙가들과는 반대로 이 자매는 공공의 축제나 행사에 나가는 것을 일종의 의무처럼 느끼고 있었던 때문이다. 대행진이나 마차 행렬을 볼 때에는 그녀들은 조그마한 의자를 갖고 나가서 거기에 교대로 앉았다. 그 때 보이지 않는 한 사람의 만족은 보이는 다른 한 사람의 그것에 조금도 뒤떨어지지가 않았다. 루이제가 무엇이나 상세하게 본 대로 이야기하여 들려주었기에. 유명한 설교사의 설교가 있을 때에는 아무리 먼 곳이라도 찾아갔으며, 연극이나 자선흥행이나 평판높은 객연客演 등이 있을 때에는 한 번도 빠지는 일이 없었다. 또한 빗델스바하 왕가의 젊은 왕자가 사관에 임관되어 처음으로 위병을 지휘할 때 같은 때는 참관을 하지 않고는 절대로 마음이 풀리지 않았다. 그렇다고 그런 일들이 과도하게 두 사람의 마음을 흔들어놓지는 않았다. 어느 종류의 식물처럼 이 자매들은 현세의 토양에 확고하게 뿌리를 박고 있는 것이 아니라 말하자면 기공氣空에서 영양을 취하는 것 같아 보였다. 모든 일들이 일종의 희극으로서 두 사람을 스쳤던 것이다. 하찮은 일에도 두 사람은 소리 높여 웃을 수가 있었다. 한층 높은 곳에서 나는 그 마음씨 좋은 웃음소리에서 인생에 대한 그녀들의 입장과 관계를 알아낼 수가 있었다. 두 사람은 인생의 치열한 중핵中核과의 접촉은 끊었지만 부단히 호의에 찬 호기심을 인생에다 기울였으며 주위에다 행복을 넓혀 주기 위하여 많은 희생을 아끼지 않았다. 그러나 그것은 통상의 인인애隣人愛와는 별개의 의미였다.

두 사람은 내게 성찬을 대접하면서도 자기들은 별로 손도 대지 않고 그 대신 내게 여러 가지 질문을 해댔다. 대학공부는 마음에 드는가, 늙은 마리아와의 화합은 잘 되어 가는가, 좋은 여자 친구가 생겼는가, 사육제에는 어디에서 벌어지는 가장무도회에 나갈 참인가 등등의 질문이었다. 그러나 내 입에서는 유감스럽게도 시원찮은 대답이 나와 버렸다. 그런 일을 할 돈이 없다고 대답했던 것이다. 그렇게 말한 것은 가장무도회의 일만을 생각하고 한 말이었지 좋은 여자 친구 쪽을 문제시한 것은 아니다. 좋은 여자 친구라면 나는 이 루이제와 레나 이외에 더 좋은 친구를 바라는 마음은 없었기에. 나는 두 사람 어느 쪽에도 똑같이 친밀감을 느끼고 있었다. 한 사람에게 호의를 느끼게 되면 동시에 다른 한 사람이 한층 좋아져서 이 저울은 언제나 평형을 유지했다. 그것은 그렇다 하고 나의 바보스러운 대답은 두 사람의 귀에 들어가지 않은 것 같았으며 나는 또 그렇게 믿고 싶었다. 마침 그 때 문을 두드리는 소리가 나고 거기에서 요마 같은 노인이 미끄러지듯 안으로 들어왔기 때문이었다. 난쟁이 같이 조그마하고 귀여운 할머니로 시골풍의 나들이 옷차림이었다. 휠리지타스 아주머니라고 소개된 노파는 비록 쉿소리이지만 친절하게 내게 인사를 하고 얼음같이 차가운 손을 내밀어 악수를 청했다. 그러나 앉으라는 권유는 물리치고 노파는 호흡곤란을 호소하면서 구석에서 적량기를 꺼내서 문 쪽으로 되돌아갔다. 낮은 소리로 참을성이 중요해, 참을성이라고 계속 말하면서 많이 먹으라는 듯 손짓을 해 보이고는 모습을 감추었다.

언니 루이제가 지금 저 아주머니는 정말로 귀찮은 일을 당했다고 했다. 아주머니는 돈을 전부 잃어버렸다는 것이었다. 만약에 내가 평시의 어머니의 이야기에서 이 쌍둥이 자매의 바닥없이 좋은 성품을 몰랐다면 그 재난 이야기가 나오자마자 눈이 보이지 않는 사람의 볼에 떠오른 웃음과 눈이 보이는 쪽의 폭발적인 웃음소리를 듣고 두 사람을 남의 재난을 기뻐하는 마음씨 고약한 여인들이라고 오해했을지도 모른다. 자매는 그녀들이 그렇게 흥겨워하는 이유를 즉시 설명해 주었다. 이 색다른 작은 아주머니는 정말로 무해한 사람이나 일종의 병적인 의심에서 어떻게 하든 자기가 가지고 있는 지폐류를 은행에 맡길 수가 없었다는 것이었다. 물론 그 재산은 죽은 후에는 교회에 기부하기로 작정을 세운 바이지만. 할머니는 어디에 가나 저당증권이나 지폐를 넣는 노란색으로 수를 놓은 검은 비로드 주머니를 휴대하지 않고는 배기지 못했다. 그런 노파가 그 전날에는 그 소중한 보배를 영국공원에 놔두고 돌아왔다는 것이다. 증권번호는 훨씬 이전부터 다른 데에다 써 두었으므로 별로 큰 손해는 보지 않았지만, 그 여흥극은 루이제로 하여금 한정 없는 분잡과 서기 노릇의 부담을 가져오게 했으므로 이제 그녀는 건강을 촉진하는 그런 파안대소로 그 노고의 보답을 받고 있는 중이었던 것이다.

여하한 악덕의 지배도, 증오심이 없이 오직 이해와 명찰明察에 충만하여 선에만 봉사하며 자비와 기쁨으로 가득찬 생활을 하는 사람이 있다고 하면 그 사람은 우리들에게 어떤 압박감을 줄지도 모른다. 우리들은 자신의 마음 속에 어두운 그림자를 가지고 있으므로 순수한 빛으로만 되어 있는 다른 사람이 존재한다는 사실을 믿으려 하지 않기 때문이다. 그러한 사람에게도 바보스러운 결점이 있다는 것을 알면 우리들은 안도의 숨을 쉬고 그 사람을 더욱 사랑하게 된다. "우리들의 조그마한 시장市場을 보여 드려야지 — "라고 내가 자리를 떠 가보겠다고 인사를 하자 루이제가 말하고는 틀림없이 두 자매의 자랑거리인 듯싶은 어떤 방문을 열었다.

"여기에 있는 물건은 모두가 선물에 쓰일 것들이에요. 우리들은 사귀는 사람이 정말로 많아요. 어떤 주에도 어디인가에 생일이라든가, 영명일靈名日이라든가, 영전이라든가, 무슨 축하연이라든가 하는 행사가 없을 때가 없어요. 그럴 때면 꽃이나 과일이나 포도주 등을 축하선물로 보내는 것이지요. 그게 아주 습관이 되었으니까요. 정해진 것 외에 생각지도 않은 것을 받으면 누구든지 기쁘니까요." 루이제는 산돼지와 사냥꾼이 그려져 있는 초록빛 커튼을 젖혔다. 거기에는 희미한 광선을 받고 어린이용 침대가 하나 놓여 있는데 휠리지타스 아주머니의 침대라고 했다. 그 곁에 천장에 닿을 듯한 높이로 트렁크가 쌓여 있는데 어느 것이나 반짝반짝하는 새것이지만 재료도 모양도 촌스러워 유행에 뒤떨어진 물건이었다. 여행에는 도저히 가지고 다닐 수 없는 것이었다. "이것은 경매품을 산 것이야." 레나가 속삭이듯 말했다. 그녀는 손으로 더듬거리며 부인용 모자를 찾아냈다. 몇 줄로 되어 있는 모자걸이에 걸려 있는 것이었다. 아무리 가난한 부인일지라도 우리 어머니의 말씀대로 이런 십전짜리 모자를 쓸 기분은 나지 않으리라고 생각되었다. 이 자매 자신도 그것은 쓸 생각이 없으리라. 과연 두 사람은 여느 사람들처럼 수수한 옷을 입고 있으나 품위가 넘쳐 흘렀다. 그러면서도 두 사람은 이러한 물품을 갖고 있다는 사실에 만족하고 있다. 그 외에도 여러 가지 물건이 있었다. 담뱃대, 담배 케이스, 지갑, 잉크병, 시계, 안경, 파리채 따위가. 커다란 구리 솥이 있고 거기에 같은 형의 우산이 여러 개 꽂혀 있다. 손잡이는 승정의 구부러진 지팡이처럼 검은 실로 짜서 씌운 귀두가 달렸고, 우산대에는 손 모양 같은 조그마한 금속제의 손잡이가 달려 있었다. 레나의 설명에 의하면 뼈가 굳어진 노인이 잔등을 기분좋게 긁는 데는 무엇보다 좋은 물건이었다. 루이제가 이것저것 그 물건들의 값을 대개 얼마쯤 되겠느냐고 나에게 묻자, 나는 크게 예의를 지키느라 높은 금액을 말했더니 그보다 훨씬 싼 실제의 값을 이야기할 수 있었던 그녀는 얼마나 기쁜 듯 웃었던가. 필요한 물품을 몇 가지 고르라는 권유를 받고 내가 망설이자 그녀는 사양한다면서 언짢게 여겼다. 그녀의 음성에는 호의와 친절만이 울리고 있었다. 거들어 줘야겠다면서 그녀는 쥐색 바탕에 검은 줄이 쳐진 여행용 손가방과 튼튼한 산보용 지팡이 하나를 골라 주었다. 그 지팡이는 정말로 기묘한 것이었다. 그 끝에 방긋 웃는 여인의 목이 도자기로 만들어져 붙어 있고, 속에는 세 개의 칼이 들어 있었다. 끝으로 열쇠가 많이 달려 있는 꾸러미 하나를 받았다.
 언제인가 내가 문이나 다른 열쇠를 잃을 때가 있을지도 모른다. 그 때는 그 열쇠 중 어느 것인가가 틀림없이 맞을 것이다.
 그렇게 많은 선물을 안고 나는 그 방에서 나왔지만 그 때보다는 지금 나는 도리어 그 보고寶庫의 의의에 대하여 생각해 본다. 아마도 그 특수한 방은 그 자매의 명랑함과 침착함과 친절한 마음씨를 나타내 주는 제일 멋지고도 현명한 시설이 아니었을까. 우리 보통 사람들은 감정의 방황이나 바보스러움을 끝없이 뿌리면서 그것을 사상이나 행위 속에다 섞어 가지만 그 두 사람은 마음의 패물을 남김없이 악마의 잡동사니를 두는 곳 같은 그 방에서 토해 내었기 때문에 그녀들은 그런 것에 대해 아무 생각도 하지 않았으며 또 그것으로 좋았다. 생각하지 않았기에 그녀들은 의심스러운 물품들을 거리낌없이 사람들에게 선물했으며 그것을 인생의 어두운 하수구에다 흘려 보낼 수가 있었다. 그것은 그렇다하고 앞을 못 보는 종매는 집 앞에서 또 하나의 작은 보따리를 나에게 가만히 쥐어 주었다. 나는 그것이 인간세계의 보다 밝은 영역, 그 표면 무대에 속하는 것으로 그 기묘한 작은 박물관의 진열품은 아니라는 것을 즉각 알아차렸다.
 루트비히 성당과 담 하나를 두고 수목에 연하여진 정원식의 오솔길이 있는데, 그것은 몇 개인가의 외국인 숙소의 건물 곁을 지나서 카울바하 거리로 통한다. 나는 일부러 그 길로 접어들었다. 주위는 이미 어둑어둑해지기 시작했으며 사람 그림자 하나 없었다. 나는 친애하는 사촌 자매가 준 예의 경품을 가만히 나무 아래에다 놓아두고는 레나가 준 다른 선물을 다시 한 번 보려고 가까운 가로등 아래도 다가갔다. 포장을 풀자 두 장의 고급 마직 손수건과 두 개의 금화가 나타났다. 그녀의 마음씨에 감사하면서 내 마음은 흐려지지 않을 수가 없었다. 아무리 변명해 봐도 나의 애매했던 말이 이런 선물을 하게 한 원인이 된 것이 아닐까. 나는 그 금화를 얼른 없애버리고 싶어 친구 두 사람을 오늘의 만찬에 초대하려고 작정했다. 부끄러움으로 얼굴을 돌린 채 나는 소형 가방과 칼을 장치한 지팡이와 열쇠 꾸러미를 버려두고 루트비히가로 돌아왔다. 그런 유실물이 내일 아침에 뮌헨시의 형사과에 어떤 수수께끼를 줄 것인지는 나로서는 알 바가 아니었다. 그러나 유감스럽게도 발터와 휴고는 부재중이었으므로 나는 혼자서 주점에 들어가서 이 휴일의 막을 유쾌하게 내릴 수밖에 없었다.

 한밤중이 되어 집을 향해 프로페레엔 근처에 왔을 때 베일을 쓴 어떤 여인과 마주쳤다. 멀리서 보기에는 별로 두드러지는 데가 없었으나 얼마 후에는 이상한 마음이 되어 나는 놀라지 않을 수가 없었다. 반점이 있는 그 베일 속에서 내게 눈길을 보낸 그 여인은 아름다운 시체, 해부학 강의 첫 시간 이후로 그 감지 못하던 눈이 도저히 내 머리를 떠나지 않았던 그 여성의 얼굴과 너무나 닮았다고 생각되었기 때문이었다. 나의 발걸음은 더디어 갔으며 죽음과 생명이 갖는 비밀의 입김이 나에게로 불어왔고, 심장은 고동쳐 거기에 회답했다. 미지의 그 여성은 작은 체구로 화사하였고 걸음걸이는 무뎠으며 생각에 잠긴 듯, 겁에 질린 듯 주저주저했다. 우리들 두 사람은 동시에 뒤돌아보고 재차 얼굴을 마주치게 되었다. 나는 정중히 인사를 하면서 아는 분과 비슷했기 때문이라고 말했고, 여인도 침착한 말투로 자기도 그런 생각이었다고 대답했다. 심야의 추위에도 그녀는 외투를 입고 있지 않았고, 빨강색과 검은 무늬가 있는 라사지의 옷과 길게 앞으로 늘어뜨린 흰 숄을 하고 있을 뿐이었다. 오른쪽 가슴에 장식이 하나 달려 있는데, 상아로 판 갈매기로 뾰족한 양쪽 날개를 커다랗게 벌리고 있었다. 우리들은 이렇다할 이야기를 하지도 않고 노 시인 파울 하이제의 아직 등불이 켜진 저 택 앞을 지나서 루이제가로 내려갔다. 그녀는 나의 말투에서 나를 오스트리아인일 거라고 생각했다면서 자기는 프랑스인으로 파리에서 태어나서 파리에서 자랐는데 얼마 후에는 다시 파리로 돌아갈 작정이라고 털어 놓았다. 사실은 나는 그녀의 말투에서 마리아 노파가 쓰는 프랑켄 지방의 사투리와 비슷한 게 있는 것 같다고 느꼈지만, 나는 그녀의 말을 의심하지는 않았다. 그녀가 가로등의 그림자를 받아서 베일을 통하여 보이는 그 얼굴을 내게로 돌렸을 때 내게는 그렇게도 영적이며 그렇게도 고뇌에 의하여 정화된 존재는 있을 수가 없다고 생각되었다. 신비한 프랑스가 나에게 인사했으며 아그라뷔느와 세리제트가 희미하게 보였다. 그녀의 마음에 들기 위해 나는 학교에서 배운 프랑스어의 실력을 힘껏 발휘해서 두세 가지의 간단한 질문을 했으나 그녀는 그걸 받아들이지 않았다. 그녀는 독일 국내에서는 독일어만을 이야기하기로 굳게 맹세한 바가 있다. 그렇지 않으면 이 어려운 말을 도저히 외울 수가 없다고 주장하는 것이었다. 그녀는 잠시 침묵에 잠겼는데 그것이 더한층 그녀의 매력을 더해 주었다. 내가 이처럼 완전히 삶의 깊은 힘에 묶여져 버린 것이 그녀를 처음으로 보았을 때의 그 죽음의 전율 때문인지, 그렇지 않으면 지금이야말로 운명적인 기점을 만난 것이라고 외곬으로 생각하는 청년의 변하기 쉬운 마음 때문인지 그게 어느 쪽인지는 모르지만 나와 함께 걷기를 거절하거나 란츠후트의 롤라(《젊은이의 변모》에서 친구 휴고와 공모해서 편지를 보냈으나 거절당한 여인)처럼 그것을 비례非禮라고 생각지 않는 미지의 여인에 대한 감사한 마음으로 나는 어쩔 줄을 몰랐다. 우리들은 옛 묘지의 울타리를 따라서 갔다. 안개가 낀 나무 아래 나의 외가 보겐라이터가의 묘들이 조용히 잠자고 있다. 잠시 후 그녀는 어느 오솔길로 꼬부라져 열쇠를 꺼내서 줄지어 있는 어떤 문으로 다가서며 아듀! 메르시, 무슈!(헤어질 때 하는 프랑스인들의 인사말)라고 말했다. 그러나 나는 이것으로 이 모험이 막을 내리는 건 싫었으므로 15분 간만 그녀 곁에 머물게 해 달라고 간절히 부탁했다. "그렇게까지 원하신다면 마음대로." 그녀는 냉담한 투로 이렇게 말하고 나를 그녀의 방으로 들어오게 했다.

그녀의 방으로 들어갔을 때 무슨 탄금소리 같은 것이 울려왔다. 어디에서 나는 소리일까, 나는 두리번거렸다. "아무것도 아니에요. 문 쪽이에요. 전에 여기에 살던 사람이 두고 간 것이지요." 그녀는 조그마한 램프에다 불을 붙이면서 설명했다. 줄을 친 문틀 마루턱에 가는 실에 매어진 몇 개인가의 조그마한 흰 공이 서로 스치면서 상하로 춤추고 있었던 것이다. 문이 먼저대로 닫히고서도 잠시 동안은 음악이 계속 들려왔다. 그 미지의 여인은 또 다른 새로운 경악을 나에게 안겨주었다. 그녀가 모자와 베일을 벗다 거기에 나타난 것은 내가 조금 전까지 보았다고 생각하던 그 얼굴과는 전혀 다른 것이었기에. 날카롭고 뚜렷한 윤곽이었고 입 언저리에는 무언가 미신 같은 표정이 떠돌았다. 몸가짐은 확고하여 자존심에 넘쳐 있는 것같이 보였으나 무언가 서민적인 소심이 없는 바도 아니었다. 이미 오래 전에 학교생활을 떠난 게 확실한데도 그녀의 모습에는 그 당시 세상에서 여자고등교육형이라 불리고 있던 그런 류의 아가씨를 생각나게 하는 점이 있었다.

그 때 내가 만약 15년쯤 나이를 더 먹었다면 나는 그녀가 양가출신이지만 친족과 재산을 잃고 방황하면서 어떤 자리를 찾고 있는 몸이라 판단하였으리라. 그리고는 대강 그녀에게 도움이 될만한 이야기부터 시작했을 것이지만 그 때의 내게는 그런 것은 생각도 미치지 못할 짓이었다. 나는 세속적인 냄새를 느끼고 지상으로 전락

하여 버렸던 것이다. 그녀는 신상 이야기를 시작하였다. 어떤 불행한 일로 독일로 이주하게 되고부터는 그녀의 생애는 환멸과 실망의 연속이다. 어떤 실패에도 반드시 어떤 사악한 여자가 원인이 되어 있는 것이라면서. 그런 이야기를 들었다고 내가 어떻게 할 수가 있었단 말인가. 나는 프랑스에 있었던 그녀의 행운과 전성시기 이야기를 듣고 싶었지 독일에서 겪는 그녀의 불행이야기가 듣고 싶은 것은 아니었다. 그녀가 자기의 이름이 아르디느라고 하면서 파리인의 친절을 침이 마르도록 칭찬하기 시작했을 때에야 나는 겨우 호기심을 느끼게 되었다. 그렇다면 에펠탑이나 몽마르트르에 올라가 본 적이 있느냐고 내가 물었으나 그녀는 대답은 하지 않고 나의 눈을 뚫어지게 바라보다가 나더러 뒤로 돌아서라면서 혼자서 자문자답을 하는 것이었다. "역시 이 사람이군 ─ 아니, 그렇지 않아 ─ 그래요 그래. 물론 이 사람이야. 이 사람이 아니고 대체 누구겠어?"

내가 그녀에게 그 이상한 말의 뜻을 설명해 달라고 부탁하자 그녀는 방심상태와 같은 얼굴로 내가 그녀를 꿈 속에서 흔들어 깨우기라도 한 듯 기분이 좋지 않다는 표정으로 나를 흘겨봤다. 그러고는 그렇게 듣고 싶어하는 사람에게는 잠자코 있을 수가 없다면서 말했다. 그녀는 가끔 환각으로 괴로워한다. 그래서 사실은 오늘 아침 일찍부터 이미 나를 만나리라는 것을 알고 있었다. 잠이 깨자 나의 환상이 나타난 것이다. 그녀가 나의 동반을 나무라지 않았던 것도 그러한 이유가 있었기 때문이다 라고. 그녀는 갑자기 내게 약혼한 사람이 있느냐고 물었다. 내가 없다고 대답하자 그 대답을 건성으로 들으면서 여자라는 것을 조심해야 된다고 내게 충고하는 것이었다. 악마가 악마를 경계하라고 말해주는 저 암흑의 세계, 우리들은 모두 한 번은 그 세계에 떨어지게 되어 있지만 그 때의 나의 눈에는 아직 그러한 세계는 비치지도 않았다. "제가 곧 뮌헨을 떠나게 되어 정말로 섭섭해요." 아르디느는 말했다. "그렇지 않으면 우리들은 틀림없이 서로 이해할 수가 있을 텐데." 그녀는 고개를 갸웃하면서 그 검은 눈동자로 나를 뚫어지게 응시하였다. 생의 완관이라고 하던 프로메티우스의 말이 나의 마음을 살짝 스쳤다. 그녀의 이마가 내 어깨로 다가오는가 싶더니 그녀의 코에서 피가 흐르기 시작했다. 그녀를 놀라게 하면 안 되겠지. 나의 옷에는 이미 핏자국이 얼룩져 있었지만 나는 그 사실을 그녀에게 말하지 않았다. 그래도 그녀는 곧 그 사실을 알고도 침착하게 세면기에다 물을 따르고 거기다 얼굴을 대었다. 그녀는 그 코피가 습관 같은 것이라고 설명했다. 그녀는 태연히 피가 흐르는 대로 내버려두고는 파리의 세력가인 그녀의 친구 프치씨의 일을 떠들어댔다. 나는 그 사람을 알아둬야 한다, 나를 그에게 소개해주겠다, 만약 그가 나를 보살펴 주게 된다면 나로서는 행운을 잡는 것이라고. 그녀는 그런 상상을 전개하면서 그녀의 얼굴이 헬쑥해져 내가 안절부절 못하고 있는 것을 알아차리지도 못했다. 아무리 해도 출혈이 멈추지 않았던 예를 나는 몇 가지 들어서 알고 있었다. 때문에 나중에는 나는 이렇게 자문해 보지 않을 수가 없었다. 얼마 후 사람들이 그녀의 시체와 그 곁에 상의를 빨갛게 물들인 낯설은 나의 모습을 본다. 그렇게 되면 어떤 결과가 될까. 나는 숙명의 방에 이끌려 들어온 것을 느꼈으며, 두 번 다시는 음악소리를 내는 그 방문에 들어서지 않겠다고 맹세했다. 나는 모친이 이런 경우에 찬 물수건을 목덜미에 대었다는 사실과 꼿꼿한 자세로 앉아서 머리를 뒤로 젖히고 있는 것이 좋다는 사실을 생각해 냈다. 아르디느는 나의 충고에 따라 의자에 앉아 목둘레의 단추를 늦추고 그걸 벌려 달라고 나에게 부탁하였다. 나는 그 마직 손수건 한 장을 그녀에게 주면서 코를 누르게 하고 또 한 장은 물에 적셔서 그녀의 목덜미에 대 주었다. 그 간단한 간호는 그 냉랭한 방에다 일종의 친밀한 공기를 떠돌게 한 것 같았다. 여인의 아름다운 어깨를 보고 있으려니 그것이 진짜 프랑스 여성의 어깨라고 해서 이중으로 나를 매혹시켰다. 내가 여기에 오는 것은 이것이 결코 마지막이 되지 않으리라는 예감이 들었다. 2분도 채 되지 않아 냉습포는 효과를 나타냈고 출혈은 그쳤다. 아르디느는 조화로 만든 붓꽃 갓으로 장식을 한 거울 앞에 서서 얼굴과 턱을 훔치며 무엇인가 향기가 강한 분으로 코를 두드렸다. 그리곤 나의 윗옷에 묻은 피를 닦아야 한다고 주의를 해 주었다. 동시에 그녀는 자기의 모자에도 얼룩점이 묻은 것을 발견하고는 장님 자매가 준 나의 새 손수건으로 그걸 문지르기 시작했다. 다갈색의 부드러운 모피 모자로 말사슴이끼풀과 같은 무늬 이외에는 아무런 장식도 없는 모자였다. 그녀는 마침내 피로해져 이제는 혼자 있고 싶다면서 다음 날 오후에 방문해 달라는 초대를 덧붙였다. 만약에 자기에게 무슨 급한 일이 생길 때는 통지하겠노라면서 나의 주소를 묻고는 조심스럽게 문을 열어 주었다. 문에서 나는 음악소리가 너무 요란하게 나지 않도록 나는 조심스럽게 걸어 나왔다. 밖에 나오자 짙은 안개가 끼어 지척을 분간할 수가 없었으며 궤도마차 소리는 어디에서도 들려오지 않았다. 나는 뛰고 또 뛰었다. 가로등이 벌써 드문드문 꺼져가고 있음을 깨닫지도 못하고. 마침내 나의 눈 앞에 초원이 가로 놓이게 되자 그제서야 나는 방향을 완전히 거꾸로 잡았음을 알아차렸다.

보 학譜學

늙은 마리아가 어젯밤 내가 밖에 나가 있었던 사실을 아는지 모르는지 도무지 나로서는 눈치를 챌 수가 없었다. 그녀는 언제나처럼 다정하게 인사를 하면서 조반을 날라다 주었기에. 오후가 되자 그녀는 또다시 가족 앨범을 보라고 나를 불렀다. 이번에는 나의 친가 쪽의 선조편을 열어 보이는 것이었다. 외가 쪽에 비해서는 그녀가 호의를 기울이는 편이 이 쪽이 훨씬 적다는 사실을 나는 이미 알고 있었다. 그녀는 이 양가의 가계가 서로 근본적으로 틀린 것으로 느끼고 있었는데, 그러한 기분을 양가의 초상肖像 사이를 두세 장의 페이지로 공백을 남겨두어 간막이하는 것으로써 표현했다. 사실 부계 쪽에 있는 것은 전혀 다른 종류의 인간형이었다. 성실한 후란겐혼의 소유자인 마리아가 부계 쪽의 어떤 점을 못마땅하게 생각하는가는 쉽사리 추측할 수가 있는 일이었다. 그들은 모두가 까다로운 성미를 나타내는 얼굴이며 고집이 세고 골똘히 생각에 잠긴 듯한 표정을 지니고 있다. 아니, 때로는 변덕스럽고 전후를 분간하지 못하고 무턱대고 돌진하는 전투적인 용모였다.

1817년에 당시로서는 피에몬트였던 사뵈이에서 이주해 온 증조부

게오르그의 초상은 이미 화성사진을 보듯 몇 개의 반점 같은 명암으로 이루어져 있을 뿐이었다. 이 증조부에 대해서는 구전이나 기록에 의하여 여러 가지 사실이 전해져 내려온다. 그는 군의로서 나폴레옹군에 참가했으며 뒤에는 인 강江 부근에 있는 하르트키르엔이라는 바이에른주의 한 동네에 외과의로서 정주하였다. 부친의 이야기로 미루어 볼 때 이 증조부는 다재다능하고 창의적인 분이었음에 틀림없다. 리스터보다 먼저 상처의 방부처치防腐處置에 대한 명확한 개념을 가지고 있었고, 하르트키르엔에서도 순식간에 사람들의 존경을 얻어 불과 9년 후에는 타향인이면서도 그곳의 촌장으로 뽑혔다. 마리아도 그 일에 대해서는 별로 부정하려고는 하지 않았다. 그러나 그것을 인정하는 방법에 있어서는 약간 인색해서 이 분들은 정도가 다르기는 하지만 모두가 약간 초범적超凡的인 인물들이었다고 단언하였다. 그녀는 초범적이라는 말을 마치 '악마적'이라는 말로 들리도록 교묘하게 발음하는 것이었다. 그녀는 쾌재의 표정을 지으며 그 외과의에 대한 평판에 먹칠을 하기에 적합한 삽화 한 가지를 털어 놓았다. 그는 몇백 년 동안 그 마을에서 대대로 외과의의 병원으로 이어져 내려와 그 때문에 외과의 주택이라고 불리우던 집을 사들였다. 그 옛 건물의 굴 속같이 습기찬 방에서 살기가 기분이 나쁘다고 어느 날 그 집을 일반 재산처럼 다른 사람에게 팔아 버리고 그 대신에 더 커다란 집을 지었다. 때문에 하르트키르엔의 어느 연대기록자는 유서깊은 전통이 파괴되었다고 비난했으며, 마리아는 떠돌이의 수치를 모르는 괘씸한 근성이 폭로된 것이라고 주장하기에 이르렀다. 또 그가 나이를 먹은 후에도 갑자기 외과의를 팽개치고 연초공장을 경영하기 시작한 것에 대해서도 마리아는 별로 감복하지 않았다. 애쓰지 않고 부자가 되고 싶어하는 욕심에서라는 것이었다. 거기에다 그 공장 때문에 증조부는 많은 노동자를 써야 했으므로 마을은 언제나 시끄러움 때문에 괴로움을 받았다는 것이었다.
  나의 조부 카알에 대해서도 마리아는 조금도 좋은 점을 인정하지 않았다. 그는 농장 경영자였으나 일찍이 젊은 시절부터 약간의 땅을 팔아 버리고 사진술에 대단한 열을 올렸다. 별로 고급품도 아닌 사진기를 휴대하고 그는 인 강의 골짜기나 상부 오스트리아를 돌아다녔으며 내가 지금 보고 있는 거의 모든 사진이 할아버지가 남긴 산물이다. 이 일만은 마리아도 참작하면 좋을 터인데.
  대백부, 게오르그에 관하여 그녀는 이렇게 비평하였다. 과연 마술사로서는 그를 견줄 사람은 없으나 인간으로서는 별로 사랑받을 사람은 아니었다고. 우선 이 앨범의 사진을 보는 것이 좋다, 그러면 왜 그녀가 그렇게 말하는지를 알 것이라면서. 사진에 보이는 백부는 죽기 전에 그렇게 멋진 마술을 내게 보여줬던 병든 노인과는 전혀 모습이 달랐다(마술사 게오르그 백부는 《젊은이의 변모》에서 카로사에게 마술을 보여준 적이 있었음). 아직 혈기왕성하고 거만한 인물로 사냥복차림으로 총을 끼고 화려한 안락의자에 앉아 있다. 발 밑에는 스파니엘종의 엽견이 파수를 보고 있고. 뱃속을 알 수 없는 용모면서도 동시에 결심한 일도 해내지 못하는 그런 인간형이었다. 사귀기 힘든 사람이었음은 의심할 여지가 없을 것 같았다. "이 백부가 몹쓸 사람이라는 것은 어떤 점 때문이지요? 혹 편벽하고 비굴하였는가요?" "그런 것은 아니지만." 마리아는 대답하였다. "그렇지만 이 사람과 사이가 나빠진 사람은 모두가 그것뿐으로 운이 나빴으니까요."
  제일 성공한 사람은 나의 작은 아버지 하인리히였다. 그의 성품을 아는 사람은 모두가 그를 사랑하였다. 그는 어른들의 도움을 별로 받지 못하고 자신의 힘으로 자수성가한 분이었다. 신을 만드는 직업을 그는 고집스런 기질로 해 나갔고 틈틈이 외국어를 배우거나 가르치거나 했으며 얼마 후에는 런던으로 건너가서 집을 한 채 장만했었다. 그러나 1914년 여름 전쟁이 발발하자 가산을 버리고 고국으로 돌아와 그 후로는 베를린에서 사업을 시작했다는 것이다.

나의 부친에 대해서는 마리아도 아무런 비난을 하지 않았다. 다만 그가 새로운 치료법의 연구 따위는 집어치우고 다른 의사들처럼 적당히 환자나 치료했으면 더 좋았으리라고 하면서 연구인가 하는 것은 뭐라해도 대학의 선생들이 할 일이 아닌가 라고 마리아는 말했다. 반은 색이 바랜 젊은이의 작은 사진이 나를 보고 있다. 이만큼 감명 깊은 사진은 없다. 가냘픈 모습으로 15세나 될까 말까한 때이겠지. 무엇인가 생각을 좇고 있는 얼굴로 앞에 놓인 조그마한 탁자에 기대어, 입술에는 연필을 물고 탁상에는 세 권의 책이 쌓여 있는 것이 뚜렷하게 찍혀 있다. 그것은 사진의 설명문구로 보아 파사우시의 김나지움이 이 나이어린 생도의 우수한 학업에 대하여 증정한 상품인 듯싶었다. 그런 발군의 명예를 기념하기 위해 이 사진을 찍은 것이리라. 바이에른 사람들의 자제로서는 흔한 일이지만 그도 일찍부터 성직聖職으로 진출하는 과정을 이수하도록 정해져 있어 그 사진에서도 목사풍의 긴 상의를 입고 있다. 그러나 그 가냘픈 면모에 반짝이는 이지의 빛과 회의자적인 이마, 거기에 깊이 깊이 무엇이든 생각하는 끊임없는 탐구적인 눈빛은 그가 몇 년 후에는 이 제복을 벗어 던지리라는 점을 예측하게 하는 것이었다.

마리아는 입 밖에는 내지 않았지만 그녀의 뜻이 무엇인가는 나는 알 수가 있었다. 나는 보겐라이터가인 외가를 본받는 게 현명하다. 절대로 뱃속을 알 수 없는 어두운 세계에 살고 있던 사람들을 본받지 말고. 이 가계家系에서는 한 사람이라도 관직에 있었던 사람은 없지 않은가. "이런 사람들은 부인을 행복하게 하지 못합니다." 그녀는 결론을 내리듯 말했는데, 그 선고는 나의 가슴을 뒤흔들었으며 훗날에도 그 말은 마치 저주처럼 내 귀에 되살아나는 것이었다. 내게 대한 경고로써 친절한 마음씨에서 말한 것이 틀림없다고 생각되면서도 나의 부계의 성격에 있어서 내가 가장 높이 평가하는 것, 즉 이상한 일에 대한 그들의 야심적인 애호, 일상성을 뛰어넘어 더욱 자유스럽고 활동적인 세계를 열려고 하는 그들의 노력, 이런 것들을 그녀는 틀림없이 좋지 않게 보는 것이다. 나에게는 그렇게밖에는 생각되지 않았다.

내가 반박할 말을 찾고 있을 때, 그녀는 벌써 여자들의 사진으로 시선을 옮겨 버렸다. 그들에 대해서는 마리아도 호의를 나타내기를 주저하지 않았다. 이탈리아에서 이주해 온 증조부는 오스트리아 태생의 부인과 결혼했는데 증조모는 얼마 후 인근에서 가장 뛰어난 산파가 되었다. 약간 괴상한 남편으로부터 적절한 조언을 받아서 수다한 아이들의 탄생을 도왔던 것이다. 대백모 한 분은 백세까지 살았는데, 80세 때도 동지제冬至祭의 모닥불을 뛰어 넘었고, 90세로 결혼식의 무도회에 참가하였다. 이만큼 이례적인 신의 은총에 대해서는 말할 여지가 없었다. 과연 보겐라이터가도 이것에 비견할 수 있는 예는 없었던 때문이다.

나의 할머니가 남긴 사진 중에는 내 마음을 끄는 사진이 남아 있다. 나는 그 초상을 카딩 시절부터 알고 있었다. 확대되어 벽에 걸려 있었기 때문이다. 일찍이 세상을 떠난 그 분에 대해서는 이렇다 할 사실이 알려져 있지 않았으므로 나는 한층 더 그 사진에서 떨어질 수가 없는 친밀감을 느꼈다. 그 사진을 마음껏 바라보고 있노라면 반드시 거기에는 부친의 어렴풋한 모습이 나타난다. 그만큼 부친은 모친을 닮았던 것이다. 아버지의 친절함, 참을성, 사려 깊음, 그 모든 것이 이 젊은 시골 아낙네의 생김새에 감추어져 있다.

그녀의 미소는 때때로 아들에게서 놀랄만큼 번득임으로서 빛나는 저 천부의 예지를 나타내고 있다. 부친이 가혹한 태도로 나를 대할 때는 나는 곧잘 말없는 조모에게 보호를 구하고 부친의 처사를 호소하였다. 마리아는 할머니를 인고忍苦의 여인이라고 부르면서도 그 이유에 대해서는 별반 말하지 않았다. 그녀가 그렇게 기분 나쁜 남자의 아내가 되었다는 사실뿐으로도 마리아에게는 그럴만한 충분한 이유가 되었으리라.

외과의의 한 딸은 안나라는 이름이었다. 그녀의 사진은 거의 알아볼 수가 없었으나 마리아는 그녀와 나와 아주 닮은 점을 지적했다. 이 안나에 대해서도 탓할만한 모난 귀퉁이는 없었다. 고국 이탈리아의 혼은 갖가지 재능을 태어날 때부터 그녀에게 주어 그녀는 스케치풍의 그림을 그릴 수 있었을 뿐 아니라 조각도나 인각침印刻鍼이나 연장 등을 쓸 줄도 알았다. 얼마 전까지 하르트키르엔이나 그 근방의 묘지에는 그녀가 묘비를 판 비석을 볼 수가 있었는데, 그럴 때마다 그녀는 대개 적당한 제사題詞를 즉석에서 읊어댔다고 한다. "나 햇빛을 받자마자 곧 대지와 고별하도다." 나 자신이 후에 그런 구절을 그녀의 여동생, 카타리나의 묘석에서 읽었을 정도였다. 1823년에 태어나서 얼마 후에 죽은 아이였다.

알프스를 넘어온 어두운 군상에 대한 강의의 결론으로서 이 충실한 노파는 모계 중에서 두 사람을 꺼내 순 독일계가 갖는 밝은 상을 대비시켜 보였다. 그것으로 나의 혈통의 참다운 가치가 나변에 있는가를 내게 분명히 밝히려는 의도였다. 서랍을 열고 그녀는 두 개의 작은 상자를 꺼냈다. 이모 요제피네의 기념품만이 넣어져 있는 서랍이었다. 모친의 언니가 되는 이모는 이미 5년 전부터 구북묘지舊北墓地에서 그녀의 양친과 오빠와 함께 잠들고 있지만 나는 완전히 이모의 존재를 잊고 있었다. 실은 옛날에는 그녀는 곧잘 카딩으로 우리들을 방문해서 여름을 보냈었는데. 마리아가 꺼내온 작은 상자를 앞에 두고 내게는 두세 가지 어린이다운 추억이 서서히 되살아올 뿐이었다.

요제피네 이모가 카딩에 도착할 쯤에는 언제나 그 그리운 먼 손님을 맞이하여 재회의 기쁨을 화려하게 나타내기에 부족됨이 없도록 모친의 엄명이 내려졌다. "3시에 도착이야! 잊으면 안 돼요"라고. 어느 때 누이동생이 아주 진지한 얼굴로 말했다. 내가 어떻게 그걸 잊을 것인가. 오히려 우리들 남매는 스스로 나아가 환영에 온 힘을 다했지 않은가. 이틀째인가 삼일째인가 진객이 여행의 피로를 회복할 즈음에는 맑은 밤하늘을 적당히 택해 우리들은 이모를 위해 불꽃놀이를 개최하기까지 하였다. 그 때는 언제나 즐거웠으며 다만 어려운 일이라고 하면 붉은 비로드 안락의자를 있는 대로 모두 뜰에다 날라 내오는 일이었다. 그 축제에는 주위의 사람들도 누구나 조력을 아끼려 하지 않았다. 하인이나 여관주인도 모두가 애써서 의자를 옮겨 주었으므로 결국은 언제나 좌석의 일부는 공석으로 남게 되었다. 마침내 주빈이 모습을 나타낸다. 감격적인 순간이었다. 나이보다 빨리 늙은 이모는 약간 앞으로 굽은 기품에 넘친 자세로 무늬 있는 금테안경을 쓰고 제비꽃으로 갓을 두른 길을 걸어서 잔금이 진 석옹石甕곁 상좌에 앉는다.

그 불꽃놀이라는 것은 우리들의 독창적인 발명품이었다. 우리들은 몇 개의 마른 소나무 조각에다 불을 붙여 그것이 훨훨 타오를 때 그것을 불어 끄고 그 나뭇조각을 미친 듯이 흔들어 뱅뱅 돌린다. 요란하게 소리를 지르면서. 희미한 불이 남아 있는 나무 끝은 아직 밝게 타며 어둠 속에서 원이나 타원이나 나비형을 그린다. 연출은 대개 15분이 계속되는데, 언제나 성대한 갈채를 받는다. 다만 모친이 한 번인가 조심스럽게 그 소리지르는 것은 그만 두는 게 어떠냐고 물은 적이 있었으나 부친은 그것은 절대적 필수조건이라고 주장하였다. 일동은 그 의견에 열렬한 박수를 보냈다. 근성이 나쁜 카딩 사람들이 초대받지 않은 손님으로서 울타리를 넘겨다보면서 바보스러운 이야기를 주고받으며 뭐야, 이것뿐이야 라는 등 삐죽거려도 그런 것은 뮌헨 궁정의 여관女官들을 친구로 갖고 있는 도회사람, 이모의 감격에 비교하면 조금도 마음에 걸리는 것이 아니었다. 그녀는 눈물을 글썽이며 저렇게 간단한 도구로 그처럼 아름다운 효과를 올릴 수 있는 우리들을 칭찬하였으며, 이런 아이들이 자라가는 나라는 절대로 망할 염려가 없다고 확언하는 것이었다.

그러나 아쉽게도 나와 요제피네 이모와의 관계는 그렇게 원만할 수는 없었다. 서로 상대방에게 그 잘못이 있다고 생각하면서. 하늘가재 수놈 한 마리를 손에 넣고 싶다는 소망이 잠시 어린 나의 온 관심을 끌던 시기가 있었다. 그러나 카딩 근처에 고슴도치가 만연한 이후부터는 그 벌레는 멸종되다시피해서 어떻게 해도 나의 소원은 이루어지지 않았다. 한 반 친구 중에서 무엇이든 뒤바꾸는 장사놀이를 좋아하는 친구 하나가 검은 새우 한 마리를 갖고 와서 그것이 하늘가재 새끼라면서 사탕물을 열심히 빨아 먹게만 하면 이 삼주일 안에 뿔이 돋아난다고 했다. 그것은 유리한 거래였다. 이렇게 해서 겨우 손에 넣은 그 동경의 대상을 나는 빨강과 파랑으로 채색된 벌레바구니 속에 넣어 사탕물을 참을성스럽게 먹이면서 변하는 모습을 기다렸다. 그러는 판에 요제피네는 그것이 하늘가재가 아니라면서 그걸 내가 듣기 싫은 이름으로 불렀다. 아무리 기다려 봐도 절대로 뿔은 나오지 않는다, 그러니 그 불쌍한 벌레를 그만 괴롭히고 살려 주라고 주장하면서. 이모로서는 이 벌레새끼를 알록달록한 집 속에다 키우면서 사탕물을 마음껏 마시게 하면서 아름다운 뿔이 돋기를 즐거이 기다린다는 것이 그 벌레로서도 얼마나 혜택받은 생활인가를 이해할 수가 없는 것이다. 누구에게나 존경받는 이모가 그렇게 완고한 사람이라는 사실을 누가 예상이나 했던가. 사태는 악화되었다. 어느 날의 일이다. 벌레집이 텅 비어 버렸던 것이다. 도망시켜 준 것은 이모가 틀림없다고 덤벼들자 이모는 그것을 부정하기는커녕 자기의 소행을 무슨 공적인양 말하였던 것이다.

  같은 여름 이모는 다시 한 번 내 마음에 불만의 씨를 뿌렸다. 그녀는 내가 갖고 있던 최대의 비밀을 파괴하였던 것이다. 카딩은 밤이 되면 조명시설이 별로 좋지 않았다. 당당한 그 시내의 광장을 일곱 개의 가로등이 멀찍이 간격을 두고 비쳐줄 뿐이었다. 그 하나가 나의 침대가 놓여 있는 작은 방 창문 바로 앞에 달려 있었다. 다행스럽게도 그 강렬한 광원光源은 양친의 눈에는 아직 뜨이지 않았었다. 초 한 자루 배당되지 않은 아직 어린 소년에게는 그것이 얼마나 즐거운 선물이었던가. 모두가 잠들어 버린 후 한낮처럼 환한 창가로 몰래 다가가서 하인리히 폰 아이헨펠스나 로자 폰 탄넨부르크를 읽는 일은 얼마나 감미롭고도 짜릿짜릿한 매력이었던가. 그런데 이모는 도회인의 밝은 눈으로 나의 그 대등代燈을 발견해 내고는 신경에 나쁘다면서 나를 다른 방에서 자도록 조치해 버렸다. 물론 다음의 '참회'의 날에는 나는 이모를 용서한다고 말하지 않을 수가 없었으나 너의 적을 사랑하라는 가르침이 주는 무거운 짐을 나는 유감없이 맛보았다. 그 후의 여름에도 나는 여전히 만세를 외치고 불꽃놀이를 개최했다고는 하나 두 사람 사이에는 무언가 차가운 기운이 지워지지 않았다. 얼마 후에는 당사자인 이모 그 사람까지도 완전히 나의 기억 속에서 사라져 버렸다. 그런데, 지금에야 마리아가 나의 눈을 뜨게 해 주었다. 나는 그 낯익었던 분을 겨우 이해하고 사랑하기 시작하였다. 진홍빛의 비로드 위에 나의 여동생의 것으로 정해진 요제피네의 유물인 장신구류가 줄지어 있다. 그 속에서 이모의 애용품이었던 푸른 에나멜제의 우아한 담배통을 발견하였을 때 나의 눈앞에는 이모의 모습이 그 틀림없는 특징과 함께 생생하게 떠올랐다. 그녀는 곧잘 그 조그마한 통에서 연초를 집어 들고는 방 안을 왔다 갔다 하면서 옛 시절의 이야기를 하거나 낭송조로 레나우나 가이벨의 시 한 구절을 흥얼거리곤 하였었다. 그녀는 아무리해도 끼어들 수 없었던 넓은 세계, 궁정이나 위대한 정신의 세계에 대하여 얼마나 열중할 수가 있었던가. 그녀가 리하르트 바그너의 일을 이야기할 때는 얼마나 찬탄과 격앙된 언사였던가. 어느 때 그녀는 브리엔가를 걷고 있었는데, 때마침 그녀가 가는 방향에서 왕이 승용마차를 멈추는 것이었다. 마주쳐 오는 거장(음악가 바그너를 일컬음)을 만났기 때문이다. "그렇지만 바그너의 태도란 그럴 수가 없었지. 그 장면을 보지 않은 사람에게는 상상도 할 수 없었어. 그뿐 아니라 임금님이 말씀을 하시는 동안에도 그는 담배를 연기가 자욱하도록 계속 피웠어. 한쪽 발을 어차御車 발판에 걸치고. 루트비히 왕께서는 그 인물에 대한 흥미로 나이 어린 관리의 딸이 정중히 무릎을 굽히고 인사를 드렸는데도 보시지도 못하시고." — "그것은 임금님으로부터 담배를 피워도 좋다고 허락이 계셨던 탓이겠지요. 그렇다면 너무한 일이 아니겠지"라고 모친이 말하자 부친은 고개를 갸웃하면서 비스마르크에 대해서였더라면 바그너도 그렇게 무례한 태도로는 나오지 않았을 텐데 하고 말씀하시는 것이었다. 그렇다. 요제피네 이모는 그런 화려한 이름이 좋았던 것이다. 그녀는 열심히 가계를 조사해서 세상에 알려진 선조를 찾았고 그녀의 노력은 그렇게 헛수고로 끝나지는 않았다. 그녀는 우리들의 집이 모계로 자크 넥겔과 인척관계에 있는 것을 입증할 수가 있었기 때문이다. 프랑스의 재무장관이며 스타르부인의 부친으로, 삼부회의 소집으로 혁명발발의 원인을 만든 그 넥겔가와.

노령의 노비가 그 사실을 내게 알려 주었을 때 세계사적인 전율이 방 안을 스쳐갔다. 또 나의 마음 속에는 저 심야의 새로운 교우관계도 이 명예로운 국민과의 연고의 부활에 지나지 않는다는 일종의 자랑스러운 기분이 눈 떠왔다. 마리아는 벌써 서랍에서 다른 상자를 꺼내왔다. 그것도 역시 한 사람의 기념품을 간수한 것이었다. 거기에는 사진, 시, 원고 그리고 한 다발의 곱슬머리까지 보였다. 그것은 어머니의 오빠가 되는 분의 유물이다. 어렸을 때, 나는 그 분의 필적을 열심히 모방하였으므로 그 버릇이 아직도 내게서 없어지지 않았다. 오토 외삼촌은 트로스트베르크 재판소의 판사였다. 그 분은 젊었을 때부터 여가에는 그리스와 게르만의 전설을 정밀하게 연구하여 야코브스 발터의 서정시를 번역하였으며, 38세로 폐환으로 세상을 떠난 분이다. 마리아는 푸른 비단조각에 싸인 것을 풀고 편지다발을 꺼냈다. 어느 것이나 좁고, 긴 봉투로서 가위로 봉한 것을 잘랐으며 빨간 봉인과 낡은 우표가 옛날 그대로 붙어 있다. 마리아는 어느 것이나 마음대로 읽어 보라고 말해 주었다. 한 자 한 자가 확대경을 대고 쓴 것 같다. 다만 S나 H만이 약간 독특해서 소녀가 쓴 편지로 생각될 정도이다. 발신인은 스님으로서 베스터마이야라는 분으로 아우그스부르크의 카너니쿠스파 승려였다. 어느 페이지나 여백이 하나도 없었으며 어디를 읽어봐도 내용은 거의가 외삼촌이 연장의 벗인 그 스님에게 읽어 달라고 보낸 시문詩文에 대한 것이었다. 대개의 편지는 야코브스 발터의 라틴어 송가와 고대의 서정시에 대한 비평이다. 이것은 이미 헤르더르(독일의 시인으로 괴테에게 영향을 끼친 사람임)가 번역한 바가 있는 시들이었다. 몇 개는 신화 속에 묻혀 있는 글의 해석에 관한 의견이었다. 중세기의 승려들 중에는 성실 근면으로 장려한 이교의 세계에 대한 지식을 오늘날에까지 전해준 인물이 많으나 충실한 신도인 외삼촌은 정말로 그러한 승려의 정신적 혈연자였다. 예를 들면 그는 여러 가지 특성을 비교집적比較集積해서 편력자, 오디수스와 보보단은 원래가 동일 인물임을 입증하려고 하였다. 또 편지로 미루어 보건대 겨울 태양의 신화에 대해서도 여러 가지를 썼던 것 같다. 그 신화를 외삼촌은 오디수스의 원상原象으로 보려고 한 것이다. 그것 때문에 친구인 학승學僧의 맹렬한 반대를 사게 되었다. 오토 외삼촌은 연구 성과를 조그마하나마 예쁘게 책으로 출판해서 언제인가 세상에 내놓고 싶어 했었는데, 병환으로 고열일 때 가끔 그것을 헛소리로 말했었다. 때문에 마리아는 깨알같이 베껴 쓴 몇 권의 노트 위에 그가 죽던 그 날까지 읽기 힘든 문자를 써놓았던 특별한 종이 한 장을 보존하고 있는 것이었다.

노녀 마리아가 체념으로 점철되었던 그 학구자의 생애를 상세하게 이야기하여 들려준 것은 들뜬 내 마음을 안정시키려는 마음에서였는지는 확실히 알 수가 없다. 만약 그랬다고 하면 적어도 그 순간은 그녀는 목적을 달성한 셈이다. 그러나 나는 목구멍까지 치밀어 오르는 짓궂은 질문을 억제하느라고 애를 썼다. 그런 사람은 남편으로서 저 외과의나 사진사나 마술사 이상으로 처를 행복하게 하였느냐고. 그러나 생각해 보면 오토 외삼촌은 요제피네 이모처럼 결혼생활을 하지 않은 분이었다. 게다가 '우리 집안의 천사'의 마음을 언짢게 한다는 것도 바람직한 일은 아니었다. 실제로 괴로움으로 정화된 외삼촌이 쓴 글에서는 깊은 평화의 숨소리가 들려오는 것 같았으며 사진 속에 보이는 수염으로 뒤덮인 다정한 그 얼굴, 도수 높은 안경 속에 맑고 둥근 그 눈을 볼 때 산만함과 충동에 지배되는 자신들의 초조감을 누구라도 부끄러워하지 않을 수가 없었다. 내게는 꾸준히 일에 노력하는 그분의 행복을 생각하는 마음이 남몰래 찾아들어 나는 방으로 돌아오자마자 온갖 정성을 다해서 외삼촌식의 서체로 아르디느에게 거절의 편지를 썼다. 시험이 눈앞에 다가왔다. 과목수가 많아 시간적 여유가 조금도 없다. 거기에 수일 안으로 양친도 오기로 되어 있다. 그러니 찾아뵙지 못함을 용서하여 달라는 편지였다.

 도덕적인 승리감에 취한 채 나는 그 편지를 상의 주머니 속에다 넣고 거리로 나갔으나 제일 가까운 우체통을 찾으려고 프로페레엔 쪽으로 꼬부라지자마자 나는 그 편지 수취인의 팔로 뛰어 들어가고 말았다. 그녀는 그렇게 놀라지도 않았다. "나를 찾고 있다는 것을 다 알고 있었어요." 그녀는 그렇게 말했다. 예기치 못한 해후, 그것이 하나의 놀라움이었으나 그녀의 얼굴에 나타난 무언가 서먹함이 더욱 놀라웠다. 또다시 그것은 다른 얼굴이 되어 있었기에. 거기에서는 어젯밤의 면모를 조금도 찾아낼 수가 없었다. 사실은 지금 낮에 보는 것이 달빛이나 램프 불빛에서 보기보다는 예뻤으나 그것은 너무 평범했다. 또 별로 젊지도 않아 나보다 틀림없이 몇 년 연상이었다. 무엇보다도 나를 전율케 했던 아그라붸스와 세리제트의 모습을 그 얼굴에서 아무리 찾아보아도 헛수고였다. 그러면서도 그녀는 미지의 영역에 속하는 매력에 싸여 있었다. 나는 그 때 이미 그런 이상한 인연으로 피할 수 없게 된 이끌림과 반발의 착잡한 괴로움을 예감하였다고 말할 수가 있다. 주머니 속에 들어 있는 편지의 내용을 입으로 전할 용기가 내게 있었다면 그녀도 나도 그 후에 온 여러 가지 번뇌를 맛보지 않아도 되었으리라. 그런 것을 생각할 틈도 없이 그녀는 기쁨으로 볼에 홍조를 띠우고 새파랗게 젊음을 되찾았으며 나도 내가 쓴 편지의 존재뿐이 아니라 오토 외삼촌의 경건한 생애까지도 잊어버렸다. "그렇게 깜짝 놀란 듯이 내 얼굴을 보지 말아요." 그녀는 말했다. "나와 사귀어도 아무런 위험은 없어요. 거기에다 무슈 프치의 일을 또 말해 두어야겠군요. 오늘 나에게 오지 못했다면 우리들은 아마도 영영 만나지 못했을 거예요. 언제 프랑스에서 편지가 올는지 모르니까요. 언제 돌아오라는 재촉이 올는지……."

프랑스의 그늘 아래서

　어느 독일의 교육자는 이렇게 말한 적이 있다. 프랑스에서는 그 문학의 여명기에 언어적 기념비가 하나도 없었다고. 프랑스는 에다(북유럽의 신화 전설집. 산문과 운문의 두 종류가 있음)도 칼데발라도 니베룽겐의 노래도 신곡神曲도 가진 바가 없다. 그는 그것을 그 나라의 커다란 결점으로 본 것이다. 그러나 가령 그런 점이 유감이라고 하더라도 그들이 그런 빈곤에서 부에 이르기 위한 부를 퍼내는 힘을 가지고 있었던 점은 인정하지 않을 수가 없다. 그들의 꿈이나 예술활동의 온갖 영역에서 거목과 같은 선인先人의 그림자가 없었다는 것이 참으로 그들에게는 단순히 손해였던가? 그들은 그 보상으로써 이교도와 같이 삶에 대하여 밝고 개방된 마음을 가지게 되었으며 현실의 여러 현상에 대해 지대한 흥미를 기울였고 어떤 심연을 앞에 두고도 눈을 감지 않았다. 동시에 그들은 참다운 인식을 얻기 위해 불꽃 튀기는 노력으로 도취의 능력, 최고의 것에도 최저의 것에도 일체 고려함이 없이 귀의하는 능력을 갖추었으며 표현의 예리함을 지니고 있다. 우리들 독일인은 종종 그 예리함에 아연해질 따름이다. 베일을 벗겨내는 그런 언어를 우리들은 후안무치한 것으로 보아야 할는지 아니면 순진한 것으로 보아야 할는지 즉각 판단할 수가 없을 때가 있기 때문이다. 독일 문인으로서는 어떻게 하든 말할 수 없는 것을 많은 프랑스의 시인이나 작가는 주저함이 없이 말한다. 오히려 독일인 쪽이 풍부한 어휘를 가지고 있는데도 불구하고 그런 특성은 우리들 독일인의 문체나 묘사에는 아무리 해도 끼어들 수가 없는 것이다. 경우에 따라서는 프랑스인이 일종의 혹독한 언사로 묘사해야 된다고 생각하는 일이 우리들 독일인에게는 별로 중요한 문제가 아닐 경우까지 있다. 간혹 독일 문인이 저 노란 표지의 잡지 《게젤샤프트》에서처럼 표현의 소극성을 돌파하는 수도 있지만 그것은 모두 프랑스 시인에게 사사한 결과이다. 그럴 경우에도 그들이 그 스승의 광채와 우아함에 도달할 수 있었던 것은 극히 드물다. 전체로써 이렇게 말할 수가 있겠지. 참다운 독일 시인이면 시인일수록 그가 프랑스의 정수에 완전히 매혹된다고 해도 그것이 조금도 그의 본질을 해치지는 않는다. 그는 자신의 고유의 것을 그것으로 해서 잃지는 않는다. 아니, 이 프랑스산酸과의 접촉만이 그의 내부에 깃든 참다운 독일적 요소의 발현을 재촉하는 것인지도 모른다. 어느 프랑스인도 《젊은 베르테르의 슬픔》이나 《시와 진실》(괴테의 자서전적 소설)을 쓰지는 못했다. 그러나 그런 작품이 태어나기 위해서는 루소의 영향이 무엇보다 필요했었다. 확실히 나는 아르디느가 없었더라도 이 서쪽의 이웃들이 쓴 책에 친밀해졌겠지만 그럴 경우에는 아마도 그 시기가 훨씬 늦었을 거며 생의 열성적인 입김이 스며들지는 않았겠지. 그러므로 이중의 이국적 매력이 내게 작용했다고 말할 수가 있다.

 어릴 때부터 우리들은 미지의 나라를 구적관계仇敵關係에 있는 나라로 보게끔 교육을 받아서 그 나라는 점점 우리들의 흥미를 끌게 되었다. 게다가 내게는 그 나라를 구체적으로 나타내는 그 이상한 실제의 여성이 있지 않은가. 이제야 나는 프로베르를 약간 다른 기분으로 읽게 되었다. 그의 책은 내게 얼마나 새로운 감정의 참다운 교과서가 되었으며 그리고 얼마나 황홀하게 나는 그의 가장 의미심장한 언어를 싸고 있는 저 독특한 빛의 충일을 느끼기 시작하였던가. 다만 아쉬운 일은 내가 아무리 열심히 사전을 찾아도 그것을 완전히 해독할 수가 없었던 점이다. 번역한 것을 손에 넣을 수도 없었다. 그런고로 나는 그의 제자 모파상에게로 되돌아갔다. 그의 단편 쪽이 나의 초조한 기분에 보다 맞았던 때문이다. 나는 두 번이나 아르디느에게 단어의 의미를 물었으나 한 번은 그녀가 또 별안간 코피를 쏟을 것 같아 두려웠고, 한 번은 그녀는 그 단어는 전연 사용되지 않는 말이라면서 책이 그녀보다 더 소중하냐고 격한 말투로 비난했을 뿐이었다. 우연히도 때마침 데멜에게 변치않는 충성을 바치고 있는 프로메티우스가 베르레느의 멋진 번역시들을 아주 좋다고 칭찬했으므로 나는 여러 가지 길로 프랑스의 정신세계로 들어가게 되었다. 마치 금단의 영역을 들어가듯 낯익은 것들을 이국 시인의 눈으로써 본다는 것은 얼마나 매력에 넘치는 일이었던가. 장군관과 개선문 사이에 있는 몇 채의 멋진 건물, 이자르 강(뮌헨을 관류하는 강의 이름)을 스치며 나는 갈매기 떼, 이자르 강도 저녁나절이면 구름의 색채 작용에 의하여 홀연히 세느 강으로 변하지만. 그리고 아르디느의 조그마한 방과 당자인 아르디느 자신도 예고 없이 방문하는 것을 싫어했으므로 대개 저녁 식사 후의 시간을 지정해 주었다. 그녀의 말에 따르면 그 시간이 그녀로서는 가장 건재한 시간인 셈이다. 실제로 그녀는 그 시각에는 언제나 몹시 젊게 보였다. 반점이 있는 베일 속에다 그렇게도 고혹의 힘을 감추고 있던 그날 밤의 얼굴은 마침내 돌아오지는 않았다. 언제나 그의 몸에는 공상을 불러내는 아득함이 떠돌았으며 문틀의 음악소리를 들으며 그 작은 방에 발을 들여 놓으면 나는 전설적인 파리의 학생가學生街에 몸을 던지는 듯한 느낌에 사로잡혀 버리곤 했다. 아르디느의 여러 가지 성질, 언제나 자신을 주장하는 완고함, 유머나 인정미의 결핍, 약삭빠름, 그리고 사양하지는 않으나 성실하지는 못한 그 날카로운 시선, 그 모든 것들은 만약에 상대가 독일 아가씨였다면 나에게 혐오감을 안겨 주겠지만 그녀의 경우에는 나는 그것을 이국의 혈액 탓으로 돌리고 은근히 감수하였다. 때때로 그녀는 사랑이란 것을 그녀의 본질에 반대되는 것, 멸시한 것으로 이야기했으므로 나는 나를 '선택된 사람'이라고 생각했다. 나는 그것이 유혹의 한 가지 형태일지도 모른다는 생각은 염두에도 두지 않았으며 그녀의 신상에 대하여 상세한 것은 조금도 모른다는 사실도 별로 괴롭지가 않았다. 그녀는 자신을 안개로 쌌다. 여자 친구도 없었으며 편지를 보인 일도 없었다. 또 무엇으로 생활비를 버는지도 나는 알 수가 없었다. 다만 가정교사를 하고 있다고 말한 일이 있었을 뿐이었다. 어느 때는 아무리 생각해도 가난하게 생각되어 나는 자진해서 나의 잡비를 그녀와 나누어 쓴 일도 있었고 또 어느 때는, 특히 프치씨의 이야기를 꺼낼 때가 그랬는데, 대단한 부자같이 보여서 내게 집 한 채쯤 선물하는 일도 간단한 일로 생각될 때도 있었다. 그녀가 정신적인 자양분을 요구하고 있는지 어떤지도 확실하지 않았다. 한 권의 장서도 없었으며 시인이나 철학자의 말을 인용한 일도 없었다. 나는 내가 낭독하는 베르레느의 시를 그녀가 기쁘게 듣고 있으리라고 생각하면서도 그녀가 거기서 어떤 인상을 받고 있었는지는 알지 못했다. "당신의 낭송은 참 좋아요." 그녀는 그 이상은 말 한 바도, 다시 한 번 읽어달라고 부탁한 일도 없었다. 내가 그걸 어떻게 해석하는가고 물으면 그녀는 가슴의 아픔을 참지 못하는 시늉으로 기침을 하면서 자신의 신체에는 조그마한 일에도 바로 이렇게

지장이 생긴다고 말하는 것이었다. 그녀는 자기의 이야기를 할 때
만 다변스러웠다. 그녀의 마음 속에는 자신의 존재가 모든 남자를
무제한의 감정의 격동으로 끌어 잡아당기는 힘을 갖고 있다는 확고
한 신념이 깃들어 있었다. 매일처럼 그녀는 후안무치한 도배들을
격퇴하지 않으면 안 되는데 그것이 쉽사리 성공된다는 것이었다.
그녀의 표현에 따르면 일종의 집중적 안광眼光을 그녀는 갖고 있어
서 그것이 어떠한 철면피한 자라도 위축시켜 버린다는 것이다. 그
런 이야기를 듣고 있노라면 그녀가 바보가 아닌가 하는 의심이 떠
오를 때도 있었으나 나는 그런 일은 프랑스 아가씨에게는 있을 수
도 있다고 생각하였다.

  그녀와의 교제에서 느껴지는 특수한 매력의 하나는 '시간의 짧
음'이라는 것이었다. 아르디느는 처음부터 자기의 뮌헨 체류는 그
렇게 긴 것이 아니라고 말했으며 무슨 말끝에 의미심장한 듯 귀국
이야기를 꺼내 놓았다. 프치씨로부터 오라는 전갈이 오는 대로 짐
을 꾸리지 않으면 안 된다면서. 이리하여 그녀는 그녀를 잃지는 않
을까 하는 끊임없는 염려 속에다 나를 잡아 두어 두 사람이 함께
지내는 시간의 귀중함을 나에게 강조하는 것이었다. 그렇지만 그
귀중한 시간의 내용을 이루고 있는 체험은 그것으로 해서 무게를
더하지는 못했다. 아니 모든 것이 임시변통이 되었고 절실함을 잃
었다. 영원한 지속의 세계를 파악하려는 소원이 덧없는 가면극으로
들어가지 못하게 했던 것이다. 그때 그때의 임시적인 일이다. 참다
운 일은 아니다. 그런 느낌이 끊임없이 따라다니는 책임 없는 상태
는 절대로 우리들을 참답게 만족시킬 수가 없었다. 나는 그런 생활
을 변호해 줄 모파상을 모조리 구해서 읽지 않으면 안 되었으나 자
신을 '삶의 제왕'이라고 느낄 수는 없었다.

  인간도 노경에 이르면 예전에 이러이러한 사람을 만났었다는 사

실이 자기에게 좋은 일이었는지 아닌지를 별로 음미하려고 하지 않는다. 기껏해서 자기 자신이 미숙해서 사상이 굳지 않았을 때 그것과 교섭을 가지게 된 불행을 슬퍼할 뿐이다. 진실의 영혼이 배경으로 물러서면 악마들이 제멋대로 날뛰게 된다. 아르디느도 두 사람의 관계가 불완전하기 때문에 나 이상으로 고민하였으리라. 내게는 현실의 부족함을 보충할 공상과 독서라는 것이 있지 않았는가. 나는 그녀의 내부에 있는 그 무엇도 성장시킬 수는 없었으며 그녀도 내 속에 있는 가장 깊은 것을 불러 깨울 수는 없었다. 그러나 우리 두 사람은 모두가 그 일을 알지 못했으며 다만 우리들이 왜 좀더 행복하지 않은가를 의심스럽게 생각하였을 뿐이었다.

세상에는 남자의 순진함과 명랑함에 강렬하게 끌리면서도 그에게서 그 특징을 잃게 하려 하고 그런 참다운 면목에서부터 침울한 존재로 만들려는 무의식적인 결심을 하는 여성이 있다. 얼마 후 그녀는 슬픔에 사로잡힌 남자를 보지 않고는 그를 사랑할 수가 없게 된다. 아르디느는 정말로 그런 여성의 한 사람이었다. 그녀 자신에게는 천부적인 명랑성이라는 것은 거의 인연이 없는 요소였고, 나의 성격도 그녀에게 영향을 줄 수는 없었다. 아니, 종종 나의 내부에서 힘차게 튀어나오는 엉뚱한 쾌활은 그녀에게는 기분 나쁜 것이었다. 그녀는 거기에서 자기에게는 결여되어 있는 비상력飛翔力을 느끼고 그녀다운 방법으로 나의 날개를 잘라 버리려고 하였다. 그런 까닭으로 갈등과 냉각이 뒤따랐으나 그녀는 날로 그녀의 귀국을 입에 올림으로써 나를 점점 굳게 묶어 놓았다. 그녀는 내가 그녀에게는 환멸이었음을 조금도 숨기지 않았으며 나도 분별 없는 말로 즉각 상대방과 같은 방법으로 반격을 가했다. 그것이 얼마나 그녀의 마음에 상처를 주었는지는 나는 대개의 경우 훨씬 뒤에야 알았다. 그 반격에는 아마도 또 최근에 읽은 책이 영향을 끼친 때문이기도

하였다. 남성과 여성과의 관계에서 쉽게 파고드는 참담함은 이미 오래 전부터 문학의 영역이어서 데멜은 사생아의 시 속에서 그것을 형이상학적으로 탐구하려고 하였고 프랑스의 작가들은 어디에서나 고혹적인 필치로 그것을 취급했었다. 소품, 《아그라붸느와 세리제트》부터가 그 경향과 전연 무관계하지는 않다. 그 경향에는 또한 일종의 예리한 관찰력이 따라다녔다. 예리한 눈이라는 것은 이미 그 당시만 해도 대단히 존중을 받았으며 오늘날에도 길가의 나무 하나 풀 한 포기, 작은 돌멩이나 물구덩이에 이르기까지 예사로 보지 않는 것을 자랑으로 여기면서도 자기가 어느덧 목적지를 향한 길에서 빗나가 걷고 있다는 사실을 깨닫지 못하는 나그네 같은 사람들이 얼마든지 있다. 나도 될 수 있으면 이들 서방의 작가들이 재주를 다한 묘사의 기교를 내 것으로 하고 싶었으나 나의 내부에 도사린 보다 깊은 본질은 나의 의식적인 소원보다 더 총명하였다. 그 본질은 소박한 독일적 단순함에 대한 은근한 향수에 의하여 나를 벌하였던 것이다. 새삼스럽게 나는 《친화력》(괴테의 작품)을 열어 보았다. 그리고 거기에 나타나는 오틸리에의 모습에서 영혼의 투시가 무엇을 의미하는가를 알았다. 괴테는 그녀의 머리카락이나 눈빛이나 코나 턱의 모양도 우리들에게 말하지 않았으며 의복이나 신의 묘사도 없다. 다만 몇 가지 설명으로도 놓칠 수 없는 아름다운 특징, 그녀다운 버릇이나 행위나 동작, 그것이 우리들로 하여금 이 인종의 소녀를 잊을 수 없는 존재로 만들어 주었다. 마음이 담긴 그 말에 황금에 비할 수 없는 무게를 주고 있는 것이다. 그녀의 존재는 대단히 얌전하면서도 담담하게 그려져 있어 그녀 속에서 무서운 대지의 힘이 지배하고 있음을 우리들은 좀처럼 깨닫지 못할 정도이다. 이 창조적인 비밀의 흔적을 더듬기에는 반생을 소비하여도 후회를 하지 않겠지만 그러나 시대적 경향은 개개의 외적 특징에 대한 부단한 주시를 하도록 우리들을 충동했다. 그것도 우리들의 마음에 기쁨을 주지 않는 것, 그리고 별로 중요하지도 않은 일들에 대한 주시이다. 물론 아르디느 자신이 무엇이라도 그냥 보아 넘기지 않으려는 나의 관찰력을 너무나 자극시켰다. 내가 처음 경탄의 눈으로 바라본 그녀의 본래적인 성질 몇 가지가 나의 그런 의욕을 자극하기 시작했던 것이다. 그 중에서도 그녀의 투시능력의 과시나 타인의 재난을 기뻐하는 일종의 심술궂음이 그러했었다. 물론 내가 때때로 그런 계기를 그녀에게 제공했지만. 그녀는 미래에 대한 예언은 하지 않았으나 어떤 일이 일어났을 경우에도 이미 그것으로 알고 있었노라고 주장했으며 사람이 불쾌한 일을 당하면 그것은 언제나 그 당사자의 잘못 때문이라는 점을 세세히 증명하려고 했다. 그녀 자신의 불운에 대해서는 그러나 다른 누군가가 양심의 가책에 괴로워한다, 그런 모순에는 그녀는 전연 맹목이었다.

어떤 환자는 하찮은 부수적인 병에는 신경을 곤두세우면서도 치유하기 어려운 근본적인 질병에 대해서는 눈을 감듯 나도 그녀에게 비난을 퍼부어야 할 중요한 사실에 대해서는 눈을 감았던 것이다. 오래 전부터 나의 두 친구는 내가 그들과 좀처럼 저녁때의 모임을 함께 하지 않아 좋지 않게 생각하고 있었다. 그들은 내게 인사할 때도 "봉 쥬르 무슈(안녕하십니까)"라든가, "프랑스 만세"라든가 하는 비꼬는 투로 인사를 했다. 어느 때는 가차 없는 발터가 나의 프랑스 여자 친구의 국적의 진위에 관해 그럴만한 의혹을 늘어놓았는데 그것이 얼마나 나의 급소를 찔렀는지는 아마 그 자신도 깨닫지 못하였을 것이다. 여러 가지 우연한 사실로서 나는 본의는 아니지만 아르디느의 본명은 아텔라며 그녀의 고향은 부르츠부로크 근방의 하이딩스펠트이고 프랑스는 나처럼 한 번도 가보지 못하였으리라는 사실을 알게 되었다. 나의 내부에 있는 어느 것이 그 사실을 정식으로 받아들이기를 거부하고 있었다. 그 여자 친구가 자랑으로 여기고 있는 국적은 우리들 상호관계의 근본적 요건이었는데 그 토대를 친구가 지금 흔들려는 것은 동시에 저 멋진 적국과 나와의 관계를 파괴하는 것이나 다름이 없는 일이다. 나는 그 괴상한 여성에 대하여 그녀가 애정을 보여주는 일보다도 열심히 자신의 역할을 계속 연출하여 주기를 바라고 있었던 때문이다. 거기에는 물론 그녀의 친절한 마음이 작용하고 있었다. 내가 그 연극을 얼마나 기쁨으로 써 보고 있는지는 그녀도 이미 틀림없이 깨달았을 것이니까. 그녀가 전능한 파리의 친구를 이야기할 때만큼 목소리가 그렇게 열과 진실미를 띠고 울리는 일은 없었다. 그럴 때는 그녀는 눈을 커다랗게 뜨고 무언가 아름다운 그림자를 좇는 표정을 지었다. "그래, 정말로 대단해요" 하면서 그녀는 입술을 뾰족하게 벌리곤 감탄성을 발하였다. 몇 번인가 나는 소년시대의 여자 친구였던 이야기 잘하는 아가씨를 생각해 냈다. 불그스레한 주근깨가 있어 괴니히스도르프 사람들이 메기라고 부르던 그 소녀를(소년시절의 카로사를 공상적인 이야기로 곧잘 속이던 소녀). 그녀는 수정의 뿔을 가진 빛나는 순백의 사슴과 알게 되었는데, 그 사슴은 그 소녀에게 무슨 소원이라도 이루어 주었던 것이다. 아르디느는 메기와 마찬가지로 프치씨에 대해 이야기를 했다. 언제나 프치씨를 프드트라고 발음하지만. 더욱이 이것은 절대로 동화적 존재는 아니어서 씨는 현재에 생존하고 있는 것이다. 그녀는 나에게 씨의 명함을 보인 일도 있었다. 유럽에 일어나는 사건으로 씨의 손이 관여하지 않는 일은 거의 없다. 씨는 자기로도 자신이 어느 만큼 재산이 있는지, 금광을 몇 개나 가지고 있는지를 모를 정도이다. 만약 아르디느가 내게 씨에 대한 관심을 불러일으키는 데에 성공했다면 씨의 눈짓 하나로 나는 진력나게 오래 걸리는 의학연구 따위는 집어치우고도 간단히 상류사회의 빛나는 지위에 오를 수가 있었을 것이다.

 이렇게 프랑스는, 나의 세계에서는 아르디느, 그녀 세계에서는 프치씨로서 살아갔다. 그것은 괜찮은 연기였으나 얼마 후에는 그 매력도 사라져갔다. 나는 나의 공연자가 차츰 꺼림칙하게 여겨졌으며 그녀의 혈액세포 하나하나가 나의 기분에 어긋나는 형태를 하고 있다는 감정을 어찌할 수가 없었다. 거기에다 다른 점에서도 무언가 변화가 일어난 것 같았다. 마리아는 결국 뮌헨의 날씨가 나의 체질에 맞지 않는 것이 아닌가 라고 염려하였고, 친구들도 나를 만나면 나의 변조에 걱정을 하지 않을 수가 없었다. 휴고는 중대사라는 얼굴로 나의 맥을 재면서 걱정스럽게 나의 눈을 보았다. "자네는 말하자면 요괴병에 걸려 있는 것이야." 그리곤 그는 동아시아의 어느 흡혈귀담을 인용해 들려 주었다. 물론 농담에 지나지 않았지만 그것 역시 나의 가슴을 강하게 때렸다. 이제는 나도 아르디느의 프랑스 귀환이 실현되기를 절실하게 원하게 되었으나 파리로 돌아오라는 소식은 아무리 기다려도 그녀에게 오지 않았으므로 나는 내 편에서 점점 그녀를 방문하지 않기로 작정하기에 이르렀다. 어느 날은 아침에 눈을 뜨자마자 오늘은 그녀를 만나지 않고 지내리라고 결심하였다. 그리고 운명은 나를 편들어 일체의 도망갈 길을 차단하여 주었다. 예의 쌍둥이 자매를 통하여 궁정극장의 표가 한 장 내 손에 날아온 것이다. 내가 자랑스럽게 오늘 밤은 처음으로 〈발렌슈타인의 진영〉과 〈피고로미니부자父子〉를 보게 되었다고 이야기하자 노 마리아는 함께 기뻐해 주었다. 내가 공연 두 시간 전에 유유히 프로페레엔 문을 지나 철의 오벨리스크 쪽으로 걸어갈 때 자유를 다시 얻었다는 감정은 얼마나 달콤했던가. 도망칠 재간도 없이 어떤 다른 존재에 매어 있다는 것은 실은 자기 암시, 자기가 거기에서 빠져나올 수 없다고 생각하는 기묘한 자기 암시의 결과에 지나지 않다는 사실을 알게 된 것은 얼마나 멋진 발견이었던가.

왕성한 공복감은 오늘 밤은 집에 저녁밥이 없다고 내게 경고를 해 주었다. 뱃속에서 꼬르륵 꼬르륵 소리를 내면서 관객석에 앉아 있는 것은 결코 좋은 일이 아니었다. 이제 겨우 다섯시를 쳤을 뿐이다. 아직 돌아가도 된다. 부리엔가는 음식점의 문을 열기에는 다른 물건이 너무나 넘쳐 흐른다. 이런 때는 주저 없이 테레지아 거리로 발을 들여 놓는 게 좋다. 거기에는 식욕을 돋구는 것이 너무나 많으니까. 김이 오르는 소시지 몇 조각에다 희멀건 길다란 빵을 곁들여 상점 앞에서 그냥 먹게 되어 있다. 나는 막간을 위해 다시 호도빵 한 봉지를 샀다. 가로등처럼 붉은 달이 동쪽하늘을 무엇에도 비할 수 없을 만큼 아름답게 물들이고 있었으나 조금 더 가자 그것은 집들에 의해 차단되어 버렸다. 슈봐빈 부근까지 가면 반드시 멋진 달밤의 전망이 열릴 것이다. 시간은 아직 있다.

아말리엔가의 대학 건물 맞은편에는 학생들의 눈을 끄는 매혹적인 진열장이 줄지어 있다. 희귀한 책 이외에도 아름다운 동판화나 목판화가 있는데, 대개는 이탈리아나 옛 바이에른의 도시 풍경이다. 어느 것이나 놀랄 만큼 값이 싸다. 모친은 이전부터 그런 그림을 한 장 갖고 싶다고 말씀하셨다. 그건 그렇다고 하고 지금 거의 만월에 가까운 달을 가리고 있는 것은 정신계의 아성인 대학 건물일 따름이다. 그러니 거기서 과히 멀지않은 치이블란트가에 있는 묘지로 가면 그걸로 충분하였다. 거기에는 전망을 차단하는 지붕이나 하늘빛을 흐리게 하는 인공의 등화 따위는 하나도 없었다. 높은 격자문은 그 시각에는 이미 닫혀져 있지만 서릿발같이 빛나는 철책 사이로 죽은 자들의 뜰을 바라볼 수가 있었다. 검고 굵은 나뭇가지에는 구름이 뱀처럼 감겨 있고, 한 그루의 노송나무는 은색의 커다란 북극의 여우모피를 머리에서부터 뒤집어 쓴 듯 어느 쪽이 위이고 어느 쪽이 아래인지 구별할 수가 없다. 그 아래쪽은 점점 맑아지는 조용한 달빛으로 반짝이고 있다. 그러나 그 아래에는 묘, 또 묘가 어둠 속에서 줄지어 있는 것이다. 거기에는 조상들도 영원한 평화의 축제를 즐기고 있으리라. 임금님으로부터 악수를 받은 외할아버지도, 너무나 선량한 아내였기에 별로 이야기가 전해 지지 않은 조모도, 우리들이 카딩에서 그렇게 환영했던 요제피네도, 신화의 대가 오토 외삼촌도 — 그들은 모두가 마리아가 때때로 바꿔주는 화환 아래서 잠들고 있다. 그 충실한 노비도 이미 남몰래 이 세상에서부터 해방되어 그들 곁에서 쉬고 싶다고 소원하고 있다. 만월 이전의 달과 만월이 지난 달과는 우리들에게 불어 넣어 주는 생각이 다르다. 모친은 그렇게 주장했었다. 아마도 그날 밤 나에게 그처럼 변한 감정을 일으켜 준 것은 실제로 저 만월에 가까운 달이었으리라. 그것은 거부의 감정이었다. 죽음에 대한 거부가 아니라 인간이 시체로 변하는 것에 대한 항의인 것이다. 왜 생명소실의 순간에 어느 종류의 결정結晶이 물에 녹듯 또는 초가 자신의 빛 속에서 소실해 가듯 참다운 용해가 일어나지 않는 것일까. 우리들이 겁을 내고 장식을 하며 그리고 땅 속에 숨기는 저 창백한 껍질은 어쩔 도리가 없단 말인가. 그 방정식에는 무엇인가 해결되지 않는 것이 있다는 사실을 인류는 때때로 느낀다. 그리고 화장火葬을 선택해서 그 해답을 얻으려고 한다. 휴고도 자신의 조사早死를 예감하고 이미 파트로클로스처럼 불꽃이 되어 사라지려고 결심하고 있다. 그 소원을 조그마한 각서 속에다 기입해 두고서.

   그런 온갖 명상도 맹수에 쫓긴 작은 새들처럼 흐트러져 버렸다. 좀 더 빠른 걸음으로 묘지의 울타리를 꼬부라져 가는 두 사람의 모습을 보았기 때문이었다. 달밤이라고는 하나 먼 곳에서 보았으므로 모든 것이 몽롱했지만 여자 쪽은 확실히 아르디느의 모습이었다.

그 조심성 있는 늙은이 같은 걸음걸이까지가. 따돌림을 받은 기분으로 나는 두 사람의 뒤를 쫓으려고 하였다. 그러나 그럴 필요가 있을까. 여기에서 불과 2분간의 길이다. 음악이 울리는 문을 열면 모든 것이 밝혀지지 않겠는가.

생각은 결연히 〈발렌슈타인의 진영〉에서 멀어져 가면서 나는 계단을 올라갔다. 발터의 말을 위안으로 삼으며 그걸 끊임없이 마음 속에서 되풀이하면서. 그 친구는 무어라 해도 우리들 세 사람 중에서 제일 머리가 날카롭다. 대개 희곡의 정신에 닿기 위해서는 기분이 맞는 몇 사람의 친구가 주역을 나눠 가지고 어두운 방에서 낭독하는 것이 최선의 방법이다. 몇 천이라는 알지도 못하는 사람들 사이에 끼어 앉아서 배우의 일그러진 상연을 보기보다도 그것이 얼마나 멋진 일인지 모른다. 발터의 의견은 그런 것이었다. 햄릿에 대해서까지 같은 의미의 말을 했던 사람은 틀림없이 괴테 그 사람이었다. 그 진의가 이제 확실하게 납득이 되었다. 나는 내일 나의 실러를 찾겠다고 결심했다.(《발렌슈타인》은 실러의 희곡작품임) 정신이 들었을 때는 이미 아르디느가 방 입구에 모습을 나타내고 나를 맞았다. 더욱이 그녀가 그런 복장을 하고 있는 것을 본 것은 처음이었다. 그녀는 길고 검은 비단 바탕의 바지에다 리라색의 짧은 상의를 단추도 끼우지 않은 채 입고 있어 보랏빛 유리 단추가 반짝였으며, 얇은 머리카락은 잘 다듬어져서 수영모처럼 작은 머리를 싸고 있었다. 그녀는 자신이 오늘은 특별한 복장이라는 사실을 의식하지 못하는 것 같았고, 내가 어처구니없다는 듯한 얼굴로 쳐다보자 도리어 이상하게 생각하는 모양이었다. 파리 시대에는 집에서도 언제나 그런 복장으로 있었다면서 매우 편리하기 때문이라고 예사롭게 설명하는 것이었다. 내가 호도빵을 가져 온 것은 멋진 착상이라고 칭찬하였다. 이럭저럭 하는 동안 그녀는 또다시 내가 언제나 갈망하던 저 최초의 밤에 보았던 얼굴로 되돌아갔던 것이다.
 그날 밤의 관극행은 결국 그녀에게로 찾아오는 무의식의 길을 멀리 우회해온 것에 지나지 않았으나 비록 해방의 시도는 실패했을망정 그것은 나의 약점이 갖는 특질을 가르쳐 주었다. 그러는 동안 내가 그녀와 만나지 않는 밤이 왔다. 그녀는 강경하게 항의했지만. 아침 일찍 어린애처럼 작은 휴고가 산책용 지팡이로 힘껏 양철을 붙인 창문을 때렸으므로 길 가던 사람이 놀라 걸음을 멈추었을 정도였다. 내가 창문을 열자 휴고는 소리를 질렀다. "데멜이 온다! 프로메티우스에게서 통첩이야! 새로운 자작의 시를 낭독한다. 바이에른관의 거울 방에서!" 안으로 들어오라고 권하였지만 친구는 듣지 않았다. "이제부터 발터에게 가 봐야지. 그리고 대학에. 그럼 7시 15분, 호텔에 집합. 시간엄수! 위반은 절대 금지!"
 아르디느는 내게 강연회 쪽이 그녀와 함께 지내는 초저녁보다 중대하다고 믿기를 싫어했다. 그녀는 거기에서 배신의 징조를 느꼈던 것이다. 내가 아무리 해도 양보하지 않자, 자기도 함께 가겠다고 우겼다. 그녀는 식탁이 준비되어 있는 넓은 홀을 상상하고 멋진 저녁식사를 할 수 있으리라고 생각했던 것이다. 그러나 나는 그녀와의 동행을 전체 분위기에 불협화음이 되리라는 것을 확신하고 있었으므로 강연회는 엄밀한 학술적 영역에 속하는 것이어서 주로 학생을 위한 것이라는 점을 되풀이해서 강조했다.

시인詩人의 밤

 시인들이 도시에서 도시로 순회하면서 예정된 기일에 따라서 회장으로 달려와 대중들 앞에서 자작시를 낭독하는 풍습이 생긴 것은 언제부터였을까. 고트프리트 켈러나 콘라트 페르디난트 마이어까지 거슬러 올라가면 그런 일은 상상도 할 수 없다. 횔덜린이나 뢰리게는 말할 것도 없고 예전에는 연설가에만 적합했던 일이었던 것이 이제는 그런 귀인이 대중 앞에 나타난다는 것은 무엇을 의미하는 것일까. 새로운 시어詩語는 이미 별로 강력하지도 않으며 또한 승리의 능력을 잃어버린 것일까. 그러므로 그 무게를 보충하기 위하여 발어자發語者 자신의 등장을 필요로 하는 것일까. 그렇지 않으면 우리들은 단지 호기심에서 이 명상자이며 조형자를 초빙하는 것일까. 우리들의 내부에는 시인을 그의 은밀한 집에서 쫓아내어 그로 하여금 자신의 길에서부터 빗나가게 하고 싶다는 욕구가 숨어 있는 것일까. 그러나 내가 참석했던 최초의 '시인의 밤'은 그런 무례한 해석은 어느 것에도 적용되지 않는 것이었다. 우리들 앞에 선 인물은 그 신경의 미세한 줄에 이르기까지 자신의 사명감에 충만해 있는 사람이었다. 나에게나 나의 친구들이 그에게 마음이 끌린 것은 가장 순수한 감격이었다고 단언할 수가 있다. 그런데 왜 그 밤의 모임이 그처럼 엉망으로 끝나게 되었는지 그 연유는 이랬다.

세기의 전환기는 서정시가 가장 번창한 시기였다. 독일의 도처에서 젊은이들의 모임이 만들어졌으며 그들은 시인의 신저新著를 구세주의 말처럼 애타게 기다려 주머니 속에 든 마지막 한 푼까지도 책을 사는데 후회가 없었다. 그들은 오늘은 기분좋은 방에서, 내일은 가난하고 초라한 방에서 낭독의 모임을 개최해서, 황홀하고 아름다운 시구를 낭송하면서 자신이 그것을 쓰지 않음을 남몰래 유감으로 생각했다. 아니 어느 한 시에 대하여도 어떤 사람은 마음을 기울여 사모하고 어떤 사람은 비난했으므로 그 간격은 도저히 메울 수가 없기도 했다. 그런 시대에 살아보지 않은 사람은 그 때 우리들 세 사람의 흥분을 도저히 이해할 수 없을 것이다. 우리들은 풍설을 개의치 않고 바이에른관 앞에 회동했다. 《구제》의 시인을 보고 그의 시를 듣기 위해서.

홀은 휘황하게 조명이 되어 사면 벽에 걸린 높은 거울에는 장내에서 벌어지는 진경珍景을 투사하고 있었으며 우리들이 입장했을 때는 벌써 좌석의 약 반은 선참객들에 의하여 점령되었었다. 잔뜩 긴장해서 얼굴이 핼쑥해진 프로메티우스가 기둥에 기대어 섰다가 우리들을 보았으나 고개만 끄덕하고는 즉시 눈을 돌려버린다. 우리들이 혹시 이야기라도 걸까봐 두려웠던 것이다. 우리들 앞으로 차라투스트리네가 걸어가고 있었다. 우리들은 여위어서 뼈가 앙상하게 보이는 빨간 머리의 어떤 여성에게 당시 그런 이름을 붙였었다. 늘 바이올렛색으로 몸을 단장하고 매일 카페 슈테파니에서 압쌍을 마시면서 니체의 책을 술잔 곁에 놓아두고 있는 여인이었다. 그녀는 체구가 비만한 어떤 부인 뒤에 자리를 잡는다. 그 부인은 검은 파이프 같은 기구를 좌측 귀에다 꽂고 있는데 발터의 설명에 의하면 보청기라는 것이었다. 발터는 대단한 소식통으로 계속 여러 명사들을 가르쳐 주었다. 벽가의 붉은 비로드 소파에는 프란켄계의 금발 거인, 미하엘 게오르크 콘라트가 기대고 있다. 저 혁명적인 잡지의 창시자로 나의 불안 격동의 자각을 점화시켰던 그 사람이. 그는 형형한 눈길을 계속 늘어나는 사람들에게로 쏟고 있었는데, 우리들은 그 외경의 인물을 언제까지나 보고 있을 수만은 없었다. 시인 데멜의 영부인이 정해진 좌석으로 인도되어 가는 것을 눈을 크게 뜨고 바라보지 않을 수 없었기에. 빈틈없는 복장으로 그 선도의 역할을 담당한 신사는 크르트 마르텐스로서 그날 밤 모임의 회장이었다. 우리들은 프로메티우스에게서 그의 일을 들어서 알고 있었다. 프로메티우스는 그의 소설을 높이 평가했었다. 영부인은 아름다운 모습을 칼라를 높게 한 갈색옷으로 감싸고 검은 머리칼의 매듭진 곳에다 화살 같은 것을 꽂았다. 그녀는 얼굴을 숙이고 맨 앞줄에 앉는다. 보통의 손님으로 보이게 하려는 것이리라. 틀림없는 소식통을 통해 얻어낸 발터의 말에 의하면 그녀는 인도의 어느 왕족의 딸로 일만 필의 흰 코끼리를 소유한 가장 부유한 마하란자 왕족의 구혼을 물리치고 이 독일의 시인을 따랐다는 것이다.

  갑자기 그 넓은 홀은 사람들로 가득해졌다. 계속 나의 귀에는 장사꾼의 아내 같은 어떤 두 여자의 담화가 들려왔다. 나는 대체 어떠한 우연으로 이 두 사람이 오늘 밤의 집회를 찾아오게 되었는가 하고 의심이 갔다. 초콜릿을 서로 나누어 먹으면서 두 사람은 열렬한 말투로 홍역의 치료법을 이야기하는 중이었다. 그러던 그녀들도 선생이 나타났을 때의 초등학교 학생처럼 갑자기 긴장해서 진지한 안색이 되었다. 데멜이 나타난 것이다. 그는 단상 한가운데로 나아가서 간단히 인사를 한 번 하고는 즉시 낭독을 시작하였다. 그에 관한한 무엇이든 굉장하게 생각하고 싶었던 나는 우선 그의 외모에

익숙해야만 했다. 그렇도록 열정에 넘치며 선교사풍과 반인반수풍
半人半獸風이 이상스럽게 뒤섞인 사람이라고는 나도 예상하지 못했
던 바였다. 처음에 나는 그를 프로메티우스 같은 사람으로 상상하
려고 했다. 그는 지금까지 내게는 마신적魔神的인 것의 정수였으니
까. 그러나 막상 프로메티우스를 다시 자세히 보았을 때 내 눈에는
그날 밤의 위대한 손님과 비교해서는 그는 단지 한가로운 동향인으
로밖에는 보이지 않았다. 낭독자의 복장에 관해서는 두 가지 일이
잊을 수 없게 내 인상에 남아 있다. 우선 대단히 긴 금사슬이었는
데, 그것이 마치 부인들이 하듯 목덜미에 감겨서 조끼까지 늘어져
있는 것이었다. 그 다음으로는 지나치게 폭이 넓은 검은 넥타이가
높고 딱딱한 칼라를 거의 보이지 않도록 덮고 있었다. 그런 장식은
원래 증조부들이라든지 슈베르트의 초상화가 아니고서는 찾아볼 수
가 없는 것이다. 만약 한 시간 전에만 하더라도 누가 뭐래도 나는
도저히 그런 것을 입을 수는 없었으리라. 청년이란 존경하는 동시
대인의 외관을 무척이나 좋아해서 그걸 모방하고 싶어하지 않는가.
그렇게 하면 그 사람의 내적 장점이 경품으로서 덤으로 얻게 되는
것으로 생각되는 것일까. 나는 뮌헨의 유행품점을 뒤져보겠다고 결
심했다. 혹시 그것과 똑같은 검은 넥타이가 있을지도 모른다고.

 시는 그런 가시적인 것으로부터 우리들을 끌어갔다. 그가 니체의
〈밤의 노래〉를 읊었을 때 데멜의 목소리는 그 깊은 음조에서 출발
하여 하늘에까지 울려 퍼졌다. 그것은 너무나 황홀해서 가곡처럼
들렸다. 영웅시대의 음유시인은 아마도 그렇게 낭송하였겠지. 자극
에 쫓기는 대도시인의 귀에는 그 읊는 풍이 귀에 거슬리는지 모르
지만 어느 누구도 그 탁월한 인물로부터 빠져 나갈 수가 없었으며
새로운 전달의 양식을 얻으려는 그의 열렬하고 성실한 노력을 느끼
지 않을 수가 없었다. 그가 리온크론과 아르노 홀츠의 시 다음에

몽베르트의 시구를 읽기 시작하기까지는 완전한 정적일순이었다. 우리들 세 맹우는 프로메티우스에 의해 점화되어 몇 주일 전부터 《천지 창조》나 《작열하는 자》의 울림에 몰두하고 있었다. 히말라야의 공기를 거기에서 느꼈으며 성스런 계류에 쏟아지는 월광과 냉랭한 대기와 대해의 포효咆哮를 느꼈다. 데멜도 《천지 창조》에서 몇 편의 시를 선택한 것이다. 그러나 문득 나의 시선이 청중들의 얼굴을 스쳤을 때 그들은 거의가 그 시에서 아무런 느낌도 받지 않고 있다는 사실을 이내 알게 되었다. 아마도 그것은 데멜의 낭송법 때문이 아닌가 하는 생각은 나는 해보지도 않았다. 아니, 우리들 세 사람은 데멜이 단상에 섰으나 청중에 아첨하지 않는 고독자이며 그들에게 이야기를 하기보다는 저 멀리 우주의 그 깊은 것을 향하고 이야기하는 것이라고 찬탄의 마음으로 그를 쳐다보았던 것이다. 그러나 청중은 그렇게는 받아들이지 않았다. 그들이 차츰 무언가 모욕을 느끼고 있다는 듯한 기미가 장내에 떠돌기 시작하였다. 가까이에 앉아 있는 어느 두 사람이 얼굴을 서로 쳐다보며 머리를 흔들고 있는 것을 나는 마음 아프게 보았다. 심지어 비만형의 부인은 보청기를 귀에서 떼고는 억지로 웃음을 감추는 것이었다. 데멜이 우리들에게 오래 전부터 낯익은 그 구절, '숨이 넘어갈 듯한 인간들이 서 있는 수목들'이란 그 부분에 이르자 장내에서는 그 때껏 서서히 높아지던 험악한 감정이 별안간에 폭소가 되어 폭발하였고, 그 순간 나의 아픈 마음은 분노로 급변하였다. "웃지 말어!" 하고 옛날 노 괴테는 바이마르 극장에서 관중을 향해 소리를 지른 적이 있었다. 그들이 어느 새로운 희곡을 비웃었기 때문이었다. 바이마르 인사들은 그 위대한 분노 앞에서 숙연해져 경솔한 기분을 눌러 버렸었다. 이 에피소드에 대해서는 나는 아직 모르고 있었지만 나는 괴테가 하던 것처럼 근처의 폭소자들에게 노성을 퍼부었던 것이다. 그것은 괴테의 단호한 힐책을 능가하는 것이었으나 유감스럽게도 그것이 준 영향은 참으로 그와는 정반대였다. 말하자면 형편 없는 자들이 그제서야 그것을 계기로 해서 겨우 억누르고 있던 겸양의 마음조차 던져버린 때문이다. 아니 지금까지의 웃음소리에 일종의 악의까지 가해졌고 그것은 즉각 다른 사람들에게도 전해져서 점점 격화되었다. 나는 이미 데멜의 얼굴을 바라볼 용기조차 없었다. 커다란 거울을 통해 그가 손에 들고 있던 책을 덮고 당당하게 한번 끄덕 인사를 하고는 단을 떠나 처음 그가 나타났던 대기실로 돌아가는 것이 보였다.

휴고는 그 별실을 대기실이라고 불렀는데, 그리로 들어간 시인의 뒤를 그의 부인이 뒤따랐다. 그 다음은 구르트 마르텐스가 따랐으며 이어 프로메티우스와 한 떼의 친근자들이 따랐다. 우리 세 사람도 그 인도 태생 여인의 창백한 얼굴에 떠오르는 연약한 미소에 힘을 얻어 문 앞까지 밀려갔으나 즉시 원래의 넓은 방으로 돌아올 수밖에 없었다. 구르트 마르텐스가 데멜의 부탁으로 우리들 곁을 얼른 빠져 나가서 단상으로 올라갔던 때문이다. 그는 분노에 찬 목소리로 시인은 청중 여러분의 태도 때문에 낭독을 계속할 의사가 없다는 취지를 알렸다. 그 선언은 믿을 수 없을 정도로 소란을 불러 일으켰다. 사람들은 두 패로 갈려 완력에 호소할 지경에 이르렀다. 그 때 어떤 노 신사가 일동에게 애교가 넘친 인사로 간청을 했다. 제발 어느 분이나 그렇게 격앙하지 말아 주기 바란다, 데멜 같은 인물이 되면 뭐라 해도 어떤 경우에도 근청을 요구할 권리가 있다, 다만 우리들은 그에게 적어도 그의 미발표작인 〈삶의 미사〉만은 들려 주도록 간청해봐야 한다 라고. 그것은 프로그램의 제일 마지막 순서로 되어 있는 것이었다. 그 제의에 대해서는 누구도 이론을 말할 이유가 없었다. 홍역 애기를 하던 두 부인은 얼굴을 붉히면서 이렇게 말했다. 역시 2마르크라는 입장료를 내었으니까요. 그러나 격노한 아킬레스의 설득이 행해지기도 전에 의외의 사건이 일어나고 말았다. 수염을 뾰족하게 위로 다듬어 올린 어떤 젊은 남자가 원고를 손에 쥐고 연단으로 올라가 한스 말츠라고 자기 소개를 하고는 불만스럽다는 투로 이렇게 선언하였다. 자기의 견해로는 존경할 청중 여러분은 절대로 대시인을 모욕하지는 않았다. 아니 모욕을 한 쪽은 오히려 대시인이다. 왜냐하면 그는 뮌헨의 사육제적 자유를 뺨칠 정도로 남용해서 미친 사람의 헛소리로 청중 여러분의 귀를 더럽혔기 때문이다. 그러나 세상에는 역시 불가사의한 하늘의 섭리라는 것이 있어 다행하게도 소생이 기민당한 여러분들에게 보상을 해줄 기쁜 임무를 완수할 입장에 놓이게 되었다. 그러니 어느 분이나 안심하고 다시 자리에 앉아 주길 바란다. 소생은 우연히도 자작의 단편 초고를 가지고 있는데, 이 체험소설은 대학교수 두 사람으로부터 괜찮다는 평을 받은 것이지만 지금 여기에서 그것을 낭독하는 것은 완전히 소생의 사명으로 안다. 소생은 그것을 북방의 마술사같이 의심스러운 열정으로 읽어가지는 않겠으며 대체로 이성이 풍부한 인간들이 모인 좌석에 적합하도록 있는 그대로 자연스러운 음조로써 낭독하려는 것이 소생의 의도이다 라고.

우리 세 사람은 서로 얼굴을 쳐다보았다. 생각은 똑같았다. 산문에 의하여 운문의 보충이 가능하다고 생각하는 인간이 있다는 자체가 우리들에게는 불가해였다. 우리들은 그런 신청이 팔방에서 비난을 받으리라고 확신했으나 그것은 틀린 생각이었다. 벌써 꽤 많은 사람들이 좌석으로 되돌아가서 기꺼이 말츠씨의 낭독에 귀를 기울이겠다는 태세였기 때문이었다. 그것이 실행되도록 내버려 둘 수는 없다. 우리 세 사람은 그것이 우리들의 일치된 결의라는 사실을 알고 있었다. 그 밖에도 몇 사람의 청년들이 그 주제넘은 자를 벌써 야유로써 끌어내리려고 했으나 나는 이제는 좀더 유력자가 간섭에 나서는 것이 지당하다, 미하엘 게오르크 콘라트나 프로메티우스가 나서야 될 거라고 생각하였다. 그러나 그 사람들은 벌써 자리를 떠나버린 뒤였다. 말츠는 유유히 원고를 정리하며 정숙해 달라고 요구했다. 그것을 보자 제어할 수 없는 나의 성질이 머리를 쳐들고 나를 압도하였다. 말의 의미 같은 것에는 상관도 없이 나는 소리를 질렀다. "들어가라! 들어가라! 배반자, 배반자, 배반자!" 그 욕은 반드시 적합하다고는 할 수는 없었다. 처음부터 믿지 않던 자에 대한 배반이라는 것은 잊을 수가 없기에. 친구들도 나와 합세를 했다. 반복의 신비력이 말을 하였고 이번에도 그것이 훌륭하게 효과를 낼 수가 있었다. 딱하게 된 사나이는 다시 한 번 우리들에게 정숙을 요구하였다. 그러나 그는 그것과는 전혀 다른 폭력에라도 호소해야 된다고 여기고 있는 청년들에게서 힘차게 튀어나오는 의지가 얼마나 강렬한가를 깨닫지는 못했다. 마침내 그는 도를 잃고 말았으며, 계속 공격을 받자 원고를 든 손을 축 늘어뜨리고 말았다. 그는 사악한 사상의 권화를 보는 듯한 눈초리로 나를 노려보면서 바이에른관은 정신병원은 아니라고 외쳤다. 그러자 발터가 미소를 띠면서 벽 쪽으로 다가가서 연단을 비치는 전등을 찰칵 꺼버렸다. 그것을 다시 키겠다고 생각하는 자는 단 한 사람도 없었다. 이 사건을 생사를 걸만큼 진지한 일이라고 생각한 사람은 뭐라 해도 극히 소수였을 뿐이었으므로 어떤 사람은 맥이 빠졌으며 대부분의 사람들은 소리를 내어 웃었다. 청중들은 차츰 장내에서 나가 버렸고 얼마 후에는 그 넓은 홀에 남은 사람은 우리들뿐이었다. 그제서야 우리들은 대기실로 뛰어 들었다. 다시 한 번 음유시인과 마하란자 왕을 싫다고 했던 영부인을 배알하고 만츠 퇴치의 전과를 그 발 아래 봉헌하려고. 그러나 우리들이 그렇게 고상하다고는 할 수 없는 무기로 그 숭배하는 두 사람을 위하여 싸우고 있는 사이에 당사자들은 벌써 그곳을 떠나버렸던 것이다. 사용인이 나타나서 하나하나 소등消燈을 해가기 시작했다. 의심스럽다는 듯한 그의 시선은 이미 그곳에는 우리들이 기대할 것은 아무것도 없다는 사실을 알려 주었다.

그 후 수일간 우리들은 계속 거리 어디에선가 우리들의 시인을 만날지도 모르리라는 희망을 안고 지냈으나 그의 모습은 끝내 나타나지 않았으며 프로메티우스로부터도 소집명령은 하달되지 않았다. 우리들은 어느덧 원래의 통상세계로 돌아가 두 친구는 법학의 지혜 속으로 점점 침잠했고 내게는 차츰 의과의 예비시험이 다가왔다. 그러나 밤이 되면 우리들은 곧잘 프란치스카나에서 만났다. 세 사람 모두 데멜식의 검은 넥타이를 매고, 마리아로부터 당신들은 언제나 편도선을 앓고 있느냐고 비꼬임을 받아도 우리들은 계속 그 정신적인 동질성을 나타내는 검은 표시를 버리지 않았다. 얼마 후 이른 봄이 다가와 우리들 모두에게 그것이 갑갑하게 느껴질 때까지.

그날 밤의 재미없었던 결과에 대하여 누구보다 먼저 정당한 비판을 가하려한 것은 휴고였다. 그도 그 과정의 주원인을 너무나 많은 무선택했던 청중 때문이었다고 단정하였다. 시 낭독은 어떤 시대에도 그 본질은 실내악이다. 특히 데멜이 낭독한 그런 시에 이르러서는 극히 소수의 마음맞는 사람들의 모임에서가 아니고는 순수한 공감을 불러일으킬 수는 없다면서. 왜 그런가에 대해서는 우리들은 아직 깊이 생각하지는 않았다. 예술적인 인간과 소시민적인 인간과의 격차는 니체의 영향으로 그 격차가 너무나 벌어져 있었다. 때문에 초인의 꿈을 이어받아 그것을 키워 가려는 새로운 시인들의 경우는 참으로 초조한 것이 되고 말았다. 그들은 실스 마리아의 은자처럼(니체를 일컬음. 그는 실스 마리아에서 차라투스트라를 집필했었음)

고독과 독수리 같은 긍지를 견지하고 높은 곳에 머물러 곡해와 고
난을 받아들이든가 아니면 도회의 사교장으로 내려오지 않으면 안
되었다. 그런 경우 그들은 너무나 자기와 다른 사람들을 상대해야
했으며 자신들이 그리는 힘찬 공상이 맥빠진 시민들의 마음 속에서
광채를 잃고 소실되어가는 것을 감수하지 않을 수가 없었다. 과연
콘라트가 그의 《게젤사프트》지를 통해 발언의 기회를 준 사람들은
세인들에게 호소하여 그들의 시인에 대한 이해를 환기하는데 다대
한 공헌을 했고 세상 사람들은 또 그것을 받아들이는데 인색하지는
않았다. 그것은 처음 데멜을 맞아들일 때의 경의에 찬 청중들의 태
도에서도 확실히 드러났었다. 그러나 그 시인이 진정으로 바란 바
는 세상 사람들을 영감적인 운율에 의하여 높은 곳으로 끌어 올리
고 강렬한 몰아沒我의 도가니 속에다 던지려는 것이었다. 그것은 평
온에 젖어 우쭐해져서 남을 깔보는 시대에는 아무리 아름다운 찬
가, 맑은 노래, 격조높은 낭송으로도 이루어지지 못했으리라. 거기
에는 아직도 몇 가지 조건이 따르지 않으면 안 된다. 우선 시대가
그것을 받아들일 수 있게 성숙할 것, 그리고 청자도 화자도, 한 마
음으로 맺어져 경건한 심정으로 넘쳐 흘러야 한다. 그러한 경건한
심정이 통절하게 인식된 위험에 의하거나 또는 공동의 고난에 의해
짙어지게 된 고통스러운 운명적 사건에 의하여 깜짝 놀라 꿈을 깨
고 서로 의지할 때가 바로 모든 마음이 갱신을 결의할 때인 것이
다. 그럴 경우 불안에 떠는 대중이 의지하고 따르며 조언을 구하는
대상은 오래 전에 죽은 시인들의 노래일 때가 많다. 백 년 전에만
해도 겨우 이해되었을 뿐으로 헛되게 흘려 버렸던 시구詩句가 이제
야 갑자기 금석金石의 울림을 내며 입에서 입으로 전해지는 것이다.
그런데 그런 종류의 큰 운명적 사건은 당시의 우리나라를 짙어지고
있지 않았었다. 사람들은 지금 우리들이 최선의 세계에 살고 있는

것이라고 거듭 단정을 내렸었다. 마치 과거는 필요하지 않는다는 듯한 투로. 그러나 청년들은 실현의 시기를 예감하고 두려워했으며 고독한 시인들의 새로운 소리에 귀를 기울였다. 거기에 올 뇌우의 전주를 들어 보려는 듯이.

  어떤 형태로든 편력하는 시인들이 다시 나타날 수가 있을까. 그리고 각처에서 베풀어지는 '시인의 밤'은 그것과 관련되는 그 무엇을 알려 줄 것인가 하는데 대해서는 미래가 해답을 해 주겠지. 우리 같은 연장자들은 문단이나 그들을 위한 국가적 기구도 없었던 시대에 아직도 애착이 있는 것 같다. 현재 참다운 시인이 대중 앞에 서는 것이 우리들의 기쁨이기는 하지만 우리들은 옛날부터 유랑의 음유시인들이 가졌던 매력, 문단이 아닌 개인이 갖고 있던 그런 마력을 결코 잊을 수가 없다. 어떤 경우에도 시인이 대중 앞에 서기 위한 전제조건은 그 시인이 화자로서의 소질을 갖추고 있을 것, 그리고 더욱이 시인이 그런 곳에 나서려고 할 때의 결의가 시인자신의 마음으로부터 우러날 것, 또한 그것이 참으로 적합한 때에 행위로 옮겨져야 한다. 그 때 그 시인의 운명은 이중의 삶으로 이루어지게 된다. 하나는 대중으로부터 단절되어 노작하는 무수한 나날들이며, 다른 것은 정신의 소리에 따라 새롭고 생생한 언어를 직접 일반대중의 생활에 접촉시켜서 그 힘을 시험하는 날이다. 그런 때 외부에서 그를 향하여 행해지는 외침이 그 자신의 내적 외침과 일치한다면 그에게는 만사는 순조롭게 진행될 것이며 대중이 북적대는 시장에서 수천 명의 사람들 앞에 섰다 해도 그의 내적통일이나 품위는 위험에 빠지지는 않을 것이다.

  그런 때 그의 비밀은 어떻게 되는가. 나는 어느 점에서는 마법사였던 나의 백부를 훨씬 능가하는 어떤 마술사를 본 적이 있었다. 그는 간단한 오색 종이로 불가사의한 환상, 어느 누구도 본 일이 없는 전변轉變과 파괴와 재생을 펼쳐 보였었다. 그것은 그날 밤의 프로그램 중에서 최고의 구경거리로 광고가 되었었다. 얼마 후 그 연기를 제대로 보이기 위해 마술사는 일상으로 사용하던 생활 용품이나 기구에서 떠났으며 심지어는 조수역을 맡던 다른 사람들로부터도 떨어져서 무대의 제일 앞쪽까지 걸어 나왔다. 그 때 음악도 침묵하고 관중은 숨을 죽였다. 그 사나이는 전에는 통상의 조명 속에서 훌륭한 곡예를 보였던 것인데, 이번에는 그의 일거일동을 지나칠 정도로 똑똑히 보여 줄 두 개의 조명기에서 투사되는 가차 없는 밝음 속으로 나선 것이다. 그러나 그런 무시무시한 조명도 그의 연기로부터 그 불가사의함을 조금도 빼앗을 수는 없었다. 관객은 모두 그를 뚫어지게 주시하고 있었으나 어느 누구도 그의 진상은 몰랐던 것이다. 아니, 이 무사려한 연기의 노출까지도 급소를 숨기는데 도움이 되고 있는 것이 아닌가하는 의심을 우리들은 버릴 수가 없었다. 영혼에서 솟아 나오는, 시인이 많이 갖는 참다운 마술을 요술사의 곡예가 보여주는 환각과 같은 각도에서 고찰한다는 것은 부당할는지는 모른다. 이 비교는 대중 앞에서 말하는 화자도 모든 시선과 모든 렌즈에 몸을 내놓고 있는 것처럼 보이면서도 어느 점에서는 여전히 모습을 숨길 수도 있다는 것을 말해 주고 싶었을 뿐이다.

세후라 춤[*]

'시인의 밤' 이후로 여러 가지 변화가 있었다. 생활의 흐름은 빨라졌고 상대적으로 그 괴상한 여자 친구와의 경솔한 교제도 매듭이 느려졌다. 그러기 위해 나는 별로 바람직하지는 못하나마 어떤 암울한 책들에서 그 원조를 구하였다. 그것들은 여성이란 것을 깔보는 시대의 책이어서 무사려했던 청년은 여성이란 언제나 죄악 속에 빠져 있는 것이라고 쉽사리 상상을 할 수가 있었다. 아르디느가 대부호 마라한자의 구혼을 물리치고 가난한 독일의 시인을 좇으리라고는 도저히 생각할 수가 없었다. 그녀는 시라는 것을 우습게 생각했다. 만약 그녀가 데멜의 낭독회에 참석했더라면 그녀도 반드시 웃음을 터뜨렸던 사람 중의 하나였으리라. 이것으로 그녀에 대한 판단은 내려졌다. 우리 인간들이란 어떤 사람을 싫어할 경우 거기에 따른 그럴듯한 변명을 언제나 할 수가 있지 않은가. 그러면서도 동정과 연민만은 어쩔 수가 없었다. 그렇지만 내가 그녀의 출생에 대한 의심을 입에 내어 피력한 적은 한 번도 없었다. 말하자면 그

---

[*] 뮌헨에서 7년마다 거행되는 통장이들의 댄스축제.

녀의 지위는 프랑스 여성으로서의 그 지위와 품위가 조금도 손상되지 않았던 것이다.

그 당시는 혼자서 생각에 잠겼을 때나 친구들과 이야기할 때는 언제나 그 의문이 거듭거듭 되살아났었다. 그것은 참다운 에로스에 사로잡혀 있는 사람에게는 결코 제기되지 않는 그런 의문이었다. 지상의 사랑은 정신생활과 여하히 조화를 이루는가 하는 그 오랜 의문이. 인간은 감각적 행복과 영혼의 평화를 고뇌로써 선택할 뿐(실러가 쓴 《이상과 인생》의 한 구절)이라는 실러의 신탁神託 같은 외침은 열다섯 살 적의 나를 얼마나 놀라게 했던가. 그 대시인은 열화熱火의 정신을 죽음의 뜻이라고 불렀는데, 그가 과실을 따지 말라고 경고했다면 그 말은 그 자신보다는 훨씬 나이가 많은 인류적인 경험에서 우러나온 말이리라. 그래도 몇십만의 건전하고 총명한 인간들이 스스로 불법의 계율에 복종하고 있다는 사실이 그것을 말해 주는 것이 아닐까. 실제 승려적인 금욕을 구하는 조류潮流는 단순히 기독교에서만 한정된 것이 아니라 그것은 일반에 뿌리 깊었던 것이다. 그리고 나는 모든 종교에도 여성과의 접촉은 예배를 무력화시킨다고 마지막 항목에서 선언한 준엄한 기도서가 있었다. 그러나 미래에 있어서의 정신과 예술에 대한 봉사, 특히 문학의 종교적인 의의, 신적인 의무를 의미하는 것이 아니면 안 된다는 소리가 불안정한 시대에서도 간간이 들려 왔으며 예술은 시대를 구원한다는 라이크스네르의 요망은 여전히 세인들의 주의를 환기시키고 있었다.

가까이에서 연출되는 어떤 사건에서 나는 여성의 본질과 맑고 깨끗한 승려의 이념 사이에 존재하는 적의감을 똑똑히 추적해 낼 수가 있으리라고 믿었다. 특히 그 사건을 내게 알려준 사람은 호기심 많은 다방손님들이 아니었고 나의 선량한 쌍둥이 중매인 여교사 루이제였기에 그것은 더한층 나의 인상에 남게 되었다. 문제의 인물은 루이제의 동료로 그녀보다 나이 어린 여인이었다. 루이제는 어떤 진기한 이야기를 할 때와 마찬가지로 반은 놀라고 어이없어 하는 듯하고 반은 우스워 죽겠다는 투로 그 사건을 이야기했다. 프리다는 거리에서 보면 셈도 제대로 못할 것 같은 저능아로 보이지만 실제로 어쩔 수 없는 불량녀였다. 그 프리다가 어느 부사제에게 열을 올려 사랑을 호소했으며 심지어는 고해대를 그녀의 사랑의 활동 무대로 쓰기까지 했다. 그 젊은 사제는 의무와 성직을 소홀히 하지 않는 냉정한 인물이었으므로 유혹자에 항거하며 그녀에게 설교를 해 주곤 했으나 그것은 별무효과라는 것을 알자 그녀를 피했다. 그러나 사랑에 미친 여인은 수단을 가리지 않았다. 그녀는 마룻바닥에 넘어져 빈사의 병이라면서 식음을 전폐하고 피를 토하면서 최후의 성찬을 받을 테니 그 사제를 불러달라고 간청했다.

사제는 무언가 위험이 도사려 있는 것을 예감하고 동료 사제를 대신시키려 했으나 공교롭게도 그 동료가 부재중이어서 자신이 가지 않을 수가 없었다. 그리하여 그가 고통의 신음을 하고 있는 여인에게 성찬식의 빵을 주려하자 여인은 미친 듯 웃음을 터뜨리고 자리에서 일어나며 말했다. 자기는 성체聖體를 오랫동안 갈구했었지만 이번에는 진짜 성체가 있어야 하겠다고. 사제는 그녀의 언동에 놀라 허둥대며 그 자리를 피했다. 병자를 향해 악마퇴치의 주문을 외우면서. 그녀는 그에게 욕설과 저주를 퍼부었으며 다음 날 사제가 우송되어 온 한 통의 봉서를 받았을 때는 거기에는 아무런 내용도 써 있지 않았고 다만 빨간 비단 조각에 싸인 성체의 빵만이 들어 있었던 것이다.

나는 인간의 마음이란 것을 거의 몰랐으며 또 그런 현상을 간단히 어떤 병증病症이라고 단언할 정도의 의사가 된 것도 아니고, 다만 지금까지 읽은 독서의 영향으로 크게 빗나간 그 여인을 정신과

상용할 수 없는 여성의 한 원형으로 보지 않을 수 없다고 믿었을 뿐이었다. 그러나 내가 변함없는 가르침을 바라마지 않던 그 박식한 우리들의 프로메티우스는 그 이야기를 듣고 소리 높이 웃었다. 그는 여인의 작전이 졸렬했음을 가련하게 생각했으며 그 부사제님은 뒷날 불멸의 여신, 아프로디테의 신벌을 받지 않게끔 조심해야 할 것이라고 말했다. 나도 함께 웃고 싶었으나 그의 교훈은 거기서 끝나지 않았다. 그는 대개 체념이라는 것에 대해 한 푼의 가치도 인정치 않았으며 체념이란 자기 기만이어서 허약이 그 원인이라고 토론했다. 만약 젊은이에게 어떤 재능이 내재해 있다면 그것은 오로지 사랑의 힘에 의해서만 발현될 수가 있다. 그것이 그의 복음이었다. 그리고 우리들의 스승은 그가 전수하는 사랑이 순수한 정신적 사랑을 의미하는 것은 아님을 조금도 의심치 않았다. 오히려 그는 에로스에 대한 제사를 이론체계로까지 발전시키려 했다. 그리하여 그의 생각하는 방법을 따른다면 이런 결론에 이르지 않을 수가 없다. 우리들은 다만 저 인식의 나무열매를 따먹기만 하면 된다. 그러면 우리들의 혀는 자유자재로 움직여 핀다로스(기원전 522~443. 그리스의 시인)의 노래를 부르게 된다고.

 그런 교훈을 내리면서 그의 뇌리에 떠올랐던 것은 《여성과 세계》의 시인 데밀이었음을 담박에 알 수가 있었다. 그는 그 시인에게서 위대한 조화에 도달한 경이의 인물을 찾아냈던 것이다. 시인과 인도 여성은 모든 감동과 열정을 갖고 서로 사랑하고 있는데 그의 시 한 구절 한 구절이 그 사실을 뒷받침해 주고 있다. 이리하여 시인은 한 작품 한 작품을 통해 명성을 향해 나갔는데 여성은 서적의 적敵이라는 프로베르의 불평은 이런 경우는 허언이 되어 버린 셈이었다. 다시 프로메티우스 데멜은 새로이 탄생되려는 시를 부인과 함께 검토하며 종종 부인이 더한층 회룡점정畵龍點睛의 시어를 생각해 낸다고 이야기했을 때, 내게는 비로소 거기에서 만인이 동경하는 초인생활이 구현되었다는 것에 의심의 여지가 없게 되었다. 그러나 괴테의 경우를 생각해 보면 사정은 어떻게 다른가. 물론 그에게도 서로 사랑하는 사람과 함께 누렸던 행복에 대한 감사에서 정묘한 시구가 태어났었다. 그러나 그의 영혼이 가장 깊이 울린 것은 뭐라 해도 동경과 단념의 사념에 잠겼던 고독한 시간에서였다. 그러나 유감스럽게도 그 때 내게는 《파우스트》나 《겨울의 하르츠여행》 같은 찬가를 다시 손에 들어보겠다는 용기와 정진이 결여되어 있었다. 만약에 당시 내가 그걸 실행했더라면 나의 마음 속에 그런 의문은 일어나지 않았으리라. 괴테의 그런 작품은 무언가 다른 세계에서 태어나온 건가. 그리고 극도로 제어된 생활이 없었다면 어떻게 그것들이 성숙될 수 있었을까 하는 의문이.

한 번은 휴고가 그 침착한 말투로 내가 혹시 새로운 작품을 쓴 게 없느냐고 물었는데 전혀 예기치 않았던 질문은 아니었다. 그래서 아무것도 없다고 대답하기가 싫어 때마침 갖고 있던 초고草稿 한 편을 보여 주었다. 처음으로 내가 현실의 제재題材를 떠나 꿈의 세계에 몸을 맡겼던 그런 작품이었다. 작품의 무대는 카르밋쉬 근처에 있는 지옥의 입구라고 생각되는 곳에서부터 경사를 이루어 부채꼴처럼 높아진 지형이었다. 암벽이 한없이 계속되고 그 꼭대기를 뒤덮은 설원雪原은 하류에서는 그대로 황량한 사원砂原이 되어 도처에 그물코 같은 구열이 달리고, 골짜기 그 아래쪽은 깊고 길게 이어진 얼어붙은 계류가 들려 올 뿐이다. 이 영원한 겨울의 하구에 헤매어 들어간 모든 인간들의 마음은 고독과 공포 때문에 얼어붙지 않을 수 없다. 단지 약간이나마 마음의 동결을 막아주는 것은 외계 어디엔가 사람들이 넘쳐흐르고 사계四季가 교대되며 결실을 맺어주는 옥토가 있다는 사실을 알고 있기 때문이다. 그러나 그런 마음은 동시에 그 멀고 넓은 옥토도 그곳으로 흐름을 보내주는 그 계곡의 데몬들이 베풀어 주는 은총이 없다면 행복할 수는 없다는 사실도 알고 있다. 그 악령들이 권력을 쥐고 있어 이 골짜기를 방황하는 자들에게 그 비옥한 옥토로 이르는 길을 가리켜 주거나 막을 수도 있다. 이리하여 젊은 두 남녀에게도 시련이 안겨지게 되었다. 두 남녀는 어둠과 밤을 무릅쓰고 험로를 걷고 심연을 따라 산봉山峰을 넘어야 했다. 청년의 머리 위로 창백한 별이 모습을 나타냈는데 그 깨끗한 별빛이 더럽혀지지만 않는다면 두 순례자는 목적한 황야에 도달할 수도 있을 것이다. 두 사람은 말없이 험로를 나아갔다. 협곡을 내려다보면 짙은 안개는 거울로 착각할 정도이며 그 밑바닥에는 신비스러운 별빛을 받아 숱한 요사스런 모습들이 떠올라 온다. 두 사람을 유혹하려는 것이다. 암석에 새겨진 비명碑銘은 혹은 계율을 범하라고 꾀이며 혹은 선인先人들의 선례를 따라 계고해준다. 그러나 두 사람은 비틀거리지 않고 꾸준하게 계속 걸었다. 그래서 이미 저 멀리 동쪽으로 떠오르는 태양빛 속에서 타는 듯한 약속이 그들을 위해 솟깃했다. 그러자 여인은 별안간 별을 잡아당겨 포옹했다. 순간 일체는 암흑과 절망으로 종말을 고하고 마는 것이었다.

친구에게 그 작품을 들려주면서 나는 그것을 쓰고 있을 때 내가 이 친구를 독자로서 의식했음을 비로소 깨달았다. 그리고 실제 그 친구 이상으로 내게 좋은 독자는 있을 수가 없었다. 그는 그 작품이 어떤 점에서는 단테나 몽베르트나 '마적魔笛'의 모방에 지나지 않는다는 사실을 문제시 않고 그 시의 세계에 빠져들었다. 그의 풍요로운 심정은 그 시에서 부족한 곳을 자신의 꿈에 의해 보충했다. 발터도 그 시작試作에 호의를 기울여 주면서 초고에는 다소 수식어가 지나치다면서 좀더 단순하게 고치라고 충고를 해 주었다 이리하여 그 한 편의 시는 우리 세 사람의 우정을 새로이 보증하는 세기가 되었던 것이다.
 그러나 아르디느는 절대로 좋은 독자는 아니었다. 그런 음울한 공상은 원래가 그녀가 계기가 되어 쓰여진 것이지만 앞부분을 조금 읽어 주었을 때 벌써 그녀의 코피가 재발되지 않을까 걱정되기 시작했으며 내가 그 낭독을 무기 연기한다고 말해도 조금도 언짢게 여기지 않았다. 다소 역설 같지만, 세인이 말하듯 농담을 이해하지 못하는 사람은 시인의 몽상이 자아내주는 우울하고도 엄숙한 조율에 대해서도 공감을 가지지 못한다는 말은 어느 정도 타당성이 있다고 생각되었다.
 유머와 해학에 대한 감각의 결여라는 그 여인의 고질은 불행히도 어느 때 그녀로 하여금 곤란한 상황에 빠지게 했다. 우리 두 사람은 때마침 왕궁 근처를 지나가게 되었는데 그 때 그 유명한 세후라 춤이 시작된 것이었다. 전하는 말에 의하면 뮌헨의 통술집은 수 세기 전에 이 도시에 무서운 페스트가 창궐했을 때 시민들의 수요에 의해 초인적인 일을 해냈으며 그 병이 종식되었을 때도 그들은 그 멋들어진 세후라 춤으로 의기저하된 시민들에게 쾌활한 기분을 돋구어 주었다. 그 공로 때문에 그들에게는 7년마다 그 자랑스러운 춤을 공개해도 좋다는 특권이 부여되었다고 한다.
 아르디느는 처음부터 기분이 별로 좋지가 않았다. 루이제와 레나가 우리 곁을 지나가자 나는 무심히 아르디느의 팔을 떼어 버렸기 때문이다. 그녀는 그것을 내가 그녀를 부끄럽게 여기는 때문이라고 해석했는데, 실상 그것은 과히 틀리지 않는 추측이었다. 쌍둥이 자매는 늘 내게 귀여운 여자 친구가 있는가 하고 물었는데, 그렇게 물을 때 그녀들의 마음에 그려지는 것은 틀림없이 이런 여인은 아닐 것이다. 그리고 그녀들과 마주친 순간 나는 정말 그 자매가 두 사람 다 눈을 보지 못했으면 하고 바랐던 것이다. 어떤 아이가 흰

꽃을 팔고 있었기에 나는 꽃다발을 사서 이럭저럭 아르디느의 기분을 풀어 줄 수가 있었다.
 이른 봄날이었다. 짙은 자색빛 하늘에는 흰 구름이 햇빛에 반짝였고 사람들의 얼굴에는 축제를 보는 즐거움으로 아름답게 빛났다. 그리고 노 섭정께서 창문에 모습을 나타내자 남녀노소가 환성을 올렸다. 이 유서깊은 행사를 당하여 통장이들이 입는 복장은 바이에른 사람이면 누구나 알고 있었다. 그리고 특히 눈길을 끄는 것은 백색과 청색의 깃털 장식을 붙인 녹색 모자였다. 거기에다 그들은 은사銀絲의 빨간 재킷과 하얀 조끼, 검은 주름이 있는 짧은 비로드 바지를 입고 원래 그들 직업에 속하는 노란 가죽신을 신는 것이었다. 행진이 끝났음을 알리면 느린 음악에 따라 우두머리들이 커다란 통 위에서 박자를 맞추고 직공들은 그 통 주위에 둥굴게 원을 그려 얼룩덜룩한 리본으로 통을 돌리기 시작한다. 그것이 차츰 스코틀랜드 원무로 옮겨져 여러 가지 모습을 나타내다가는 마지막으로 왕관을 그려낸다. 그러나 군중이 그 왕관에 대해 보내주는 환호성이 사라지기도 전에 순서에 따라 통지기가 통 위로 올라간다. 그러면 모든 사람들의 시선은 그렇게 어려운 곡예를 맡게 된 그 아름다운 젊은이에게로 옮겨진다. 시중드는 사람이 컵에다 포도주를 따라서 내밀면 그는 춤을 추면서 그것을 받아 통 안쪽에다 올려놓고 통을 돌리기 시작한다.
 처음에는 서서히 돌던 통이 점점 빨라지다가 나중에는 눈에 보이지 않을 정도로 빨리 돌린다. 그래도 포도주는 한 방울도 흘리지 않는다. 얼마 후 회전의 속도는 차츰 느려지고 마지막으로 젊은이는 포도주 컵을 집어 들어 섭정을 향해 축복을 보내며 단숨에 마셔버린다. 컵은 땅바닥으로 던져진다. 연기의 절정이 끝난 것이다. 사람들은 만족한 마음으로 각기 자기의 갈 길을 걸어간다.

그 때 군중 사이로 찢는 듯한 소란이 일어나기 마련이다. 예부터 내려오는 세후라 춤에 따르는 장난이 시작된 것이다. 그게 가까이 오면 누구나 도망친다. 걸리는 사람이면 누구든 얼굴이나 손에다 먹칠을 해 주기 때문이다. 아르디느는 그것을 피하기에는 자존심이 너무 높아 피에로 따위가 자기 같은 존재에게 범접한다는 것은 있을 수 없는 일이라고 생각했다. 그러나 그녀가 소위 그 '집중적 시선'에 의해 그를 쫓아버리기도 전에 두 개의 새카만 그을림 뭉치가 그녀의 창백한 볼에 대어졌다. 그녀의 얼굴은 코끝까지 시커멓게 되고 말았다. 사람들은 좋아라고 모두 그녀에게로 시선을 돌렸다. 나까지도 그녀의 변한 모습에 웃지 않을 수가 없었다. 그녀는 함께 웃기는커녕 몹시 치욕을 받았다는 태도였다. 그녀는 경멸의 시선을 내게 던지고 분연히 그 자리를 떠났으므로 나는 그녀를 허둥대며 뒤쫓지 않을 수가 없었다. 구 회화관 옆의 나무가 무성한 곳에 이르자 그녀의 분노는 마침내 폭발되어 그녀는 내게 심한 욕설을 퍼부었다. 왜 내가 그 무례한 자를 나무라지 않았는가, 뿐만 아니라 왜 나까지도 그녀를 조소했는가 하면서. 탄핵은 그것으로 끝나지 않았다. 나는 약간 미안스러워 그녀의 공격을 묵묵히 감수했다. 게다가 시커멓게 칠해지지 않은 측면에서 쳐다보면 분노한 그녀의 모습은 도리어 아름다웠다. 한창때의 숫처녀라고나 할까. 나는 그녀의 분노 속에서 프랑스의 모습을 보았던 것이다.

그녀를 다소나마 위로해 주기 위해 나는 손수건에 침을 묻혀 그녀의 얼굴을 닦아 주려고 했다. 그녀는 처음에는 싫다고 했으나 그것을 받아들였다. 그래도 아쉽게도 사태는 조금도 좋아지지 않아 그녀는 정말로 마녀 그대로의 용모가 되었다. 다행스러운 일은 그녀가 그것을 깨닫지 못하고 오히려 기분이 가라앉아서 약간 웃기까지 한 것이었다. 확실히 볼만한 것이었지만 나는 웃음을 참느라고 얼굴을 돌리지 않으면 안 되었다. 집 앞에서 내가 작별을 하려 하자, 그녀는 갑자기 어린애처럼 울기 시작하였다. "오늘은 나를 혼자 내버려 두면 내가 어떤 일을 저지를지 몰라요." 그녀는 그렇게 말했고, 턱 끝에 검은 눈물이 흘러 내렸다.

그녀의 초라한 방에 갇히자 대도시에 사는 자만이 아는 심심할 때의 그 공허한 슬픔이 되살아 왔다. 나는 혼자서 한가롭게 오늘의 축제로 기분이 들뜬 뮌헨 사람들 사이를 거닐고 싶다고 마음 속에서 되뇌이면서도 그 노하기 쉬운 처녀의 눈물을 닦아 주고 그 민감한 피부를 물과 비누로 소중하게 씻어 주었다. 얼마 후 그 오욕의 흔적은 말끔히 사라졌고 다시 한 번 그 날은 명랑한 화해 속에서 지내게 되었다. 그러나 이런 날은 앞으로는 별로 많지는 않으리라는 예감이 어쩐지 엄습해 왔으며 운명은 내게 그 은총을 베풀어 주었다. 아르디느는 어떤 구직처에서 좋은 통지를 받았던 것이다.

그녀가 어떤 자리를 얻었는지 나는 잘은 몰랐지만 그녀가 가는 곳이 파리가 아니고, 북독일의 어느 도시라는 것을 그녀는 조금도 숨기지는 않았다.

정거장에서 이별을 할 때 우리들은 서로 재회를 약속하였으며 또 그 실현을 믿기까지 하였다. 그러나 우리들은 그 이후로 다시 만나는 일은 없었다. 중대한 비밀을 암시하려 할 때 그녀가 쓰는 신비한 말이 마지막 순간에 다시 한 번 나타났다. 열차가 이미 움직이기 시작했을 때 그녀는 이렇게 말했던 것이다. "당신은 약간 위험 속에 빠져 있었어요. 그렇게 무사히 거기서 빠져나올 수는 없었어요. 하지만 아직도 완전히 안심이라고는 말할 수 없어요." 그 의미를 묻는 나의 시선에 대해 그녀는 가볍게 어깨를 으쓱해 보였을 뿐이었다. 이어 그 점박이 베일이 그녀의 얼굴로 내려졌다.

고뇌의 세계

 헤르트뷔히 교수를 기다리면서 학생들이 지껄이는 이야기에서 나는 이런 말을 들었다. 이쯤 되면 가끔 내과의 임상 강의를 몰래 청강하는 데에는 별로 어려울 것이 없다는 이야기였다. 만일을 위해 학생증만은 지참해야 되지만 나는 그 권유에 혹해 다음 날 오전 강의에 몰래 들어갔다. 청강생이 무척이나 많아 한 사람 한 사람의 존재는 조금도 눈에 띄지가 않았다. 나는 공책을 앞에 놓고 연필을 손에 낀 채 도강생이 아닌 척했다. 앞으로 정도가 나아지면 응당 받게 될 인상을 미리 체험하는 것이 과연 바람직한 일일까 하는 의문이 생겼으나 인생이란 하나하나의 사건에 대해 미리 각오가 되어 있는가를 묻지 않는 법이다. 그렇게 생각하는 동안 벌써 하얀 출입구가 활짝 열리고 두 개의 침대가 안으로 굴러들어 온 것이다.
 먼젓번 침대에는 젊은 남자였고 그 다음 침대는 그보다는 약간 연상의 부인이 누워 있었다. 두 사람이 모두 겉으로 나타난 얼굴이나 손 부분은 온통 누런빛이었다. 때문에 이렇게 의의깊은 장소에서 내가 처음 대면케 된 케이스가 황달에 지나지 않다는 사실에 나는 약간 실망했다. 그런 경우라면 다른 곳에서도 얼마든지 볼 수가 있지 않은가. 그러나 순간 교수 바우어 추기관이나 거기에 배석한 조수들과 간호원들의 얼굴에 일종의 긴장감이 떠돌고 있음을 깨닫게 되었다. 그리고 잠시 후 우리 모두는 이 임상실습의 이면에는 무언가 이상한 사건이 숨어 있다는 것을 알게 되었다.

한 고참생이 지명되었는데 그도 역시 카타르성 황달이라는 진단을 거침없이 내리는 것이었다. 그러나 교수는 학생에게 두 환자의 심장 활동을 조사하라고 명령하고는 보통 황달의 경우 이렇게 미약하고 불규칙한 맥박의 고동을 만난 적이 있느냐고 반문했다. 벌써 학생의 얼굴에는 애매하다는 표정이 서렸고 그 순간 남자 쪽 환자가 구토를 시작했다. 한 간호원이 환자를 안아 일으켰고 또 한 간호원은 앞에다 그릇을 대 주었다. "무언가 알아차린 게 없는가?" 하고 교수가 어느 학생에게 물었다. "마늘 냄새가 납니다"라고 그 학생이 대답하자 교수는 그를 칭찬했다. "군의 판단 방향은 옳아. 게다가 내가 이 그릇의 내용물을 어두운 곳에 두면 빛을 발하게 되는데 그걸 본다면 군은 이제는 절대로 잘못 판단할 염려는 없겠지." 질문을 받은 학생은 잠시 생각한 끝에 정확한 결론을 끌어내어 심한 인燐 중독이라고 진단을 내렸다. 두 환자는 용태를 질문받자 몹시 힘없는 소리로 대답했으므로 바우어 교수는 그 말을 받아서 일동에게 전달하지 않으면 안 되었다. 독물에 인해 계속적인 통증이 왔으며 두 사람은 대학병원에 수용되어 이틀간의 경과는 매우 좋았으나 몹시 쇠약해져 있었다. 두 사람은 무엇인가 컵에 든 약을 조금 마셔야 했으며 이어 간호원으로부터 주사를 맞은 다음 밖으로 끌려 나갔다. 양쪽 문은 원래대로 닫혀 버렸다.

교수는 이어 간단히 사건의 내용을 설명했다. 서로 사랑하는 두 남녀는 스스로 목숨을 끊으려 했던 것이다. 더욱이 죽음을 재촉한 것은 여자 쪽이었다. 그녀는 지나치게 우울한 여인에게 그렇듯 남자를 지배하는 힘을 갖고 있었으며 그녀가 남자보다 연상이라는 사실이 그녀에게 밤의 어머니가 주는 마력을 주었던 것이다. 바우어 교수는 두 사람에 대한 예후豫後 진단을 말해 주었다. 그들의 내장에서 벌어지고 있는 일들에 대해서는 내게는 아직 이해되지 않았다. 다만 나의 뇌리에 남는 인상은 그 두 사람이 스스로 불을 먹고 그 불이 체내에서 계속 타며 그들을 태워 버리고 있다는 사실이었다. 뒤에 그 전말을 우리들은 들을 수가 있었다. 여자는 독의 위력에 굴복했으나 남자는 의사들의 대단한 노력으로 회복되었다. 그러나 신체는 멸망했어도 여인의 의지는 아직도 그를 강요했다. 퇴원한 다음 날 남자는 여인의 묘 앞에서 스스로 권총 자살을 하고 말았던 것이다.

 다음 날은 토요일이었는데 그날 우리들에게 소개된 케이스는 전날과는 전혀 다른 것이었다. 그것은 내게 의사라는 직업을 보다 빛나는 모습으로 설명해 주었고 그것은 잊을 수 없는 화려한 추억이 되었다. 교수는 먼저 극히 색다른 병례病例를 설명해 준 다음 다시 그 병에 대한 독특한 치료법과 그 때에 의사들이 가져야 할 마음가짐을 말해 주었다. 15세의 시골 아가씨가 두 해 전에 어떻게 된 것인지는 모르나 언어능력을 상실해 버렸다. 온갖 치료도 별무효과였다. 후두에는 아무런 이상이 없는데도 불구하고 소녀는 계속 벙어리상태였다. 때문에 일종의 정신마비에 의한 것으로 추단할 수밖에 없었다. 그리하여 지금 암시 작용에 의해 그 치료방법을 시험해 보려는 참이었다. 이런 병 등에 대해서는 당시만 해도 아직 미개척상태였으므로 사람들은 대개 터무니없는 짓이라고 웃어버렸다. 때문에 청강생들에게도 특별히 설명할 필요가 있었던 것이다. 우리들은 최대의 엄숙을 요구받았다. 의사를 믿고 있는 그 어린 소녀의 마음에 조금이라도 의심을 주지 않기 위해서였다. 소녀는 미소를 띠우고 줄이진 환자복을 입고 안으로 걸어 들어왔으나 많은 청강생들의 모습을 보자 놀래서 뒤로 물러서려고 했다. 그러나 이내 달래는 교수를 신뢰가 가득한 시선으로 쳐다보고는 뒤돌아섰다. 교수는 소녀에게 간단한 질문을 했고 소녀는 몸짓으로 대답했다. 이어 교수의 지명을 받은 한 학생이 소녀의 성대를 조사해 보았으나 거기에는 아무런 이상도 없음을 증언해야만 했다. 이어 바우어 교수는 라틴어로 그 병증을 설명하고 마지막에는 누구나 알아들을 수 있는 독일어로 이 환자는 월요일 아침 8시에 전기치료를 받고 바로 완쾌되리라고 선언했다.

그 다음에는 우리들은 자연의 기능이 저해받은 다른 하나의 병례를 보게 되었다. 침대에 누워 있는 사람은 어떤 남자였는데 머리에 얼음주머니를 올려놓은 이외에는 별다른 것이 눈에 띠지 않았다. 교수는 환자에게 여러 가지를 물었는데 대답하는 환자의 음성은 무척이나 느렸으나 그래도 명료한 편이었다. 생년월일, 고향, 양친과 형제의 이름, 결혼의 연령 따위를 모두 틀리지 않고 대답했다. 차츰 질문은 현재의 사정으로 이어졌고 마지막에는 그가 6주 전에 집을 한 채 샀는지, 아이를 병으로 잃게 되었는지, 아르젠틴에서 생질이 그를 방문하기로 되었는지 등의 질문에 환자는 대답하게 되었는데 그는 빙그레 웃으며 그 모든 질문을 부정했다. 도대체 왜 그런 질문을 하는지 이해할 수 없다는 듯.

그러나 교수가 청강생들을 향해 이 발병은 순간적인 무의식상태와 왼손의 경미한 마비에 의해 시작되었다고 말하자, 환자는 엉엉 울기 시작했다. 온 몸을 떠는 심한 오열이었으나 이윽고 잠잠해졌다. 환자가 나가자, 교수는 전체적 상황에 대해 설명했고 우리들은 그 전말을 알아들을 수가 있었다. 나 자신도 눈물을 흘리게 할 정도로 무엇에도 개의치 않았던 그 남자의 울음은 특별히 느끼기 쉬운 정서적인 것에서 나온 병이 아니라 그 전부가 어떤 병의 일환이라는 사실이었다. 비단 그 환자뿐만이 아니라 자동판매기에 돈을 넣으면 어김없이 그게 작용되듯, 뇌출혈로 별안간 쓰러진 지 오래지 않은 환자가 그 병의 발병 직전의 이야기를 들으면 누구나 서럽게 울 수가 있다는 것이었다. 그러나 그 환자가 앓고 있는 증상의 특수성은 다른 데 있었다. 환자는 그의 지나간 생애의 자질구레한 일들까지 거슬러 올라가서 기억할 수가 있으나 발병 이전의 2개월간에 벌어졌던 일은 말끔히 잊어버린 것이었다. 그는 그 시기에 실제로 집 한 채를 소유하게 되었으며 갓난 딸을 성홍열로 잃었고 생질의 방문을 통고받았다. 그러나 그는 그 모든 일에 대해 조금도 기억을 하지 못했다. 그것에 대해 교수는 부서지기 쉬운 혈관의 한 지맥支脈에서 혈액이 뇌수에 넘쳐 문제의 기억상을 보존하는 세포균을 훼손시켜 버린 것이라고 설명했으나 해부학에 대한 지식이 전혀 없는 나로서는 그 현상을 충분히 이해할 수가 없었다. 일종의 전율 같은 것이 나의 전신을 엄습했을 뿐이었다. 나는 잊는다는 것이 무엇임을 실감할 것 같았다. 우리들은 매일 음식물에 다소의 물을 섞어야 하는데 그 사람은 한꺼번에 다량의 물을 마셔버린 셈이다. 이처럼 몇 가지 이상한 운명의 그 내부를 들여다 보았다는 사실이 나의 내부에다 불을 당겨 주었다. 그 중에서도 나를 떠나지 않은 의심은 과연 월요일에 그 벙어리 소녀에게 기적이 일어날 수가 있을까 하는 것이었다.

열시가 지난 뒤에 나는 임상 강의실을 떠나 바이에른 국회로 향했다. 친구 두 사람이 나를 거기서 기다리고 있었던 것이다. 우리들은 당연히 관심을 가져야 할 권리가 있는데도 공적인 일에 대해서는 너무나 무관심하다. 그래도 과연 괜찮은가 하는 의문을 제기한 사람은 부지런한 법학도 발터였던 것이다. 그리하여 우리들은 우선 국회의원으로 선출된 선량들이 임무를 수행하는 모습을 보아야 한다고 주장했으나 휴고와 나는 당장에 그런 결심을 하지는 못했다. 그러나 문제는 '의무'가 아니라 '권리'에 관한 것임으로 우리들은 그 권리를 행사하지 않으면 안 된다는데 의견의 일치를 보아 세 사람은 선량들의 모임을 참관키로 한 것이었다. 나 자신으로 말하자면 입 밖에 내놓지는 않았지만 그럴만한 특별한 동기가 있었다. 누구나 어린 시절 물개라든가 악어라는 것을 보고 싶어 하듯 나는 지나간 몇 년 동안 소위 사회 민주당이라는 것을 보고 싶었었다. 그 기묘한 인물들은 신이나 왕실이나 비스마르크도 안중에 없다는 듯했는데 그러한 그들의 태도가 내 마음속에 깃든 아름다운 세계를 송두리째 바꾸려 하는 것으로 생각되었다. 그것이야말로 온갖 위험성의 표본실 같은 것이라고 들어 왔으나 막상 그들이 무리를 지어 앉아 있는 모습을 보자 어린 시절 학교에서 성경 이야기의 그림을 보았을 때처럼 기묘한 느낌이 들었다. 거기에서 악인들과 선인들이 똑같은 외관을 하고 있어서 그걸 식별하기 위해 거기다 안경을 그려 넣어야만 했었다. 그렇다, 이들 사회 민주당원들 소시민적인 가면 속에도 그들의 과장을 숨기고 있어 자유당원들이나 보수당원들과 거의 구별이 되지 않는다. 그들도 똑같이 메모지에다 타인의 연설을 메모하면서 가끔 소리를 지르곤 했다. 그 중에 검은색 칼라를 높직하게 댄 프록코트를 입은 한 인물은 그 고귀함으로 해서 고행자처럼 두드러져 보였다. 폰 볼마르씨로서 그 자신은 귀족의 몸이면서 또 귀족을 반대하는 반대당의 보스가 된 사람이다. 저 사람은 괜찮은 사람이야 하고 발터가 소곤거렸다. 반대파들까지도 그를 존경하고 있거든.

우리들은 운이 좋지 못했다. 위험의 표본들은 단 한 사람도 발언을 하지 않았으며 그 대신 어떤 사람이 언제 끝날지도 모르는 연설을 계속하고 있었던 것이다. 그리고 그 사람에 대해서는 우리들은 별로 관심을 가질 수가 없었다. 그는 오르테르 박사로 바이에른 중앙당 당수였다. 맑지 못한 누르퉁퉁한 얼굴에 그 눈은 불만스러운 빛을 띠었으며 의복은 진한 쥐색의 헐렁헐렁한 나들이 옷이었다. 음성은 날카롭다기보다는 쇠를 찢는 소리였으며 표현은 교묘하고 높고 격렬한 어조의 연속이라고 할 수가 있다. 그는 법무대신에게 대들었는데 의연한 인물로 보이는 그 대신은 그런 비방에는 답변할 가치조차 없다면서 그걸 묵살해 버리자 우리들은 무척이나 통쾌했다. 오르테르는 유위有爲한 인물임을 잘 알고 있었으므로 우리들은 잠시 그가 국사를 어떻게 논하고 있나를 경청했으나 거기서 논란되고 있는 사항에 대해서는 우리들은 너무나 백지였다. 그리고 지금까지 우리가 들어온 것이 겨우 서론에 불과하다는 사실을 알자 우리들은 얼굴을 마주보고 고개를 끄덕인 다음 밖으로 빠져나오고 말았다.

"그러므로 영혼의 존재를 알게 되는 거야" 하고 휴고가 말했다. 내가 몇십 년 전의 일은 생생하게 기억하면서도 극히 최근에 있었던 사건에 대해서는 아무것도 생각해 내지 못하던 그 환자에 대해 말했을 때 휴고는 그렇게 말했던 것이다. 내가 그의 말을 듣고 깜짝 놀라자 그는 자신의 말을 해명하려고 했다. 뇌출혈의 발작은 그에게는 문제가 아니었다. 그런 것은 이미 오래 전부터 조잡해져 버린 기관 내에서 벌어진 조잡한 변화에 지나지 않는다고. 휴고는 그 반대로 인간이 한평생 어린 시절의 기억을 갖고 있다는 사실을 기적으로 생각했다. "자네는 50대 남자의 대뇌조직 속에 어린 시절과 똑같은 세포가 남아 있다고 생각하는가?" 하고 휴고는 물었고 나는 그 물음에 이렇게 대답했다. 그것은 불가능하다. 어떤 기관의 세포라도 영원한 수명이 있는 것은 아니어서 어떤 시간이 경과하면 그것은 소멸되고 그 대신 새로운 세포가 생겨난다. 그리고 그것도 얼마 후에는 또 소멸되어 버린다고. "그것 보게, 그것만으로도 충분한 증명이 되지 않는가" 하고 휴고는 개가를 올렸다. "유물론자들의 견해에 따르면 일체의 기억은 뇌세포와 관련이 있다는 걸세. 만약 그게 사실이라면 그 기억도 뇌세포의 소멸과 함께 없어져야 하지 않는가. 그런데 그것이 그래도 남아 있는 걸세. 그것도 일체의 인상을 영혼에 의해 받아들이는 어렸을 때의 기억이 말일세. 이런 현상을 뇌 해부학자는 어떻게 해석하는가?" — 그 점에 대해서는 실제로 지금까지 오성으로는 해명할 수가 없었으며 앞으로도 그럴 것이다. 여기까지 생각해 본다면 지상의 세계에만 사로잡혀 있는 사람이 아니고서는 누구나 보다 높은 고향을 느끼지 않을 수가 없다. "내가 말하는 것은 물론 단순히 육체만을 총괄하는 저급의 영혼이 아니라 보다 차원이 높은 영혼일세" 하고 휴고가 덧붙여 말했으며 발터는 그 말에 대해 감개한 어조로 대꾸했다. "그렇다면 우리들의 육체가 태어나지 않았던 게 얼마나 마음 편한 일이었겠나!" 우리들은 소리높여 웃으며 봄 외투 단추를 풀었다. 뮌헨의 거리에는 5월이 다음 날로 다가선 일광이 넘치고 있었던 것이다. 길가에는 새빨간 튤립과 황금빛 꽃을 늘어놓고 파는 꽃파는 여인들이 앉아 있고, 장군관 앞에는 어린 계집애를 데리고 있는 아버지가 그 애의 모자와 어깨에 담배씨를 뿌리고 있다. 내밀고 있는 그 아이의 두 손에는 그 씨가 넘치고 얼마 뒤에는 그 애의 몸 전체와 그 조그마한 얼굴이 비둘기 날개로 뒤덮인다. 누군가가 때마침 피터 성당의 문을 열자 어두컴컴한 그 회당 안쪽으로부터 빨갛게 불타는 영원의 등불이 그 평온의 불을 시대의 미아인 우리들에게 깜박이며 비쳐주는 것이었다.

한 세기가 끝나려고 한다. 그 세기는 얼마나 다양함을 그 속에 갖고 있었던가! 우리 세 사람이 아름다운 루트비히 거리를 산보할 때 조그마한 노인이 뒤뚱거리며 지나갔다. 사람들이 노인을 전송한다. 그 때 누가 이렇게 말했다. "잘 봐 두게나. 저 분은 노년의 괴테를 만났던 노인일세.— 나폴레옹의 위엄과 그 몰락, 만년의 베토벤, 실러, 크라이스트, 헵벨, 그릴파르차의 희곡, 휠덜린과 노발리스, 아이헨도르프와 미리케, 그 밖의 천재 서정시인들의 작품 《늦여름》(아돌프 슈티푸터의 소설. 젊은이의 발전상을 담은 작품임)과 《푸른 하인리히》(고트프리트 켈러의 소설로 괴테의 빌헬름 마이스터와 비견할 작품), 헤겔과 쇼펜하우에르의 세계고찰, 베르디온 바그너의 악극, 프랑스의 위대한 작가와 예술가들, 러시아와 북구北歐의 문호들, 영화의 발명, 자연과학의 확충, 지표를 뒤덮을 철조망, 전력電力의 응용, 독일제국의 건국, 적십자조약의 체결, 의술과 화학의 흥융, 일체를 삼투하는 방사선의 발견, 이런 모든 것과 그것에 필적할 그외의 많은 현상들이 모두가 이 한 세기의 소산인 것이다. 자랑과 환희의 감정이 현재에 사는 모든 사람들의 마음을 적셔주고 있다. 그들은 시대 속의 시대에 살고 있는 자신들을 지상에서 가장 행복한 자로 여기며 온갖 위해危害는 지상에서 말끔히 제거되었다고 믿고 있으나 지령地靈은 두 가지의 모습을 띠고 있는 것이다. 그리고 이미 이 빛나는 세기에 대해 탄핵자들과 폭로자들이 일어선 것이었다. 그들은 결코 약자나 비겁자가 아니라 가장 용감한 독수리 같은 인물들로서 그들은 카잔도라(트로야왕 프리아 모스의 딸로서 그리스편의 목마를 성에 넣지 말라고 말렸음)처럼 입을 열어 말을 시작한 것이었다. 기술의 근면이 낳은 어마어마한 성과, 데몬 같은 거대한 에너지의 전개 아래서 인류 고유의 그 깊은 소질이 얼마나 쇠퇴되는가를 알았다. 그리고 무엇에도 구애받지 않을 자유로운 영혼, 고귀한 중용, 뛰어난 자에 대한 외경심, 창조적인 슬픔, 청춘의 힘을 소생케 하는 아름다움 같은 보배가 상실되어 가는 모습을 보았다. 끊임이 없는 속도의 증대에도 일종의 기묘한 평등화가 따랐으며 각계각층이 그걸 느껴 시대가 제공하는 과도함에 불신의 눈을 번득이는 사람들이 때때로 나타났으나 그런 거부의 형식은 비참할 정도로 단순했다. 점포에다 전화기를 설치 않으려는 이름 높은 노 상인, 초근목피를 복용함으로써 새 시대의 왁진제 치료를 거부하는 환자, 타이프라이터가 아니라 붓으로 시를 쓰는 시인들, 뮌헨에서 인스브룩까지의 여행에 급행열차를 타지 않고 일부러 마차를 준비시킨 사람들의 일화가 세인들의 이야기거리가 되었다. 일단 진행을 시작한 지금 그걸 아직은 되돌릴 수 있다고 생각하는 완고한 사람들을 사람들은 사랑했다. 모든 것이 다 상실돼 버린 사람들을 처절한 마음으로 사랑하듯.

 아무리 그래도 이미 되돌릴 수는 없지 않은가! 인간들의 거주지는 나날이 그 거리가 좁혀지지만 사람들의 영혼은 결코 서로 가까워지지는 않았다. 모든 것을 덮어주는 푸른 하늘이 여러 국민의 안계眼界에서 사라지면서 어떤 암울한 영혼이 황금의 미래를 투영하며 불화의 씨를 뿌려 주었다. 기묘한 두려움이 사람들의 마음에 숨어들어 그들은 서로를 희화戱畵로서 보기 시작했으며 두려움에서는 미움이, 미움에서는 파괴의 마음이 생겼다. 그러나 이십 세 전후의 우리들로서는 도저히 그런 변화와 그 결과를 꿰뚫어 볼 수는 없어 경고하는 예언의 외침을 들었으나 그것을 시적 공상의 산물로 해석하고는 흥겨워했다.

 마치, 아이들이 산중에서 별안간 나타나는 눈사태를 무서운 폭풍의 전조임을 모르고 기뻐하듯. 그렇기는 하지만 우리들도 이제는 순수와 자유스런 눈이 얼마나 소중하다는 것을 어슴프레하게나마 느끼고는 있었다. 때문에 우리들은 본원적인 공상, 독특한 음조로서 우리들의 영혼을 흔들어 주는 모든 시인, 새로운 그림자와 새로운 일을 우리들에게 제시해 주는 화가들이나 옛것의 의의를 한층 명확하게 해주는 온갖 해명자들에 대해서 감사의 마음으로 환호성을 울린 것이다. 새롭게 나타나는 그들이 비록 경우에 따라서는 지나치게 예찬되는 일이 있지만 결국 어느 누구도 그것 때문에 손해를 보는 일은 없었다. 시간이란 과대평가를 조정해 주기 마련이다. 예민한 나이에 있는 우리들이 지상의 쾌락을 탐구하는 것이 인생의 의무라고 선언한 사상가들과 두루 만나는 게 스스로도 위험하다고 느껴진 것일까. 그리고 우리들이 기회가 있을 때마다 정치 세계를 들여다보려던 것은 그런 대응책을 강구하려는 의도였으리라 생각된다.

바이에른 국회의 방청 같은 일을 우리들은 되풀이하지 않았으나 많은 세상 사람들이 미래의 선구자로 보는 그 당파의 참된 모습을 알아내 보고 싶다는 희망에는 여전히 변함이 없었다. 다음 날은 일요일 5월 1일이었다. 나는 아무에게도 말하지 않고 혼자서 사회 민주당원들이 5월제五月祭를 개최하는 이자르 계곡으로 갔다.

입장권은 이미 매진이었으나 몇 페니를 더 주면 녹색의 아치로 들어갈 수가 있었다. 나는 느릿느릿 걸어갔다. 울타리 속으로 들어갔다는 마음이 느긋한 마음을 불러일으켰던 것이다. 청년은 새로운 영역에 발을 들여놓을 때마다 보다 나은 세계를 열 수 있는 기적의 열쇠를 찾아내리라고는 바라는 것이다.

무엇보다도 장소선택이 극히 적절하다는 것을 간과할 수는 없었다. 활엽수나 침엽수 속에 넓은 공지가 있고 거기에 빨간 막으로 덮인 자유의 여신이 횃불을 높이 쳐들고 있었으며 그것과 나란히 저명한 혁명가들의 석고상이 줄지어 서 있었다. 대연설은 모두가 오전 중에 있었기 때문에 공교롭게도 축제의 절정은 이미 지나간 뒤였다. 나는 그것을 다음 날 신문에서 읽기로 작정했다. 때마침 악대가 한참 연주 중이었으며 단풍나무나 자작나무 아래에 가설된 상점에서는 맥주나 청어구이나 과자류 등을 즐기는 참이었다. 악대가 쉴 때마다 처량한 손풍금 소리가 들려왔는데, 그것은 가슴에다 장님이란 패를 늘어뜨린 어떤 남자가 치는 소리였다. 그에게 관심을 갖는 사람은 거의 없어 유기그릇에 동전이 던져지는 일은 별로 없었다. 때문에 어떤 어린 소녀가 돈이 없으므로 그 대신 조그마한 들꽃 다발을 그 노래하는 사람 옆에 놓아주는 광경은 더한층 애처로움을 자아내어 주었다. 이 인정에 넘친 다정한 장면에도 축제자들은 어느 한 사람 눈을 돌리는 것 같지 않았다. 나도 휩쓸려 들어간 그 무리들 속에 있었다.

  그 대군중을 하나의 통일체로서 표시하는 것은 단 하나의 색채였다. 붉은 기를 들지 않은 아이나 모자에다 빨간 기를 꽂지 않은 젊은이들은 하나도 없었다. 그리고 내가 본 한에서는 빨간 넥타이를 매지 않은 사람은 나 하나뿐이었다. 때문에 나는 사람들의 시선을 받기 쉬웠다. 그러나 거기에는 대응책이 있었다. 입구에서 별로 멀지 않은 곳에 랍지로 만든 인공의 진홍 장미가 산적되어 팔리고 있는 것이었다. 그 장미는 이파리가 그냥 달려 있는 작은 화양목 가지에 가는 철사로 묶여져 있었는데 파는 사람은 지친 듯한 어떤 부인이었고 그 곁에는 야트막한 책상 위에 흰 옷을 입은 작은 계집아이가 앉아 있다. 부인의 딸이었다. 계집애는 역시 안색이 나빴으며 밤색 머리칼에는 화환을, 가슴에는 프로레타리아의 빨강 꽃을 달고 있다. 그리고 아이는 소위 '섭정 케이크'를 먹고 있었는데 부스러기까지도 하나 남기지 않고 접시를 깨끗이 비워버린다. 검은 표지에 금문자로 신의 송사라고 써 있는 기도책, 그리고 작은 성자상을 그려놓은 초가 물건을 쌓아 둔 책상 끝에 놓여 있었다. 그 아이는 오늘 그 최초의 성찬식을 행한 것이다. 그러나 집에는 아무도 없으므로 그 날을 어머니와 함께 밖에서 지내고 있는 중이었다. 내가 웃는 것을 보자 그 어린아이도 웃었으며 내가 돌아갈 때 무언가 선물을 주겠다고 약속하자 계집애는 무척 만족스러워했다. 나는 부인에게 블마르 씨는 오지 않았느냐고 물었으나 부인은 그 사람을 모른다고 대답했다. 나는 순회를 계속했다. 누군가가 내 손에다가 정가 10페니짜리 마르세유 노동가의 텍스트를 쥐어 주었다. 그리하여 나는 어느 틈엔가 이 동지들과 별로 다르지 않는 존재가 되어 버렸다.

  나는 아무것도 먹지도 마시지도 않고 남의 눈에 띠지 않게 할일 없이 돌아다니고 싶었다. 모든 것을 충분히 관찰하고 싶었던 것이었으나 유감스럽게 별로 진기한 것을 보지도 못했다. 악사들이 악기를 안고 내려오자 이번에는 합주대 순서였다. 정취가 섞인 옛 노래들이 불려졌는데 시민들의 축연에는 으레 나오는 곡목들이었다. 나중에는 체조가 있었는데 그들의 연습에 찬탄을 보낼만 했다. 보통의 수준을 훨씬 넘어선 것이었기 때문이다. 더욱이 그들은 넉넉지 못한 여가를 이용해서 훈련을 쌓아갈 수밖에 없는 사람들이 아닌가. 멀리서 또다시 슬픈 듯한 손풍금 소리가 들려왔다. 장님의 수고를 따뜻하게 위로해 주는 동전대신 꽃을 내놓던 소녀의 기억이 되살아났으며 나는 별안간 그 장소의 정감을 리듬으로 잡아보려고 했다. 운韻과 언어의 수식을 무시했으므로 그것은 무척이나 쉬웠다. 나는 그 보잘것 없는 시구를 몇 번 읊조려 본 뒤에 집에 돌아가거든 베껴 두리라 생각했다. 그런데 그 때 어떤 목소리가 들려와 나를 공상에서 깨웠다. "어떻게 여기를 왔는가?" 하고 물은 사람은 카딩 시절의 동급생 루트비히 자이델이었다. 어린 시절 우리들은 도보 경주회를 개최한 적이 있었는데, 그것이 끝난 뒤에 이웃 마을 아이들에게 선전을 포고하고 카딩을 그 수도로 하자고 주장한 것도 그였으며 그 후 내가 만든 크리스마스 장식과 군도軍刀를 교환하자고 제의했던 것도 그였다. 그는 지금 양귀비꽃 같은 새빨간 넥타이를 매고 어떤 젊은 여인과 함께 소나무로 만든 탁자에 앉아 한 잔의 맥주를 앞에 두고 있었다. 그는 앉자마자 그 여인을 약혼자라고 내게 소개했다. 그는 언제나 내게는 좋은 친구였다. 그리고 한두 마디 대화를 주고 받았을 뿐인데도 역시 사람의 개성이란 쉽게 변하지 않는 것임을 확인할 수가 있었다. 그는 비록 가난한 집에 태어났으나 외모에는 부끄러워한다거나 머뭇거리지 않는 위엄이 엿보여 그것이 이야기하는 품에도 나타났다. 카딩 시절에도 그는 한 번도 나를 비웃거나 조롱하지 않았으며 경기를 할 때에는 지나친 신사적 태도로 손해를 본 일도 여러 번이었다. 때문에 그는 지금도 처음부터 내게 여러 가지 질문을 퍼붓지는 않았다. 그런 장소에 내가 나타났다는 것은 놀랄 일이지만 우리들은 옛일을 이야기했고 그는 왼팔을 보이며 말했다. "이 손을 삔 적이 있었는데 자네 부친께서 고쳐주셨다네." 그는 막벌이 직공에게 현재의 기계공이 된 경력을 이야기하기 시작했다. 그에게는 미래가 열려 있는 것이다. 카딩에 대해 화제가 미치자 나는 이에 확증할 수가 있었다. 이제는 그곳이 그에게는 얼마나 시대에 뒤떨어진 부진한 곳이 되어 버렸다는 것을. 나는 해부학과 임상 강의의 실제에 대해 약간 이야기했다. 그리하여 담화는 계속되다가 그런 중에 겨우 그로서는 가장 긴요한 말이 튀어나왔다. "나는 자네가 다소나마 우리들의 문제에 관심을 가져주어 무척이나 기쁘다네. 학문이 있는 사람이면 누구나 그런 일에 흥미를 가지는 것을 자신들의 품위가 손상된다고 여긴다네. 그 사람들은 이 세상 어디에나 더럽고 더 약한 사람들이 애써 일을 하고 있다는 사실을 받아들이려 하지 않는 한 말일세. 노동자라고 불리우는 가난한 사람들이……." 그런 말이 지금이라면 별로 이상스럽게 들리지 않겠지만 당시의 나로서는 전혀 새로운 말이었다. 심지어 불쾌하기까지 했다. 나는 언제나 막연하나마 일체를 개혁하는 것은 정신이라고 생각하고 있었다. 나는 그런 기분으로 그의 말에 대꾸했다. 그러나 노동자는 발명가가 조용한 연구실에서 낳은 사상을 실제화하는 능력을 가지고 있다고 말했다. 루트비히로서는 나의 기분을 언짢게 한다거나 논쟁을 하려는 마음은 결코 아니었다. "자네의 말은 옳아" 하고 그는 양보한다는 듯한 어조로 말했다. "그러나 그렇기 때문에 정신 영역에 종사하는 사람은 우리들과 함께 정진해야 되지 않는가. 우리들을 적대시하지 말고." 그러나 그런 주장도 그 당시는 지금처럼 만인에게 자명한 것은 아니었다. 그래서 나는 여전히 거기에는 어떤 근본문제가 문제된다고 느꼈다. 그리하여 그 동창이 자기는 내가 노동운동에 대해 어떤 태도를 취하고 있는지는 모른다고 다정한 말투로 말했을 때 무언가 그의 뜻에 맞는 이야기를 해주고 싶었다. 그러나 유감스럽게도 나는 방법을 잘못 택했다. 나는 그저 한담閑談의 성질을 떠나 리하르트 데멜이 쓴 울분의 시를 끄집어냈던 것이다. 그 시는 〈노동자〉라는 제목의 시로서 이미 널리 알려진 작품이었으며 시대적인 근본감정을 담담하고 힘찬 필치로 표현한 것이었다. 부족한 것이 있다면 다만 시간뿐, 시간뿐! 이라는 말로 그 시의 각 구절은 끝나고 있다. 그리고 그 전체는 모든 인류의 감정에 조소와 비통에 가득 찬 음조로 그 외침을 들려준다. 노동자에게 부족한 것이 있다면 무엇보다도 그들이 자유롭고 아름다우며 용기를 얻을 수 있는 시간 여가뿐이다. 그 시는 그 당시 많은 사람들의 입에 오르내렸는데 어떤 사람들은 그 시를 사랑했고 어떤 사람들은 그것을 미워했다. 그러면서 그 시가 통용되지 않는 시대가 가까이에 다가와 있다는 사실은 그 어느 누구도 예감을 하지 못했었다. 실업失業이 증대되고 노동자에게 시간이 남아 돌아가게 된 시대가 온 것은 그렇게 먼 훗날은 아니었으므로.

 두 사람은 공손한 태도로 경청했다. 그의 약혼녀는 손으로 턱을 괴고 우리 두 사람 너머 어디엔가 한 지점을 줄곧 바라보면서 이마와 눈 가장자리를 찡그렸다. 가만히 경청하는 것만으로도 내장 전부가 아프다는 듯이. 그런 식으로 시의 낭송이 끝나자 루트비히 자이델이 입을 열었다. 그것은 물론 좋은 시지만 그것은 오히려 지식인들에게 적합한 시이며 시를 찾는 노동자에게는 아무 소용이 없다. 자네는 오전 중에 있었던 베벨의 연설을 들었더라면 좋을 뻔했다. 그 사람이야말로 인물이라고 할 수가 있다고. 시인 데멜을 시원치 않게 여긴 것이 얼마나 나의 기분을 언짢게 했는지는 그도 전연 깨닫지 못했다. 그러나 그에게 어떤 대답을 내가 해줄 수가 있었을까? 대개 자신의 체험이나 사색에 의해 얻어진 사상에 대해서는 사람들은 신중하면서도 온화한 태도로 말하지만 기성의 사상으로서 어디에선가 받아들인 것에 대해서는 항상 성급하게 주장하게 마련이다. 때문에 나는 하마터면 화를 내어 노 베벨을 해악한 장본인, 조국의 안녕질서 이상으로 자신의 주장을 중요시하는 인물로 혹평을 가할 뻔했었다. 실상 베벨에 관해서는 나는 아무것도 몰랐지만 부친이 언제나 그 사람을 그렇게 보아왔던 것이다. 그러나 그 때 상대방의 얼굴에 갑자기 또다시 다정함이 엿보였다. 카딩 시절부터 내게 낯익은 선량한 얼굴이 되었던 것이다. 나는 아직도 다정한 혁명가가 실은 가장 끈기 있는 투사임을 몰랐기 때문이었다. 나는 당장 기분이 나아져서 일체의 감정적인 말은 덮어두고 다만 일반적으로 새로운 시대 조류에 대해 이야기했으며 정신에 의해 결합되는 국가의 출현을 예언했을 뿐이었다. 그는 빙그레 웃었다.

"무엇보다도 우선 대중이 빵을 얻어야지." 그는 극히 조심스럽게 말했다. 그렇다면 자네가 말하는 대중이란 노동자만을 의미하는가 라는 나의 질문에도 그는 몹시 온건한 대답을 했으므로 그것이 토론에까지 이르지는 않았다. 말하자면 더할 수 없는 논쟁의 와중에서도 상대에게서 정신 이상의 그 무엇인가를 보면 갑자기 관용을 베풀어 주의 깊은 태도를 취하듯 루트비히 자이델은 내가 정치문제에 관해서 시로 꺼내 응수하는 것을 본 뒤로는 나를 오히려 위로해 주기로 작정한 것 같았다. 그는 아무런 부담감 없는 소년시절로 화제를 되돌렸다. 그러면서 내게서 사회주의적인 기질을 느끼고 있었다고 아첨하듯 말했다. "자네 어머니는 지나칠 정도로 자네에게 예의범절을 가르쳤었지" 하고 그는 말을 계속했다. "그래서 가난뱅이 아들인 우리 쪽이 자네보다 용돈을 많이 갖고 있을 때도 있었거든. 그래도 자네는 용케 견뎌나갔었지. 어른들이 곤란해 하면 무슨 일도 싫어하지 않았었지." 그가 그렇게 말한 것은 어떤 어이없는 사건을 슬쩍 암시한 것이었다. 엄밀히 말하자면 그의 말은 다소 빗나간 것이었으며 나는 이미 오래 전에 그 사건을 잊어버렸었다. 어떻든 젊은이에게는 될 수 있는 대로 돈을 갖게 하지 않는다는 게 어머니의 신조였다. 때문에 언제인가 신부님이나 선생님들이 딩골핑으로 여름철 원족을 계획해서 상급반 학생들도 거기에 참가시켰을 때도 내가 직접 어머니에게서 받은 돈은 불과 몇 페니에 지나지 않았다. 그러나 막상 목적지에 도착하자 저녁때까지 흥겨웁게 놀게 되어 사람들은 느긋한 마음으로 맥주나 온갖 맛있는 음식을 추가 주문하게 되었는데 나의 주머니 사정은 이미 바닥이 나고 말았다. 그래서 무슨 좋은 방도가 없을까 하고 궁리중인 판에 마침 승직자들과 속인들로 판을 갈라 구주희九柱戲 놀이를 하지 않겠느냐는 의논이 나왔다. 그러나 마침 수확기였으므로 그 마을에서는 공을 주워대는 아이를 구할 수 없었으므로 나는 즉석에서 그걸 내가 맡겠노라고 자청했다. 의심스럽게 여겼는지는 모르나 사람들은 그 신청을 받아들이고 나의 봉사를 칭찬해 주었다. 나는 주의 깊게 경기를 지켜보았으며 쓰러진 기둥을 다시 세웠고 나무 홈통에 공을 굴려보냈다. 그리고 어느 한 쪽의 왕만이 남게 되면 관례대로 승부가 끝났음을 소리를 질러 알려주었다. 한 게임이 끝날 때마다 지는 쪽이 내놓기로 된 보수를 나는 사양하는 척하면서 받았다. 그리하여 나의 지갑은 점점 무거워질 수밖에 없었다. 나는 집에 돌아와 어머니에게 약간의 돈을 나누어 드릴 수도 있었는데, 어머니는 그걸 결코 사양하지는 않았다.

솔직히 말해서 나는 그런 이야기를 생각해 내기가 싫었다. 그 일은 그 당시에도 사람들의 오해를 샀으며 지금도 루트비히가 그걸 조금도 틀림없이 지적해 이야기하지 않는가. 그럼에도 불구하고 그 추억은 우리들의 담화를 확 터놓게 해주었다. 게다가 무엇보다 좋았던 것은 우주의 수수께끼라도 풀라는 임무가 주어진 듯 고통스런 표정을 하고 꼼짝도 않고 사념에 잠겨 있던 그 약혼녀라는 여인이 그 이야기를 꺼내는 것과 동시에 다른 사람처럼 귀여운 얼굴이 된 일이었다. "그래서 어머니는 정말로 그 돈을 받으셨나요?"라고 그녀는 물었다. 그래서 나는 그 일이 내게는 얼마나 기뻤으며 모친의 그런 원칙이 얼마나 교육적이었던가를 설명했으나 그녀는 별로 이해한 것 같지가 않았다. 그녀는 겨우 18세 가량이었다. 그리고 약간 촌스러운 것은 반드시 옷차림 때문만은 아니었다. 둥근 얼굴 한 가운데서 가른 머리카락, 어딘가 촌스럽게 툭 튀어나온 이마, 빨간 볼, 그 모든 것들이 어울려 건강한 시골 아가씨의 특징을 자아냈다. 그리고 그 떡 벌어진 가슴에다 진짜 생화生花를 꽂는 것이 새빨간 반역의 조화造花를 꽂기보다는 훨씬 어울렸으리라. 그러는 동안 여인은 약혼자의 귀에다 대고 뭐라고 소곤거렸다. 내게 어떤 부탁을 대신 해달라는 것이었다. "이 사람에게는 약간 문학적 취미가 있어서 말일세" 하고 그가 내게 말했기 때문이다. 그리곤 그는 그것이 그녀가 갖고 있는 육체적 결함과 같은 것으로 관용의 눈으로 보아 달라는 듯 빙그레 웃어 보였다. "그래서 학교 다닐 때부터 줄곧 시를 모아오고 있다네. 그러니 뭐라고 했더라? 그래, 데멜의 시도 거기에 모아두고 싶다는군. 기분이 내킬 때 그걸 이 사람에게 좀 써주지 않겠는가?"

"그거야 쉬운 일이지. 당장에 쓰지." 나는 종이와 연필을 꺼내서 서투른 글씨로 옮겨 쓰기 시작했다. 그녀는 나를 응시했다. 사랑의 눈길은 아니었지만 진지하고 친밀이 넘친 시선이어서 나는 약간 얼굴이 뜨거웠다. 나는 순간마다 그녀가 자꾸만 좋아졌다. 그녀는 어느 의미에서 나와 이어져 있다는 생각이 들었다. 동시에 나는 그녀를 앞으로 다시 만나는 일은 없을 거라고 스스로에게 다짐을 했으나 그럼에도 불구하고 그녀에게 내 자신의 생명이 담겨져 있다고 여겨지는 무엇인가를 거기에 곁들여 주고 싶다는 충동을 느끼지 않을 수가 없었다. 그리고 그러나 그것이 내가 쓴 작품이라는 사실을 알 필요는 없다. "나는 데멜이 쓴 다른 시를 외우고 있어" 하고 내가 말했다. "뒷면에다 그걸 베껴 주지." 그리곤 〈노동자〉에 이어 앞서 눈먼 사람이 손풍금을 켤 때 그에게 꽃을 주던 소녀를 보고 읊조렸던 나의 서투른 자작시를 베껴나갔다. 저녁 바람이 알프스의 산정을 스쳐서 불어왔다. 나는 성찬식을 가졌던 어린 아이와의 약속을 생각해 내고 두 사람에게 작별을 고했다. 루트비히는 그 근처까지만 함께 가겠다면서 나를 따라왔다. "만약 카딩에 가서 나의 어머니를 만나거든 쓸데없는 이야기는 말아주게. 어머니는 뭐라 해도 구식이니까. 내가 이런 패거리와 함께 있었다는 것을 알면 얼마나 슬퍼하실지 모르는 일이거든." 나는 카딩은 오래지 않아 내게는 과거의 추억에 불과하게 되리라고 말해서 그를 안심시켜 주었다. 부친에게서 온 최근의 편지에 파사우로 이사를 갈 예정이라는 내용이 담겨져 있었던 것이다. 그리고 이사를 가기 전에 도나우 하반河畔에 있는 그 낡고 오래된 조그마한 집에서 휴가 삼아 몇 달 동안을 지내게 되리라는 것이었다. 그러니 이미 가깝게 다가선 그 해의 강림제降臨祭를 우리들은 그 아름다운 하반에서 보내게 된 셈이었다. 그러나 그곳을 생각해 보기만 해도 나는 거의 공포에 가까운 감정을 느끼지 않을 수가 없었다. 그제야 나는 내가 카딩을 떠남으로 해서 내가 무엇을 상실하는가를 예감할 수가 있었기 때문이다. 하늘처럼 끝없는 보리밭, 화창하게 태양이 쏟아지는 광장, 사람의 눈에 띄지 않는 외진 뜰, 그것을 상상만 해도 흙냄새가 물씬 풍겨왔다. 그러나 우리들이 이번 여름을 보낼 곳은 험준하게 깎아세운 음산한 강가의 바위틈이다. 거기는 이미 사람들의 말투부터가 다르다. 태양은 늦게 떠올랐다가 일찍 지며 밤에는 부엉이가 슬피 울며 애들이 가끔 익사하는 곳이다. 그러나 아말리에의 일을 생각해 보면 나의 마음은 또다시 저 화강암과 하류의 세계를 뒤좇는다. 그리고 모든 것이 황금의 보배로 변한다. 그런 소녀는 카딩에 없다.

친구는 귀를 기울여 들었고 나는 항해에 위험한 회백색의 카하렛 암초의 모양을 설명했다. 그는 그 이름의 유래를 알고 싶어 했다. 그리고 나는 그에게 만족스런 대답을 해줄 수가 있었다. 카하렛, 그것은 이제는 없어진 말이었다. 그것은 원래 가레트라고 불리웠는데 그것은 또 게헷헬트(Gehachelt)에서 온 말이었다. 말하자면 바위가 가시 같다는 뜻을 표현한 것이었다.

지붕을 씌운 어느 가게에서 나는 마지막으로 남은 하트형의 초콜릿을 아슬아슬한 고비에 살 수가 있었는데 금종이에 싸서 빨간 리본으로 맨 것이었다. 그늘에 핀 들꽃처럼 창백하고 힘없는 어머니와 딸, 그 두 사람은 랍지 세공의 꽃을 파는 탁자에 팔을 기대고 머리를 거기다 올려놓고 졸고 있었다. 모녀는 자색의 헌 담요로 만든 털 재킷을 함께 덮고 있었다. 이제 그 어린 소녀는 깡마른 턱에 금빛 하트형 초콜릿을 걸고 숙면을 계속하게 되었다.

다음 날 아침 임상 강의에 모여든 학생들의 수효는 말도 할 수 없게 많아 혹시 입장이 되지 않으면 어쩔까 하는 나의 염려는 전보다 훨씬 더했다. 그러나 청강생 중에는 평시보다 도강생이 훨씬 눈에 띄지가 않았다. 나는 그 사랑스러운 벙어리 소녀가 즉시 입장하리라고 기대했었는데 그전에 나는 인생의 고뇌가 갖는 또 다른 슬픈 면모에 접하지 않으면 안 되었다. 나는 가끔 장님을 만났었다. 손풍금을 켜던 장님을 본 것도 어제의 일이었고 사촌 레나한테는 무시 출입하는 형편이 아닌가. 나는 장님과 같은 운명은 신의 뜻이라고 느끼고 있어서 별로 심각하게 생각해 본 일은 없었다. 그러나 지금 나는 하나의 비극적인 병에 의해 시력을 잃게 된 사례를 알게 된 것이다. 자연의 어떤 영역이 갖는 힘이 에로스를 거느리고 저주스러운 우연으로서 그 움직임을 나타낸 것이다. 어느 관청의 젊은 관리가 아름다운 여점원과 사귀게 되었고 그녀로 인해 처음으로 사랑을 알게 되었다. 그러나 그녀는 이미 그 이전에 어떤 다른 남자에게서 일종의 병이 옮아 있었다. 그런 전염성 성병은 오늘날처럼 그렇게 일반에게 알려져 있지 않기도 했지만 무지의 탓으로 그녀는 제2의 애인을 파멸의 손으로 인도했던 것이다. 그러나 여인에 대한 그의 신뢰는 무한이어서 불행의 첫 징조를 알았을 때도 그 신뢰감에는 변함이 없었다. 그 징조는 고통을 수반하지 않는 것임으로 그는 의사를 찾지 않았으며 또 얼마 후에는 그 징조도 사라져 회복이 되었다고 믿었다. 그러나 병마는 다만 기회를 엿본 것에 지나지 않아 7주일 후에는 그것이 새로운 돌격의 준비를 완료했다. 그리하여 다른 기관에 침입하지 않고 곧장 시신경으로만 공격의 화살을 겨누었다. 때문에 파괴된 조직을 현상대로 복구할 방법이 없게 되었으며 젊은이는 영원한 실명자가 되어 버렸다.

그 가련한 젊은이가 모습을 나타내기 전에 우리들은 모두 그 사정을 들었으므로 물을 끼얹은 것 같은 정숙으로 그를 맞이했다. 다만 몇백 개의 펜이 달리는 조용한 소리뿐이었다. 그 이상한 병례에서 중요한 점을 필기하는 것이다. 나 자신은 펜을 잡지 않았다. 나의 가슴에 영구히 지울 수 없는 낙인이 찍힌 것을 도저히 조리 있게 기입할 수가 없기에. 그것은 병자의 말씨나 태도에서 온 것이었다. 나는 절망과 마음의 심층에서 우러나는 저항의 자세를 기대했었으나 무서운 운명의 채찍을 받은 그 젊은이의 얼굴에서는 그런 기미를 조금도 찾아 볼 수가 없었다. 거기에는 겸양과 희망뿐이었다. 얼마 후 그가 퇴장하자 교수는 다시 그의 병과 병을 앓는 그의 심정에 대해 설명을 해 주었다. 펜을 달리는 소리는 이미 멎어 있었다. 그것은 필기해 둘 사항이 아니었다. 교수의 설명에 따르면 어수룩하고 순진한 그 청년에게 아무리 설명을 해주어도 그의 발병이 연애와 관련이 있다는 사실을 믿게 할 수는 없었다는 것이었다. 그리고 본인은 시력의 회복을 굳게 믿는 동시에 사랑하는 여인의 무한한 가치를 의심치 않아 그녀의 명예에 저촉되는 어떤 말도 참으려 하지 않는다는 것이었다.

그 다음으로 생생한 희망에 눈을 반짝이며 예의 벙어리 소녀가 남자 조수의 부축을 받으며 입장했다. 그리고 준비에 무척이나 신중했던 그 치료는 불과 몇 분 동안에 끝나고 말았다. 공교롭게도 조수들에게 가려서 나는 그 정경을 똑똑히 볼 수는 없었고 겨우 소녀가 의자에 앉은 모습만을 보았다. 그리고 잠시 후에 교수는 똑똑한 말로 이렇게 말했던 것이다. "자, 이제는 눈을 뜨고 무엇이든 갖고 싶은 것이 있으면 말해 봐요!" 그 말에 대해 귀여운 목소리는 지체 없이 대답했다. "빨간 편상화編上靴가 갖고 싶어요." 그런 다음 자신의 행복을 이해하고 울기 시작한 소녀를 그 이상의 문답으로 지치지 않게 하려고 소녀로 하여금 즉시 그 자리를 뜨도록 했다. 물론 수술에 대한 간단한 설명이 뒤따랐지만.

이상이 추기관 바우어 교수의 임상 강의에서 얻은 총결산이었다. 그 계단교실의 일석을 차지하고 있는 동안 나는 다만 눈앞에서 전개되는 광경을 바라다보았을 뿐으로 불치의 사람들과 회복할 가능성이 있는 환자를 엄밀하게 구별할 능력은 없었다. 경질 유리로 된 둥근 천장은 마치 넓은 하늘처럼 푸른빛을 띠고 그 양자를 똑같이 덮어 주었으며 높다란 유리창으로 쏟아져 들어오는 일광은 모든 환자 위로 차별 없이 비쳐왔다. 그리고 부지런한 손은 모든 환자를 구별 없이 간호해 주었다. 피치료자를 어떤 다른 계급의 인간들로 생각하기 쉽지만 그런 견해는 이미 변했다. 그 후로 나의 마음을 끊임없이 움직인 것은 무엇보다 그 불행한 환자들이었다. 인燐의 정죄화淨罪火에 의해 인생의 모든 장애에서 해방되려고 했던 두 남녀, 처참하게도 사랑의 어두움이라는 것에 희생이 된 실명의 관리, 그들은 꿈 속에서도 그 모습을 나타냈다. 나의 내부에서 선명하게 계속 살아 있는 그들은 내게는 포기되어 방치될 병자가 아니라 그것은 수수께끼여서 그것에 대한 해답의 희망을 나는 장래에다 걸은 것이었다. 나는 우선 미숙한 머리로 이것저것 궁리해 보았으나 헛수고였고 다만 내가 느낄 수 있었던 것은 나 자신이 역시 우연이라는 것의 지배하에 놓여 있다는 사실뿐이었다. 그러나 차츰 그들은 후경으로 밀려나고 2년이란 세월을 완전한 침묵 속에 살다가 다시 말을 되찾게 된 그 소녀의 모습이 정면으로 생생하게 부각되었다.

그 소녀의 회복, 그것은 선의의 유혹에 의해 행해진 것이었다. 그러나 그 방법은 누구든 정신적인 것임을 인정치 않을 수가 없다. 그리고 그런 운명을 자신의 몸에 옮겨서 생각해 보면 그렇게 길고 긴 침묵을 거친 뒤에는 우리들은 언어라는 것을 몹시 공경하게 되리라고 믿어지는 것이었다. 하나의 성공적인 치료는 내게는 몇 천이라는 쾌유의 보증으로 여겨졌다. 거기에 보다 아름답고 보다 자유로우며 보다 뜻깊은 존재로 이어지는 무지개의 다리가 놓여진 것이다. 우리 모두가 비록 무의식적이지만 때때로 동경하여 마지않는 보다 높은 존재가 이제야 확실히 그 방향을 보여주면서 우리들을 향해 손짓을 하고 있는 것이다.

로이젤 행行

　6월의 어느 저녁나절, 나는 도나우 하반에 있는 아말리에의 양친이 경영하는 여관에 앉아 산림 인부들과 쉬고 있었다. 그들은 거기서 임야 감독관을 기다리고 있었던 것이다. 그날 저녁 나를 그리로 꾀어낸 사람은 나의 종형제 야코프 슈발츠밀러였다. 그는 말하자면 소 떼를 끝까지 지켰던 대조모의 후예인 셈이다. 그는 곧 시작되는 불꽃 행렬의 목적에 대해 내게 설명을 해 주었다. 동 프러시아와 그 밖의 몇 주에 나방이 창궐해서 삼림에 몹시 해를 입힌 적이 있었다. 그래서 독일 국내의 모든 삼림지대에서는 이처럼 집단적인 이동등화移動燈火에 의해 가능한 한 많은 나방을 몰리게 해서 그것을 태워 이번에는 무서운 해충이 어느 지역까지 진출했나를 확인하려는 것이라고 했다.
　종형은 행렬이 끝나거든 자기에게 와서 자양 풍부한 과실주를 시음해 달라고 했다. 매년 배나 사과주도 자가 양조를 한다고 하면서 그는 젊은 삼림 감독관도 함께 초대했다는 것이었다. 나는 확답을 미루었다. 내심 아말리에와 함께 돌아가게 되었으면 하고 바랐기에. 야코프가 자기의 과실주에 대해 설명하는 품은 아버지가 필로 가르핀의 덕을 칭송하는 것과 똑같았다. 물론 아버지처럼 극미량極微量의 만능은 주장하지 않았지만. 그는 그 과실주를 그가 알고 있는 모든 병의 예방약으로 보고 있었다. 그러면서 그 영약을 모르거나 편견으로 그 효능을 믿지 않는 사람은 참으로 딱한 사람이라고 애석해 하는 것이었다.

어깨 폭이 넓고 수염투성이 종형은 언제나 안드레아스 호페(1767~1810년. 나폴레옹에 항거해서 지르호의 반란을 시도했던 투사)를 생각나게 해준다. 그러면서도 그가 내게 보여 준 호의는 그 봄의 그곳 체류생활에 있어서 일종의 건강한 자유감 같은 것이었다. 그는 최근에 계장이 된 것이다. 그래서 그가 가는 곳이면 어느 곳이나 나를 동반했다. 종묘원에, 영림소營林所에, 그리고 재목 경매장에도, 그는 내게 딱따구리, 구구하고 우는 산비둘기, 소쩍새의 외로운 소리들을 가르쳐 주었으며 또한 이런 이야기도 해주었다. 야수가 무엇보다 무서워하는 것은 말없이 걸어가는 인간이다. 그러나 당당하게 활보하며 노래라도 부르는 인간은 그렇게 두려워 않는다고. 언젠가 그는 회색의 멋진 하늘소를 보여주었는데, 그것을 보자 나의 마음 속에는 세살박이의 혼이 되살아났다. 나는 그에게 하늘소 수놈을 보거든 꼭 생포해서 내게 기증해 주지 않겠느냐고 부탁했다. 그러나 그 부탁은 그의 귀에 확실히 들어가지는 않은 것 같았다. 우리들 두 사람이 하는 만보漫步의 종점은 언제나 빔 언덕에 있는 베드로였다. 그의 전지田地와 집을 예부터 그렇게 불러왔던 것이다. 마르텔, 난네르, 레제르 세 자매와 함께 살고 있는데 그녀들은 모두가 미혼으로 농사일을 맡고 있었다. 그녀들은 또한 모두가 대단한 여가수들이어서 성당의 합창대에서 활약하고 있었으며 일요일 오후에는 낡은 성도전서聖徒傳書를 꺼내 돌려가며 낭독하는 것이었다.

배운 사람에 대한 야코프의 존경심은 대단했다. 그래서 나의 지식도 그는 과대평가를 했다. "어떻게 그 조그마한 머리에 그렇게 많은 것이 들어갈 수가 있을까?" 그는 내가 파우스트 박사의 이야기, 노 프리드리히 대왕의 일화나 해부학의 설명을 해주면 그렇게 감탄하는 것이었다. 그에게는 그것들이 마스트나 돛대가 달린 장난감 편주를 목이 가는 병 속에다 고스란히 넣었던 함부르크의 수부들의 재주를 보고 내가 경탄했던 것처럼 경이의 대상이었다. 게다가 그는 오늘은 특히 기분이 좋았으므로 나는 또 한 번 그에게 하늘소 수놈의 건件을 꺼내보았으나 이번에도 확실한 약속을 듣지 못했다. 내 것은 네 것이라고 종종 맹세하던 그가 재차 저 멋진 숲 속의 생물을 갖겠다는 소망을 내가 입에 올리자 거의 낭패라는 기색이었다. 그것에 대해서는 그도 특별한 관심을 갖고 있었기에. 그리고 그것을 특별한 이름으로 부르기도 하면서 어느 때는 그는 그것을 천둥벌레라기도 했고 어느 때는 각충이라고 부르기도 했다. 그리고 고대 독일인들에게는 그것은 신성한 것이었다고 주장했다.

문이 열렸다. 그러나 들어온 사람은 삼림 감독관이 아니라 하르의 농장주였다. 그는 40대의 사나이로 몸이 약간 구부정하며 부자로 근동에 알려진 사람이었다. 옷소매에는 흉장이 달려 있으나 모자에 꽂혀 있는 반짝반짝하는 녹색의 작은 새 날개는 그것과는 너무도 대조를 이루었다. 한 달 전쯤의 일이었는데 그가 성당에서 성당위원의 자격으로 상좌에 높직이 앉아 일요일 미사를 드리는 동안 그의 처가 집에서 급사한 것이다. 나의 어머니께서도 그녀를 알고 있어서 그녀의 이야기를 할 때는 언제나 '농장집 예쁜 마나님'이라고 불렀었다. 이제 그 홀아비 농장주는 방에 들어오자마자 즉시 벽에 걸린 성수반聖水盤으로 다가갔다. 그는 갈색의 도자기로 만든 그

수반에 손을 적셔 이마에다 가볍게 댄다. 그 조그마한 그릇에 대해서는 기술해 둘 값어치가 있다. 성수를 가득 채우고 원 성수반을 또 다른 우아한 그릇이 싸고 있는데 그것은 다시 바구니 같은 금속의 줄 속에 담겨져 있다. 그 표면에는 또 한 사람의 가련한 인간이 활활 타오르는 불꽃 속에서 탄다. 그것도 보통 사람이 아니어서 머리에다 승정모를 쓰고 있지 않은가? 그 무늬로 보아 그 그릇은 오래된 작품으로 추측되었다. 승려들까지도 은총을 받기 위해서는 우선 정죄의 불꽃 속을 지나는 고통을 겪어야 한다는 그런 사상은 오늘에도 경건한 그리스도교도라면 과히 언짢게 여기지는 않으리라. 그러나 교회가 그런 사상을 용납할 정도로 아량을 베풀 수 있었던 시절은 교회의 세력이 가장 강력했던 몇 세기에 한정된 것이었다.

농장주에 이어 들어온 사람은 농장주의 젊은 하녀 스타지였다. 별로 사람의 눈에 띄지 않는 핼쑥한 아가씨로 밝은 갈색 머리를 뒤로 빗어 꼭대기에서 묶었으며 한쪽 눈은 약간 사팔뜨기였다. 아가씨는 돌아간 여주인을 애도하는 뜻으로 검은 목도리를 두르고 있었다. 그녀는 키가 너무 작아 성수반에 손이 닿지 않았으므로 농장주가 그녀의 얼굴에다 물을 뿌려 그 수고를 덜어 주었다. 우리들이 앉은 식탁은 몹시 조용해져 버렸다. 새로운 객은 여러분, 수고합니다 하는 인사말을 평시의 말투로 말하고는 누구에게랄 것 없이 빙그레 미소를 보냈으며 하녀도 높은 음성으로 인사를 보낸 다음 두 사람은 구석 테이블에 앉는다. 아말리에가 나와 그들의 시중을 들었다.

종형 야코프는 조끼 주머니에서 한 줌의 담배잎을 꺼내 검은색으로 번쩍이는 파이프에다 그걸 가득 담아 한 모금 피워보라면서 내게 권했다. 그게 바로 바이에른 사람들의 끽연법이다. 그러나 그때 모두가 기다리고 있던 삼림 감독관이 젊은 부인을 데리고 모습을 나타내어 담배 맛을 보는 일은 즉석에서 중단되고 말았다. 그 젊은 부인은 남편의 직업을 상징이나 하듯 녹색 옷을 입었다. 일동은 자리에서 일어선 채로 술잔을 비웠다.

아말리에의 모친이 나를 옆으로 슬쩍 불러서 다음다음 날 로이젤에 가서 식사를 하자고 청했다. 로이젤은 거기서 약 한 시간 동안 떨어진 고지대에 있는 이 여관 소유의 작은 저택인데, 건물과 길 사이에 서 있는 한 그루의 노송나무로 멀리서도 담박에 알아볼 수가 있다. 거기의 웅덩이를 풀 예정이므로 물고기 요리를 먹을 수 있다는 것이었다. 밖으로 나가자 나무꾼들은 모두 관솔을 손에 들었으며 행렬은 라우펜바하 골짜기를 향해 출발했다. 아말리에는 삼림 감독관과 그의 부인 사이에 서서 내 앞을 걸어갔으며 나와 나란히 선 사람은 야코프였다. 그는 근처의 어떤 나무 한 그루도 모르는 게 없다. 그가 손을 잠깐 뻗치기만 하면 하늘소를 잡을 수 있으리라고 나는 생각했다. 다행히 관솔에는 아직 불이 켜지지 않아 우리들은 아름다운 발광현상發光現象을 볼 수가 있었다. 확실히 그것은 보기드문 일이다. 캄캄한 밤에 고목나무가 빛을 발하는 것을 우리들은 알고 있지만 지금은 나무를 베어서 쌓아 놓은 더미 곁에 나무 부스러기가 쌓였는데 그 나뭇조각들이 어둠 속에서 남김없이 청백색으로 빛나고 있는 것이다. 촛불로서도 그건 보기 드문 광경이어서 그들은 순간 걸음을 멈추었다. 젊은이들은 그 부스러기들을 줍느라 야단이었고 모자를 쓴 사람은 그 나뭇조각을 날개장식처럼 리본에다 찔렀으며 어떤 사람은 머리에다 꽂았다. 아말리에는 단검 같은 불꽃으로 나를 놀라게 했는데 그녀가 그런 행동을 보여 준 것은 처음이었다. 어둠 때문에 평시의 그녀와는 다른 아가씨가 되어 버린 거라고 생각되었다. 우리들은 그런 장식을 달고 계속 전진했다. 무언가 기대에 넘쳐서. 그리곤 이 축제의 근본 이유가 되는 해충 퇴치에 대해서는 모두의 염두에서 말끔히 사라져버렸다.

관목 숲 속을 달리는 낯익은 오솔길에 이르자 일제히 관솔에 불이 당겨졌고 그것은 녹색을 띤 백광이 되어 타올랐다. 왼편 골짜기로는 파사우에서 오는 급행열차가 산을 따라서 계곡 쪽으로 달려가고 도나우 강에는 색등을 단 한 척의 배가 항해하면서 그 기차의 뒤를 서서히 좇는다. 그러나 오른쪽으로 높이 솟은 급경사에는 험한 숲이 줄지어 그 모습을 나타내었으며 앞으로 나가면서 길은 계속 보지 못했던 정경을 연출시켰다. 낮이라면 깨닫지도 못하고 그냥 지나칠 것들이지만 어느 큰 고목나무 뿌리는 땅위로 솟아 있어 거기에 다시 가지를 뻗어 몸에다 테를 두른 듯 서 있다. 전체적으로 안정감을 더해주는 것이리라. 코끼리 머리와 비슷한 화강암에는 귀처럼 넓적한 잎이 늘어져 있고 거기에 또 다른 어떤 나무가 청청하게 자라고 있다. 멀리서 물소리가 들려오는가 싶더니 이미 찬바람이 볼을 때린다. 계류에 가까이 온 것이다. 물은 암벽을 흐르다가 낙하하면서 물보라를 올리며 우리들이 걷는 길 밑을 누비면서도 나무를 향해 힘차게 달려간다.

아말리에는 어느덧 감독관 부인의 팔을 끼고 걷고 있었는데 갑자기 뒤를 돌아보며 외쳤다. "당신이 올 때마다 진기한 일이 있어요. 더 좀 자주 와요 —" "저것 좀 봐요!" 녹색의 여인은 집게손가락으로 가리켰고 내 등 뒤로는 초부들이 여관에서 만났던 농장주의 이야기를 하고 있었다. 그만한 대지주가 하녀를 데리고 마시러 온다는 게 웬일이냐고 누가 중얼거리듯 물었고, 종형 야코프는 그들을 변호한다. 스타지는 동행이 없이는 꼼짝도 못한다. 주인이 그 불쌍한 아가씨를 돌보아 주는 것은 신앙이 깊은 그 사람의 참다운 인정에서라면서. "그 이야기는 않는 게 좋아"라고 누군가가 말했고 하르 농장주에 대한 이야기는 그것으로 끝나버렸다.

몇 차례인가 행렬이 멈춰졌다. 관솔불 행렬은 효과를 내기 시작해서 사방에서 나방이들이 몰려들어 진군하는 불꽃에 몸을 던지며 타다가 눈처럼 흩날렸다. 감독관은 가끔 한두 개씩 그걸 집어 들어 조사를 하고는 염낭에 넣었으며 특별히 예쁘게 생긴 나방이 몇 마리를 불빛에 비춰 살펴보다가는 우리들에게 다가와 보라고 권했다. 그 속에는 공작 나방도 있었는데 '푸른 잎'이라고 불리우는 것이었다. 그도 이름을 모르는 것도 있었고 낮 나방까지도 헤매다니는 게 있었다. 오렌지색의 날개에는 검은 선과 점이 마치 악보처럼 아로 새겨져 있다.
　문제의 해충은 아직 한 마리도 보이지 않았으나 초부들은 들고 있는 주머니에다 될수록 많이 주워 담는다. 산림국에 가져가서 거기서 정밀한 검사를 받으려는 것이다. 관솔불은 차츰 꺼져갔고 몇 명의 인부들은 허가를 받아 애들을 데리고 집으로 돌아갔다.
　나는 어느 바위 곁에 감독관과 계장 사이에 끼어 서 있었고 아말리에는 감독관 부인과 함께 샛길 쪽으로 들어가 기다렸다. 선로를 넘어 가도로 나가는 샛길로써 제일 가까운 귀로였다. 그 쪽으로 가면 영림관이 나오게 되는데 거기서부터는 아말리에와 단둘이서 돌아갈 수가 있다. 그러나 운명적인 체념의 순간은 일보일보 다가왔다. 초부들은 마지막 남은 관솔에 일제히 불을 붙였고 아말리에는 그 불을 환하게 받으며 내게 꾸밈없는 미소를 던져 주었다. 나는 깜짝 놀랬다. 내가 그녀와 함께 돌아가는 것은 그녀로서는 자명한 일에 틀림이 없다. 그리고 그렇게 하면 나와 아말리에 단둘이 되어 마음놓고 이야기를 나눌 수가 있다. 그런 터인데도 나와 그녀의 흐림없는 순진한 세계를 뮌헨에서 겪었던 나의 체험이 헤집고 들어가서 훼방을 놓았다. 아르디느가 아말리에에 대한 나의 감정을 이상스럽게 바꾸어 버렸던 것이다. 나는 아말리에의 고귀함을 더욱 강렬하게 느끼면서 어머니가 가끔 그녀를 천사 같다고 하던 말이 생각났다. 여자들이 소년이나 소녀를 천사에 비교할 때는 대개 꽃과 같이 사랑스럽다는 의미이겠지만 천사라는 것에는 그 이상의 것이 곁들여 있다. 그걸 아는 사람은 그리 많지가 않다. 아마도 아말리에에게는 그 두 가지 요소가 다 들어 있겠는데 아무튼 그 존재를 앞에 두고는 도저히 자기 자신을 속일 수가 없다. 도대체 그런 청순한 존재에 대해 무슨 말로 참회를 한단 말인가? 어떤 확실한 말로도 그 더럽혀지지 않은 영혼에 가까이 할 수는 없다. 그리고 그런 말을 내가 찾아본들 소용이 없겠지. 감추든가, 고백하든가, 그 어느 쪽도 불가능하다. 그리고 옛날 10대 시절에 내가 성탄 때 바로 앞까지 갔다가 성찬을 받기를 단념하고 몰래 밖으로 빠져나갔듯이 지금도 청년이 된 나를 속계의 별에 접근하는 것을 막는 것도 똑같은 자책의 마음이었다. 그런 회피적인 태도를 간단히 체념으로 해석해서 좋을는지 하는 생각은 해를 거듭할수록 회의적이었다. 젊은이가 어느 사람의 눈에도 고집이 세고 미치광이 같은 짓을 하는 것처럼 보인다면 실은 그가 보다 나은 천성에 가장 충실할 때라는 것을 우리들의 경험은 충분히 말해 주지 않는가.

 관솔불이 전부 꺼져버려서 아말리에 얼굴도 갑자기 어둠에 싸여 보이지 않았다. 나는 결국 그녀의 길동무는 되지 못했다. 과실주를 한 잔 하고 가라는 종형의 끈질긴 권유에 굴복하고 말았던 것이다. 그것을 그녀는 어떻게 받아들였는지는 어둠 때문에 알아볼 도리가 없었으나 그녀의 밤인사는 언제나 다름없이 다정했다. 그리곤 조금 가다말고 뒤를 돌아보며 로이젤 건을 잊지 말라고 당부했다.

 과실주 한 잔은 결국 조그마한 연회로까지 발전되어 밤중까지 계속되었으며 나는 기를 써가며 무척이나 마셨다. 파이프 담배도 싫다는 말도 하지 않고 초심자면 누구나 그렇듯 계속 빨아 파도에라도 흔들리는 것처럼 허전한 도취감이 나를 엄습해 왔다. 거기에는 길다란 절망감이 섞여 있었다. 같은 체념일지라도 어린 시절 란츠후트의 성당에서 성찬식을 단념했던 것과는 얼마나 다른가. 그 시절의 그 체념은 나의 양심을 가라앉혀 주었으며 성찬을 사양함으로 해서 나는 신에 더욱 가까워졌던 것이다. 주님 앞에서는 기회를 빼놓아도 그것은 언제라도 다시 돌이킬 수가 있는 일이지만 이런 사랑에 이르는 길은 오늘 밤 한 번밖에는 열리지 않는다. 나의 마음은 내게 그렇게 소곤거렸다. 더군다나 감독관도 아말리에를 화제에 올렸다. 자기 같은 남자는 세상 물정이나 미묘한 인정에 대해서는 캄캄이나 그 여관집 딸을 볼 때마다 가슴이 찔리는 것 같은 절절한 생각을 갖게 된다면서. 그러나 잠시 후에는 그의 말투는 빈정대는 투로 변했다. 다음 날의 놀이는 햇병아리 의사에게는 그리 나쁘지 않으리라고. 그의 말이 점점 무례해지면서 도대체 내가 그 아가씨의 좋은 점을 진실로 이해하고나 있는 거냐고 내게 묻자, 야코프는 그의 아랫사람이면서도 화를 내며 그에게 대들었다. "이 사람을 곤란하게 하지 마시오. 당신은 이 사람을 몰라요." 야코프는 저지 바이에른 사투리로 그렇게 말하며 나를 가리켰다. "이 사람은 《파우스트》를 읽었으며 전서戰書나 그 밖의 무슨 책이든 읽지 않은 게 없어요. 살아 있는 사람의 육체나 죽은 사람의 사체에 대해서도 연구를 쌓았어요. 이 사람의 머리에는 반했다든가 하는 당신네들의 이야기와는 다른 것으로 꽉 차 있어요." 그런 지나친 칭찬은 나를 귀찮은 재앙에서 구해주었으나 나는 점점 더해가는 취기에서 이런 것을 느꼈다. 우리들은 가슴 속 깊이 숨겨 있는 의혹이나 걱정을 때에 따라 온 세상에 털어놓지만 단 한 사람에게 털어놓기는 무척이나 어렵다는 사실이었다. 잠시 후 말이 적은 종형이 자기가 제일 좋아하는 화제로 이야기를 끌고 가서 나는 무척이나 고맙게 생각했다. 그는 숲 속에 아직 산고양이가 살아 있던 시절, 도나우 강변의 암굴에는 순수한 도적 떼가 아직 살았던 그 아름다웠던 옛날에 대해 이야기를 했다. 그리고 그가 지금은 영구히 없어져버린 사슴을 가슴아프게 애석해 하면서 그 사슴의 작은 모형이라고도 할 수 있는 뿔 달린 천둥벌레의 멸종을 슬퍼했을 때 나의 기분도 변화를 일으킨다는 것이 뚜렷이 인식되었다. 하늘소 같은 것이 새삼스럽게 나와 무슨 관계가 있단 말인가. 이제까지 걸어온 나의 과거는 모조리 잊고 싶었다. 그리고 나의 사념은 잊혀져버린 행복했던 옛 시대에 대한 슬픔 속으로 침잠해 들어갔다. 그런 이야기를 하는 동안 한없는 우수憂愁가 그 두 젊은이를 엄습해서 그들은 계속 마셔대며 사냥꾼의 노래를 합창하기 시작했다. 그 순간 어두컴컴한 뒷방에서 종형의 세 자매가 걸어 나왔다. 함께 노래를 부르려는 것이었다. 그 자매들은 오빠의 귀가를 기다리고 있었으나 낮에 했던 일로 피곤해서 난로 곁에 놓인 의자에 앉아 잠들었는데 노래소리에 잠이 깬 것이다. 그녀들은 마치 교회의 여성 합창대처럼 컴컴한 등잔불을 받으며 감격적으로 알토와 소프라노로, 술꾼들의 베이스에 끼어들었다. "쏘아 맞쳐라, 큰 사슴, 작은 사슴, 준령의 매, 호수의 물새." 목석 같은 마음에도 사랑을 느꼈던지 야코프가 괴로운 듯 울기 시작하는 소리를 들었으나 그 다음은 어떻게 되었는지 일체가 꿈 속이었다. 당장 죽을 듯 괴로움의 연속이었다. 끝없던 노래가 별안간 그쳤다. 뮌헨 손님을 도와드려야지! 자매들은 그렇게 외쳤고 두 사람의 남자들은 양쪽에서 나의 팔을 부축해서 나를 어둠 속으로 끌고 나갔다.

  잠에서 깼을 때는 나는 햇빛이 잘 쬐이는 우리 집 내 방에 누워 있었다. 정신을 차려보려고 애를 쓰다가 부모님이 앉아 계신 식탁으로 달려가 조반을 기다렸으나 식사시간은 벌써 끝난 뒤였다. 아버지 앞에는 책이 한 권 펼쳐져 있었으나 그건 의학서적 같지는 않았다. 어머니는 수술용 칼이나 핀셋 같은 기구들을 손질하시다가 미소를 지으며 내게 머리가 이젠 아프지 않느냐고 물으시고는 그 기구들을 하얀 천에 싸들고 부엌으로 들어가 버렸다.
 "재능이 있는 사람이야. 그녀의 책을 주문해야겠어" 하시면서 아버지는 달력을 내게 펴 보이시며 책상 앞으로 걸어가 엽서를 쓰기 시작했다. 그 책에 한 페이지 가득히 시골 아가씨의 사진이 보였다. 산골 여자들이 쓰는 어두운 색깔의 두건, 귀고리, 레이스 장식이 붙은 옷차림의 그 아가씨는 꽃무늬가 있는 숄을 걸치고 있었다. 그 사진 아래에 설명이 붙어 있다. "에메렌츠 마이어, 바이에른 삼림지방에 있는 오버른 마을 출신의 자연 시인이며 여류 시인, 고난을 넘은 잇타의 저자." 다음 페이지부터는 그 아가씨의 글을 극구 칭찬한 프레스부르크 출신의 칼 슈라텐탈의 교수의 글이 실려 있었고, 그 다음에는 〈유슈로아〉라는 제목이 붙은 그녀의 단편이 실려 있었다. 그것은 그라니네트 지방의 가난한 부인을 다룬 이야기로 고난과 곤궁뿐이었던 생애를 끝마치고 기쁨의 환호성을 울리며 영원한 잠에 떨어진다는 내용이었다. 소박한 필치로 그늘진 생애가 그려져 있다. 나로서는 새로운 서정시의 대가 이외에는 별로 좋아하는 작가가 없었으나 그 조그마한 책자에서 넘치는 향토적인 향기는 내게 생생한 입김을 불어 넣어 주었다. 그리고 그 농촌 출신의 여류 시인이 재료를 취급하는 견실한 태도는 나의 내적 동요를 생생하게 깨닫게 해 주었다.
 그날 밤 그 에메렌츠 마이어가 나의 꿈 속에 나타났다. 그녀는 아말리에의 어머니와 닮은 여인이었는데 음식점의 밤나무 밑에서 손님들에게 서비스를 했다. 그런데 그 손님들이란 게 이상스러웠다. 모두가 죽은 사람이었던 것이다. 그러나 그들은 산 사람과 조금도 다른 태도는 보이지 않았다. 나는 그들에게 최대의 경의를 표하면서 내가 그들의 정체를 알고 있다는 사실을 조금도 눈치채지 못하게 했다. 어두워지면 그들은 틀림없이 빛을 발할 것이라고 나는 혼자 다짐하고 그걸 즐거운 마음으로 기다렸다. 아말리에는 식탁에서 관솔 다발을 묶다가 불안스러운 듯 도나우 강 쪽을 바라보다가 밖으로 나간다. 나는 그녀의 시선을 좇았다. 멀리 계류溪流에 몇 개의 어두운 점이 떠돌고 있었다. 그것은 물에 목을 늘인 물오리 같았다. 예의 손님들은 그걸 보자 무서워하기 시작했으나 여류 시인만이 침착하게 미소를 지으며 그걸 바라본다. 나는 잠에서 깨었다. 나는 그 꿈에 무언가 의미가 있는 게 아닐까 자문해 보면서 이번 여행에는 에메렌츠 마이어를 방문해 보리라고 결심했다. 동시에 그런 여행은 기차나 버스로 편안하게 할 것이 아니라 순례여행처럼 해야 된다는 것이 자명스럽게 생각되었다. 혼자 걸어서 하는 도보여행을 말이다.

 젊은 사람이 체험담을 기술한다면 그것이 생생하면서도 직접적인 인상으로 넘쳐 있어 대개는 근시적인 성격을 탈피하지 못하는 것이 상례다. 나이를 먹은 뒤에야 우리들은 존재의 차원을 넓히게 되어 이런 일은 꼭 해야겠고 어떤 일은 그만 두었어야 했을 거라는 판단이 서기 때문이다. 사물을 보다 깊이 통찰하기 위해서는 나이를 먹어야 한다.

 임강절이 지난 그날 아침은 쌀쌀하면서도 화창한 날씨였다. 아말리에는 벌써 맨발인 두 남자 동생과 함께 나를 부르러 왔었다. 약속했던 로이젤로의 소풍 때문이었다. 몹시 좋아 보이는 그녀의 기분이 내게도 감염이 되어 음울한 암형은 스러지고 말았다. 옛날 복어낚시를 하던 때(《젊은이의 변모》에서 카로사는 아말리에와 더불어 복어낚시를 함께 한 적이 있었음)처럼 모든 것이 아직 영롱하고 희망에 넘쳤다. 아말리에의 어머니는 집과 밭일을 돌보려고 먼저 출발했다. 우리들은 이르든 늦든 식사를 하기 전에만 도착하면 된다. 건널목에 이르자 소년들은 다소 시간을 끌었다. 몇 개의 동전을 선로 위에 놓고 기차가 그걸 깔아 뭉개 빤짝거리게 만들어 줄 때까지 기다려 달라는 것이었다. 아말리에는 빙그레 웃으며 그들의 요구를 친절하게 들어주었으므로 나는 얼른 가고 싶다는 욕심을 억누르지 않을 수가 없었다. 우리들은 조그마한 골짜기를 타고 아래로 내려갔다가 다시 위쪽을 향해 계속 걸었고 마침내 그 저택으로 연결되는 조그마한 소로로 접어들게 되었다.

　태양은 어울려 붉은 기를 띠기 시작한 꽃밭에 은빛 아지랑이 장막을 쳤다가 이내 아지랑이는 걷히고 주위에는 찬란한 햇빛이 넘쳐 흘렀다. 들판 한가운데 한 그루의 야생의 사과나무가 서 있어 그 밑가지는 높직하게 자란 들풀로 뒤덮여 있다. 은하銀河 같은 짙은 금색의 띠가 언덕 위를 줄지어 달렸는데 가까워짐에 따라 그것은 무수한 작은 민들레꽃으로 분해되었다. 잠시 후 우리들이 어두운 숲 속을 들여다보자 거기에는 일정한 간격을 두고 맑은 에메랄드색 기둥이 줄지어 우리들을 뒤따라 걸었으며 바람은 얕은 관목을 뚫고 빛의 레이스를 던져주었다. 산비둘기는 구구 울고 소쩍새는 노래 불렀다. 너도밤나무와 백양나무가 벌써 새 잎을 달고 있는데 그것이 얼마나 나긋나긋하면서도 영적인 녹색인지는 근처에 서 있는 좀더 현실적인 메마른 낙엽송의 녹색과 비교해 볼 때에야 비로소 확실해진다. 몇 그루의 너도밤나무 가지는 두 소년의 손도 닿을 정도로 낮게 늘어져 있었으나 아말리에와 나는 그들의 주문으로 그걸 더 아래로 잡아당겨 주어야 했으며 그들은 거기에 뛰어올라 그네를 뛰기 시작했다. 우리들은 혹시 그들이 물구나무서기라도 하다가 떨어지지나 않을까 걱정되어 지켜 섰을 뿐이었다. 그리하여 우리들이 로이젤에 도착하는 데는 상당한 시간이 걸렸다. 하인들이 이미 못의 물을 반쯤 퍼내어서 잉어와 붕어와 송어가 어망에 잡혀 술통 같은 그릇에 담겨져 있었다. 우리들은 마침 좋은 때에 도착했던 것이다. 우리들은 흙탕 속에 떨어져서 아직 팔딱팔딱 뛰는 고기들을 주어 올려 그 태반을 살릴 수가 있었다. 마침내 모두 희희낙락해서 집 밖에서 마련된 식탁에 앉았다. 하지만 그 좋은 날에도 유령이 몇인가 나타났다.

여급 하나가 요리 접시와 빵이 가득 담긴 바구니를 날라 왔는데 나는 그녀가 아르디느가 아닌가 착각했다. 농사꾼 같은 튼튼한 몸매에 저 프랑스 여성의 아름다운 머리통이 올려진 듯했으며 검은 눈에는 사랑을 알리는 것 같이 파고드는 시선이 번뜩였고 거기에는 무언가 비밀이 숨겨져 있는 듯했다. 그녀는 내가 놀라는 것을 틀림없이 느꼈던지 그걸 자기 나름대로 해석했다. 그녀는 참말로 하녀다운 미소를 던져보였다. 그리하여 그녀가 새로운 요리를 날라 올 때마다 그녀와 나는 흘금흘금 서로 얼굴을 쳐다보았다. 그 때문에 그녀는 식탁보 위에다 수프를 조금 엎질러 가벼운 힐책을 받았는데 나는 나 자신도 함께 꾸중을 듣는 듯 느껴져서 다시는 그녀의 시선을 쳐다보지 않겠노라고 맹세했다. 식사를 하면서 아말리에의 어머니는 딸의 왼손과 나의 오른손을 함께 쥐고서 물었다. "너희들은 도대체 어디서 알게 되었니?" 아말리에는 얼굴을 붉히며 대답했다. "도나우 강에서 낚시질을 할 때에요. 언제인가 말씀드리지 않았어요." 그녀는 빠른 말투로 그렇게 말하며 머리카락을 약간 뒤로 올렸다. 곤란한 때면 언제나 하는 버릇이었다. 그녀는 그 이상은 대답하지 않았다. 하녀는 딸기즙을 친 먹음직스러운 구운 과자를 식탁 위에다 놓고는 아말리에의 어머니에게 무슨 열쇠인가 빌려달라고 말했다. 그것은 저항할 수 없는 습격이어서 나는 어느덧 결심을 잊고 그녀를 또다시 쳐다보았다. 그녀는 얼굴을 붉혔다. 아마도 청년은 자기 자신이 한없이 타락했다고 생각할 때가 가장 순결할 때인지도 모른다. 그러나 그것도 노년이 된 후의 깨달음이다. 좌우간 나는 그 당시는 나의 선량함에 대한 모든 신뢰감을 잃어버렸다. 앨범 속에서 나의 부계 쪽 조상들을 보여주면서 노 마리아가 하던 말이 기억에 되살아났다. 이런 남자들이란 여자를 행복하게 해주지는 못한다는 그 말이. 나는 자신을 다정하기 짝이 없는 친구에 대한 위험물이라 느끼기 시작했으며 그녀를 나라는 화禍로부터 지켜 주어야 할 것 같은 기분이 들었다.

　우리들의 이야기가 다른 사람에게도 무언가 의미가 있다고 한다면 도저히 숨겨서는 안 될 것이 있다. 그것은 시대정신의 지배라는 것으로 그런 한가한 목가적인 순간에도 그 영향을 끼치고 있었던 것이다. 그것이 없었다면 아마 모든 게 달라졌을 게다. 그러나 아말리에에게는 그것이 범접하지 못했다. 그녀는 백 년 전에도 똑같은 강가에서 지금 그대로의 처녀였을 거며 일요일마다 도나우 강을 건너 절벽 사이를 지나 오토 성당에서 미사를 보았으리라. 그리고 계절마다 찾아오는 축제에 참가했고 베를린이나 파리에서 사람들은 어떤 것을 믿으며 어떤 것을 기대하던 그런 것에 대해서도 지금과 똑같이 묻지 않았으리라. 그녀는 일체를 소유하고 있었으나 나는 끊임없이 찾고 구해야 했다. 나의 내부에서는 여러 가지 새로운 갈망이 웅성대며 밝은 목소리와 지옥의 목소리가 서로 뒤엉켜 아우성을 치고 있었으나 그녀에게는 예부터 내려오는 존재의 근본문제 같은 것도 아무런 의미가 없었다. 그 시대정신에는 신성한 것은 아무것도 남지 않아 불안과 격동은 노래 속에도 흘렀으며 젊은 여류 시인들은 고대의 시인들이 영웅을 예찬했듯 사랑의 결합을 예찬했다. 그리하여 사랑과 열락은 이미 분리할 수 없는 하나가 되어 버렸다.

나의 내부에는 아주 가느다란 광명이 바늘 끝처럼 올바른 방향을 지시해 주고는 있었지만 그렇도록 무후한 존재를 앞에 두고 내게 확고한 태도를 보증해 주는 강렬한 핵심은 아직 존재하지 않았다. 게다가 교육은 양성兩性 사이의 거리를 너무나 벌어지게 해 버렸다. 좀더 깊은 마음의 움직임에 대해서는 표현할 언어가 없었다. 그러나 우리들은 그걸 한 번이라도 유감스럽게 여겨서는 안 되었다. 적어도 거짓말을 범할 위험만은 없으므로.

횃불 행렬이 시작되어 아말리에가 그 푸른 불꽃으로 나를 놀려주었을 때 나는 그녀의 아름다운 모습에서 어떤 엄숙한 영혼이 튀어나온 것이라고 생각했었다. 그 복된 경악의 순간을 나는 결코 잊지 않았다. 그러나 그녀에게는 그것이 단순한 어린이의 장난에 지나지 않았으며 지금도 여전히 다정한 처녀로 성장하고 있다. 그녀는 처음으로 만났을 때와는 전혀 다른 나에 대해서도 관용을 베풀어, 있는 그대로 받아들이고 지나친 요구를 하지 않았다. 만일 벙어리로 하여금 말하게 하고 방황하는 자를 바르게 인도하며 또 그것을 징벌하는 사명이 천사에게 주어졌다고 한다면 그녀는 절대로 천사는 아니었다. 그런 힘이 있는 천사라기보다는 오히려 얌전하게 꽃피는 말없는 식물이었다. 그러면서도 그런 식물로서는 너무나 영묘한 존재여서 나의 내부에서 꿈틀대는 지령地靈으로서는 그녀를 조금도 범할 수가 없었다. 나는 그녀 곁에 살며 하늘과 땅과의 경계에서 하늘에 대한 동경과 지옥에 대한 쓰디쓴 향수에 사로잡혀 있는 것이다.

아말리에의 어머니는 몸을 일으켜 감사의 기도를 드린 다음 우리더러 전망이 좋은 언덕에 올라가 보라고 권했다. 커피 시간에 늦지 않도록 당부하면서. 아말리에는 집에 남아 부엌일을 돕겠다고 했으나 어머니는 허락하지 않았다.

"이 애는 좀 여위었어요" 하고 어머니가 내게 설명했다. "지난 몇 주일 동안 우리들은 너무 바빴어요. 그래서 오늘은 푹 쉬려는 거지요. 그 다음 이곳에 며칠 머무르며 정리를 해야지. 아말리에가 머지않아 로이젤 농장을 상속받을 테니 가끔 그런 일을 하는 것도 당연하다니까요."

두 사내애는 먼저 뛰어나가서 언덕에서 우리들을 기다렸다. 산들은 쾌청한 날씨 속에서 늠름하게 서 있고 엷은 베일 아래서 회색과 갈색의 줄이 교차되고 그 사이로는 하얀 점을 안은 높은 영마루가 서 있다. 나는 드라이셀 산맥이 어느 것이냐고 물어보았다. 아말리에는 그걸 몰랐으나 사내동생 하나가 그걸 알고 있었다. 그 애는 학교에서 소풍을 갔을 때 알았다며 그 산맥에서 최고봉을 가리켜 주었는데, 그 산봉의 이름은 호호슈타인이라는 이름으로 그 첨단이 또렷하게 보였다. 아래로 눈을 돌리자 도나우 강에는 '울름 상자'라고 불리우는 배가 떠 있었다. 우리들은 좌초했던 화물선에서 겪었던 모험을 생각해 내고 이미 인생의 고개를 넘은 사람들처럼 과거의 일을 서로 이야기했다.(《젊은이의 변모》에 나오는 이야기. 소년 카로사는 좌초한 화물선에서 살고 있는 가족들을 아버지 흉내를 내며 진찰해 주었다. 아말리에와 복어낚시를 한 날이었다)

우리들이 천천히 걸어서 집으로 돌아오고 있는데 하르의 농장주가 하녀와 함께 우리들과 마주쳐 지나갔다. 그런데 그들 두 사람만이 아니라 경찰관이 따라붙어 있다. 우리들이 인사를 하자 경찰관만 답례를 했고, 농장주는 누구에게랄 것이 없이 공허한 미소를 흘려 보였고, 하녀의 안색은 창백하다기보다는 쥐색이 되어 땅바닥을 내려다보면서 걷는다. "스타지는 아이를 낳은 거야"라고 그들이 멀리로 사라지자 아말리에가 연민이 담긴 음성으로 말했다.

우리들은 아말리에 집 바로 가까이에 있는 쓸쓸한 소나무 숲에 닿았다. 아말리에는 몸을 굽혀 땅에서 무언가 집어 올렸다. 그리곤 그 조그마한 식물을 내게 보여주었다. 바늘처럼 가늘고 붉은 기를 띤 초록으로 끝에는 실 같은 가는 뿌리로 되어 있고, 위쪽에는 몇 개의 가는 녹색 실이 나와 그것이 안쪽을 향해 구부러져 갈색의 모자처럼 되어 반짝이는 모습은 마치 머리가 나기 시작한 정수리 같았다. "이게 뭔지 알겠어요? 소나무 싹이에요." 그녀는 그렇게 가냘픈 어린 생명이 튼튼한 소나무가 될 운명이라는 것을 내게 이해시키기 위해 손바닥으로 이끼 낀 노송을 탁 쳐 보였다. 그런 다음 그녀가 그 소나무에서 조그마한 갈색 모자를 벗기자 녹색 실이 풀리며 미래의 형태가 뚜렷이 보였다. "딱딱하고 검은 것은 씨예요. 거기에 조그마한 날개가 붙어 있어서 바람이 날라다 주지요. 냄새를 맡아 보세요." 그녀는 씨를 부셔서 나의 코끝에다 대어 주었다. 숲 전체의 짙은 입김과 같았다. "어머니가 두통이 날 때는 언제나 약은 이것뿐이에요. 이걸 기름을 짜서 어머니의 관자놀이에 문지르면 담박에 나아요."

추기관 괴벨 교수의 강의와는 전혀 취지가 다른 것이었지만 그 식물학 강의가 계속되는 동안 우리들은 집에 도착했다. 아말리에의 어머니는 또 편두통이 나는 듯 커피 식탁 앞에 서 있었으나 한 떼의 흥분한 사람들에 둘러 싸여 손으로 머리를 누르고 있었다. "누구든 알고는 있었지만 고소인이 될 사람은 없었던 거야" 하고 떠드는 어떤 노인의 말이 들렸다. "내일이면 시체가 발굴될 걸." 다른 남자의 목소리가 그 말에 대꾸를 했다.

그리하여 그 슬픈 사건이 세상에 알려진 것을 한 군데 종합해보니 그것은 대개의 경우 신문기사거리에 지나지 않은 것이었다. 그러나 누구나 당사자를 알고 있는 이 고장에서는 충격을 받지 않을 수가 없었다. 왜 그 지주의 마을에 아내에 대한 증오가 원수에 대한 미움처럼 생겼을까, 왜 그가 다른 여자의 올가미에 떨어지게 되었을까, 그런 것을 아무리 생각해 보아야 끝내 그 수수께끼를 풀 수가 없었다. 그 당시만 해도 미지의 심적 상태의 수수께끼를 풀려고 노력하는 사람은 별로 없었다. 모든 사람들이 그 지주 부인은 태생도 좋고 부지런하며 남에게 무엇이든 주기를 좋아한데다 뗏물이 빠진 여자였다고 확언했다. 다만 석녀였던 것이 유감이었다. 아마 그녀는 바이에른의 민간 표현을 빌린다면 '경험 없는 여자'였던 것이나 현대적인 언어로 표현한다면 성적 매력이 부족한 여자라고 하는 게 타당했으리라. 결혼생활에 들어가서야 그 결함을 발견하고 속았다고 생각하는 남자가 있는데, 자기변명을 할 필요가 없는 입장에 있는 사람이 그런 경우 어떤 행동으로 나오는가 하는 데에 대해서는 영국의 헨리 8세가 그 적합한 예를 우리들에게 보여 주었다. 우리들은 하르 농장주의 묘지가 벌써 망각에 맡겨진 이제 새삼스럽게 거기다 돌을 던지려는 것은 아니다. 그가 그 당시 야기시켰던 불안은 하나의 음울한 음모로서 우리들이 그려내려는 삶의 모습과 너무나 밀접하게 연결이 되어 있기 때문이다.

　언제인가 그 가련한 농장주는 젊은 하인에게 부인에 대한 한없는 증오를 털어놓으며 하인의 초라한 침상에다 금화를 뿌렸다. 그리곤 그것을 다시 품속에 넣으며 만약 하인이 그의 해방을 결행해 준다면 그 금화 전부가 그의 것이 되리라고 암시했다. 유혹을 받은 하인은 한때는 그 유혹의 손짓에 항거했으나 이미 평온은 깨져 버렸다. 눈을 감으면 찬연히 빛나는 금화가 꽃처럼 피어나 그를 유혹했다. 어느 일요일 오후 그 위선의 주인이 노모와 하녀를 데리고 미사에 참석해 있는 동안 하인은 주부를 지하실에서 교살하기에 이르렀다. 사망진단서를 쓸 때 그 고장 외과의는 별로 직무를 열심히 수행하지 않았던 모양으로 여하한 경우에도 타당한 심장마비라는 사인死因을 거기에다 썼다. 하르의 여주인은 엄숙한 가운데 매장되어 관 뒤에는 많은 조객들이 따랐고, 주인은 관례에 따른 애도도 귀찮은 듯 미소로써 답하며 음식을 권유했다. 그러나 묘지의 화환이 시들기도 전에 사람들 사이에는 귓속말이 오고갔다. 또한 농장주가 번번이 하녀와 함께 여기저기 음식점에 출입하는 것을 보자 인근의 소문은 더한층 심해졌다. 그들은 잠시도 떨어져 있기를 견디지 못했는데 사람들의 눈에 그것이 비친 것이다. 한 사슬에 묶인 것 같은 그 남녀가 나타나면 어떤 경우에도 침묵이 따랐으나 어느 누구도 구태여 그 고장 명망가의 열쇠를 파헤치려고는 하지 않았다.

하인은 금화를 트렁크에 넣어 물 속에 가라앉히고는 그것으로 결백한 몸이 되었다고 믿었으나 그의 범행은 짐이 너무나 무거웠다. 이제는 눈을 감아도 빛나는 금화는 나타나지가 않았고 그 대신 어느 날은 지붕 밑에서 소 고삐를 찾고 있자니까 거기 굴뚝 곁에 서 있는 농장주 부인의 모습이 보였다. 여자는 다정하게 고개를 끄덕여 보이고 이내 사라졌으나 하인은 자신의 죄가 얼마나 큰 것이었나를 깨달았다. 한두 번은 공포심을 덜어버릴 수가 있었으나 죽은 자는 그를 결코 잊어주지 않았다. 더욱이나 죽은 자는 한 번도 그에게 적의가 번뜩이는 얼굴을 보여주지는 않았으며 죽은 자의 독특한 그리운 듯한 표정으로 그에게 끄덕여 보였다. 농장주는 유령에 시달리지는 않았다. 젊은 여인의 사랑의 기교가 그를 지켜 주었기에. 마침내 그것은 바로 그날 아침의 일이었는데, 하인은 외출복으로 갈아입고 목장의 길을 가로질러 파사우행 기차를 탔다. 거기에 닿자 인 강 위에 걸린 다리를 건너 마리아 힐프산으로 올라가 거기에 있는 오래된 순례자의 성당으로 들어가 제일 앞 참회석에 꿇어앉아 어린 시절에 배운 기도문을 속삭이듯, 외우고는 교부敎父에게 자초지종을 털어놓았다. 교부는 몹시 사려 깊은 분이어서 당장에 큰 소리로 소란을 일으키지는 않고 주기도문을 몇 번 되풀이하도록 명령했다. 그러는 동안 자신도 그 사건을 골똘히 생각해 보고 성신에 부탁하여 깨우침을 받으려는 때문이었다.

이윽고 하인에게 내려진 지시는 간단한 것이었다. 어떤 죄도 용서받지 못한다는 죄는 없다. 그러나 그대의 죄는 너무나 큰 것임으로 내심을 나타내 보일 틀림없는 증거를 내보여야 한다. 후회의 고통을 피살자 자신이 일깨워 주었으니 그대는 그것을 좋은 표정으로 보아야 된다. 속죄는 아무리 괴로운 일이라도 수행해야 된다. 그대가 걸어갈 길에 대해서는 그대도 알고 있겠지만 어떤 기분으로 거기에 닿는가가 중요하다. 무거운 마음으로 공포 속에 갇혀 그 길을 가서도 안 되며 유혹자에게 모든 죄를 떠맡기면 마음이 가벼워지겠지 하는 음모를 가져서도 안 된다. 그대는 영혼을 눈떠 무슨 희생이라도 달게 받겠다는 각오로 산을 내려가 재판소로 출두해야 된다. 며칠 뒤에 오딜리오 신부가 그를 방문할 테니 그 때 가서 면죄에 대한 이야기를 하자.

하인은 그 지시에 따랐고 해가 질 무렵에는 농장주와 하녀는 연행되어 갔다. 소문은 집에서 집으로, 강에서 강으로 전해져 사람들은 그 전율과 공포의 장소로 순례자처럼 몰려들었다. 그들의 공기는 일변했다. 공포가 뒤섞인 흥분으로 남녀노소가 서둘러 산을 올랐다. 그러나 아말리에의 어머니만은 그걸 보려고도 들으려고도 하지 않았으며 지병인 두통만 견딜 수 없을 정도로 심했다. 솔씨를 짓이긴 영약도 그 날은 별무효과였다. "자네도 그렇게 마음이 언짢은가? 입을 다물고 있으니 말일세." 그녀는 내게 말했으며 그 말은 내가 동정에서도 도덕적 격분에서도 훨씬 동떨어져 있음을 깨닫게 해 주었다. 바우어 교수의 임상 강의에서 보았던 그 누런 안색의 두 남녀, 지상의 생존을 원치 않아 스스로 독이 든 인燐을 마셔 서서히 불타버렸던 그 애인들의 모습이 아직도 기억에 생생히 남아 마음을 흔든다. 나는 우수의 의미를 알았으며 그 젊은 남녀의 기분을 다소나마 이해할 수가 있었으나 하르 농장주를 몰아 범죄를 저지르게 했던 그런 충동에 대해서는 아직 나의 감정세계는 그 권외圈外였으며 또한 나의 공상력도 감히 그 사건의 핵심에 육박해 보려고는 하지 않았다. 타인의 죽음이 때로는 우리들의 삶에 대한 의지를 굳게 해주듯 우리들이 알게 된 타인의 비행은 우리들로 하여금 사려분별력을 갖게 해주는 수가 있다. 게다가 내게 필요했던 것은 바로 그런 사려분별이었다. 나는 다시금 결의를 굳게 했는데 그 결의는 실행할 수가 있는 것이었다. 우선 공부를 착실히 하자. 특히 리하르트뷔히의 동물학 교과서를 철저하게 파자. 그리고 가능하다면 뮌헨에서 착상했던 환상시幻想詩에다 엄격한 형식을 부여해 보자.

아말리에의 두 동생이 군중에 휩쓸려 모습이 보이지 않았으므로 그녀는 그들을 찾아오라는 심부름을 하게 되었다. 그녀와 나는 그 기분 나쁜 농장주의 저택을 향해 사잇길로 들어섰다. 저택 근처에서 우리들은 소년 둘을 찾아냈으나 큰 낭패였다. 맨발이었던 그들에게는 그들의 표현대로 길이 너무 울퉁불퉁해서 걸을 수가 없었던 것이다. 아픔이 발명심을 자극시켜 작은 동생은 말랑말랑한 쇠똥을 밟는 게 발이 편하다는 사실을 알아냈다. 그것이라면 근처에 얼마든지 널려 있어 타는 발바닥을 연고처럼 식혀 주었다. 그러나 큰 동생은 더욱 빈틈이 없어 동생이 권하는 쇠똥에다 모래와 먼지를 섞어 반죽을 만들어 그것을 자기와 동생의 발바닥에 발라 그걸 굳히는 것이었다. 그렇게 하면 신을 신은 것과 똑같다고 단언하면서. 아말리에는 거기까지 온 이상에는 역시 저택을 보고 싶다는 기분이 되어 동생들의 머리를 쓰다듬으면서 그들더러 거기서 기다려 달라고 했다. 우리 둘은 천천히 언덕길을 올라가며 가끔 뒤를 돌아다보았다. 동생들은 자갈더미에 단정히 걸터앉아 발을 하늘로 뻗치고는 그들의 대용代用 신발의 경도硬度를 확인하고 있었다.

마침내 우리들은 멋진 흰 건물 앞에 섰다. 이미 많은 사람들이 떼를 지어 헛간의 검은 창문을 바라보며 살인광경을 상상해 보고 있었다. 아말리에에게서는 갑자기 생기가 힘차게 솟아났다. 그렇게 조용하고 소극적인 요즘의 그녀와는 전혀 딴판인 생기가 말이다. 1층과 2층 중간쯤에 흐리스(건물의 돌림띠 밑의 띠모양의 장식)가 둘러쳐져 있었는데 그녀는 어떤 창에서 그리로 뛰어올라 그 집 측면에 있는 발쪽으로 내달린다. 오른손을 벽에 대고 왼손으로는 균형을 취하면서 그녀는 신기하듯 쳐다보는 군중을 떠나서 나는 듯 달렸던 것이다. 훨씬 뒤쪽에 있는 과수원까지 그녀는 마치 날개가 달린 동물처럼 달렸다. 순간 그녀는 나의 소꿉동무 에바, 지금은 행방조차 알 수 없는 소녀를 생각나게 했다. 그 소녀의 경쾌함에는 나는 도저히 미칠 수가 없었지만 나는 풀밭 위로 뛰어 아말리에를 뒤따르다가 그녀가 건물 모퉁이의 흐리스에서 뛰어내릴 때 양손을 벌려 그녀를 받았다. 아름답게 땋은 그녀의 갈래머리가 순간 나의 눈을 덮었으며 볼이 스쳤다. 그러나 나의 가슴에 그녀의 가슴이 느껴지기도 전에 그녀의 표정은 또다시 굳어 버렸다. 그녀는 멈칫 뒤로 물러섰다. 백발의 안노인이 곁에 서 있었던 것이다. 수건 밑으로 머리칼이 아무렇게나 삐죽 나와 있고 한쪽 팔에 장작을 안고 있었다. 아말리에는 가볍게 인사를 했으나 답례도 없이 노파는 우리 두 사람을 바라보기만 했다. 그리곤 한숨을 쉬며 뒷문을 통해 집 안으로 들어가 버렸다.

우리들은 언제까지나 망연히 서 있다가 군중을 피해 도망치듯 귀로에 올랐다. "그 노파는 그 집 어머니였어요" 하고 아말리에가 말했으나 우리들은 더 이상 그 불행에 대한 이야기는 하지 않았다. 두 동생은 여전히 자갈더미에 앉았다가 우리들을 보자 울기 시작했다. 쇠똥과 모래를 섞은 인조 신창은 아무런 소용도 없지 않은가. 아무리 여러 번 그렇게 해 보아도 부서져 버렸던 것이다. 우리들은 동생들을 업고 울퉁불퉁한 길을 지나며 여러 가지 이야기를 소년들에게 물어보았다. 평탄한 길에 오자 그들은 내려서 우리들과 나란히 걸으면서 자기들이 들었던 이야기를 우리들에게 자꾸만 들려주려고 했다. "이렇게 해서 죽인 거야." 작은 동생 쪽이 그렇게 말하며 형의 목을 조르는 시늉을 해보였다. 소년들은 이미 기분을 고치고 다시 명랑해져 갔다.

 그 다음은 바로 가까워진 여름방학 이야기를 했다. 아말리에는 잠마라이의 푸른 계곡으로 갔었던 소풍을 생각해냈다. 거기에 가면 아직 파손되지 않은 수 세기 전에 지은 봉헌 예배당을 볼 수가 있다. 그것은 거기에다 새로 세운 커다란 교회로 에워싸여 있다. 잠마라이 계곡에서 별로 멀지 않은 곳에 오르텐부르크가 있는데 가톨릭 일색인 저지 바이에른 한가운데서 신교新敎로 일관해 온 당당한 시장거리였다. 특히 일견해 볼 가치가 있는 것은 산상에 우뚝 솟아 사방을 굽어보고 있는 오르텐부르크 백작가의 성이었다. 아말리에의 큰 동생은 학교에서 배워 그 역사를 조금은 알고 있었다. 특히 1504년 늦가을에 발발했던 란츠후트 계승전의 이야기는 소년의 설명이 옳았다는 것을 뒷날 연대기가 내게 확인해 주었다. 전역戰役은 지금까지 바이에른 국토에서 있었던 전쟁 중에서 가장 피비린내 나는 잔인한 것이었으나 공부를 좋아하는 그 부지런한 학동도 그 전역의 원인에 대해서는 내게 설명하지 못했다. 어떻든 그 당당한 성곽은 그 전쟁으로 최고의 위용이 불타고 말았다. 그것도 정정당당하게 쳐들어온 적의 손에서가 아니라 도적 떼들의 손에 의해서였다. 그들은 멀리 전쟁터에서 싸우고 있던 백작가의 병사와 똑같이 가슴에다 빨간 십자가를 단 갑옷차림으로 그 성으로 왔었기에 문지기는 별다른 의심도 하지 않고 조교를 내려 그들을 입성케 했다. 성내는 이미 방화 약탈의 장소로 변했다. 그 약탈은 예상 이상의 성과를 올렸다. 지방민들은 자기들이 갖고 있던 가장 값진 보물들을 그 성에다 보관시켜 두었었다. 성은 그들에게는 가장 안전한 보관소였기 때문이다. 그들의 비행 이상으로 아말리에를 떨게 한 것은 바로 거기에 뒤따른 병졸들의 잔악한 행동이었다. 그들은 오르텐부르크 거리 전체에다 불을 질렀다. 특히 마리아 사원에서 마음껏 광포를 부렸다. 병사들은 제단에 놓였던 성모상을 박살냈으며 제복이나 기물을 전리품으로 가져가 버렸다.

아말리에는 공포에 떨며 나의 팔에 기댔다. 오랜 세월이 흐른 그 과거의 죄악이 근방에서 행해진 최근의 그 불행한 일보다 우리들에게 더욱 밀접한 관계가 있기라도 하듯. 우리들은 현재의 평화로운 세계를 축복했으며 그 생활은 흔들리는 일이 없이 영원히 꽃피워 가리라고 믿어졌다.

검은 소나무 숲 뒤로 하얀 로이젤 저택이 희미하게 나타날 때였다. 그 때 일을 끝내고 지친 듯한 발걸음으로 귀가하던 야코프가 우리들을 따라왔다. 그는 한 손에는 도끼를 들고 한 손에는 소중한 듯 담배 주머니를 들고 있었으며 그 선량한 얼굴은 무언가 중대한 일을 내게 전하려는 것처럼 보였다. 살인사건을 어떻게 생각하느냐고 내가 묻자 그는 말없이 머리를 젓다가 중얼거리듯 말했다.

"정말인지 거짓말인지 모르겠단 말이야."

그리고 그는 담배 주머니를 열었는데 그 안에는 나뭇잎이 가득 채워져 있었다. "오늘은 좀 색다른 것이 있어서." 그는 그렇게 말하며 소중한 듯 무언가 꼼지락거리는 산 물건을 내놓았다. 튼튼한 뿔을 가진 하늘소였다. 그는 그놈을 나의 소매에다 놓았다. 생각지도 않던 일이었다. 때문에 그렇게도 갖고 싶던 그 푸른 나라의 아들이 순간 나를 어리둥절하게 했을 정도였다. 나는 고맙다는 인사를 했다. 그러나 그 곤충은 야코프에게는 너무나 소중한 것이어서 그것을 그냥 내게 보였을 뿐이지 선물로 주려는 것은 아니었음을 나는 처음에는 깨닫지도 못했다. 그는 자기의 속셈을 어떻게 내게 전달해야 되는지 몰라 구원이라도 청하듯 더듬거렸다. "내 것은 네 것이지"라고 그는 짜내듯 말을 꺼냈다. "하지만 이놈이 어떤 놈인지 자네가 잘 알아두었으면 좋겠는데. 이것은 내 것이 아니라 숲의 것이라서 이놈 한 마리를 마지막으로 노이부르지 숲 전체에서 천둥벌레의 씨가 마를지도 모르거든." 나는 즉시 체념의 뜻을 밝히자 그는 안심을 하면서도 예부터 내려오는 이야기를 덧붙여 들려주었다. 하늘소를 집에 가져가는 것은 위험스럽다, 조만간 낙뢰가 있기 때문이라는 그 전설을 들려 주었고 아말리에도 그 곤충의 방면에 대해 찬성이었다. 그것은 내가 도나우 강 숲에서 잡았던 복어를 놓치고 말았을 때 짓던 그녀의 맑은 웃음소리를 생각나게 했다.

나는 그녀의 손에다가 곤충을 올려놓았다.

우리들의 귀가가 늦자 걱정스러웠던 아말리에의 어머니가 그 하녀를 시켜 마중을 보내왔다. 하얀 블라우스에다 루비색의 목걸이를 두른 그녀의 모습이 황혼의 베일에 싸여 걸어 나오자 그것은 더한층 시골서 자란 아르디느의 동생이라는 느낌이 들게 했다. 그 프랑스 여인의 특징에서 나를 가끔 당황케 했던 무언가 괴로워하는 것, 흐림, 무상을 느끼게 하는 허무감을 나는 그 하녀의 모습에서 다시 볼 수가 있었다. 거기에 비하면 아말리에가 보여 준 관용으로 빛나는 안광은 얼마나 생생한가. 예리함은 젊음에 넘치며 아직도 어린애 같은 영원에 가까이 있는 그 모습, 거기에 인생의 온갖 체험이 새겨주는 흐름이 절대로 생기지 말았으면. 여하한 경우에도 무엇을 표현해 보려는 사람이 되지 않겠다는 기묘한 소망이 그 당시 내 마음에 깃들어 있었다고 한다면 그것은 김나지움에서 들었던 플라톤의 교의敎義가 아직도 그 여운을 울리고 있었던 때문이리라. 그 교의는 완전히 이해되지는 않았지만 나는 늘 거기에 경의를 바치고 있었다. 자유분방한 영혼의 나라에 대한 동경을 우리들에게 불러일으켜 주는 손도 댈 수 없는 아름다운 것, 그것을 세속적인 방법에 의해 잡는다는 것은 청년의 가슴 속 깊이 숨은 의연함과는 동떨어진 것으로 여겨졌다. 그렇도록 아름다운 것은 통상 세계에 비쳐지기보다는 오히려 우리들의 시계에서 사라져 버리는 편이 좋다. 일찍 세상을 뜬 사람에게는 늙는다고 치욕이 면제되듯 그것을 우리들 내부에서 절대로 시들게 하기가 싫다.

야코프는 그의 소중한 생물이 위험에서 벗어나자 몹시 나긋나긋해졌다. "자, 실컷 봐 두어요" 하며 그는 곤충의 여러 가지 특성을 보여줬다. 커다란 머리, 검은 갑옷, 갈색 가지 뿔, 가느다란 촉각 따위를. 그러는 동안 해는 지고 로이젤 저택에는 램프가 밝혀지기 시작했다. 우리들은 이미 아말리에의 소유지를 걷고 있는 것이다. 그녀의 양친의 소유지인 작은 숲과 목초지를 밟았던 그 어린시절에 나는 얼마나 행복감을 느꼈던가(아말리에와 함께 집을 돌아올 때 소년 카로사는 두 사람이 밟고 가는 숲이 아말리에의 양친의 소유지임을 알고 안도감에 젖은 일이 있다), 발이 그 성스러운 지면에 닿았을 때 온갖 자책감은 그 그림자를 감추지 않았던가. 그런데 지금은 아르디느와 닮은 하녀 하나가 곁에 있다는 사실이 이다지도 미묘한 감정의 고양高揚을 방해할 수가 있을까.

드라이셀산 둘레에는 그 시각에도 구름이 동그마니 떠서 빛나고 있었다. 지상과는 아무런 관계도 없는 듯. 그것은 철색으로 모루와 비슷했으며 끝 부분은 빨갛게 타고 있었다. 나는 그 구름이 떠 있는 그 아래에서 고독한 생활을 하면서 인생이란 것을 알며 그걸 허식으로가 아니라 좀더 밝게 그려낸 저 여류 시인에게로 생각을 달렸다. 언제든 그 고장으로 그녀를 방문하겠다는 계획을 점점 마음속에서 다지면서.

드디어 하늘소는 날개를 퍼득였고 아말리에는 그것을 하늘 높이 올려주었다. 그것은 소리를 내며 밤의 어둠 속으로 사라져갔다.

구술시험

 의학부 전기시험장前期試驗場으로 나가면서 나는 다시 내 방으로 들어가 장갑을 낀 채 에메렌츠 마이어에게 몇 줄의 편지를 썼다. 나는 그 여류 시인이 아버지와 어머니 그리고 그 아들에게 그녀의 전원田園 이야기로써 즐거운 시간을 베풀어 준 것에 대해 감사하면서 이번 8월에 내게 약간의 시간을 할애해 줄 수가 없는가고 물었던 것이다. 나는 앙연한 기분이 되어 시험이 행해지는 대학으로 갔다.
 루트비히 성당 앞을 지나려니까 마침 성당에서 오토가 나왔다. 같이 시험을 치를 동료였다. 우리들은 함께 대학을 향해 걸었다. 나는 그가 성호를 긋는 것을 보고 학생단원의 나부랭이인 그 주제에 그런 신앙심이 있다는 게 이상스럽게 여겨졌으나 그 이상은 신경을 쓰지 않았다. 그러나 그는 스스로 입을 열어 그 일에 대해 내게 고백했다. 자기는 해부학을 잘 못하는데다 애석하게도 두개골에 대해서는 손도 대지 못했으므로 기도를 좀 드렸노라고.
 처음에는 그의 행동이 내게 약간 묘한 감정을 불러일으켰다. 남에게 이기기 위해서는 어떤 비상수단도 불사하는 자의 소행 같았으므로. 그러나 그의 솔직한 고백을 듣고 지고한 신에게까지 빌었는데도 그 이마에서 사라지지 않는 염려의 빛을 보자 나의 마음은 훈훈해졌다. 나는 자신을 가지라고 그를 격려하면서도 나도 생리학에 있어서는 똑같은 사정이라고 솔직히 털어놓았다. 그 과목에 대한 나의 지식은 허점투성이로 혈액과 감각기관 이상은 어림도 없어 경우에 따라서는 시험을 가을로 연기해 달라고 보이트 교수에게 부탁할지도 모른다고 했다.

  우리들은 갑자기 시험장에 서 있게 되었다. 교수들은 각기 책상을 앞에 두고 기다리고 있었고 그 반대쪽에는 질문을 당하는 학생이 한 명씩 앉아 있다. 마침 괴벨 교수의 앞자리가 비어 있어서 나는 교수의 손짓에 따라 의자에 앉았다. 나의 전기시험이 푸른 세계의 왕자(식물학계의 거장학자라는 뜻)로부터 시작된 것을 길조로 생각했다. 소문에 의하면 괴벨 교수는 언제나 단 한 가지 질문만을 내놓는데 그 대신 상세한 대답을 요구하기 때문에 이 쪽에서 상세하게 이야기하도록 내버려두고 좀처럼 중도에서 말을 가로막지 않는다고 했다. 그 분에 대한 나의 경애심은 대단한 것이어서 나는 가능하다면 카딩의 정원에 있어서의 꽃가꾸기의 기적(카로사의 어머니가 정원을 가꾸던 일을 말함)에 대해 설명을 할 수가 있었으면 싶었으나 그는 무자엽 식물에 대해 약간의 설명을 듣고 싶다고 했다. 그것은 내가 환히 아는 분야가 아니었으므로 나는 이미 그에게 시험 연기의 탄원을 하려고 했다. 그 때였다. 나는 약간 방향은 달랐지만 일반적인 사항으로의 비약이 가능하게 생각되었다. 말하자면 잎의 구조 문제로 문제를 슬쩍 바꿨던 것이다. 그리곤 그 문제에 단단한 육지처럼 달라붙었다. 게다가 그 문제가 괴벨이 좋아하는 분야라는 사실을 알고 있었다. 잎의 성장이 엽맥의 분기와 어떤 관계가 있는가, 어떤 경로로 평행 엽맥이 망상 엽맥이 되어 가는가.

그것들에 대해 나는 의학도로서의 필요한 지식 이상의 것을 늘어놓을 수가 있었다. 그리고 시험관은 나의 말에 호의를 갖고 경청해 주었다. "군의 말은 옳아. 물론 내가 군에게 물은 것은 다른 것이었지만." 마지막으로 그는 그렇게 말하고는 나를 통과시켜 주었다. 한 단계 극복된 셈이었다. 해부학에서는 좀더 잘 되어갔다. 거기서는 잎의 구조와 같은 자신 있는 테마에 이르기 위해 도약은 필요치 않았다. 류케르트 교수 대신으로 시문試問에 나온 노 쿠퍼 교수는 큰 기관器管에 대해서는 묻지 않고 극히 단순한 것을 내게 서술토록 했다. 동물의 신체 표면이나 구멍을 덮고 있는 얇으면서도 중요한 조직인 상피上皮에 대해서였다. 그것이야말로 바로 나의 자신 있는 분야였다. 생명체를 만들어 내는 가장 작은 건축 재료인 그 분야에 대한 연구를 통해 친해지기 힘든 의학연구에 대한 힘들다는 느낌을 극복할 수가 있지 않았던가. 거기에는 가장 장대한 건축술의 기초라고 말할 수 있는 미세한 구성물이 있다. 우리들은 스스로 영원한 어머니의 가장 신비스런 공장의 제자가 되었는데 그 일은 우리들에게 은밀히 행하는 의식의 침입자가 갖는 침착함을 주며 여하한 직업을 택하던 이익을 가져오게 해준다. 쿠퍼 교수는 다시 손목뼈의 설명을 요구했으며 거기에 대한 설명도 끝나자 그는 생각에 잠겨 서류를 주시했다. "달리 묻고 싶은 게 있는데…." 그는 중얼거렸으나 그 마음은 멀고 먼 들판을 헤매고 있음에 틀림이 없으리라. 유명한 교수는 너무나 늙었다. 그의 몸 속에서 벌써 뼈가 삐걱거리고 있다고 버릇없는 학생들은 말했었다. 그는 내게 물어보고 싶었던 것을 아무리 생각해 보려 해도 머리에 떠오르지 않는 것이다. 그는 멍청히 미소를 띠우며 이제는 됐다고 신호를 했고, 나는 거기를 떠났다.

불안한 심정으로 나는 레오 그레츠 교수에게 다가갔다. 병환중인

롬벨 교수를 대신해서 시문의 역을 맡은 물리학자였다. 전기계電氣
界에서의 전지자全知者라는 명성에 싸인 체구 당당하고 침착한 그
사람을 본 것은 처음이었다. 그가 나를 본 것도 처음이겠지만. 그
러나 그의 모습에는 전광뇌성電光雷聲 같은 것은 아무것도 없었다.
그는 회중시계를 들여다보며 말했다. "너무 자네를 괴롭히지 않겠
네." 그는 이어 증기기관의 구조에 대해 물었다. 그런데 순간적인
오해 때문에 그 시문은 독특한 음조를 띠게 되었다. 침착하지 못하
고 서둘렀던 서기가 명부를 작성할 때, 나의 이름 앞에다 'VON'이
라는 글씨를 붙였을 뿐더러 나의 이름자 중에서 r자를 n자로 바꾸
어 넣었던 것이다. 그러니 나는 카놋사라는 귀족이 되고 만 셈이다
(이름 앞에 VON을 붙이면 귀족을 뜻하게 됨). 나는 그 영향이 과히 나
쁘지 않았음을 알았고 거기에다 대학자에게 그런 잘못을 지적한다
는 것은 버릇없는 짓이라고 생각되었다. 독일인에게 있어서 가장
고통스러운 추억인 하인리히 4세의 속죄행이 교수의 마음에는 나에
대한 반감을 발전시키지 않았다는 것을 알자, 나는 태연하게 '폰
카놋사' 라는 이름을 그대로 받아들였던 것이다(교황이 하인리히 4세
를 파문하자 왕은 북이탈리아의 카놋사에서 교황에게 사죄하고 겨우 용서
를 받았던 고사를 말함).
　나는 프로메티우스가 서술한 저서에서 증기기관이란 표제하에 쓰
여진 것을 그대로 복창했고 교수는 만족의 뜻을 표명했다. 교수는
친절하게 시문을 끝내주었는데 아마도 호의에 찬 그분의 기질 때문
이었으리라. 나의 대답이 그렇도록 경탄할 값어치가 있을 턱이 없
었기에. 그렇지 않으면 귀족의 이름이 작용을 한 것일까.
　네 번째의 시문이 시작되게 되었다. 생리학 시험이었다. 나는 자
신도 모르게 은발의 칼 폰 보이트 교수의 푸르고 엄격한 프리드리
히 대왕 같은 안광 앞에서 고개를 수이고 말았다. 그분이 꿰뚫어

보지 못하는 어떤 유기체의 생명현상은 없다. 그렇기 때문에 질문을 받기도 전에 우리들은 조사되고 평가를 받게 된 기분을 느낄 수밖에 없다. 그러나 눈에 보이지 않는 정신계에까지는 그의 인식능력은 미치지 못해서 내가 그가 전공하는 분야에 대해서 몇 가지 밖에 해치울 수 없었다는 사실에 대해서는 그는 간파하지 못한 것 같았다. 그랬더라면 그는 처음부터 내게 앉으라는 지시도 하지 않았을 게 아닌가. 참석을 허락받고도 나의 좋은 성질은 정직하게 털어놓을 작정이었다. 생리학 시험을 지금 급제하느냐 10월에 하느냐는 내게는 별로 중요하지는 않았으니까. 그러나 나의 나쁜 영혼이 더욱 우세해서 그것은 중요하다고 내게 속삭여 주면서 별로 바람직하지 못한 수단을 택하도록 강요했다. 말하자면 일종의 술수術數를 행하게 한 것이다. 나는 나의 의지력을 '혈액'이란 단어에 집중하여 '그 제목으로 하도록 해야 한다!'라고 그 존경할 노 대가의 영혼에다 주문을 외웠다. 보이트는 나를 다시 한 번 주시했는데 이번에는 나는 그의 시선을 견뎌 낼 수가 있었다. 나는 혈액, 혈액에 온 정신을 집중했다. "군은 무엇을 알고 있는가……." 거기서 질문이 끊겼다. 그 노 스승의 사념도 잠깐 밖으로 나가고 말았던 것이다. 그는 창 밖에서 아름다운 소리를 내는 분수에 눈을 주며 젊은 가톨릭 승려들의 찬미가 울려오는 건너편에 있는 게오르크 아니눔 신학교의 건물을 바라보았다. 그러던 노 교수가 갑자기 화라도 낸 듯한 음성으로 내게 질문을 퍼부었다. "그렇다면 혈액이란 무엇인가? 혈액의 조직에 대해 말해보라!" 시험이 끝난 학생들이나 아직 차례를 기다리고 있는 학생들이 넓은 방에 그대로 남아 방청하는 것은 관계 없는데, 그들은 도박대를 둘러싸고 구경하는 사람들처럼 거기서 호기심을 만족시키는 것이었다. 나는 안심하고 주위를 둘러보았다. 거기에는 그의 신심 높은 기도가 틀림없이 효험을 본 학생단원의 모습이 보였다. 그는 의기양양하게 머리를 쳐들고 내게 회심의 미소를 던져 주었다. 나는 구술을 시작했다. 그러나 우리가 정상적인 수단으로 어떤 일을 행할 때 얻어진 순수한 기쁨은 느낄 수가 없었다. 뿐만이 아니었다. 그 비행에 대한 징벌이 당장에 내려지고 말았다.

 절대로 자신이 있었던 화학은 제일 뒤로 남겨두어 일종의 맛좋은 미식처럼 즐기려 했었다. 그러나 동물학 교수 헤르트뷔히 쪽이 막혀 있었으므로 나는 역시 존경하는 바이엘 교수 쪽을 먼저 하기로 했다. 나는 그의 강의를 한 번도 빠진 적이 없었으며 교수 쪽도 나에게 보내는 답례로 나를 기억하고 있음을 나타내 주었다. 그런데 내 귀에는 이미 첫 질문이 이상스럽게 울렸다. 그런 질문을 몇 번이나 들었으나 그것들은 지엽적인 것으로 생각되던 것이었다. 내가 대답하게 된 것은 한두 개의 가리염의 화학방정식이었다. 나는 그걸 외울 수가 없었다. 아마 외워보려고 한 적도 없었으리라. 그래서 그 물질의 형상과 특질을 상세하게 서술함으로써 직접적인 답에 대신하고자 했는데 그것에 동의를 얻었고 교수는 귀를 기울여 주었다. 다만 보충하는 뜻에서 교수는 마지막으로 화학식을 듣고 싶어 했고 내가 대답을 못하자 그는 딱하다는 듯 잠시 질문을 단념하고는 서둘지 말고 침착하라고 충고하면서 최소한도만으로 만족하겠다고 약속했다. 잠시 후 나는 탄탄대로에 나섰다. 바이엘 교수는 황산黃酸에 대해 물었던 것이다. 그 액체에 대해서는 나는 충분할 정도로 알고 있었다. 소량을 뚜껑 없는 컵에 넣어 공기 중에 놓아두면 황산은 조금도 증발하지 않고 늘어간다. 공기 중에서 수분을 흡수한 것이다. 작은 나뭇조각을 거기다 담그면 불에 쬔 것 같은 변화를 해 탄소만이 남게 된다. "좋아 그대로야!" 바이엘 교수는 고개를 끄덕이며 이미 평점을 기입하기 위해 연필을 집어 들었다. 유종의 미를 거두기 위해 두세 가지 화합물의 화학방정식을 말해 보라면서. 나는 또다시 언어가 통하지 않는 나라에 발을 내디딘 기분이었다. 나의 곤궁한 가슴에 잊을 수 없었던 강의실의 광경이 떠올랐다. 거기에는 연금술을 생각나게 할 정도로 가끔 자욱한 연기가 끼었으며 불꽃이 튀기는 소리, 폭발소리가 들리지 않았던가. 또 녹색 진홍색의 불꽃이 타오르지 않았던가. 나는 거기에서 몇 번이나 마술사 대백부를 생각했었다. 그러나 그가 죽기 조금 전에 농담조로 주문呪文도 알고 있어야 된다고 말하던 그 말이 냉혹한 현실이 되어 내게 요구를 하고 있다. 지금 내게 부족한 마법의 주문, 그것은 화학기호의 조합에서 이루어진 화학방정식이다. 내가 경솔했던 점은 그 다채로운 변화의 매력에 현혹되어 방정식 쪽을 조금도 거들떠보지 않은 점이다. 나날이 마법의 연회를 보고 좋아하기만 하면서.

시문관의 동정어린 시선이 내게 멈추어졌다. 나태함만이 아닌 무언가 노둔함을 내게서 느끼고 있었는지도 모른다. 나는 나 때문에 교수가 시간 낭비하는 것을 딱하게 느끼기 시작해서 서둘러 마음을 정하고 원래는 생리학 교수에게 하려고 생각했던 소청을 바이엘 교수에게 하지 않을 수가 없었다. 제발 가을에 여기에 출두할 것을 허락해 달라……. 그 소청을 교수는 머리를 끄덕이며 '불가'라고 평점에 기입했다. 나는 다른 학생에게 자리를 양보하고 잠시 방청석에 앉았다. 교실에서 한 번도 보지 못했던 어떤 학생이 나의 뒤를 이어 그에게 요구된 화학식을 줄줄 외우는 것을 보자 장차도 이런 화학적 상징에 대한 기억을 해내지 못하리라는 일종의 능력적 결함을 나는 느끼지 않을 수가 없었다. 무겁게 가라앉은 마음으로 나는 동물학 교수의 책상 앞으로 걸음을 옮겼다.

교수는 즉각 질문을 시작했으며 질문이 오징어의 눈에 이르자 나의 자신감은 다시 소생했다. 나는 리하르트 헤르트뷔히 교수를 실망시키지 않으리라는 것은 알고 있었다. 대개는 그의 탁월한 강의의 덕택이었다. 그는 목소리를 높이지 않고도 수강생의 가슴에다 요점을 새겨주어 그것을 절대로 잊지 않도록 하는 요령을 알고 있었다. 시험장에서 그가 질문하는 방식도 성실한 연장자가 연하의 동배의 능력을 시험하려는 것보다는 일종의 강의의 연속이었다. 오징어의 눈은 주지하다시피 이 지상에 존재하는 최고의 시각기관으로 이 동물의 발 사이에 있다. 그 구조는 인간의 그것과 너무 흡사하다. 나는 기를 써서 서술했으며 그것은 교수를 만족시킨 것 같았다. 마지막으로 그는 실제로 살아 있는 큰 오징어를 본 적이 있었느냐고 질문했다. 그런 일이 없었다고 내가 대답하자 군은 에시아나 나폴리의 수족관에 가보면 놀랄 것이라고 예언하듯 말했다.

그 반나절에 걸쳐서 쳤던 시험이 왜 그렇게 나의 기억에 선명하게 남았는가 하는 점에 대해서는 관념에서 경험에로라는 '기정의 길'을 통과해 온 의사들만이 이해할 수가 있을 것이다. 우리들은 그 여섯 분의 교수 앞에서는 손에 들고 있는 그림책의 내용을 질문받는 어린이에 지나지 않았다. 그 그림책 속에서는 세계는 아직도 창조자의 의도대로 존재하며 활동한다. 그것은 건강하여 화음和音으로 가득차 있어서 우리들은 다만 세계를 그런 것으로 탐구하며 배운다. 그 세계에서는 이탈이라든가 변종이라든가 질병의 영역은 아직 엄밀하게 구분이 되어 있지 않다. 그러나 우리들은 그런 이탈의 세계에 가까이 가게 되어 거기에 길들지 않으면 안 된다. 만약에 영원히 옷감을 짜는 사람들이 정신을 잃고 피곤에 지쳐 직물을 멋대로 짜간다면 거기에 무엇이 생겨날까. 그리고 그렇도록 신묘하게 형성된 상피가 불규칙하게 생장하여 삶의 명석한 형식을 그르치게 비대하게 된다면 그 결과가 어떻게 될까. 그런 것에 대해서는 우리들은 그 시험이 끝날 때까지는 알 필요가 없었다.
 순수한 과학이 갖는 냉철과 깨끗하고 맑은 고산의 공기, 유효성을 목표로 하지 않는 창조에 대한 관조, 그런 것에 대해 리하르트 폰 헤르트뷔히 교수만큼 강렬하게 느끼게 해주는 사람은 일찍이 없었다. 때문에 온 생애를 동물계의 탐구에 몸바쳐 온 그 사람이 궁극의 신비적인 일에 대해서만 이야기하는 많은 작가보다도 더욱 정신적인 면모를 띠웠던 것이다. 물론 그런 탐구가들의 세계는 한정된 것이다. 그 반면 그들에게는 아무런 궁금한 점도, 속임수도, 하찮은 명성에 대한 욕망도 없으며 시험해 보지 않고 들어가는 일도 없다. 무엇이든 실험이 행해져야 한다. 나는 그것을 알게 되었으며 차츰 화학적 상형문자의 습득이 가능해지리라는 사실을 믿어 의심치 않았다.
 오징어의 눈과 인간의 눈이 유사하다는 사실에 대해 나는 지나치게 강조했던 것 같았으나 헤르트뷔히는 나의 구술이 끝나자 양자간에 존재하는 진실로 다른 점에 대해 지적해야 한다고 했다. 그는 오징어의 눈에는 망막이 없다는 점과 수정체는 전면이 해수에 씻기게 되어 탄성이 없으며 형체 변화의 능력이 없다는 점을 설명했다. 그리하여 인간의 눈이 갖는 존엄성이 재확인되었으며 그 동물의 감각기관에서 남은 것은 일체의 발전 가능성이 없는 모조의 수정체라는 사실만이었다. 그 반면 인간의 시각기관에는 영혼의 빛과 태양빛이 서로 조화되어 북방의 영시자靈視者가 말했듯(누구를 지칭하는 말인지 확실치 않으나 스베텐보르크를 가리키는 것 같다) 천사까지도 지상의 것을 보려고 하면 그 감각기관에 의지하지 않을 수가 없다.

방학

1878년 7월에 여름방학이 시작되었을 때 도나우 강변의 옛집은 내게는 그렇게 즐거운 체류지가 되지는 못했다. 내가 폰 바이엘 교수의 시험에 급제하지 못했다는 사실을 부모는 참아주기는 했다. 내가 그렇게도 감격해서 부모에게 이야기했던 그 강의가 아니었던가. 물론 그 시험은 가을로 늦추어지게 되었느니 나는 공부를 중단하지 않아도 된다. 아버지는 아르놀트가 쓴 화학개요를 주문해 주면서 화학방정식 공부를 즉시 시작하라고 충고했고, 나는 그 충고를 받아들여 아버지를 안심시켜 드렸으며 오버른도루프로의 순례여행에도 그 책을 갖고 가겠노라고 약속했다.

도보여행 그 자체에 대해서는 아버지도 찬성이었다. 뿐만 아니라 아버지는 내게 부탁을 한 가지 하기도 했다. 내가 가려는 길에서 조금 비켜 있는 칼텐에크 근처에 아버지에게서 치료를 받았던 여자 환자가 한 명 살고 있었다. 카티 슈타르저라는 아가씨는 어느 농군의 딸이었는데 그녀의 회복 여하에 대해 아버지는 지대한 관심을 갖고 있었다. 그녀의 용태를 아버지는 심각하게 생각은 했으나 그렇게 절망적으로는 보시지 않았다. 부친은 세 차례나 그 환자를 진찰했었으나 환자가 그 후 모습을 나타내지 않아 부친은 궁금히 여겼던 것이다. 부친의 부탁이란 그 환자의 용태는 어떤가, 부친의 처방을 따르고 있는가, 그렇지 않으면 다른 의사의 손으로 옮겨졌는지 그 점을 슬쩍 알아 오라는 것이었다. 만일 사정이 허락하면 직접 환자를 만나보고 치료를 열심히 계속하도록 그녀의 마음을 북돋아 주라면서. 그 모두를 나는 부친에게 약속했다. 이제 남은 것은 여류 시인의 회답을 기다릴 뿐이었으나 그것은 좀처럼 오지 않았다.

내가 집에 도착하기 바로 전날 약간 슬픈 사건이 일어났다. 부모는 그해 겨울을 지낼 집을 찾으려고 파사우에 가시고 소작인들이 보리를 베고 있는 사이에 어떤 우둔한 젊은이가 우리의 집지킴이를 쳐 죽였던 것이다(집을 지켜준다고 믿어지던 뱀. 그것을 죽이면 재앙이 온다고 전해짐). 뱀은 언제나처럼 작은 출입문 근처에 있는 구멍에서 밖으로 빠져나왔다. 그리고 뜰을 가로지르고 있을 때 그 바보가 온 것이었다. 뱀의 불행은 그 때가 마침 풀을 깎았을 때였다는 점이었다. 그 때문에 뱀은 도주술逃走術을 쓸 수가 없었다. 별로 나타나지 않던 벌목계장 야코프 종형이 찾아와서는 우리들을 위로해 주려고 이런 주장을 했다. 그런 소행이 집에 재난을 가져온다는 것은 그것이 집안사람에 의해서 행해졌을 때 한한다. 이번 경우는 재난은 당자인 하수인에게만 오는 거라며.

이야기를 하는 동안 종형은 우리들보다 훨씬 전부터 그 뱀과 낯익었던 사이였음이 밝혀졌다. 게다가 그는 뱀이 살고 있던 곳까지 알고 있었다. 그것은 그의 땅과 우리 땅 경계지점에 있었다. 제젠바하로 연결되는 철교 근처였다. 오리나무와 갈매나무가 어울려 물결에 씻기면서 뿌리가 망처럼 뒤엉킨 곳에 가끔 그 뱀의 껍질이 보였으며 바로 그 뒤 강가에는 바위틈 사이로 깊은 굴이 있는데 그곳이 뱀의 은거지였다. 말하자면 그 뱀은 우리 일가의 삼림입구를 지키고 있었다고도 생각할 수가 있다. 그 물가에 진귀한 식물이 자라 넓고 두터운 잎을 물 위에 띄우면 그 미끈미끈하고 푸른 잎표면을 그 뱀은 곧잘 자신의 휴식처로 삼곤 했었다. 봄날 따뜻한 일광이 비칠 때라든가 동면 끝의 쇠약한 몸을 쉴 때가 그러했었다. 분만시기가 되면 뱀은 물결에 몸을 실어 선로의 제방 아래를 헤엄쳐 우리 집 앞 강가로 올라왔었다. 모친은 이번 일에 공물을 바치는 게 좋다고 생각했으므로 우리들은 검은 끼가 도는 푸른 몸에다 노란 관을 쓴 뱀을 남쪽 담곁에 매장하고 그 해에 주조한 은화 한 개를 거기에 함께 묻어 주었다.

그 무참한 소행에 대한 슬픔과 분노가 아직 잊혀지지 않고 있는 때, 이번에는 비스마르크의 서거 소식이 우리들의 조용한 여름을 놀라게 했다. 아버지는 말없이 자신의 방으로 모습을 감추었으며 어머니는 위험이 다가온다고 생각하고 슈테파니가 옆에 없을 때면 그 이야기를 했다. 동생이라면 어머니처럼 무슨 일이나 중대하게 생각하기 때문이었다. 만약 그 날 밤 분쟁이라든가 전쟁이라는 말이 나왔다면 적은 이미 국경에 다다랐다고 생각해 버리고 그녀는 잠도 자지 못했으리라. 어머니의 마음 속에는 그 강렬했던 프러시아의 정치가를 찬탄하는 것과 바이에른의 비텔스바하 왕가에 대한 어머니의 충성심과 잘 조화가 되었다. 그러면서도 원래 어머니에게는 인간적인 감정이 정치가로서의 업적보다 언제나 훨씬 가슴에 호소해주는 것이었다. 정치가로서의 비스마르크를 찬탄하는 것은 아버지의 영역이었다. 어머니의 기억에는 어떤 삽화 같은 것이 되살아났었다.

오늘날이라면 아마도 그런 것에 마음 쓰는 사람이 거의 없겠지만 몽상가 루트비히 왕이 이미 바른 길을 벗어나 나라를 거의 번제 불능한 빚더미에 올려놓았을 때 근친들은 대신들과 의논하여 그 병든 군주를 후견인의 감독하에 두기로 결정하지 않을 수가 없게 되었다. 왕의 긍지는 그걸 견딜 수 없어 분격과 긍지로써 조언자를 찾아 헤매었다. 그분의 인척 중에는 황제나 다른 나라의 국왕들도 많았으나 그런 궁핍한 시기에 그가 뛰어갈 수 있는 사람은 하나도 없었다. 그가 구원자로 희망을 걸고 찾아간 사람은 노 재상 비스마르크뿐이었다. 노 재상은 우선 왕의 마음을 달래줄 수가 있었으며, 왕으로 하여금 호반이나 산중에 있는 은거지를 떠나 수도로 돌아가 국민 앞에 나타나서 의회를 소집하라고 권했었다. 이 위대한 노인에 대한 루트비히 왕의 신뢰감은 아이들이 갖는 그런 것이었으며, 어머니는 그것을 아직도 눈물로써 기억 속에 불러내 보았던 것이다. 어머니의 아름답고도 명석한 화술은 아버지도 감동시켰다. 그러나 나는 두 분의 비통한 기분을 함께 나누기는 했으나 나와는 끊을 수 없는 연고가 있었던 그 동물의 살해자에 대한 울분이 비스마르크 서거에 대한 여운보다 훨씬 강렬했다.

나는 방에 틀어박혀 서정시도 아니고 그렇다고 서사시도 아닌 뒤죽박죽의 시구로 나의 격동된 마음을 표현했다. 거기에는 여름날 아침을 묘사한 대목이 많았다. 높은 철둑길, 봄눈처럼 찬란하게 핀 싸리 꽃, 빨간 기와지붕을 이은 선로지기의 오두막, 온갖 꽃이 어울려 핀 목장, 그 모든 것이 리온크론의 시를 모방하듯 선명하게 그려졌다. 그러나 그런 따뜻한 풍경 속에도 살풍경한 현실 폭로도 보였다.

열아홉의 젊은이가 쓴 글이라면 그런 대로 용서를 할만도 했으나 인생을 관조하는 성숙한 삶은 거기서 뒤로 주춤 물러서지 않을 수 없는 그런 음험한 장면이었다. 집지킴이 뱀은 직접적으로 언급되지 않았지만 뱀의 적은 그 노 재상의 적으로 취급되었고, 세계 전쟁에 대한 예감이 전체를 어둡게 하다가 마침내는 지나치게 고통스러운 것으로 끝나버렸다.

나는 그 글을 아버지에게 보이며 발표할 예정이노라고 공언했다. 아버지는 그 역작을 읽고 또 읽었으나 한 마디 말도 없이 정원으로 나가버리셨다. 오후가 되어 이제는 아버지에게서 비평을 듣기는 글렀다고 생각했을 때에야 아버지는 비로소 비스마르크에 대한 이야기를 시작하면서 지나가는 듯한 말로 비스마르크가 의회에서 행한 연설집을 연구해 보라고 충고했다. 힘차고 절도 있는 독일어를 알게 되리라면서. 재상은 젊은 시절에 쓸데없이 셰익스피어에 탐닉된 것이 아니다. 그는 단순한 힘의 아들이 아니라 형식의 거장이기도 하다. 격분의 순간에도 자제력을 찾았으며 현대 작가들처럼 쓸데없는 찬탄만을 늘어놓지는 않았다. 너는 유감스럽게도 그런 현 작가들에게 매료된 듯싶구나. 그 질책이 바로 나의 시에 대한 비평이 아니고 무엇인가. 나는 깜짝 놀라며 역시 그 작품은 발표하지 않는 게 좋겠다고 말씀드렸더니 아버지는 껄껄거리고 웃으셨다. "이런 글을 실을 신문이라면 지금부터 창간해야 될걸." 거기서 아버지는 책상으로 다가가서 환자 명부에다 뭔가를 기입하고는 다시 나를 되돌아보았다. "자, 그러면 가성칼리의 화학방정식은 어떤가?" 그런 식으로 나의 화학시험 실패에 대한 기억을 되살리려 하는 것은 마치 몽유병자에게 소리를 치는 식이었다. 다행히 KOH는 내가 아는 몇 가지 안 되는 화학식 중의 하나였으나 그 말은 그만 물어달라고 나는 아버지에게 애원했다.

책상 위에는 화학개요가 놓여 있었는데 이틀 전에 배달된 것으로 나의 실패의 반복을 지켜줄 사명을 띤 책이었다. 아버지는 책을 열었다가 다시 닫고는 내게 손칼을 내밀었다. 나는 무슨 뜻인지 모르고 나도 칼을 갖고 있다고 대답했다. "정말이냐? 그렇다면 이 책의

페이지를 하나하나 자르는 게 좋을 텐데." 나는 당황해서 아버지의
충고를 따랐고 그 일은 거의 반 시간이나 걸렸다. 그것으로 그날
분의 일은 다 했다고 믿고 그 책장들을 내 방으로 옮긴 다음 수영
복을 꺼내들고 도나우 강으로 갔다. 하지만 도중에서 야코프를 만
나 그를 따라 여관으로 갔다. 거기에는 삼림 감독관과 몇 명의 농
부들이 모여 있었다.

　그 때만 해도 시골에서는 운동 같은 것은 거의 없을 때여서 수영
을 잘 한다는 것까지도 놀랄만한 일이었다. 내가 맥주잔을 앞에 두
고 헤엄을 쳐서 강 건너까지 건너갔다가 되돌아올 수가 있다고 장
담을 하자 그 말은 순식간에 좌중으로부터 분격을 샀다. 사람들은
무엇보다 수류의 힘과 암초의 위험을 지적했다. 나는 일어나서 수
영복을 집어 들고 인사도 가볍게 하고 식탁을 떴다.

　아말리에는 문 곁에 서 있다가 참말로 수영을 할 작정이냐고 물
으며 머리를 흔들었다. 야코프는 나를 뒤따라 오며 말했다. 나를
만류하지는 않겠다, 진짜 바이에른 남자라면 물러서는 일은 없다,
그러나 친구지간이니 조그마한 배를 타고 뒤따르다 숨이 넘어가면
달려갈 작정이다, 그는 그렇게 말했다. 도나우 강은 당시는 아직
제방공사가 되지 않은 때여서 수세가 대단했다. 훨씬 아래쪽으로
떠내려가기는 했지만 바위를 피하면서 무사히 강을 건넜다. 그러나
되돌아올 때는 종형의 충고에 따라 훨씬 상류 쪽으로 걸어가 수풀
속에서 종형을 기다렸다. 그는 땀을 뻘뻘 흘리며 배를 저어오고 있
었다. 바로 곁으로는 샛강이 거품을 일으키며 도나우 강으로 흘러
들어오고 있었고 그 샛강을 따라서 자갈투성이의 오솔길이 나 있
다. 이정표에는 '오터스키르헨을 지나 에베르스베르크와 티틀링을
이르는 길'이라고 써 있었다. 그렇다면 이곳이 조그마한 마을을 본
거지로 사람들의 마음을 매혹하는, 그 여류 시인에게로 도보여행을

떠날 그 출발지점이구나. 나는 그녀에게서 무엇을 얻으려는 것인지. 그걸 느끼고는 있었지만 확실히 말할 수는 없었다. 아마도 순수한 자연 그것에 의해 길러진 한 인간과 접촉하고 싶었으리라. 그리고 학교나 도시, 모든 지식으로부터 멀리 떨어져서 삶의 기쁨과 빛을 분출하는 사람, 숲의 여인을 만난다면 확고한 자기로 돌아갈 수가 있으리라고 믿었으리라.

출발점으로 되돌아 헤엄쳐 올 때 종형이 곁에 붙어 있어 준 것은 무엇보다 마음 든든했다. 수류와의 싸움으로 숨이 몹시 가빠 당장에라도 보트를 붙들고 싶었으나 갑자기 오기가 활력을 불어넣어 주었다. 나의 후견인이 소리를 친 것이다. 강가에는 많은 사람들이 서서 구경을 한다, 특히 테라스에 많이 모여서 귀추를 지켜보고 있다라고. 그렇다면 벌써 소문이 쫙 퍼진 것이다. 내가 태평스럽게 배로 상륙할 때 나를 맞아줄 조소가 귀에 들리는 듯했다. 나는 온 힘을 한군데 집중하려고 애를 썼다. 숨을 좀 돌리려고 약간 하류로 몸을 내맡긴 채 악명 높은 암초 하나를 목표로 헤엄쳐 갔다. 그곳은 별로 급류가 아니었다. 나는 쉽게 그 바위 위에 손발을 뻗고 아무렇지도 않은 듯 태연을 가장했다. 행복한 순간이었다. 발가숭이 사지는 물결에 싸인 바위에서 안식을 얻었으며 고향의 강 언덕은 타향처럼 나를 바라본다. 호기심 많은 사람들은 바보 같은 얼굴로 나를 바라보고 있다. 그들에게는 나는 지금 창공 높이 달리고 있는 맹수처럼 손이 닿지 않는 존재이다. 원하기만 한다면 나는 당장에라도 그들에게로 돌아갈 수가 있지만 그러기가 싫었다. 그들 속에 있으면 나는 한 사람의 젊은 괴짜에 지나지 않는다. 그러나 이곳 햇빛이 쪼이는 단란한 섬에서는 자유롭고 힘찬 영혼이다. 몇 사람들은 벌써 되돌아가기 시작했다. 지친 모습으로 상륙할 내 모습을 보고 싶다는 희망을 포기하고. 그 때 멀리 어머니가 누이와 팔쌍을 끼고 강을 향해 걸어오는 게 보였다. 동생은 무언가 근심스럽다는 듯 어머니에게 이야기를 하고 있는 모습이었다. 나는 물로 뛰어들어 그 두 사람과 거의 같은 순간에 강 언덕에 닿았다.

그날 밤 아버지는 또다시 《고난을 넘어선 잇타》를 꺼내들고 그 여류 시인의 힘차면서도 토속적인 시어詩語를 칭찬했다. 그러나 나는 유감스럽게도 너무나 민감해져서 칭찬을 나에 대한 힐책으로 받아들였으며 그 여류 시인에게서 답장이 오지 않은 것을 이중의 굴욕으로 느꼈다. 그녀는 틀림없이 답장조차 보낼 값어치가 없는 사람으로 나를 취급했으리라. 나는 통분스러운 결의로 억지로 생각을 돌이키려고 하면서 학과공부, 특히 화학에 전념하리라 생각했다. 그러나 막상 방에 처박혀 화학개요를 펴놓고 몇 가지 수식數式을 되새기려니 기분이 돌변했다. 미지의 세계로부터 오는 반향을 구하려는 동경이 더욱 세차진 것이다. 나는 써놓은 시들을 정리해서 '채집자'라는 잡지사로 보냈다. 그 잡지는 오래 전부터 아버지가 구독하고 있는 아우구스부르크 석간신문의 부록이었다.

그로부터 며칠 후인 아침 차 마실 시간에 신문을 들고 있는 아버지의 놀라움은 너무나 큰 것이었다. 거기에는 거의 한 페이지에 걸쳐 나의 시가 게재되어 있었던 것이다. 부친과 나의 역할은 뒤바뀌었다. 나는 내 작품이 거의 무가치하다는 것을 느끼지 않을 수가 없었는데 아버지는 활자가 주는 마력에 굴복해 버렸기 때문이다. 아버지는 몇 가지 표현이 썩 좋았으며 전편에서 무언가 특수하면서도 세찬 체험이 담겨져 있다고 확인했다. 그래도 나는 개가를 올리며 승리를 뽐낼 기분이 아니어서 그 하찮은 작품을 형편없이 비판했으므로 아버지는 오히려 변호를 시작했을 정도였다. 나는 그 때부터 화학방정식만을 외우려 했고 가끔 비스마르크의 연설집을 꺼내 읽으며 경탄에 잠기곤 했다.

아버지가 새 시대의 시인들의 가치를 부정할 때마다 그것이 나의
마음을 그렇게 언짢게 할 까닭도 없었다. 그리고 만약 아버지가 스
트린트베르크나 니체나 데멜이나 몽베르트를 칭찬했다면 그 편이
오히려 내게는 이상했으리라. 나이가 많은 사람이 평시와 다르지
않은 태도로 젊은이에게 공경의 마음을 일으키게 하지 못하고 갑자
기 젊은이에게 굴복하기 시작한다면 그것은 늙었다는 느낌을 주게
되기 때문이다.
　여러 가지 진지한 사건의 여운 밑에서 가족들은 일체감을 더욱
강하게 느꼈고 이사를 하게 된다는 것으로 미래에 대한 기대감도
또한 높아졌다. 아버지를 믿고 찾아오는 환자수는 여전했으나 오래
전부터 동료로부터 오는 시인是認의 소리는 끊겨져 버렸다. 그 유명
한 투베르쿨린 요법은 별로 효과를 올리지 못했으나 다른 여러 가
지 병에 있어서는 병역 요법의 개가가 세상의 눈앞에 제시되었다.
따라서 폐환전문의들이 환자의 치료를 새로이 조제한 어떤 혈청으
로부터 기대한 것은 당연한 귀결이었다. 그런데 아버지는 위대한
로버트 코흐(미생물 배양에 성공한 독일의 세균학자)에 대한 경의에도
불구하고 다른 수단이 가능하다고 생각했던 것이다. 한편 일부의
의사들은 의약을 부정하면서 니힐니스트로 자처함으로써 스스로를
위대하다고 생각했다. 그리하여 아버지의 노력은 무관심이라는 보
상만을 받았을 뿐이었으며 그것이 그 고독한 사람의 마음에 상처를
입히기 시작했다. 아버지는 대도시에 있는 동업자들과 개인적으로
친교를 맺어 그가 아는 방법의 이점을 그들에게 확인시키고 싶어
했었는데.
　당연한 일이지만 미지의 세계는 나의 시에 대해 별다른 반응을
보여주지 않았다. 그러나 의외의 방향에서 그것이 와서 나를 놀라
게 했다. 엷은 색깔의 옷차림에다 빨간 양산을 든 우체국장의 부인

이 나를 찾아왔던 것이다. 부인은 열두 살짜리와 열다섯 살짜리 아들 둘을 데리고 와서 내게 소개시켰다. 부인의 의미심장한 미소로서 그녀의 용건이 특수한 것임을 담박에 알 수가 있었다. 부인은 남편의 인사를 전하면서 그와 그의 가까운 친구 몇 사람들은 철혈재상鐵血宰相 비스마르크에 대한 귀의심을 나타낸 나의 시를 읽고 무척이나 기뻤노라고 전해달라는 것이었다. 칭찬을 받아서 불쾌할 자는 없지만 그녀의 이야기가 계속됨에 따라 그들의 칭찬이 내가 무척이나 부끄럽게 여기고 있던 바로 그 구절 때문임이 드러났다. 나는 그걸 얼마나 잊고 싶었던가.

그 예쁜 부인이 두 아들에게 시 공부를 시켜주면 보수를 내게 얼마쯤 드리면 좋겠느냐고 물어왔을 때 나의 놀라움은 필설로 다할 수가 없었다. 그 태연한 목소리와 얼굴을 보아 그게 단순한 농담이 아님은 이내 알 수가 있었다. 인생을 살아가자면 별일이 다 있게 마련이니 시를 배워두어 나쁠 것은 없다고 부인은 주장했는데 그 의견은 아주 틀린 것이라고는 말할 수가 없다. 옛날 중국에서는 시를 짓는다는 것은 일반의 교양이었으니까. 그러나 나는 내게 특별한 지도능력이 있다고는 도저히 생각할 수가 없었다. 만약 이삼일 뒤라면 그럴듯한 이유를 들어 거절을 했겠지만 당장에는 싫다고 대답하지 못하는 나의 약점에 나는 결국 굴복하고 말았다. 그것이야말로 청년에게도 노인에게도 손해를 가져오는 약점이다. 게다가 내게 거절을 할 여지를 주지 않은 것은 무엇보다도 자신만만하고 당연한 듯한 그 부인의 어조였다. 그래서 겨우 나의 사려는 그 두 소년이 그런 것을 참말로 배울 생각이 있는 거냐고 물었을 뿐이었다. 그렇다. 나는 그렇게밖에 말할 수가 없었다. 시를 습득한다는 것만으로도 언어적 재능이 있어야 된다는 점을 강요하는 게 너무나 무례스럽게 여겨졌기 때문이다. 더욱이나 그 장밋빛 여인이 애교에 넘치는 시선으로 힘차게 나의 손을 쥐었을 때 나는 또다시 쓸데없는 입을 열어 보수를 거절하면서, 그런 기회는 내게도 즐거운 일이라고 말하고 말았다. 나는 두 소년에게 다음 날 오후에 오라고 했고 그들은 다음 날 먼지를 뒤집어쓰고 더위로 얼굴이 시뻘겋게 달아올라 뜰로 들어섰다. 수업은 상당히 합리적인 순서에 따라서 시작되었다. 나는 여러 가지 종류의 시를 들려주고 운각의 구별을 시켰으며 몇 가지 단문을 가르친 다음 그 내용을 될 수 있는 대로 간결하게 운문으로 옮기도록 지시했다. 나의 교수법이 별다른 도움이 못 되었는지 두 제자는 과제를 이리저리 돌리기만 했다. 그러면서도 그들은 열성을 보였으며 비뚤게 나가지는 않았다. 나의 열성이 지나쳐 그들을 뿔달린 동물에 비유하자 그들은 정말로 내 말을 시인하며 밝게 웃었으므로 나는 자신의 마음씨를 후회하지 않을 수가 없었다. 드디어 나는 그 아래 아이에게 몇 푼의 돈과 우리 집에서 제일 배가 부른 병을 들려 종형 야코프에게로 보냈다. 그 병에다 맛좋은 과실주를 얻어오려는 것이었다. 그 액체의 위험한 특성을 생각해 볼 틈이 없었던 것 같다. 병은 노래를 좋아하는 자매들의 손으로 가득 채워져서 돌아왔으며 그녀들은 내가 내 수업의 보수를 받지 않았듯 그 술의 대금도 받지 않았다. 그 때부터 나의 수업은 양상이 달라졌다. 나는 괴테의 프로메티우스를 읽어서 들려주었다. 그러는 동안 목마른 제자들의 활기를 돋워 주기 위해 나는 아낌없이 그 녹색의 음료수를 부어주었다. 결과는 즉시 나타나 그 불의 탈취자(하늘로 불을 도적질했던 프로메티우스를 일컬음)에 대한 제자들의 감수성은 놀랄 만큼 예민해졌다. 나도 더위 때문에 무의식 중에 주량의 도를 넘었다. 그러지 않았다면 나는 절대로 그들에게 데멜의 시를 덤으로 읽어주지는 않았을 것이다. 그 시에는 이런 구설이 들어 있었으므로. "복종하는 것이 자식된 도리라고 너의 늙은 아버지가 말하거든 그 말을 듣지 말라, 그에게 복종하지 말라." 소년들은 그 시구를 무섭도록 잘 알아들었다. 잠시 후 그들의 떠드는 모습은 이상스러워져 가기 시작했다. 그들은 더 이상 가만히 앉아 있지 못하고 나무 사이로 끊임없이 뛰어다녔다. 동생은 계속 웃고 떠드는가 하면 형은 형대로 아버지의 말을 듣지 말라, 복종하지 말라 하면서 외쳐대는 것이었다. 이미 시인 양성은 문제가 아니었다. 나는 어른들이 그날 파사우로 집을 보러 간 것을 내심 다행으로 여겼다. 아버지가 이 꼴을 본다면 뭐라고 평을 할 것인가.

그런 혁명적인 시를 낭송한 다음부터는 엄격한 감독자의 역할을 나는 도저히 감당할 수가 없었다. 나는 점점 아파지는 마음으로 제자들의 소동을 지켜볼 뿐이었다. 나중에는 동생 쪽이 아직 제대로 익지도 않은 파란 자두를 보고는 따도 좋으냐고 물었고 나로서는 거절할 틈도 없게 되고 말았다. 그러나 좀처럼 나무에 기어오를 수는 없었다. 먹고 싶다는 일념에서 제일 멋진 놈이 달린 굵은 가지를 붙들고 늘어지면 그건 벌써 저만큼 멀어져 있는 것이었다. 내가 그 모양을 흥겹게 보고 있는 동안 제자들은 믿을 수 없을 정도로 도를 넘었고, 나는 전신이 마비된 듯 제지할 능력을 잃고 하는 대로 맡길 수밖에 없었다. 그 때 동생에게 뒤떨어지지 않을 만큼 취한 형 쪽이 헛간에서 톱을 하나 찾아내어 그것을 동생에게 내밀어 주었다. 악동 두 놈은 고개를 끄덕거렸고 톱은 나무를 파고들었다. 그제야 나는 야단을 쳤으나 그들은 들은 척도 하지 않았으며 무거운 가지는 이미 땅으로 떨어지고 말았다. 악동들은 아우성을 치며 그 귀중한 과일에 덤벼들었다. 어머니께서 생일에 쓰려고 고이고이 가꾸고 계시는 그 과일에. 나는 억지로 미소를 지었으나 마음 속으로는 화가 나서 사과주와 설익은 자두는 위胃 속에서 별로 잘 어울리지 않으리라고 여기고 열심히 그 악동들을 부추겨 그 과즙을 마시게 했다. 효과는 당장에 나타났다. 잠시 후 동생에 이어 형 쪽이 눈썹을 찌푸리며 입을 다물더니 얼굴색이 노래지기 시작했다. 형제는 별안간 아무 말도 없이 일어나 나가버렸다.

그들이 어떤 상태로 집에 돌아갔는지는 확인할 길이 없었다. 시인 교수는 그것이 처음이면서도 마지막이 되어 버렸기에. 그 후 두 소년의 어머니를 몇 번 만났으나 그녀의 양산이나 우산이 언제나 그 장밋빛 얼굴을 가려 내가 아무리 공손하게 인사를 하려 했어도 나의 그런 의도는 실현 불가능이었다.

그런 최초의 교육활동이 있던 다음 날에 에메렌츠 마이어라는 서명이 있는 짤막한 편지가 배달되어 왔다. 초등학생이 쓴 것 같은 편지였다. 그 여류 시인은 회답이 늦은 것에 대해 보리베기를 거들어주어야 했기 때문이라는 이유를 붙여 사과했다. 그리고 나의 방문은 좀 늦게 소맥을 걷어 들이는 일에 지장이 없었으면 좋겠다고 했다. 그곳은 평지보다는 소맥을 베는 시기가 늦기 때문이다. 그러니 몇 주 이내에 뵈었으면 좋겠다. 아버지의 이름은 전부터 듣고 있어 그 아드님을 알게 된 것이 무척이나 즐겁다…… 대개 그런 내용의 편지였다.

마지막 순간까지 어머니는 강도나 금품을 강탈당할 위험이 없기 때문이라면서 기차로 가라고 나를 설득하려 했다. 그러나 내게는 도보로 가는 것이 이 순례여행의 근본 취지였으므로 그럴 수는 없었다.

나는 에메렌츠에게 이번 주말에 뵙겠다고 알렸다. 그리고 그 다음 날 새벽에 나는 이미 배낭을 짊어지고 지팡이를 들고 도나우 강가의 그 낯익은 길을 걷고 있었다. 몇 번이나 걸음을 멈추고 짙은 안개 너머로 건널목지기를 불러야만 했다. 아직 잠이 덜 깬 얼굴로 여동생이 슬리퍼를 끈 채 내 뒤를 좇아왔다. 아버지의 명령으로 책상 위에 놓여 있는 책 한 권을 전해주려는 것이었다. 물론 아르놀트의 화학개요였다. "안녕, 여류 시인에게 사랑에 빠지면 안 돼요." 동생은 뛰어가면서 소리를 질렀고 강 건너에서는 보트의 사슬 소리가 났고 잠시 후에는 박자가 빠른 노 젓는 소리가 규칙적으로 들려왔다.

도보여행

 티틀링까지의 경치는 우리 지방과 별로 다른 데가 없었다. 다만 여기저기 자연석이 많이 눈에 띌 뿐이었다. 손질이 잘 되어 있는 과수원 한가운데에 커다란 화강암이 그대로 보이거나 장소에 따라서는 거치른 돌로 쌓아올린 얕은 울타리가 경계를 표시해주기도 했다.
 얼마 후에는 보다 섬세하고 색채가 예리한 식물세계가 전개되기 시작해서 눈길을 끌었다. 감자밭은 빛나는 리라색으로 꽃이 만발했고 톱니풀은 도나우 강 하류에서 보듯 엷은 갈색이 아니라 아름다운 홍색이었고 귀뚜라미풀꽃도 푸른 색깔이 더 짙었다. 바위 틈에 자란 가시 있는 관목도 백적白赤의 입술 모양의 꽃잎을 피웠다.
 처음에는 너무 빨리 걸어서 밤에는 발이 몹시 아팠다. 해가 저물었을 때 나는 어떤 회색의 고성古城에 도착했다. 즉시 부근에 있는 '숲의 등'이란 여관에 들어 가서 다음 날 해가 뜰 때까지 푹 잤다. 그 사각四角의 높은 건물은 살덴성으로 1944년에 오스트리아군에 의해 파괴되었던 것을 재건한 것이었다. 기사의 방이나 부인들의 방에 대해서는 별로 기억에 남는 게 없지만 지금도 동남쪽 성벽에 튼튼한 가지를 뻗고 자라던 상춘의 등나무는 생생하게 기억에 남아 있다. 그 가지들은 서로 얽히고 설켜 뱀 같은 모습이었고 빽빽하게 자란 잎은 회색의 건물을 싸고 지붕까지 이어져 있었다. 이른 아침 나는 그 건물로부터 약 2백보쯤 떨어진 곳에서 양쪽이 석벽으로 되어 자연스럽게 이루어진 천연의 길을 발견했다. 지금까지 기억에 남을 정도로 굉장한 것은 아니었지만 기묘한 곳이었다. 유령의 존재를 믿었던 옛날에 그곳을 지나가야 했던 사람들은 틀림없이 환각으로 고통을 당했으리라. 나는 몇 번이나 그곳을 내왕해 보았다. 일생 처음으로 자신이 독립적인 존재로 느껴졌으며 순간이나마 인생이 하나의 유희처럼 눈앞에 어른거려 보였다.

아픈 발도 나아 나는 가벼운 기분으로 여행을 계속했다. 수확이 늦은 땅, 반은 울창한 숲에 가려 채석장이 즐비한 땅으로. 그리고 뗏목을 실어 나르며 검은 조개껍질 속에 짙은 회색의 진주를 자라게 하여 갈대가 무성한 검은 강물들이 서로 교차하는 그 땅으로.

이틀째 되는 날은 내게 특기할만한 것을 가져다 주었다. 지금까지 이야기로만 들어서 알았던 일을 눈으로 직접 본 것이다. 사후의 지옥이라는 것을 두려워해서 그 공포 때문에 현재에도 지옥의 괴로움을 겪고 있는 사람들이 실제로 있다는 사실을 안 것이었다.

어떤 계곡에 쟁기 하나가 잊혀진 듯 서 있었으나 사람하나 짐승하나 보이지 않았다. 잠시 후 길은 어느 언덕 위로 이어졌는데 그 위에 올라가면 아름다운 조망이 전개되리라 여겨졌다. 그러나 튼튼하고 성긴 울타리가 보이고 저 쪽에는 암말과 수말이 풀을 뜯고 있어 농가가 곧 보이리라 생각되었다. 잎이 무성한 측백나무가 알맞은 간격으로 줄지어 자연스럽게 울타리가 되었으며 기와를 이은 조그마한 집이 넓은 뜰 안에 서 있었다. 예배당 같았으나 굴뚝이 보였고 거기서 연기가 피어 올랐다. 빵을 굽는 화덕이리라. 연못은 푸른 부평초로 뒤덮였고 부근에는 가늘고 키가 큰 노간주나무가 서 있었으며, 어린 과수가 자라는 곳은 삼각의 칸막이로 가축 떼들을 막는 울타리가 둘러있고 과수 사이사이로 해바라기가 노란 불꽃을 토하면서 그 무거운 원반을 수그리고 있다.
　젊은 남자 하나가 내 앞을 걷고 있었는데 어디서 본 듯도 한 사람 같았다. 승려 같이도 보이고 농부 같이도 보였다. 맨발에 샌들을 신었고 조끼는 신학자풍이었으며 검은 밀짚모자를 쓰고 있었으나 어깨에다 낫을 메고 바지주머니에는 찔러 넣은 숫돌이 보였기 때문이다. 그가 뒤를 돌아다보았다. 다닝거였다. 란츠후트 시절의 동창생이 아닌가. 그 집은 그의 부친의 소유였으며 그 자신은 거기서 방학을 보내면서 농사일을 돕는 중이었다. 그는 대학생이었다. 그는 친절하게 나를 집으로 끌어 들였다. 목조로 지은 그 고풍스런 집 안에는 석죽이 만발했다. 그의 모친이 나를 방으로 안내한 다음 편히 쉬라면서 빵과 녹색단지에 들어 있는 우유를 갖다 주었다. 항아리에는 차가운 우유 때문에 이슬이 맺혀 있었다.
　우리들이 옛 선생들이나 동창생 이야기를 나누고 있는데 계단을 올라오는 발소리가 들렸다. 그의 어머니는 불안해 했고 친구는 당황한 안색이었다. 그는 얼른 속삭이듯 말했다. 아버지가 왔다, 아버지는 낯모르는 사람이 오면 반드시 만나고 싶어 하고 여러 가지 기묘한 질문을 한다, 겨울 내내 우울증으로 괴로워하며 죽음과 영원의 불을 겁내고 있으니 아버지의 마음을 괴롭힐 말은 삼가달라는 것이었다.
　"자네가 신을 믿는 인간이란 점만은 이해시켜 주게나." 그는 그 말을 덧붙였고 노인은 그 때 벌써 문을 열었다.
　만약에 지옥의 벌이 영혼으로 하여금 영원의 빛을 보지 못하게 한다면 그 당당한 노인은 지옥 한가운데 살고 있음에 틀림이 없다.

사후에 대한 공포는 어느 시대에도 있었으니까. 태고의 게르만 민족의 세계에도 사후의 벌에 대한 관념이 있었지 않은가. 죽음의 여신에게는 여신이 보상을 내리느냐 처벌을 내리느냐에 따라 밝은 면과 어두운 면을 갖고 있으나 그 노인에게는 확실히 어두운 면만을 보여주는 게 틀림이 없다. 생기 없이 시든 얼굴에는 깊은 우수가 감추어져 있고 주름에 쌓인 눈은 대단히 밝았으나 그 속에는 캄캄한 칠흑의 밤이 어려 있었다. 그리고 그 모든 것은 억센 목젖〔喉頭〕때문에 더욱 두드러져 보였다. 나는 공손히 일어나 인사를 드렸고 그는 친절히 내게 손을 내밀며 어서 많이 먹으라면서 공허한 표정으로 우리들의 이야기에 귀를 기울이기 시작했다. 그러나 이야기가 얼마 전 카르벤렐에서 추락사한 어떤 동창생에 이르자 별안간 그 노안에 비통한 빛이 떠올랐다. 그는 그 이야기는 들었다고 말하고 푹 한숨을 쉬었다. "그 사람은 저 세상에서 어떻게 지내고 있을까?"

휴고와 발터, 그리고 나 사이에는 악마라든가 지옥이라든가 하는 말은 어느 사이에 농담 같은 말로 되어 버렸었다. 우리들이 죄라는 말을 들을 때마다 생각나는 것은 노 교사가 근대예술의 가장 큰 업적으로 평가하던 슈튜크의 그림이었다. 단테의 지옥편은 새로운 힘으로 나를 사로잡았으나 우리들이 언젠가는 그런 고통스러운 재판을 당하게 되리라는 생각은 우리와는 인연이 멀었다. 그런데 이제는 죽어버려 목숨이 끊어졌다고 믿었던 괴물이 불쑥 모습을 내밀 듯, 영원한 고통에 넘친 미지의 세계에 대한 공포가 현실의 육체를 갖추고 눈앞에 나타난 것이다. 아무리 훌륭한 기지도 거기서는 힘을 잃었으며 아무리 멋진 위로의 말을 찾아낸들 그것은 미치광이 같은 그 얼굴에 깃들어 있는 고뇌에 비하면 와글거리는 말에 지나지 않았다. 아니, 나 자신이 어린 시절의 공포로 되돌아가지 않도록 경계를 해야 할 판이었다. 게다가 상대를 납득시킬 대답을 해주기 위해서는 다시 한 번 그 옛날에 겪었던 공포의 세계에 몸을 비춰 볼 필요가 있었다. "그렇다면 의사가 될 공부를 한단 말이지?" 하고 농부가 소리를 지르듯 물었다. "좋아, 좋구말구. 그러나 의사들은 이렇게 생각하지 않는가, 이 세상에는 어떤 다른 것이 있다고 말일세. 자네는 생각이 다른가? 그래, 다른 무엇이 있어서, 다른 무엇이 있어서……." 나는 이야기를 간단히 진행시키려고 주님의 은총과 자애를 이야기하려고 했으나 그런 것은 신학생인 아들에게서 싫도록 들었을 터이므로 입을 다물었다. "왜 사람들이 죽으면 모두가 울거나 통곡을 하는가?" 그는 이렇게 소리를 치며 주먹으로 탁자를 쳤다. 그런 다음 창문을 통해 하늘을 바라보는 것이었다. 거기에는 눈부신 빛을 받은 검은 구름이 한 조각 유유히 떠돌고 있을 뿐이었다. 그들 모자母子는 침을 삼키며 내게 시선을 집중시켰다. 그 두 사람은 내가 좀더 힘찬 말을 해주기를 기대하고 이야기에 끼어들지 않았던 것이다.

  나는 잔뜩 긴장했다. 그러자 지나간 일년 동안 내가 수없이 많은 사색적인 글들을 읽었다는 생각이 났다. 잡지에서 읽은 논문이나 쇼펜하우워, 니체가 생각났고 때때로 되풀이해서 읽었던 데오도로 카임의 《예수평전》이 생각났다. 그 책은 백부 오토가 남긴 책장에 여러 해 동안 처박혔던 초라한 책으로 구세주가 모든 인간적인 괴로움과 의심을 띠운 모습으로 생생하게 그려져 있었다. 프로메티우스도 멀리서 응원을 했고 그 이상으로 나를 도와 준 사람은 어머니였다. 어머니 자신도 때때로 울적할 때를 극복해야 했었으나 어머니는 언제나 타인의 번뇌에 대해 위로의 말을 갖고 계셨다. 그러한 여러 목소리가 한군데 모여 목소리를 통해 이야기하면서 그 고뇌자에게 일시나마 힘을 주려고 애를 썼다. 나는 그의 친절에 대해서는 친절하게 대했으나 다수 퉁명스럽게 반문했다. 그가 이 세상에 태

어났던 것은 자신의 요구에 의해선가 그렇지 않으면 타인에 의해서
인가 라고. 그는 즉시 내 말을 알아들었다. 그런 사상은 이런 사람
에게 낯익은 것이었으니까. 그는 비웃음기를 띠우며 머리를 흔들었
다. "물론 좋아서 이런 도박을 시작한 것은 아닐세."

"저도 그렇습니다" 하고 나는 말했다. "우리 모두가 아무런 요구
도 없이 이 세상에 태어났습니다. 어떤 사람은 좋은 소질을 갖고
어떤 사람은 나쁜 소질을 갖고 말입니다. 훌륭한 부모에게서 태어
난 사람도 있어 그 사람들은 좋은 범절을 배우며 해충에도 다치지
않고 잘 자랍니다. 그 사람의 눈에는 걱정거리는 하나도 없으며 자
기의 별을 놓치는 일이 없어 별의 지시에 따라 나아갑니다. 그러나
한편으로는 가난하고 짓밟힌 양친 밑에서 태어난 사람도 있었습니
다. 아버지가 그 사람의 피 속에다 분노를 낳았다면 그것은 그 사
람과 함께 성숙해서 그의 손을 조종합니다. 때문에 그 손은 죄를
범하지 않을 수가 없습니다. 그러니 어떻게 그 젊은이가 어리석은
머리에 끝없이 떠오르는 나쁜 사념을 자신의 힘으로 막을 수가 있
겠습니까? 그는 얼마나 자신에게서 탈출하고 싶을까요? 대개 우리
인간들은 언제인가는 그의 병적 충동을 고칠 방법을 발견하겠지만
어떻든 우리들은 그런 사람에게서 몸을 지킵니다. 그러나 일체를
생각하는 신은 어떻습니까?"

 그 순간 정말로 귀여운 계집아이 하나가 삐죽이 열린 부엌문을
통해 방 안으로 들어왔다. 막내 손녀라고 소개받은 그 소녀는 젠치
였다. 소녀는 한쪽 손으로는 풀을 잔뜩 뜯어 넣은 앞치마를 누르고
다른 손에는 조그마한 검은 집토끼를 안고 있었다. 토끼는 머리를
소녀의 어깨에다 기대고 있었다. 소녀는 인사를 하면서 의자에 앉
아 토끼를 무릎 위로 옮긴 다음 민들레를 토끼의 입에다 넣어 주었
다. 토끼가 그걸 우물거리며 입 안으로 끌어들이는 모습은 마치 재

봉틀로 천을 박는 것과 비슷했다. 젠치는 어디에서나 흔히 만날 수 있는 소녀 같았다. 그녀의 모습은 바이에른의 숲을 지배하는 푸른 갈색 머리의 원형 그대로였으나 그녀의 경우는 도度가 더욱 순화되어 있는 것 같았다. 찌들고 지둔한 농부의 세계가 어떻게 그런 명랑함을 견뎌낼 수가 있을까? 그 우울한 노인만이 소녀로부터 발산되는 빛을 느끼지 않는 것 같았다. 어린이의 귀를 우리들의 대화로부터 지키려고 했던 것일까? 노인은 젠치를 부엌으로 내보낸다. 그제야 내게는 진짜 도취상태가 엄습해왔다. "그렇습니다, 신이고 말구요!" 나는 그런 식으로 이야기를 계속했다. "일체를 고려하며 일체를 움직이는 신, 무한한 세계를 포괄하는 신, 그 신이 최대의 성령이면서도 가장 악한 존재가 될 수 있겠습니까? 당신들은 그 신이 이렇게 불행하게 태어난 자들을 영원히 꾸짖기만 하고 달리 조처를 하지 않는다고 믿습니까? 벌에게 독침이 있다고 해서 영구히 벌을 받아야 합니까? 여기에 어떤 조각가가 있어 그의 실패작을 그가 때려 부순다고 해서 우리가 그에게 뭐라 하겠습니까? 당신네들이 얼마나 신을 모독하고 있는지 그걸 알고 계십니까?"

신학생은 약간 복잡한 미소를 지어 보였다. 나의 열변이 아마도 그에게는 너무 지나쳤거나 미숙했으리라. 어느 쪽이든 그것을 그는 별로 좋아하지 않는 눈치였다.

"제법 그럴 듯한 말을 하는군" 하고 농부는 아들을 향해 웃으며 말했다. "그건 그렇다하고 죄라든가 영혼의 파멸이라든가 하는 말은 그것과 어떤 상관이 있는 건가?" 그가 그런 짓궂은 질문을 하는데 젠치가 마침 다시 들어왔다. 이번에는 토끼를 안고 있지는 않았다. 소녀는 먼저의 자리에 얌전히 앉아 있어도 된다는 허락을 받았으며 그녀가 거기에 있다는 것만으로도 나의 태도는 훨씬 확고하게 되는 것 같았다. 나는 별로 생각해 보지도 않고 결단을 내리듯 말했다. "당신은 그런 죄를 범하지 않습니다. 다닝거씨! 가령 범하더라도 그건 실효失效입니다." 농부는 의심스럽다는 시선으로 쳐다보았다. "실효라! 실효, 그런 것이 있는가?"
 "있고 말구요! 말하자면 당신의 머리가 정상상태에 있지 않다는 게 그 증거가 되기 때문입니다."
 그는 흥분된 모습으로 담배를 피워대며 성큼성큼 방 안을 왔다갔다 했다. 한편 아들은 약간 설명을 보충할 필요를 느껴 조심스럽게 아버지의 눈치를 살피며 어떤 하찮은 죄에 대해서도 참회한다는 것은 좋은 일이라고 말했다. 나는 손녀 쪽을 바라보았다. 나의 지혜가 기대 이상으로 그녀에게는 감명을 주지 못한 듯했다. 그녀는 무척이나 웃음을 참느라 애를 썼지만 마침내 숨길 수가 없어 나가라고 말하기 전에 스스로 부엌 쪽으로 도망을 쳐버렸다.
 그 때 노인이 내 앞을 막아섰다. "그렇다면 젊은이는 신을 믿는가?" 노인은 그렇게 외치며 나의 어깨를 두드렸다. 나는 그래도 마무리를 해야겠다고 느끼고 이런 점에 주의를 촉구했다. 친구 쪽으로 얼굴을 돌리고서 나는 말했다. 그리스도교가 처음으로 포교되던 몇 세기 동안은 지옥의 벌에 대해서는 알려진 바가 없다. 사람은 새로운 가르침에서 오는 빛에 대해 너무나 행복감에 젖어 있었으므로 어떤 불안스러운 요소를 가질 도리가 없었다. 누구나 자기 영혼을 위한 안식을 얻게 되리라는 것을 알았으며 자신이 병들어 있다는 사실을 아는 사람은 아무도 없었다는 점을.
 "그래, 병들었지. 그 말 그대로야." 노인의 얼굴이 밝아졌으며 우리들의 대화는 이미 자신도 모르게 대낮의 유성처럼 쾌활해졌다. 그는 밀이삭 껍질을 창틀에서 집어 그걸 내 손에 건네주며 알맹이가 몇 개쯤 있는지 알아 맞추어 보라고 말했으며 내가 40개라고 대답하자 그는 70개라면서 정정했고 내가 놀라워하자 그는 무척이나 홍겨워했다. 그 때 주부主婦가 부엌으로 내려가자 노인은 뒤좇아가면서 뭐라고 소곤거렸다. 그날 밤은 젊은이를 거기에 머무르도록 하고 닭이나 잡아주라는 부탁이었다.

그 조그마한 향연에는 온 가족들의 얼굴이 보였으며 하인이나 하녀도 배석했다. 그런데 누구 하나 닭고기에는 손도 대지 않는 것이었다. 마침 그 날이 금요일이었으나 이 여행객에만 육식의 금령이 해제되었기 때문이었다. 마지막으로 주에 대한 기도가 있었고 끝으로 농부가 혼자서 한층 소리를 높여 단시풍短詩風의 기도를 드릴 때는 그 울림에 무언가 몸서리치게 하는 것이 담겨져 있었다. 성 바르바라에게 올리는 기도로서 평온한 임종을 기원하는 것이었다.

다음 날 아침 나는 하인들보다도 일찍 일어났다. 어젯밤의 뇌우는 말끔히 가시고 드라이셀 산맥은 쾌청한 날을 약속해 주었다. 나의 사념은 이미 전원의 여류 시인 곁에 날아가 있어 미칠 듯한 여심旅心을 누를 길이 없었다. 어제 내가 취한 치료가 믿을 수 없게 느껴졌으며 내 말도 이미 완전한 진리라고는 생각되지 않았다. 그 이유를 찾아낼 수는 없었으나 그 느낌에는 틀림없는 것 같았다.

신을 사랑하는 자는 신으로부터 사랑을 되받으려고 해서는 안 된다는 스피노자의 교훈을 뼈 속까지 느끼는 사람은 극히 소수로 한정되어 있다. 거의 모든 신앙가는 신도 인간적인 방법으로 개개인을 사랑할 수가 있다고 믿는다. 그리고 사랑하는 이상은 신이 그 개개인을 미워할 수가 있다는 귀결에 다다른다. 그들 신앙가들의 생각은 궁극의 진리일 수는 없다. 그게 그렇다면 어떤 결론이 나올 것인가. 인도印度의 현자라면 인간의 생사는 신의 눈으로 본다면 우리들의 육신을 만들고 있는 억겁의 세포 가운데서 낡은 세포 하나가 죽고 그 대신에 새로운 세포 하나가 생겨난 것과 다름이 없다고 생각하고 만족할 수가 있겠지만 활동적인 인간에게는 그런 빈틈없는 노인 같은 가르침이 무슨 보탬이 될까. 가령 다닝거처럼 번민하는 사람에게 신은 근접할 수 없는 존재라고 말해준들 그게 그에게 무슨 힘이 되겠는가. 활동하고 싸우는 인간은 자기의 부름이 영원한 자를 움직여 그걸 자신의 친구로 삼을 수가 있다고 믿어야 안심할 수가 있다. 그 절대자가 성좌 위에 살든 자신의 가슴 속에 살든. 그러나 그런 자문자답은 다만 희미한 예감으로서 나의 뇌리를 오고 갔을 뿐이었고 그것을 골똘히 생각해서 표현하기에는 나의 힘은 아직도 미숙했다. 나는 그럴수록 빨리 고뇌에 찬 사람의 곁을 떠나고만 싶었다.

우물가에서 세수를 하면서 나는 거기에 흩어진 닭의 내장이나 피가 엉켜있는 닭털을 부끄러운 마음으로 바라보았다. 그 때 젠치가 수건을 가져다 주면서 말했다. 할아버지는 아직 주무시고 계신다, 몇 주일에 처음으로 푹 주무셔서 기분 나쁘게 집 안을 돌아다니시지 않는다, 그러니 제발 하룻밤 더 계셔 주실 수 없느냐고 소녀는 말했던 것이다. 그러나 나는 이미 결심을 굳힌 뒤였다. 나는 알아듣도록 그 이유를 설명해 주고 배낭을 짊어졌으며 그린 채 조반을 들었다. 출발을 연기하라는 아들의 말에도 모친의 말에도 귀를 기울이지 않고.

상쾌한 아침길을 15분도 채 못 걸었을 때 말발굽소리와 부르는 소리가 들려왔다. 백마의 머리털을 날리며 미래의 사제司祭가 내 뒤를 질주해 왔던 것이다. 동창은 말에서 뛰어내리며 말했다. 아버지가 더없이 좋은 기분으로 거실로 내려왔다, 다만 어제 분하게도 몇 가지 잔자분한 일에 대해 묻지 못했다, 전부터 마음에 걸리던 것이었다, 대체 주님은 권능한가, 주님이 사탄보다 강하다는 것을 증명할 수가 있는가, 그 점에 대해 간단한 교시를 받을 수가 있다면 감사하겠다고 젊은 신학생은 절망적인 몸짓으로 웃었다. "뭐라고 대답해야겠나? 사탄이란 것을 말일세." 그는 무의식중에 그렇게 입을 놀렸으나 이미 자신의 탈선에 놀라 입술을 손가락으로 막으며 화가 난 듯이 고백했다. 그런 이상야릇한 논리가 나온 것은 이번이 처음은 아니다. 신의 사랑과 자비를 자기로서는 믿으나 결국 최후에 이기는 편은 악마라면 신의 자애도 무슨 소용이 있을까, 그것이 부친의 논리였다 라고.

우리들은 논두렁에 앉아 담배에 불을 붙여 물고 마음을 가라앉혔다. 신은 악마에게 인정한 범위 내에서만 활동을 허락해 주었다, 이 세상이 침체하지 않도록 하는 자극제로서 쓰려는 것이다. 그런 사고는 《파우스트》를 읽은 독자라면 누구든지 납득하지만 자기 아버지에게는 소용없다는 것이 그 동창생의 의견이었다. 우리들은 여러 가지로 생각한 끝에 결국 납득할만한 논법을 찾아냈다. 이미 말 그대로를 외울 수는 없지만 대강 그 줄거리만은 이런 것이었다. 지옥의 마왕은 신을 향해 길을 가려는 사람에 대해서는 아무런 지배력도 가지지 못한다. 만약에 그렇게 강력하다면 하늘에는 이미 오래 전에 태양도 별도 그림자도 없게 되었을 것이다. 다만 신의 힘과 사랑에 의해서만이 우주는 유지되고 영원히 새롭게 되는 것이기 때문이다. 악마는 무슨 일도 건설할 수도 성취시킬 수도 없다. 그는 다만 파괴하려는 음모만을 심중에 갖고 있는데 그것은 다만 인간 영혼의 파괴만은 아니다. 이 아름다운 세계 전체도 악마는 파괴하려고 하면서도 파괴를 못하고 있는 것이다.

나는 그런 사상은 노인에게는 너무 어려운 것이 아닐까하는 염려를 표명했지만 아들은 벌써 자신이 있는 모양이었다. "아버지는 당분간 이 달콤한 논리를 안고 지낼 거야." 그러는 동안 풀을 실컷 뜯은 말이 주인에게로 다가와 귀가를 재촉하는 듯 그의 팔을 건드리는 것이었다. 처음부터 납득이 가지 않는 것이 하나 있어 그것이

내 마음을 떠나지 않았으나 상대방의 마음을 언짢게 하지 않게 그것을 말로 표현한다는 것이 좀처럼 어려웠다. 할 수 없이 나는 솔직하게 물었다. 자네 부친은 옛날부터 그랬나, 그렇지 않으면, 무슨 양심의 가책이 있어서 그런 거냐고. 그러나 미래의 사제는 그 질문을 그렇게 언짢게 받아들이지는 않았다. 부친은 언제나 올바른 인간이었다. 물론 본래 침울한 사람이기는 했지만 이라면서 말을 이었다. "아니 부친이 나쁜 사람이라면 우린 훨씬 편하겠네." 수긍이 가는 말이었다. 그는 또다시 골똘한 생각에 잠겼다가 말에 올라 또다시 나의 지혜를 구했다. "가능하면 짧으면서도 가슴에 강하게 느껴지는 문구 같은 게 떠오르지 않는가. 의미는 확실하지 않아도 좋아. 외래어가 약간 섞여도 좋고. 아버지는 원래 그런 성미거든. 속속들이 이해되는 일은 그렇게 효과가 없다네."

그 말을 듣는 찰나 자기의 카르마를 그렇게도 확신하던 식물원에서 만났던 퇴직 노 교사가 방긋하고 웃는 것 같았다. 울컥 생각난 장난기가 내게 훌륭한 대답을 빌려주었다. "부친께 이렇게 전해주게. 나는 영감님의 손금을 잘 관찰했는데 영감님이 좋은 카르마를 갖고 있다는 것을 발견했다고. 영감님에게는 절대로 나쁜 일이 없을 걸세. 이 세상에서도 저 세상에서도. 영감님은 영겁에 걸쳐 자신의 그 카르마를 믿는 게 좋다고." "카르마, 카르마…" 신학생이 그 말을 되풀이했다.

"인도어일세." 나는 그 말을 설명하려고 했으나 이미 우리들은 어느 쪽도 쓸데없는 점잖음은 팽개친 뒤였으므로 크게 소리를 내어 웃었다. 그리고 그 문제는 접어두고 다른 잡담을 했다. 젊은이가 아버지의 어두운 기분을 농담의 대상으로 삼는다고 그것을 악의로 해석할 사람은 없을 것이다. 청년들은 다만 자기들도 어떤 마음의 어두움에 떨어지게 된다는 사실을 모를 뿐이다. 한 시간도 채 못

되어 나 자신이 그런 문제에 부닥치게 되었으니. 우리들은 다시 한 번 악수를 나누었고 백마는 그 친구를 집으로 실어갔으며 나는 발트키르헨 쪽을 향해 점점 더워지는 햇빛 속으로 걸음을 재촉했다.
 얼마 후 나는 그늘이 괜찮을 것 같은 높은 금작화 밑에 들어가 잠시 숨을 돌리며 기대 이상으로 즐거운 마음이 되었다. 그러자 어디서 나직하나 무언가 뚜렷한 소리가 주의를 끌었다. 무슨 곤충이 내는 소리일 거라고 생각했으나 그 소리는 점점 크게 들렸다. 바삭바삭 타는 듯한 소리였다. 요정들이 눈에 보이지 않는 공기총으로 신호를 보내는 것 같았다. 겨우 그 원인이 금작화에서 열매가 터지는 소리라는 것을 알아냈다. 꽃 피는 시기는 벌써 지났으나 금작화는 지금 검은 깍지를 늘어뜨리고 있다. 그것이 태양 빛에 쬐여 터지면서 그 씨를 멀리로 날리고 있었던 것이다. 나는 거기서 마지막으로 그 쓸쓸한 농가를 바라보았다. 나무들과 손질이 잘 된 울타리에 에워싸인 그 농가는 언덕에 자리를 잡고 있어 다른 몇 천의 농가나 다를 바가 없다. 다만 거기에서 한 인간이 지옥의 불을 켜며 살아간다는 이유 때문에 농가는 지울 수 없는 의미를 갖고 있으리라. 무덤에 이르기 전에는 결코 꺼지지 않는 그 불을.
 길을 걷는 동안 내 머리 속에는 친구 다닝거가 나를 심령의 치료사로 보던 생각이 떠올랐다. 그리하여 걸음을 옮길 때마다 자신에 대한 외경감이 더해갔다. 그러나 막상 정말로 나의 지혜를 실증해야 할 기회가 왔을 때는 나의 예언자적인 웅변은 행동과 일치하지를 못했다. 내가 괴로움을 겪는 그 농부로부터 쫓아버렸다고 생각한 악마가 생각지도 않게 나의 내부로부터 튀어나오게 된 것이다.
 어느 오솔길에서 나이를 먹은 방랑자 하나가 걸어 나와서는 내가 그의 얼굴을 제대로 쳐다보기도 전에 그가 명령조로 나의 걸음을 멈추게 했으므로 나는 기분이 몹시 불쾌했다. "어디로 가시오? 함께 갑시다!" 하면서 그는 나의 목적지를 알려고 했다. 나는 화가 났다. "발 가는 대로!" 나는 볼멘소리로 말했으나 그자는 그쯤으로 물러서지는 않았다. "나도 그렇소" 하면서 그는 담배꽁초가 없느냐고 물었다. 그런 경우 담배를 권하는 것이 나의 습관이었으나 나는 그에게만은 내 짐 속에 남아 있는 멋진 스위스 잎담배를 내놓고 싶지가 않았다. 그리곤 사나이에게 당신과는 함께 가기가 싫다는 눈치를 보여줬다. 그는 아무렇지도 않은 듯 자신이 나를 너무 과대평가했었다고 말했다. "그렇게 가슴을 뒤로 젖히고 어떤 상담에라도 응할 것 같은 자세로 걷는 모습을 보고 이 사람이라면 교제해 볼만한 가치가 있다고 생각되었는데 카푸스가 없는 걸 보니 멋쟁이 신사는 아니로군."

그는 그 말로서 오늘날의 우리들에게는 익살 같겠지만 그 당시의 유행을 풍자한 것이었다. 당시 남자들은 언제나 깨끗한 셔츠를 입고 있는 것처럼 보이려고 풀을 먹인 마포로 만든 카푸스를 손목에 끼고 다녔는데 그게 멋진 옷차림의 하나의 전제조건이 되었다. 류케르트 교수나 몰리에 교수도 수업이 시작되어 시체로 다가갈 때는 우선 만숫테라는 그것을 소중하게 벗겨 한 구석에다 놓아두는 게 예사였으니까. 나는 걸음을 재촉하여 그 귀찮은 사람을 떼어 버리려고 했으나 그는 묘하게 속도를 맞추며 까닭도 알 수 없는 예언을 끈덕지게 해대기 시작했다. 직접 내게 향한 것은 아니지만 시민계급 전체를 대상으로 한 것이었다. 내게는 시민이라고 하면 우선 로마의 시민이란 막연한 의미가 떠오르는 것이지만 그는 그것을 욕의 의미로 쓰면서 시민계급 전체의 몰락을 예언하는 것이었다. "두고 보게나." 그는 말끝마다 그렇게 말을 끝마쳤다. 그런데 유감스럽게도 그런 몰염치한 행동에 대해서는 최선의 응수라고 할 수 있는 유머가 나를 외면하는 것이었다. 게다가 그 불평객의 내면생활을 조금이나마 통찰해 볼 마음만 먹었더라도 그것은 역시 도움이 되리라는 것을 염두에 두지 못했었다. 나는 점점 악감만 늘어가서 걸음을 늦추고 눈썹을 찡그리며 그를 노려보며 말했다. 나는 그것에 대해 답변할 말을 갖고 있으나 당신을 언짢게 하고 싶지는 않다. 다소라도 경험이 있는 사람이라면 당신은 몹시 혈압이 높은 사람이란 것을 알겠는데 당신에게 흥분되는 말을 했다가 당신이 졸도라도 한다면 그건 이 쪽의 책임이라고. 그는 껄껄대며 단언했다. 나의 몸은 강철이다. 이 나이에도 당신 같은 풋내기가 한 다스쯤 덤벼도 지지 않는다면서. 그러나 그의 호언장담도 그리 오래 가지는 않았다. 나의 독기가 효험을 낸 것이다. 그의 눈두덩이 느슨해지며 양쪽 볼이 쳐지고 안색이 거무칙칙하게 변해갔다. 그는 별안간 뒤쳐지며 나를 심한 갈등 속으로 몰아넣었다. 나는 계속 걸어가려고 했으나 동정은 죄악이라고 했던 니체의 말을(《차라투스트라는 이렇게 말했다》에서 니체가 한 말) 생각해 보았으나 나의 마음 속에는 벌써 그 여행객에게 적의를 품는다는 게 나의 여행목적에 어긋난다는 조용한 반성이 떠올랐다. 나는 뒤를 돌아다 보았다. 그 가련한 사나이는 풀섶에 앉아 두 손으로 얼굴을 감싸고 있었다. 그의 존재는 순간마다 그 현실성을 더해갔고 나는 떠도는 그림자같이 여겨졌다. 나는 그제야 그를 유심히 살펴보았다. 텁수룩한 백발, 지친 그 등을. 초라한 윗옷 맨 위의 단추에는 짧은 가죽끈에 걸쇠가 달려 있고 거기에 그의 낡은 모자가 걸려 있어 그게 훨씬 멋져보였다.

  그의 기분을 되돌리기는 그리 쉬운 일이 아니었다. 나는 그와 나란히 앉아 비난조로, 그렇다면 나의 농담을 심각하게 받아들인 게냐고 물으면서, 혹시 내장만 괜찮다면 당신은 장생형長生型의 체질로 보인다고 말했다. 그는 여전히 늘어진 자세대로 대꾸를 하지 않았다. "아까의 일이 마음에 걸리는군요" 하고 나는 말을 계속했다.

"배낭을 다시 뒤져봐야겠어요. 혹시 담배가 한두 개쯤 남아 있을는지 모르니까요. 하지만 마지막이니 함께 피웁시다." 그러나 그것도 그의 기분을 즉석에서 바꾸어 주지는 못했다. 그는 갈색의 스위스제 잎담배를 무릎 위에 올려놓은 채 그대로 한참이나 먼저의 자세로 있다가 겨우 얼굴에서 손을 떼었다. "나는 위대한 일을 성취할 사명을 띄운 사람이야"라고 그는 나의 얼굴을 쳐다보지도 않고 문어체文語體의 독일어로 말하곤 잠시 뜸을 두었다가 약간 목소리를 높였다. "임금님께서 내게 황금을 선사했었거든!" 그 허풍을 듣자 또다시 노여움이 나를 엄습했다. 그러나 그의 말은 거짓이 아닐지도 모른다. 나의 눈앞에는 또다시 불행했던 루트비히 1세의 그림자가 떠올랐다. 최근 집에서도 그 왕에 대한 화제가 떠오른 적이 있었다. 그 늙은 직인職人은 슈타른베르크 호반에 사는 레오니였었다는 것이었다. 한 번은 왕이 산악지방에서 토요일 저녁 늦게 베르크성에 돌아와 일요일 아침 미사에 참석할 뜻을 말했을 때 왕은 고가高價의 기도서를 제스하우푸트에 두고 왔다는 것을 알게 되었다. 당시는 아직 전화도 자동차도 없던 시절이었다. 그러나 그 방랑자 요하임은 아직 백면의 청년으로 밤중에 호숫가를 따라 말을 달려 기도서를 갖고 오겠노라고 말했고 다음 날 아침 그 책은 왕의 전용의자에 올려져 있었다. 왕은 지참자에 대해 물어보신 다음 10마르크의 금화를 하사하셨다는 것이었다.

그 실화實話에 대해서 어머니가 하신 말씀은 남에게서 들었거나 신문에서 읽은 것이었으나 이 방랑자는 그가 현재 어떤 인간이든지 그 특이한 왕을 직접 눈으로 보았으며 왕을 위해 봉사해 주지 않았는가. 확실히 그는 지배자의 주위에 몰려드는 천둥처럼 변전무쌍한 분위기를 엿보았던 것이다. 셰익스피어가 재현했던 가혹한 시대의 왕자들은 항상 권력과 위험과의 긴장상태 속에서 살고 있었으므로 측근자들은 지고의 은총이 아니면 파멸을 각오하지 않으면 안 되었었다. 왕의 머리에 얹힌 공허한 왕관 속에는 언제나 죽음이라는 환관들이 주권을 쥐고 있다 라고 왕관을 벗으면서 리차드 2세가 했던 말이 있다. 그러나 아직 어린 나이로 루트비히 왕이 조그마한 왕국의 왕좌에 오른 때는 이미 급격한 변화의 시대였다. 왕의 고결한 의지로 본다면 그는 역시 영웅시대의 왕자였으나 그분이 실제로 만난 것은 단조로운 공리성功利性이 지배한 범속한 세계였던 것이다. 그 세계는 그를 초조하게 했으며 혐오의 정을 갖게 했으나 그의 생명을 위협하지는 않았다. 또 왕 쪽에서도 그 세계를 위협할 수도 없었다. 그는 잔자분한 임무를 경멸하지 않을 수가 없었다. 위험을 내포한 위대한 임무는 그에게 주어지지 않았기 때문이다. 설사 주어졌더라도 대처할 수도 없었겠지만 형편없는 현대와 왕자의 장려한 꿈과의 갈등은 어떻게도 손을 쓸 수가 없어 자랑스런 마음에 남겨진 유일한 길은 고독으로의 몰입이었다. 그것이 차츰 왕을 현실세계로부터 영원한 자유로 불러냈었다. 그런 왕자들은 물론 정치가로서는 부적합하지만 국민들은 번민하는 그 모습에 포로가 되어 그 모습을 자신의 공상세계에다 맞아들였었다.

  그제야 그 백발의 부랑인은 광채를 띄워갔다. 나는 될 수 있으면 그에게 왕자다운 풍모를 보여주고 싶었으나 별로 넉넉지 못한 나의 현금사정을 계산해 보지 않을 수가 없었다. 그에게 제공할 수 있는 돈은 겨우 반 마르크뿐임을 나는 자인할 수밖에 없었다. "돈은 나뭇잎!" 그는 그 돈에다 세 번 침을 뱉고는 주머니에다 넣었다. 나는 그가 여러 가지 이야기를 해주기를 은근히 기대했으나 나와의 길동무를 하는 게 필요 없게 된 쪽은 이제는 그 사람이었다. 다음 주막이 있는 곳까지는 그대로 우리들은 함께 걸었으나 거기에 이르자 그는 정력을 돋굴 필요가 있다면서 나를 해방시켜 주고 밀았나.

나는 오전의 뜨거운 햇빛을 받으며 먼지 낀 녹지대를 계속 걸어 갔다. 목이 바싹 말라 타올랐다. 때문에 생각지도 않게 이제는 쓰지 않는 채석장이 나타나자 나는 무척이나 기뻤다. 거기서 쉴 수가 있기 때문이었다. 프라그라는 마을에서 과히 멀지 않은 언덕에 그것은 입을 벌리고 서 있었으나 무심하면 그냥 지나치기 십상이었다. 호프가 뒤엉킨 울타리가 입구를 막고 있었던 때문이다. 내 눈에 뜨인 것은 깎아 세운 듯한 편마암의 벽이었고 돌무늬는 군데군데 새우날개처럼 보였다. 부식토가 바위를 덮고 작은 나무나 관목이 자라 푸른 잎을 보이고 있으나 유감스럽게도 뿌리가 허공으로 그대로 내뻗어 말라죽게 되었다. 나는 울타리를 빠져 굴 속으로 들어갔다. 거기에는 지면 전체가 딸기로 덮여 줄기가 암벽을 덮고 있었으며 새빨간 딸기가 늦여름 햇살에 싱그럽게 익어갔다. 도나우 강변에서는 7월이 되면 벌써 딸기철이 끝나는데.

다닝거의 농장은 벌써 시계視界에서 사라져 버렸으나 아직도 노인은 그 어두운 사상을 갖고 계속 나를 뒤쫓고 있었다. 물론 그것이 나의 마음에다 뿌리를 박을 리는 없었다. 연극에 대한 사상이 갖는 진실성은 누구나 40대가 되기 전에는 쉽사리 파악할 수가 없다. 그러기 위해서는 보다 더 불행한 체험이 있어야만 한다. 발랄한 발걸음으로 여로를 서두르는 젊은이에게는 밀폐된 영원한 고통의 공간이 쉽게 떠오르지 않는 법이다. 사회가 해독을 끼치는 자를 배제하는 것도 납득할 수가 있으나 거장 중의 거장인 신이 하잘것없는 재료를 갖고도 무엇인가 만들어 낸다는 사실에 대해서는 믿어도 좋다. 좋은 열매를 맺지 못하는 나무는 베어져 장작이 되지만 거기에 불붙는 불은 순수한 원소를 유지시킨다. 그 나무가 지상에 쓰러져서 썩어도 그것은 새로운 성장을 위한 하나의 자양분이 된다. 자연은 원소를 하나하나 보존하고 이용하며 위대한 예술가는 살인자의 얼굴을 갖고도 마음을 흔들어 주는 상像을 형성한다. 그러니 신이 쓸데없는 낭비를 한다는 게 있을 수 있겠는가!

마침내 칼텐에크에 닿자, 명상은 구름처럼 사라져 버렸다. 가로에서 조금 떨어진 정원에 자리를 만들고 손님을 맞아들이는 음식점이 눈에 띄었다. 검은 이리츠 강물과 삼림철도가 한눈에 보이는 곳이었다. 나는 거기서 점심을 먹으며 스타르저 농가의 소재를 묻기로 했다. 손님들에게 음식을 나르는 아가씨는 아말리에를 닮은 것 같았으나 그녀보다는 살이 더 쪘으며 눈은 빛난다기보다는 타고 있다는 게 더 어울리는 말이었으나 아가씨가 말을 하자 그 환각은 이내 사라지고 말았다.

거기에 앉아 2분이 채 되기도 전에 열차가 통과했고 플랫폼으로 검은 예복을 입은 부인 둘이 내려섰다. 둘 다 장례식 때 쓰는 화환을 들고 있었다. 잠시 후 정원에는 시골 사람들이 한 떼 몰려왔다. 모두가 검은 옷차림으로 조금 전의 그 부인을 에워싸고 들어왔다. 그 일행은 방금 장례식이 끝나고 묘지에서 돌아오는 길이었다. 그 일행을 위해 긴 식탁이 이미 준비가 되어 있었고 예쁜 여급은 빵이나 맥주 따위를 열심히 나르고 있었으나 미처 따르지를 못했다. 담화는 언제까지 우울했다. 그 때 별안간 조그마한 갈색머리의 소녀가 커다란 소리로 울부짖었는데, 죽은 사람을 슬퍼해서 우는 울음은 아니었다. 무언가 이물질이 그 소녀의 눈에 들어간 것이다. "조금 전에 날아 들어갔는데……"라고 소녀의 아버지인 듯한 남자가 설명하면서 곤란한 듯 두리번거렸다. 사람들은 모두 위로를 해 주면서 그 소녀에게 맥주 컵을 내밀었다. 맥주를 듬뿍 마시면 아픔이 사라지리라는 마음에서였다. 경험 없는 사람이 언제나 그렇듯 그도 소녀의 눈두덩을 힘껏 누르거나 문질렀으므로 소녀는 점점 더 아플 수밖에 없었다. 그 선량한 사람들은 그런 아픔에는 맥주 이상의 약이 없다고 믿고 계속 맥주를 강요했고 농부는 힘없는 얼굴로 물을 가지러 달려갔다. 사촌되는 사람은 눈물로 뒤범벅된 콧수건을 내놓으며 닦으라고 야단이었다. 나는 자리에서 일어나 그들에게로 다가갔다. 나는 병아리 의사라고 자기 소개를 하고는 만약 소녀가 눈을 비비지 말고 머리를 똑바로 아래로 숙이면 당장에 고쳐주겠노라고 말했다. 최근 아버지는 윗 눈꺼풀을 완전히 밖으로 뒤집으려면 어떻게 하는 게 좋은가 하는 방법을 실제 내게 해보인 적이 있었다. 손의 감촉도 부드러웠던 그 치료법이 방학 동안에 가졌던 나의 재미난 여기餘技였었다. 다만 유감스러웠던 것은 시술의 상대자가 없었을 뿐이었다. 식모는 내가 다가가기만 하면 도망쳐 버렸고 여동생 슈테파니만이 과연 의사의 딸인만큼 이해심이 있어 나의 부탁에 응해 주면서 대가로 몇 페니씩 요구해서 용돈을 벌었었다. 그 조그만 산촌 아가씨의 길고 아름다운 속눈썹이 쉽게 손에 잡혔다. 몇 초 뒤에는 모든 것이 처리되었다. 끝이 뾰족한 석탄 파편이 충혈된 결막을 찌르고 있었으나 그걸 쉽게 닦아 낼 수가 있었다. 소녀는 계속 눈을 비벼대기는 했으나 이미 건강한 눈으로 내게 웃음을 보냈다. 부친은 그 소녀더러 내게 악수를 하며 고맙다는 인사를 하라고 명령하고는 그 자신도 예를 갖추어 함께 식사라도 하자고 청했다. 여자들은 기적이라도 본 듯 눈을 휘둥그렇게 떴다. "슈타르저 아버지, 이분에게 카피를 보였더라면 살았을지도 모르겠어요" 하고 어떤 노파가 커다란 소리로 말했다. 농부는 그러나 손을 저으며 말했다. "그 모두가 다 천명天命이지요." 나는 그 동석자들이 누구라는 것을 알게 되었다. 그 사람들은 나의 아버지가 소식을 알고 싶어하던 그 묘령의 여환자를 방금 묘지에 묻고 돌아오는 가족들이었던 것이다. 그들의 담화로서 나는 결과를 알 수가 있었다. 여러 가지로 손을 썼고 나중에는 심지어 매일 개고기를 다량으로 먹였으나 열이 내리거나 체력이 유지되지도 못했다는 것이었다. 그들은 생각보다는 빨리 자리에서 일어섰다. 들에는 건초가 마르고 있어 그들은 예복을 벗고 갈퀴를 들지 않으면 안 되었기 때문이었다.

나는 15분가량 거기에 더 앉아 있었다. 여급은 내 곁에 앉아 또 오시라면서 정답게 말을 걸었다. 그녀는 검은 예복에 꽂혔던 노란 장미 한 송이를 나의 잔 곁에다 놓아 주었다. 그녀는 실제로 아말리에를 생각나게 했으나 그것은 다만 품종이 퇴화한 향기 없는 제비꽃이 때로는 진짜 제비꽃을 연상시키는 그런 정도였다. 그런 비유는 나의 마음을 얼어붙게 하였고 그녀가 아말리에와 어깨를 나란히 하려는 것이 내게는 있을 수 없는 불손한 것으로 여겨졌다.

때마침 칼텐에크 정거장에는 여객 열차가 한가롭게 연기를 토하며 서 있었다. 나는 이제부터 계속 몇 시간을 걷기보다는 맹세를 버리고 편안히 발트키르헨에 도착하고 싶다는 유혹을 물리칠 수가 없었다. 그러나 나는 용케 그 유혹을 이겼으며 도보의 노고는 재미있는 구경거리로 보상을 받게 되었다. 어느 부락에서의 일이었던지 지금은 확실하지는 않지만 내가 그 부락의 광장을 지나고 있을 때였는데 아이들이 떠들고 야단이었다. "통집의 쇼르시는 자전거를 갖고 있대요." 애 어른 할 것 없이 모두가 셔츠바람인 어떤 직공을 둘러싸고 있었다. 젊은이는 왼손으로는 나무로 만든 자전거를 받치고 오른손으로는 그 자전거를 손수 만든 방법을 설명하는 중이었다. 저지대에서는 이미 자전거가 유행 중이었다. 다만 이것과 다른 점은 브레이크가 철제라는 점이다. 그는 그것을 잘 보아두었다가 일요일이 되면 그걸 만드느라 분주했었다. 이젠 이걸 타고 파사우까지 가볼 참이다. 고무바퀴가 있어야겠지만 우선은 어쩔 수가 없노라고 그 젊은이가 말하고 거기에 매달리자 아이들은 놀라움과 기뺨으로 눈을 휘둥그렇게 떴으며 같은 연배의 두 사람은 반감을 숨기지 않았다. 저런 것은 금지시켜야 한다고 하나가 말하자 다른 쪽이 저런 것은 저절로 없어질 것이라고 예언했다. 젊은이는 그 두 사람을 처음에는 약간 만족시켰다. 처음에는 허리를 고정시키지 못했고 움직이기 시작해서도 좌우로 몹시 흔들렸기 때문이었다. 그러나 잠시 후에는 안정을 되찾고 개가를 올리면서 동네에서 떠나갔고 아이들은 좋아라고 그 뒤를 춤추듯 따라갔다.

  나는 이리츠 강의 한 지류에서 갈대와 관목이 무성한 곳에서 헤엄을 쳤다. 참빗살나무는 승려들의 베레모자와 같은 빨간 열매를 넘칠 듯 달고 있었고, 박하꽃 같은 부드러운 깔개에 터키 사람들의 옷장식 비슷한 물망초가 군데군데 섞여 있었다. 한 마리의 배추 흰나비가 오리나무 잎 사이를 날아와 형형색색으로 색깔이 바뀌어지다가 사라져갔다. 물은 도나우 강보다는 차가웠으나 훨씬 부드러웠고 상류 쪽으로 가자 기분이 상쾌해져 갔으므로 나는 피로도 잊고 어느덧 발트키르헨에 닿았다. 우선 여관에다 방을 구해놓고 짐을 맡기고 소다수와 포도주와 빵으로 원기를 북돋운 다음 즉시 오버른도르프로 길을 재촉했다. 어떤 아이가 규수 시인의 집을 가르쳐 주었으나 집에는 마침 모친뿐이었다. 그녀는 나를 과수원으로 안내했는데 그곳은 아직도 약간 밝았다. 길다란 식탁 앞에 두 개의 장의자가 놓여 있고 그녀는 나와 마주 앉았다. 그녀의 얼굴은 바이에른 숲에서도 슈바벤지방에서도 또한 프란다른에서도 흔히 볼 수 있는 그런 온화한 얼굴이었다. 그녀는 내가 그날 하루 동안에 그렇게 먼 길을 걸어왔다는 사실을 믿으려 하지 않으면서도 피곤할 테니 일찍 자는 게 좋을 거라면서 잠자리가 마련되어 있다고 했다. 그러나 내가 벌써 여관을 정했다는 것을 알자 의아스럽다는 표정을 지었다.
  "그러면 젠츠도 그 애 아버지도 뭐라고 할 터인데⋯⋯."

우리나라 시골 사람들의 예절은 때로는 중국식이라고 할 정도로 친절할 때가 있는데 그 여자가 바로 훌륭한 예를 보여준 셈이었다. 내가 딸의 칭찬을 몇 가지 하자 그녀는 친절하게 듣고 있다가는 화제를 내게로 돌렸고 이어 프라트링 근처에 사는 어떤 친척 이야기를 끄집어내었다. 그 친척되는 여인은 나의 아버지에게 오랫동안 다니며 병을 고쳤다고 했다.

  그 때 집 안에서 두 딸이 인사를 하러 나왔다. 딸들은 가축우리의 일을 마친 후에 몸을 씻고 머리를 빗고 옷을 바꾸어 입고서 나온 것이었다. 그녀들이 모친 곁에 앉자마자 바로 젠츠도 천천히 뜰을 가로질러 왔다. 키가 몹시 컸고 스물여섯 살이라는 나이치고는 몹시 몸이 단단해 보였다. 카딩에서 그녀의 사진을 본 적이 없었더라도 나는 즉시 그녀를 알아냈을 것이다. 그녀와 같은 모습은 바이에른 삼림지방에서는 드물지가 않다. 그리고 부드러우면서도 예리한 시선을 눈치채지 못하게 하는 푸른 눈도 흔히 접하는 것이지만 그녀의 이마에는 일종의 독특한 맑은 빛이 있었다. 황혼 때문에 그런 밝음이 한낮보다는 더욱 두드러져 보였으리라. 그 밖에 그녀는 어머니처럼 겸손했다. 두 동생들이 슈라텐타알 교수와 때마침 그 여류 시인과 친해 보려고 여름 휴가를 발트키르헨에서 보내고 있는 두세 명의 오스트리아 명문의 자제들을 화제로 꺼냈을 때도 그녀는 다만 필요한 것만을 대답할 뿐으로 의료업의 고마움과 귀중함에 대해 화제를 돌려버리는 것이었다. 그녀는 그것과는 전연 다른 것이 나의 마음을 뒤흔들고 있다는 사실을 눈치도 챌 수가 없었던 모양이었다.

  한 동생이 집 안으로 들어가 두 개의 높다란 목재의 촛대를 갖고 나왔다. 구형의 유리 속에서 짤막하면서 굵은 초가 불타고 있었다. 썩어가는 격자 울타리가 흔들흔들 춤을 추기 시작했다. 집으로 돌아오는 그녀의 아버지가 그 불빛에 어른거렸던 것이다. 그가 갑자기 뜰에 모습을 나타냈다. "손님이 왔는가?" 하면서 묻는 그의 음성이 들렸고 이어 양손을 벌린 거대한 인물이 나를 향해 비틀거리며 다가왔다. "나와 당신은 잘 맞는데, 담박에 알 수가 있거든". 그는 맥주에 취한 듯한 말투로 말했다. "딸 중에 마음에 맞는 사람이 있으면 기꺼이 마누라로 증정하겠네……" 나는 젠츠의 마음을 생각하고 조마조마했다. 그녀라 해도 처음 보는 손님에게 부친의 취한 모습을 보여주는 게 괴로울 것에 틀림없다고 여겨졌기 때문이었다. 그러나 그것은 기우였다. 이미 일요일 전야의 기분이 지배하고 있어 조금쯤 취했다는 게 부끄럽게 여겨지지가 않았던 것이다. 모두가 웃음을 터뜨렸고 막내가 맥주를 가지러 지하실로 뛰어갔다. 내가 물을 좀 달라고 한 말을 사양이라고 여기고 물을 주지 않았다. 자두나무에는 밤바람이 불었으며 박쥐들이 나뭇가지를 스쳤다. 모두의 맥주잔은 계속 비고 다시 채워졌고 스스럼없는 축연이 벌어졌다. 잠시 후 어른들은 잠이 오는지 안으로 들어갔고 동생들도 그 뒤를 따랐다. 나는 발트키르헨으로 돌아가려고 자리에서 일어나 젠츠에게 인사를 하면서 내일 또 만날 기회를 달라고 했을 때 나는 또 한 번 마음이 담긴 접대에 감동하지 않을 수가 없었다. 부친은 한 마디도 입 밖에 내지 않고 나를 뒤따라서 여관에 들러 취했으면서도 나의 짐을 걸머지고 집으로 날라왔기 때문이었다. 모든 게 준비가 되어 있었고 시인은 그녀 자신의 방을 내게 빌려주었다. 내가 거기에 머무는 동안 그녀는 안채에서 잔다면서 "저의 책상도 마음대로 쓰세요" 하고 그녀는 말했다. "서랍도 잠겨 있지 않아요. 가운데 것은 편지를 넣어두는 서랍이니 마음 놓고 읽어 봐도 좋아요. 저의 생활에는 아무런 비밀도 없으니까요." 그 다음 그녀는 이런 고백을 했다. 자기 뱃속에 들어 있는 벌레가 아직 마신 것이 부족하다는데 이제는 지하실에는 한 방울도 없다. 내일은 일요일이니 부친을 위해 몇 병 준비 해 두어야 한다. 만약 그렇게 피로하지만 않다면 함께 에르라우 —츠비젤까지 동행해주지 않겠는가, 거기에는 최고급 술이 있다. 얼른 통을 갖고 나오겠다.

"여 시인에게 반하면 못써요" 하던 동생의 농담이 생각났다. 그러나 젠츠는 아무런 위험을 의미하지는 않았다. 그녀가 유명인사라는 사실이 우선 나의 성애性愛를 쫓아버렸다. 나의 소원은 다만 그녀와 친구가 되는 것이었다. 사귀는 동안 그녀가 나를 그럴만한 사람으로 보아줄는지가 의문이었다. 게다가 또 다른 것이 그녀에게서 여인을 느끼지 못하게 했다. 그리스 신들처럼 내게도 장대한 몸집이 싫은 것은 아니었으나 너무나 큰 몸집은 무언가 성性을 초월한 것으로 느끼지 않을 수가 없었다. 그녀의 신기한 음주능력도 나의 경탄을 자아내게는 했으나 연애감정을 일으킬 수는 없었다. 그러므로 나는 담담한 기분으로 밤이 내려앉을 것 같은 팔월의 밤하늘 밑을 그녀와 나란히 걸으며 그녀의 신상 이야기에 귀를 기울였다. 그녀의 재미난 화술話術은 잠시 그것이 고달픈 과거였음을 잊게 할 정도였다. 그녀의 재능은 아주 어릴 적부터 나타나 초등학교 시절에도 사람들이 찾아와 축시祝詩 따위를 부탁했다는 것이다. 그런 이야기는 무조건 믿을 수가 있었으나 그녀가 어렸을 때부터 제일 좋아하는 구경거리는 앞뒤 생각 없는 남자들의 거칠은 폭발이었다는 데는 아연했다.

그녀의 아버지는 당시 쉬프베크에서 음식점을 경영하고 있었기 때문에 일요일 같은 때면 성업을 이루었다. 가끔 격하기 쉬운 산지 사람들이 맥주에 거나하게 취해 싸움을 시작하면 튼튼한 맥주잔으로 바이에른인의 특유한 닥닥한 머리를 까는 수가 있었다. 그렇게 넓은 홀에서 하는 싸움은 여덟살박이 그녀에게는 대단한 체험이었다. 아버지가 싸움을 말리려고 애를 쓴 동안 그녀는 집 안을 뒤져 맥주잔을 모아다가 그것을 양쪽 사람들의 손에다 슬쩍슬쩍 쥐어주었다. 19세 때에 앞서 이야기한 그 쾌활한 부인의 이야기를 썼었다. 휘여지지도 꺾여지지도 않으며 간구와 궁핍의 생애를 보낸 후 환호성을 울리며 이 세상을 떠났던 한 여인의 생애를 그린 것이었다.

전에는 괜찮게 살았으나 점점 가난해져 가는 부친으로서는 젠츠가 가사를 돌보지 않고 조그마한 방에 들어박혀 무엇을 쓰고 있는 게 좋을 리가 없었다. 그러나 그의 불만은 이제는 완화되게 되었다. 가끔 신문사에서 고료를 부쳐오기 때문이었으며 딸은 딸대로 그것을 고스란히 아버지의 책상 위에다 놓아 주기 때문이었다. 그러나 그녀로서는 잔소리를 하던 이전의 아버지 쪽이 더 좋았다. 이제는 아버지가 오히려 열을 올려 창작을 채근하기에 이르렀기에. "써라, 젠츠. 많이 쓰거라!" 아버지는 그렇게 응원을 하면서 매일 시인을 강박해서 그녀의 공상을 박살내곤 했다.

어느 때 발트키르헨의 시장관리자의 부인, 아우구스테 우네르트르가 쉬프베크로 그들을 찾아왔다. 색다른 그 아가씨와 사귀어 보려던 때문이었다. 그날부터 젠츠에게는 만사가 미소를 짓기 시작했다. 아기가 없는 슈바벤 태생의 그 젊은 부인은 비범한 것에 대한 후각과 함께 타고난 사교성을 갖고 있어 이후 이 여류 시인을 위해 전력을 다 기울였다. 그 열성은 젠츠가 미국에서 숨을 거둔 지 이미 몇 년이 되는 지금까지도 계속되고 있다. 사실 그 부인의 노고가 없었다면 나의 아버지가 그렇게도 애독하는 그 소책자도 결코 햇빛을 보지 못했을 것이다.

우리들은 현대작가에 대해 이야기했다. 시골에 사는 그녀 쪽이 오히려 나보다 많은 작가들을 알고 있었다. 특히 여류 작가들에 관해 그러했다. 그녀의 이야기로서 나는 처음으로 먼 북쪽 나라에 셀마 라게르뢰프(스웨덴의 여류 작가, 1909년 노벨문학상 수상자)가 살고 있음을 알게 되었는데 젠츠는 특히 그 여류 시인을 좋아했다. 그녀는 《게스타 베어링》을 애독하면서도 그 주인공들을 별로 대단하게는 생각지 않았다. 자기는 '보다 진지한 인간'에 대해서는 별로 취미가 없다. 그리고 겉만 번드레한 남자는 아주 싫다. 남자에게는 다소 거친 데가 있어야 된다. 그런 남자에게는 별로 기대를 걸 수가 없다. 그녀는 그렇게 고백했다. 그 고백을 듣자 나의 마음은 가벼워졌다. 그녀가 나를 좀더 알게 된다면 나는 그녀에게서 급제 점수를 받을지도 모르겠다는 희망이 머리를 쳐들었다. 실제로 그녀는 다독이었다. 산과 숲에 쌓여 살아가면서도 대도시에 사는 나보다 시대정신의 출현에 귀의하고 있었다. 어린이가 갖는 이중적인 성격이 성년이 되면서 명확하게 전개를 본 것은 없다. 그녀만큼 부드럽고 몽상적인 모습을 갖는 사람이 없으면서도 그녀는 또한 자유분방한 것, 격동적인 것에 몰입하고 있다. 그녀는 또한 새롭고도 참된 인간성을 열망하고 있었으나 우리들처럼 그것을 개개 영혼의 정화에 의해서가 아니라 루트비히 자이델처럼 대중에 의한 강력한 변혁에서 기대하고 있었다. 때문에 그녀가 부드러운 목소리면서도 조리있게 사회의 게으름뱅이들에 대해 통박하는 것을 듣노라면 묘한 기분이었다.

  나는 실상 내적 갈등 때문에 그녀를 찾아왔던 것이지만 그녀와 이야기를 나누는 동안 그 이야기는 꺼내지 않는 게 좋으리라는 것을 깨닫게 되었다. 내 마음의 불안이 무엇 때문인가를 말로 표현한다는 게 결코 쉬운 일이 아니었다. 또 표현해 본다고 해서 그녀가 그걸 중대사로 느낄 것 같지도 않았다. 일반적인 세상의 부정에 대해 분격하는 그녀에게 나 자신도 잘 모르는 숨은 장애를 확실하게 이해시킬 말이 찾아질까? 아말리에의 일도, 아직도 그 울림이 남아 있는 아르디느의 일에 대해서도 그녀에게 어떤 개념을 갖도록 한다는 것, 그것을 내가 어떻게 설명할 수가 있겠는가. 그렇다. 이미 낯선 존재가 되어버린 첫 여인에게로 가는 길을 막는 것, 또한 모든 가난한 자들의 곤궁보다는 나 자신의 갈등이 내게는 보다 중요하다는 것을 어떻게 설명한단 말인가!

젠츠는 백오십 년 이래로 바이에른과 뵈머의 삼림지방에 전해 내려오는 예언에 대해 화제를 돌렸다. 사람들은 잠시 그것을 잊고 있으나 그것은 별안간 밤의 물레를 돌리는 방을 빠져나가게 되리라고. 작품 속에서 단순 소박한 전원의 운명을 그려내곤 하던 그 시인은 이제 보다 넓고 보다 막연한 세계에 대해 이야기했다. 그녀는 그 세계를 앞으로 작품을 위해 보류해 두었던 것일까. 그녀는 아마도 나를 훌륭한 청중의 하나로 선택했겠지만 좀더 적합한 사람을 고르는 게 나을 뻔했다. 일상에도 불가사의함이 그렇게도 많다는 사실을 겨우 깨닫기 시작하는 젊은이, 동화에 대한 참다운 감수력을 갖지 못한 젊은이는 아무래도 이미 죽어버린 숲지기의 입에서 나온 것 같은, 그런 예언을 꾸며낸 동화로밖에는 받아들일 수가 없었기 때문이다. 끄는 말도, 수레채도 없는 철마鐵馬라는 것은, 이미 기차라는 형태로 나타났지만 아직, 자동차는 없던 시절이었다. 시골 아낙네들이 쓰는 검은 흑두건을 까마귀머리라고 불렀는데 그런 것이 필요 없게 되면 어느 시기에 가서든 대전쟁이 일어나리라는 예언은 아직 실현되지가 않았다. 때문에 나는 전쟁의 예언도 황제나 왕이 추방되며 지폐가 쓰이지 않게 된다는 예언도 믿을 수가 없었다. 또한 나는 인간이 새처럼 날게 되리라는 말도 재미있게는 들었으나 진부한 공상으로밖에는 여겨지지가 않았다. 그러나 얘기하는 사람은 그런 환상담에 열을 올렸다. 그녀는 또한 전쟁이 끝나면 언제인가 찾아올 암흑기에 대해 믿고 있는 것 같았다. 사람들은 서로 미워하고 하늘은 징조를 나타내어 대청소를 하고 말 것이다. 두 개의 빵을 팔에 안고 도망치던 사람은 한 개를 떨어뜨려도 그대로 계속 뛰는 편이 좋다. 빵 하나로 충분하다. 얼마 후면 그 전부를 잃어버릴 터이므로. 밤이 되어도 라헬이나 루젠 산상에서도 등불 하나 보이지 않을 것이다. 삼림은 황폐하고 사람 그림자가 없는 창에는 풀만이 무성하리라. 그러나 얼마 후에는 다시 경건한 평화의 시대가 온다. 그 때 살아남은 자는 집이나 땅을 얻게 될 거며 일손이 많을수록 중시하리라. 그녀의 예언은 계속되었다.

그 기묘한 예언에서 나는 내가 구하고 있는 것이 조금도 찾아질 것 같지가 않았다. 우리들은 잠시 말없이 걸어갔다. 문득 젠츠가 밀밭가에 서 있는 검은 기둥 같은 것으로 다가가서 거기에 손을 얹고 가슴을 치는 모습이 희미한 별빛으로 보였다. 그녀는 자신의 행동을 설명했다. 거기서 그녀와 제일 친했던 동창생, 마르가레트가 벼락을 맞아 죽었다고 했다. 소나기를 피하려고 마르가레트는 그곳으로 몸을 숨겼으나 마침 낫을 들고 있었으므로 그것이 벼락을 꾄 것이었다. 그 때로 10년이 지났지만 그곳을 지날 때마다 그 친구의 명복을 위해 성호를 긋지 않을 수가 없다는 것이었다. 다른 경우에는 무신론자이면서도 그녀의 무신론에 대해 내가 주의를 기울이자 그녀는 껄껄대고 웃었고 "제가 만일 기독교도들을 박해하던 시대에 태어났다면 누구에게도 지지 않을 열렬한 예수의 사도가 되었을 거예요. 맹수의 우리에 던져져도 태연했을 거며 결국은 카타콤베(로마에 있는 기독교도들의 지하묘지)에 묻혀졌겠지요. 그 때는 교회가 가난해서 세속적인 권력이 없을 때였어요. 그러니 저도 교회를 위해 온 몸을 바쳤을 거예요."

그 부드러운 반역아의 입에서 초기 그리스도교 세계에 대한 찬미를 듣는 건 이상스러웠다. 그러나 그 찬미에는 그녀의 감정이 그내로 깃들어 있었다. 본원적인 인간이 동경하는 것은 항상 위대한 창시자의 시대이다. 그리고 어느 종교가 확실히 순수한 영향을 주는 것은 그것에 귀의를 고백하는 것이 위험을 의미하는 시대에 한정된다. 에르하우 — 츠비젤에 닿자 나는 양조장 밖에 있는 돌 위에 앉아 그녀가 맥주통을 갖고 나올 때까지 기다렸다. 따뜻한 밤의 미풍이 불을 어루만져 잡으며 유혹했으나 머리 속은 아직 깨끗했다. 여시인이 그려보였던 암울한 미래에 대한 여운이 귓전에 메아리치는 한편으로 어린 시절 메기에게서 들은 이야기가 아름다운 선율로 울려 퍼졌다. 나는 뜻밖에도 온 생명력이 유년시대의 샘에서 흘러나옴을 느꼈다. 나는 귀로에 접어들자 다소 숨을 헐떡이는 그녀의 손에서 맥주통을 받았고 그녀는 전보다 말이 적어졌으며 몇 번이나 걸음을 멈추고 손수건으로 땀을 닦았다. 나는 나의 부친이 카렌다에 실렸던 그녀의 초상을 보고 그녀에게 관심을 갖게 되었노라고 말하고는 그 옛 복장을 한 그녀의 모습을 언제인가 다시 볼 기회가 없겠느냐고 물었다. "내일이면 돼요" 하고 그녀가 말했다. "마인들 여관에서 결혼식이 있는데 신랑신부가 다 우리 패거리거든요. 우리 모두가 가요. 거기에 가면 아우그스테와도 알게 될 거예요."

집 안에 들어가서 편히 쉬라는 인사를 나누었을 때는 드라이셀의 하늘에는 이미 희미한 새벽의 여명이 비치기 시작했다. 그날 하루에 그렇게도 먼 길을 걸었는데도 나는 잠이 얼른 오지가 않았다. 게다가 책상서랍을 열어봐도 좋다는 허락을 받았던 생각이 났다. 그러나 두 통의 편지를 본 것만으로도 충분했다. 한 통은 페터 로제거가 향토문학에 공헌을 하는 여성에게 인사를 보낸 것이었고, 또 한 통은 깨알 같은 서체로 나의 호기심을 끌었는데, 그것은 미하엘 게오로크 콘라트가 이 묘령의 작가에게 열화 같은 찬사와 고무를 준 글이었다. 이제야 내게도 정신의 성좌星座와의 연결이 감지

되었다. 튼튼한 체격에 블론드의 곱슬머리를 늘어뜨린 프랑켄 태생의 문인이 바이에른관에서 센세이셔널한 데멜의 밤을 경청하던 모습이 떠올랐다. 그리고 그가 보내준 격려의 편지는 나의 두 친구와 내게도 위안이 되는 것 같았다. 촛불은 베틀과 거기에 걸린 천을 비쳐 주었다. 여기서 그녀는 소설을 쓰고 있구나 하면서 중얼거리는 동안 나는 벌써 잠에 떨어지고 말았다.

결혼식장은 시골풍으로 소박하게 꾸며져 있었고 우리들이 갔을 때는 이미 주연酒宴이 시작된 뒤였다. 얕은 천장과 작은 창문 때문에 넓은 홀인데도 침침하고 어두웠다. 실제로 램프에 불이 켜져 있었다. 시골 사람들이 탁자를 거의 점령하고는 남자들은 큰 술잔을 앞에 놓고 푸른 상추를 곁들인 구운 고기를 먹고 있었고, 예부터 내려오는 금색의 두건을 쓴 여자들은 커피와 케이크를 먹는 중이었다. 도착하자마자 젠츠의 아버지는 우리들과 헤어졌다. 벌써 적당한 상대를 찾은 것이다. 스페젠이라는 그 상대는 그를 보자 대뜸 잔을 내밀었고 거기에 자리를 잡은 그녀의 아버지는 그 후 한 번도 우리가 있는 곳으로 오지 않았다. 그 날의 진짜 행사는 넓은 방 한 쪽 끝에서 행해지고 있었으나 우리들에게는 보이지가 않았다. 악대가 방 중앙을 점령한데다 선객들이 꽉 차 통로까지도 막혔기 때문이었다. 큰 북과 나팔소리가 가끔 그치고 무언가 격언이나 짧은 노래가 불려지곤 했다. 대개는 그것에 이어 폭소가 터졌다. 잠시 후 창이나 천장은 지칠 줄 모르는 주악대의 고음으로 흔들거릴 정도였다.

그 때 도시풍의 진주색 옷을 입은 젊은 부인 하나가 우리들에게로 다가왔다. 건강과 친절함으로 빛나는 여인. 그게 아우구스테 우네르트르가 아니고 누구겠는가. 우리들은 그녀의 안내로 식탁에 앉았다. 우리들을 위해 비워두었던 자리였다. 그녀의 남편은 지나치게 마른 사람으로 위협적인 표기병식으로 콧수염을 기르고 지친 듯한 시선으로 조용히 살피면서 내객들을 서로 소개시켜 주었다. 빈에서 온 크란니쉬슈텐 각하와 잘렌제크 각하가 있었다. 젠츠 숭배와 쾌적한 피서지의 선택을 함께 하기로 한 사람들이었다. 또 그 옆에는 슈라텐타알 교수가 있었는데 젠츠에 대한 열렬한 구혼자인 동시에 《고난을 넘어선 잇타》의 출판을 위해 애써 준 사람이었다. 물론 그 고장 사람들도 자리를 함께 하고 있었다. 거기에는 토니 일크마이어도 참석했는데, 현재는 파사우의 지방의사이지만 당시는 나와 같은 의학부 학생이었다. 다만 나보다 근면하고 엄격하게 과학에 몰두하고 있던 점이 다를 뿐이었지만, 그의 침착한 손놀림을 본다면 눈이 제대로 박힌 사람이라면 그에게서 미래의 대산파를 예지할 수가 있었을 것이다. 그는 얼마 후 그 섬세한 손을 새로 태어나려는 무수한 존재에 내밀어 그들을 위협으로부터 끌어내 주었다.

일동의 시선을 받고 있는 여 시인이 어젯밤과는 전혀 다른 사람처럼 보여 나는 그걸 만족스럽게 생각했다. 어젯밤 처음 보는 내게 그렇게도 개방적으로 자신의 생활을 들여다보게 해준 그녀가 아니었던가. 그녀는 미소를 지으며 질문자들에게 적당히 응구접대를 했다. 그녀도 나와 똑같은 기분임을 알 것 같았다. 그녀도 보다 초범적인 것, 정신적인 것과 위대한 감정을 구해 그걸 지켜보고 있는 것이다. 그러나 그 날의 모임에는 보다 순진한 맛이 있었다. 그 세기의 보다 높은 공기 속에서 속삭여지는 음울한 예언에 대해 다소나마 촉각을 돋구고 있는 사람들은 그 모임에는 별로 없었다. 그들은 인생의 조용한 향상과 정화의 사상을 신봉하며 타인이나 투정이나 의견에 관용했으며 어떤 분쟁도 결국은 원만히 해결되는 것으로 믿었으며 세계의 평화를 즐기면서 그것을 영구적인 것으로 생각하고 있었다. 니체에 대해서는 그 철학자가 정신착란증 환자이며 초인주의를 창시한 사람이라고만 알고 있는 사람이 겨우 몇 명뿐이었고, 전쟁의 가능성이 왈가왈부되어도 그것은 마치 학자가 몇십억 년 후에 태양계가 위협할지도 모르는 천문학상의 재난에 대해 이야기하듯 들었다. 그러나 호의라는 형식으로 나타나는 심정이 갖는 힘은 시대를 초월하는 것이었다. 아우구스테 우네르트르는 모든 사람들을 지배하며 교화했다. 세상이 아무리 편협한 시대가 되어도 절대로 냉혹한 마음을 가질 수 없는 여인, 어린 시절부터 그런 마음씨가 겉으로 나타났던 여인, 그녀는 바로 그런 사람의 하나였다. 어머니로서의 행복을 받지 못한 그녀는 자기에게로 가까이 오는 사람들을 어린애처럼 사랑했으며 그들이 서로 친하게 지내도록 이것 저것 돌봐 주었고 칭찬이나 조언을 아끼지 않았다. 그녀는 손가방에서 선물을 꺼내 모두에게 나누어 주었다. 색칠을 한 목각의 나막신으로 실제로 숲 사람들이 신고 다니는 실물 그대로의 크기였는데, 명주실로 매어져 있었다. 물론 신이라는 것은 이교도들이 가장 존중했던 선물이었음을 덧붙여 말하는 것도 잊지 않았다. 그 마음씨는 그녀의 전 존재를 말해 주는 하나의 상징적 행위였다. 거기에 앉았던 사람들은 모두 그 선물에 대해 고마워하면서 정에 넘친 건배가 계속되었다.

  우리들 모두는 백포도주를 마셨으나 단 한 사람만이 적포도주였다. 젠츠와 아우구스테 사이에 앉아 있는 그 말없는 인물은 무언가 다른 데가 있었다. 그는 그 자리에서 떠들썩한 시대에 살고 있는 것을 염려했던 유일한 인물이었는지도 모른다. 그는 발트키르헨 재판소의 법학사 유레스 지버라고 소개된 사람이었으나 그 시민적 존재가 갖고 있는 깊은 표피 속에는 보다 강력한 존재를 느끼게 하는 것이 있었다. 머리는 로마 말기의 황제들의 흉상을 생각나게 했으며 깨끗하게 면도를 한 노란 대리석 같은 얼굴로 그 느낌에 딱 들어맞았다. 더욱이 그 얼굴에는 방심의 흔적이 그대로 드러나고 있었다. 검은 비로드의 윗옷을 입었으며 검고 가는 넥타이를 매었다. 그의 등 뒤의 창문 턱에는 역시 검은 바이올린 케이스와 그 옆에 파나마모자가 나란히 놓여 있었다. "뒤에 저 분의 연주를 듣게 될 거요" 하고 슈라텐타알 교수가 내게 소곤거렸다.

파가니니의 재현 같은 그 사람 곁에 앉아 있는 여 시인의 모습은 얼마나 독특했던가. 조상으로부터 물려받은 금실로 장식된 고풍스러운 옷, 그것은 모두에게서 칭찬을 받았으나 나는 그 아름다운 옷차림에 싸인 그녀를 바라보며 슬픈 감정을 버릴 수가 없었다. 그녀의 운명이 예감된 탓일까. 어두운 색깔의 넓은 잠옷으로도 이마는 조금도 가려진 데가 없었고 등에는 잠옷주름이 그대로 흘렀으며 가슴과 어깨를 덮은 또 하나의 천은 유백색의 비단이었다. 군데군데 짜 넣은 자수는 패랭이꽃처럼 부드러운 분홍색이었다. 물론 그녀만이 그런 차림은 아니었다. 그녀는 완전히 숲사람이 되려 했으며 또 그렇게 되어 있었다. 그러나 그녀를 두드러지게 보이게 하는 것은 무서운 고독이었으나 그녀는 그걸 고백하려 하지 않았다. 별안간 그녀가 몸을 일으키며 나의 어깨를 두드렸다. "헌배獻盃를 드리고 와야겠어요. 따라 오세요!"

사람 울타리가 약간 얇어져서 전경이 바라보였다. 식탁보를 씌우고 장미꽃이 뿌려진 식탁 위에는 촛대 두 개가 타고 있고 그 사이에 은십자가가 세워져 있었다. 그 밖에도 포도주를 가득 채운 수정 유리에 무늬가 있는 컵과 높다란 다리가 달린 잔이 놓여져 있었으며 비단을 씌운 도자기로 만든 접시 위에는 놋쇠로 된 잔이 받쳐져 있었다. 근친자들에 둘러싸여 그 중앙에 신랑신부가 앉아 있다. 신랑은 소박한 검은 복장으로 윗옷에다 만년랑萬年榔 가지를 꽂았으며 흰옷 차림의 신부는 갈색머리에다 베일과 화관을 쓰고 있었다. 신부는 아직 반은 어린애이지만 의의 깊은 그 날의 감격에 잠겨 있는 것이었다. 두 사람은 단정히 앉아 있고 거기에 촛불이 영적인 취향을 불어넣어 주었다. 신랑신부 곁에는 시중드는 사람이 있어 역시 만년랑 가지를 꽂고 내객들이 보는 앞에서 접시에 놓인 돈을 집어 비단을 깔은 화분에 다 집어넣고 있었다. 한 어린 소녀가 앞으로 나가 금화를 바치고는 작은 목소리로 축가를 불렀으나 다른 유쾌한 목소리에 섞여 잘 들리지가 않았다. 소녀는 신랑신부에게 악수를 나누고 술잔을 하나 집어 들었다. 그 때 음악이 별안간 더 요란스럽게 울렸다. 축가를 하던 소녀는 몸을 돌이켜 악대를 위해 큰 나팔 속에다 은화를 던져 넣은 다음 자리에서 물러선다. 점심때부터 되풀이되어 그런 식으로 계속되고 있는 것이다. 어린 신부로서는 그 여러 사람의 헌배에 견디기가 무척이나 힘들겠지만 그녀는 조심스럽게 입술을 축일 정도로 잔에다 입술을 대기만 했다.

젠츠가 헌배를 드리려고 자리에서 일어나서 어떤 사람과 이야기를 나누고 있을 때였는데, 곁에서 노파 하나가 그 굽은 허리로 내게 다가왔다. 노파는 내 팔을 붙잡으며 양친은 여전히 무고하신가, 나의 약혼은 벌써 확정이 되었느냐면서 계속 질문을 해댔다. 얼굴에는 검은 갈고리코가 축 삐어져 나왔고 머리칼에는 광택이 하나도 없었으며 눈에는 아무런 빛도 반사되지 않았다. 노파는 나를 다른 사람으로 착각한 모양이었다. 나는 그걸 눈치챘으나 노파의 말을 막고 싶은 생각은 없었다. 이 때라는 듯 떠들어대는 노파는 얼마나 유쾌했을 건가. "자네는 참 잘 골랐어. 누구에게 물어봐도 그렇다니까." 노파는 나팔소리 때문에 악을 쓰듯 외쳤다. "자네의 새색시는 꽃봉오리 같아. 거기에다 집과 땅도 갖고 오겠다, 암, 그래야지. 땅이 있어야 하지. 땅은 일생의 전부야. 좋아하는 아가씨를 얻어 한 솥의 밥을 먹고 똑같은 기도를 드리며 다른 여자에게는 한눈도 팔지 않고 그 여편네를 상대로 아이를 낳아 키우며 그 아내와 동고동락을 함께 하다가 나중에 죽어서는 같은 묘에서 같은 흙이 되는 것, 그게 바로 참다운 일생이라네. 그리고 그게 하느님이 사랑하시는 인간이야."

"도르네르 할머니, 할머니의 설교 상대는 다른 사람이 아니에요?" 하고 젠츠가 끼여들었다. 노파는 내 손을 놓았다. "그러면 저 젊은 베른하르트 선생이 아니란 말이지?" 노인은 흐릿한 시선으로 나를 살펴보았다. "베른하르트가 아니에요. 할머니 이분은 도나우 강 골짜기에서 오신 분이에요." 반은 눈이 보이지 않는 것 같은 노파는 생각에 잠겨 고개를 수그렸다. "다른 사람이라고? 그렇다면 왜 가만히 있었지?" 노파는 인사도 없이 손으로 더듬대며 먼저의 자리로 되돌아갔다.

그 때 식장에는 하나의 변화가 일어났다. 악대가 쉬고 다른 음악이 울리기 시작한 것이다. 극히 얕은 음색이었으나 손님들은 이상한 감명을 받아 서로의 얼굴을 마주 쳐다보았다. 그렇다. 그 떠들썩한 나팔소리에도 누구 한 사람 이야기나 웃음을 그친 사람이 없었는데 이제는 남녀노소 할 것 없이 모두가 잘 들리지도 않는 그 음악소리에 숨을 죽였다. 창백하고 피곤에 지친 로마형의 얼굴에 검은 예복차림을 했던 신사의 연주였다. 그는 여 시인이 신랑신부에게 헌배를 할 때, 촛대가 어른거리는 탁자 곁에 서서 바이올린을 연주한 것이다. 그 자리에 있는 어느 누구도 그렇게 면면히 흘러나오는 황금의 음율에 귀를 기울여 들어본 적이 없으리라. 그것은 마치 영혼이 이별을 고하며 속 깊은 비밀을 고백하고 있는 것 같았다. 식장은 물을 끼얹은 듯 조용했으며 사람들의 시선은 모두가 부드러워졌다. 나는 그것이 끝나면 내객 일동이 함께 추는 무도회가 열린다는 것을 알고 있었으므로 곡이 끝날 쯤해서 조용히 그 자리를 떠나 옆방으로 내려갔다. 그곳에는 손님이 하나도 없었다. 편지가 온 게 없느냐고 물어볼 작정이었고 짙은 커피로 수면부족에서 온 피로를 덜려고 했던 것이다. 그러나 그 시간에 나의 생활권에는 멀리서 아름다운 성좌星座가 스쳐 지나갔다. 나는 아직 그 눈짓을 이해할 수는 없었지만 나는 확실한 목표도 없이 미지의 괘도를 달리고 있었던 것이다. "우편물이 저기에 있어요" 하고 여급이 선반을 가리키며 말했다. 나는 거기서 우편물을 꺼냈다. 봉서 한 통과 엽서 하나였다. 어머니는 아버지가 별안간 발열하여 자리에 누우셨으나 이제는 거의 회복되셨다는 소식과 더불어 내가 즐거운 나날을 보내게 되기를 바란다면서 농담투로 화학방정식을 잊어서는 안 된다는 말로 봉서를 끝맺었다. 어머니의 편지 밑에는 한 장의 엽서가 놓여 있었는데 거기에는 라틴어 서체와 비슷한 뚜렷한 필치로 밑도끝도없이 이렇게 쓰여 있었다. "게으른 사람에게 경고한다. 새로운 시를 보내라." 그 밑에 인사말 몇 마디가 계속되었으며 스테판 게오르게(릴케와 더불어 독일 현대시를 대표하는 시인)의 서명이 있었다.

  그 두 줄의 엽서를 읽을 때 어떤 생각이 내 머리를 스쳤는가 하는 것을 그렇게 많은 세월이 지난 이제 정확히 말로 표현하기란 헛수고에 지나지 않으리라. 단지 나는 내가 그런 특별대우를 받을 자격이 없다는 사실만을 알고 있었다. 우리 일당들은 그 거장의 명성을 알고는 있었으나 그 작품에 스친 적은 없었다. 뮌헨의 프로메티우스가 우리들에게 가져다 준 불꽃은 전혀 다른 지방의 것이었다. 그는 게오르게를 읽지 말라고 하지는 않았지만 그의 시라는 것은 학자적인 시기詩技에 지나지 않을 뿐이란 투로 말했었다. 우리들의 조언자가 표명했던 그런 절대 절명의 어조는 우리들로 하여금 그 때까지 '하늘에 걸린 정원'의 시인에게 가까이 못하게 할 충분한 영향력을 갖고 있었다. 게다가 신문지상의 조롱에 찬 논문이나 광대 같은 초상화나 농담들이 구두점과 두문자頭文字를 무시한 그 시인을 대상으로 도처에 유포되었지 않은가. 때로는 우리들 동년배 사이에도 성스러운 것을 모독하는 게 겁나고 꺼려하듯 신중과 경건으로 그 신비한 시인의 이름을 입에 올리는 사람도 있었으나 우리들은 그런 사람들을 괴짜로만 여겼었다. 그러나 타향의 여관방에서 고독에 에워싸여 있으면서 보이지 않는 영역에서 보내진 그 짧은 경고는 이상한 힘으로 나의 마음을 쳤으므로 나는 잠시나마 그 저명인사가 어떻게 나의 일을 알고 있을까 하는데 대해서 의심도 하지 않았다. 나는 게다가 나 자신을 게으른 사람으로 여기지 않는가. 우리들의 프로메티우스를 분격시킨 그 놀랄만한 필체에는 무언가 위엄이 도사리고 있어서 나는 이미 그 인물의 적대자들을 불신하기에 이르렀다.

물론 그 엽서를 뒤집어 보았을 때, 그것은 내게 온 것이 아니라 마침 그 여관에 투숙 중인 칼볼푸 스켈이라는 박사와의 통신임을 알게 되었다. 앞서의 체험이 되풀이된 것이었다. 눈이 거의 보이지 않는 노파는 엉뚱한 사람에게 조혼早婚의 노래를 소리 높이 들려 주었고, 저 명쾌한 필체의 엽서는 내가 당사자가 아니라는 것을 알고서도 내게 대한 지배력을 잃지 않았는데 그것은 참으로 행복스러운 청춘시절의 몽환 덕택이었다. 그리하여 청년은 기꺼이 사물의 연관을 믿고 모든 것을 자기 자신과 관련시켜 받아들였다.

나는 엽서를 제자리에 올려놓고 여급이 날라다준 커피를 마시기 시작했다. 무도와 음악으로 천장이 진동하기 시작했을 때 아름다운 블론드의 여인 하나가 바짝 마른 남자를 따라 그곳으로 들어왔다. 부인은 도깨비부채꽃과 밀이삭의 수를 넣은 챙 넓은 밀짚모자를 쓰고 있었고, 신사는 아시리아형의 검은 수염이 창백한 얼굴을 덮고 있었다. 그는 엽서를 집어서는 탁자 저 쪽 끝에 앉아 두 사람이 함께 그걸 읽었다. 그들의 감동은 나보다는 훨씬 약한 듯이 보였다. 나의 가슴은 넘쳐 흐르기 시작해서 도저히 입을 다물고 있을 수가 없었다. 그리고 그 미지의 사람들은 비교적 쉽게 내게 담화의 기회를 베풀어 주었다. 차분히 이야기를 나눌 틈은 없었다. 그들은 마침 출발을 서두르는 중이라고 말했기 때문이었다. 쿠바니의 원시림과 오세르 지방의 흑호黑湖가 그들의 다음 목적지였다. 내가 어떻게 마지막 15분간에 이야기를 현대문학으로 옮기게 되었는지는 확실히 생각나지는 않지만 그런 류의 화제는 그 두 사람에게도 그렇게 싫은 것은 아니었다. 내가 소설가들의 이야기를 끌어내고 혹은 하이제나 프로베르나 슈트린트베르히나 게젤사프트지의 기고자들에게 대해 이야기를 하자 박사는 비평은 삼갔지만 현대 정신세계의 중심은 다른 어딘가에서 구해야 될 거라는 의향을 숨기지는 않았기 때문이었다. 그는 마지막으로 누구의 동의를 얻자는 것도 아닌 듯 온화한 어조로 이렇게 언명했다. 오늘날은 저작의 수나 양보다는 시인으로서의 순수성이야말로 가장 중요하다고―. 나는 처음에는 그 말을 제대로 알아듣지 못했으나 그것은 나의 기억에서 결코 사라지지가 않았다. 그리고 그 말은 내가 의식했던 이상으로 내게 적합했던 말이었다.

그 때 하인 하나가 손가방과 두 개의 배낭을 가지고 그 방을 지나 마당으로 나갔고 그 부처는 자리에서 일어났다. 그들은 내게 악수를 하면서 즐거운 체류가 되기를 빌어주었다. 내가 불쑥 스테판 게오르게는 어떤 시인이냐고 묻자 그들은 다소 놀란 것 같았다. 창 밖에는 하늘색 옷에다 은장식을 단 마부가 뜨거운 여름날의 오후의 가도街道를 향해 나팔을 불었다. 나는 노란 칠을 한 마차의 문까지 두 사람을 따라갔다. 젊은 부인은 맑은 미소를 내게 보내줬으며 남편도 불쾌한 얼굴은 아니었다. 부부는 얼굴을 마주 쳐다보았다. 바탕을 알 수 없는 이 귀찮은 젊은이에게 대답을 해줄 값어치가 있을까 어쩔까를 서로 묻는 것처럼. 말이 움직이기 시작했을 때 칼볼푸 스켈은 조용하지만 딱 자른 말투로 대답했다. "스테판 게오르게는 현존하는 최대 인물이지요."

그 강렬한 말은 당시로서는 내게는 너무나 지나치면서도 간단한 대답이었다. 문제의 이름이 미치지 않을 높은 곳으로 떨어져 가버렸던 것이다. 그러나 방으로 되돌아와 탁자 앞에 앉자 나는 또다시 그 거장이 보내준 경고의 진정한 수령자는 자신이라고 느끼기 시작했다. 물론 내 마음을 끊임없이 움직여 주는 것은 '게으른 사람'이란 표현이었지만. 그 비난은 내가 갖고 있는 최대의 약점을 건드렸다. 나는 지난 겨울부터 미로를 방황하며 최선의 것을 낭비하고 자기 자신을 추구하려고 하면서도 점점 거기서 멀어져 간다는 생각으로 괴로움을 받고 있었던 것이다. 새로운 독일 청년층의 정신적 정진에 대한 게오르게의 의의는 나는 당시 희미하게나마 이해를 못했으며 장래 나 자신의 진로에 그것이 큰 힘을 줄 날이 있으리라는 것도 간파하지 못했었다.

하나의 전환기에 산처럼 버터 서서 혹은 감시하고 혹은 고무시켜 주는 준열하고도 냉담한 정신적 존재는 순수한 예술적 풍성에 떨어지지 않는 것이다. 가끔 그 양면이 한 인간의 내부에서 만나면 한 시대에 대해 잊을 수 없는 성격을 부여하는 여러 가지 힘을 낳는다. 그것은 애써 세상의 애호를 얻었던 화가의 색을 퇴색시키며 하나의 효소로써 새로운 것의 생성을 촉진시키는 일체의 발아發芽를 정지시킨다. 그런 사람들은 언제나 심연에 닿을 듯한 아슬아슬한 걸음으로 걸으며 높은 목표를 추구하기 때문에 대부분의 사람들이 빠지지 못하는 일들을 멸시한다. 동시대인들은 그들의 외고집에 대해 무한한 증오나 사랑으로 보답한다. 내가 훨씬 나이를 먹은 뒤의 일이지만 나는 어떤 교양 있는 관리와 알게 되었다. 그 사람은 내가 《생의 융단》 안에 들어 있는 두세 편의 시를 암송해서 들려주자 몹시 감동해서 그 의미와 독자적인 영향에 대해 입이 닳도록 칭찬까지 해주었다. 그러나 그것은 게오르게의 작품이라고 내가 밝히자 그는 필요 이상 거드름을 피운 작품이라고 혹평하면서 내가 그를 놀렸다고 화를 냈다. 거장의 작품에 스쳐 자신을 연마할 능력을 갖는 사람은 별로 많지가 않다. 대부분의 사람들은 그를 기피하려고 하는데, 풀은 기둥 없이 자랄 수가 있으나 포도덩굴은 그렇게는 되지 않는다.

우리들의 프로메티우스도 게오르게를 가장 아름다운 시를 쓰는 시인이란 점은 인정했으나, 그 시인에 대해 그 이상의 장점은 허용하지 않았다. 그는 게오르게를 멸시하고 있다고 생각했다. 이해심이 많다는 그도 새로운 음조를 찾아내고 문필세계에서 연약함을 추방하며 고귀한 청년의 마음에나 시대의 유혹에 대처할만한 힘을 넣어주려면 세인들의 칭찬에 대해 얼마나 초연해야 하는가를 통찰하지 못했던 것이다.

문이 열리고 현실이 쏟아져 들어왔다. 우네트르 부부, 젠츠의 양친, 빈에서 온 각하들과 토니 일크마이어가 들어와 모두 나의 행방불명에 대해 어떤 이유가 있었느냐고 물었다. 기분이 느긋한 장난기 어린 질문들이었다. 마지막으로 방 안에 들어온 사람은 얼굴이 다소 상기된 듯한 젠츠와 바이올린을 들고 있는 재판소의 유레스 지버였다. 아우구스테는 내가 혹시 기분이 언짢아 자리를 떴던 게 아니냐고 걱정했다. 그러나 슈라텐타알은 미소를 지으며 설명했다. 자기는 청년의 기분이란 것을 안다. 자기도 목적도 없이 방황했던 때가 있었다. 그리고 지금도 가끔 기분이 우울해져 어쩔 줄을 모를 때가 있다고. 그는 화요일에 모두 오버프라우엔 숲으로 소풍을 가자고 제안했으나 나는 다음 날 돌아갈 예정이라고 하자 실망하는 빛이었다. 젠츠도 그렇게 빨리 돌아가는 법이 없다고 고집했으나 그녀의 아버지만은 찬성이었다. "크리스마스에 다시 오도록 하지. 그 때는 이곳도 한가할 테니. 밀베기에 고양이의 손도 빌려야 할 정도로 지금은 바쁘니까."

 아버지의 그런 말투는 고집스러운 농사꾼의 말이어서 딸은 입을 다물었다. 돌아오는 길에 그녀는 가끔 걸음을 멈추고 한숨을 쉬었다. 그녀와 나는 점점 사람들과 뒤떨어졌다. 감정이 밝아지는 저녁 시간이 지배하기 시작했고, 나는 그녀의 마음을 똑똑히 들여다 볼 것 같은 기분이었다. 아름다운 옛 의상을 입고 곡식밭을 걸어가는 그녀를 향토가 내놓은 가장 행복한 화신化身으로 간주할 수도 있었고 그녀는 또한 실제로 화신이기도 했다. 그러나 어떤 때보다도 그녀가 작은 방에 들어앉아 소설을 쓸 때에 그렇다고 말할 수 있다. 창작하는 이외의 시간에는 그녀는 결코 행복하다고는 생각할 수가 없다. 그렇다고 억지로 농사를 거들어야 한다는 게 그녀에게는 그리 큰 고통은 아니었다. 그리고 지금은 고양이의 손을 빌려야 할 정도로 바쁠 때를 제외하고는 거들어 주지 않아도 되었다.

 직접 입 밖에 내지는 않았으나 그녀가 더 걱정스럽게 여기는 것은 방문객의 숫자가 점점 불어난다는 사실이었다. 그녀가 그 사실을 입 밖에 내지 않은 것은 나 때문이었을 것이다. 시인이 세상에 알려지게 되면 그의 기성작품들은 점점 애호가를 더 얻게 되지만 새로 태어나려는 작품에 대해서는 한 사람의 친구도 없게 마련이다. 뿐만 아니라 아주 멀리 있는 힘까지도 종종 그런 새싹을 저지하려는 음모에 가담하는 것처럼 생각된다. 진귀한 새가 그 때까지 몸을 숨기고 있던 곳에서 시대를 향해 노래를 부르다 그 소리에 귀를 기울이는 사람 가운데는 반드시 그 노래만으로 만족하지 못하는 자가 있기 마련이다. 그들은 그 새의 노래를 듣기보다는 새와 잡담을 하려하며 다른 새들에 대한 비평을 그 새를 기준으로 해서 왈가왈부하려고 든다. 어느 편이든 그들은 될 수만 있다면 그 새에게서 날갯죽지 하나라도 뽑으려 한다. 만약에 그 새가 그런 식으로 깃털을 뽑히는 것을 기쁘게 받아들이면 모르되 두 번 다시는 만나지 않겠다고 간단히 날아가 버릴 무례함을 감행할 용기가 없다면 새는 언젠가는 온몸이 발가숭이가 되어 너무나 잡담을 했던 것 때문에 멜로디를 잊어버리는 수도 있다.

그러나 젠츠의 경우는 그 위험이 쉽게 극복될 것 같았으나 그녀에게는 그녀 내부에 보다 더 큰 위험이 도사리고 있었다. 결코 채워지지 않는 그녀의 마음이 그녀의 나날을 무겁게 하는 것이었다. 이제 그녀에게서 힘을 얻어 안정을 구하려던 편력자가 그녀보다 단단한 마음으로 그녀와 함께 귀로에 오른 것이다. 물론 처음부터 내가 그걸 똑똑히 의식한 것은 아니었다. 그녀의 심적 상태를 헤아리기는 그리 어렵지 않았다. 혁명적인 것에 대한 공감, 사회개조에 의한 정의의 나라를 수립하겠다는 선언문에서 얻어낸 듯싶은 어린애 같은 신념, 도취에 대한 욕구, 폭풍을 잉태한 강렬한 성격에 대해 느끼는 기쁨, 그 모든 것은 심층에 있어 뿌리 밑의 허약함이라고 할 수가 있었다. 그것은 아마도 사랑에 의해서도 고쳐지지 않을 것이며 부숴지기 쉽고 상처받기 쉬운 약점이었다. 그녀의 안중에는 겉만 번드레한 신사는 문제도 되지 않았지만 그녀가 이끌리는 충동적이고 거친 남자에게서는 고통만을 기대할 수밖에 없을 것이다. 그녀에게는 그녀의 본질이 무엇임을 끊임없이 지적해서 가르쳐 주는 침착한 연상의 친구가 필요할 것이다.

도중에서 우리들은 여러 사람들을 만났다. 모두가 전형적인 숲 사람들로서 그녀의 작품을 통해 낯익은 존재처럼 여겨진 사람들이었다. 거만스럽게 걸어가는 젊은이는 노여움으로 사람의 가슴에다 칼을 꽂았으나 그 후 무한히 고귀한 심정으로 차츰 회복해 가는 적을 영원한 친구로 삼을 수 있었던 사나이며, 가난하고 착한 소녀는 어떤 부잣집 아들을 사모하던 나머지 마침내는 그녀의 능력 때문에 부잣집 딸을 물리치고 사랑의 승리자가 된 아가씨며 무서운 복수의 눈을 번뜩이는 사냥꾼도, 밝은 기분으로 이 세상을 하직하는 할머니도 모조리 지나갔다. 그들은 모두가 젠츠에게 인사를 했다. 나는 그들의 이름을 하나하나 기억을 더듬어 내가 그녀의 작품을 무척이나 즐겨 읽었던 애독자임을 나타내 보였다.

 그녀는 빙그레 웃으며 나의 그런 장난을 내버려 두었으나 오버른 도르푸에 가까워지자 갑자기 이상한 소리를 해서 나를 놀라게 했다. 그녀는 내게 이런 이야기를 했던 것이다. 그녀의 언니 하나가 시카고에서 결혼을 해서 거기서 살고 있는데 그녀의 양친도 머지않아 대서양을 넘어 그 쪽으로 이주할 것이다. 그리고 자기도 함께 가려고 한다. 부친은 술을 몹시 좋아하지만 머리는 명석해서 낡은 유럽에서는 별로 희망이 없다는 사실을 간파하고 있는데 그녀 자신도 그 의견에 찬성이다. 나는 그녀의 말을 처음에는 농담으로 받아들이려 했으나 나의 놀라움은 대지가 흔들리는 그런 느낌이었다. 어떤 작가들은 예술에 아무런 위험도 느끼지 않는 다른 대륙에서 살아갈 수가 있겠지만 젠츠의 경우는 전혀 다르다. 나는 그녀를 영원히 향토와 연결된 존재로 느꼈었다. 정령이나 요정들이 자기가 소속된 샘에 연결되어 있듯 첫째로 생각나는 것은 그녀가 셀마 라게르뢰프에 대해 이야기해 주었던 몇 가지 사실이었다. 셀마는 시골 초등학교의 여교사라는 자리를 박차 버리고 자유스런 창조자의 생활로 들어갔다는 이야기였다. 그녀는 가끔 여행을 시도하기는 했으나 생활의 뿌리를 스웨덴 땅에서 뽑아버릴 생각은 한 번도 한 적이 없다. 뿐만 아니라 그녀는 최근에는 인세수입으로 소녀시절을 보냈던 모르밧하에다 옛 소유지를 다시 사들였을 정도가 아닌가. 침울해진 젠츠에게 셀마와 같은 경우가 될 수도 있지 않느냐고 설득하기는 별로 힘든 일은 아니었다. 그리고 의외로 그 이론이 전혀 효과가 없었던 것은 아니었다. "셀마에 비하면 저는 아주 조그마한 토끼예요"라고 그녀는 말했으나 웃으면서 자기의 입을 너무 믿지 말라고 하기도 했던 것이다. 술을 마시면 언제나 우울해진다. 그러나 내일은 모든 게 다른 색깔로 보일 것이다. 그녀는 그렇게 말하고는 별안간 〈독사의 관〉이란 표제를 붙일 예정인 장편 이야기를 시작했다. 거기에는 삼림지방의 생활 전부와 신들이나 요정들의 전설이 담길 것인데, 추수가 끝나기를 기다리는 중이다. 추수만 끝나면 자유스러운 시간이 되므로 겨울 내내 집필을 계속하겠다. 그 신비한 표제는 나의 마음을 완전히 사로잡았으며 그제야 미국이 아무런 뜻도 없는 신기루에 지나지 않았다고 생각하게 되었다.

큰 일을 앞두고 사람들은 모두 일찍 잠자리로 들어갔고 나는 그 시인의 방으로 물러갔다. 보멘 쪽에서 얕은 천둥이 들려왔고 동네에서는 젊은이들의 노랫소리와 개 짖는 소리가 계속된다. 나는 책상에는 손도 대지 않았다. 거기에 있는 편지도 이미 내게는 알려줄 것이 없다. 그것들은 내가 알게 된 그 여 시인과는 전연 다른 존재에게 보내진 것일 뿐이다.

다음 날 아침 잠자리에서 일어났을 때 집 안에는 시인의 어머니뿐이었다. 그녀는 커피를 끓이고 있었다. 우리는 잠시 함께 앉아 있었다. 그녀는 계속 크리스마스 초대를 되풀이했다. "우리들이 언제까지 이런 일을 하게 될는지 누가 알겠어요" 하고 그녀는 떨떠름하게 미소를 지으며 말했고, 나는 따님의 재능을 칭찬하면서 옆에서 그걸 그릇되게만 하지 않는다면 해마다 좋은 평판을 얻게 되리라고 말했다. 그러나 그런 말로도 노인의 걱정을 덜어버리게 할 수는 없었다. 그녀는 빵과 구운 고기를 싸서 내 짐 속에다 살짝 넣어 주고는 성수를 뿌려 주었다. 우리들은 악수를 나눈 다음 서로의 행복을 기도했다.

나는 추수를 하고 있는 밭을 지나가게 되었다. 감사와 결별은 짧고 간단했다. 아무도 손에서 낫을 놓지 않았다. 마이어씨는 오늘은 기분이 좋지 않은 날이었다. 나는 도움을 자청했으나 그는 웃는 얼굴로 일손은 충분하다고 대답했다. 여 시인은 다른 사람들과 약간 떨어진 곳에 있었는데 넓은 밀짚모자 밑으로 보이는 얼굴에는 땀이 구슬처럼 맺혀 있었다. 그녀 주위에는 이상한 고독감이 서려 있었다. 〈독사의 관〉을 아무에게도 이야기하지 말라고 그녀는 다짐을 받았다. "그걸 아는 사람은 아우구스테 뿐이니까요. 그녀는 동화나 전설이라면 무엇이든 알고 있어서 나를 도와주기로 했어요."

나는 발트키르헨 주변을 지나 파사우로 통하는 가도에 나섰다. 거기서 하루를 묵은 다음 도나우 강을 따라 집으로 향할 예정이었다. 하늘은 회색빛 구름으로 덮여 있어 개인 곳도 푸른 그림이 아닌가 의심이 될 정도였다.

그날 오후 나는 일생 처음으로 모든 젊은이를 흥분의 도가니로 몰아넣은 대규모의 군대 예행연습을 구경할 수가 있었다. 레오프레히팅에서 과히 멀지 않은 어떤 마을에서 어떤 젊은 하녀가 커다란 빗자루로 거리를 쓸고 있었다. 그것도 무도회장이나 되듯이 정성스러웠는데 골똘하게 생각에 잠겨서. 그녀가 일하는 폼은 그녀 자신도 그 신묘함에 스스로 감탄할 지경이었다. 그리고 실제 거기에는 구경꾼들도 있었다. 짙푸른 군복에다 빨간 옷깃을 한 병사들이 담배나 짧은 파이프를 입에 물고 길가의 집이나 헛간 입구에 서서 살이 피둥피둥한 그 귀여운 아가씨의 일솜씨를 흥겹게 바라보고 있었던 것이다. 멀리서 포성이 울리기 시작했다. 이에 연습지대 한가운데 와 있다는 감정이 나를 몰아서 나는 제지를 받기 전에는 걸음을 멈추지 않겠다고 다짐하고 계속 걸어갔다. 어느 집 안뜰에 10문의 야포가 먼지를 쓰고 줄지어 서 있고 말들은 풀을 뜯고 있었다. 포수 하나가 손을 내밀어 빗방울이 떨어지는가를 살피다가 하늘을 본다. 하늘은 아침과는 완전히 달랐다. 이제는 확실한 형태를 갖춘 구름 떼들이 사방으로 흘러 먹구름과 밝은 구름이 금시에라도 충돌할 것 같았다.

　길 곁 약간 경사진 곳에 총기가 줄지어 있고 병사들은 이야기를 하면서 무언가 기다리는 모양이었다. 단풍나무 사이에 일단의 장교들이 지도를 들고 서 있었는데 모두가 란츠후트의 사냥꾼들이 입는 푸른 제복차림이었다. 가까이 가보니 그 중의 몇 사람은 알 듯한 얼굴이었기에 나는 무의식중에 경례를 붙였더니 그들도 답례를 해주었다. 강 아래쪽에서 길게 끄는 신호가 울리자 그들은 일제히 눈에다 망원경을 대었다. 책에서 읽은 전쟁을 연상케 하는 장관이었다. 한눈으로도 끝도 없어 보이는 기병들의 횡대가 스칠 듯 줄을 지어 골짜기 그득히 돌진해 오는 것이었다. 그 순간 나는 사나이가 군인 이외에 다른 어떤 것이 된다는 게 이해할 수 없게 여겨졌다. 정신없이 좋아하고 있는데, 어느 포병 중위가 저것은 보기에는 그럴 듯하지만 일제 포격을 가하면 일개 연대 전부가 부서져버린다고 하는 말소리가 들렸다. 나는 그것은 말뿐이라고 생각되었다. 내 마음속에서는 그 용사들의 정열이 도저히 격파할 수 없는 천하무적으로 여겨졌던 것이다. 그러나 그 전열이 우리가 서 있는 아래쪽을 지나가자 한 마리의 말이 움직이지도 못하고 쓰러져 있는 것을 보았다. 목은 부러졌고 거기서 병사 하나가 간신히 기어 나오고 있었다. 부끄럽게도 나는 무의식중에 소리를 질렀으나 장교들은 그 사고를 묵살하고 어느 한 사람도 낙마자를 염두에 두지도 않았다. 기마대가 흙먼지를 일으키며 사라져 가는 동안 그는 쓸쓸히 절룩대며 전모戰帽를 찾고 있었다. 나는 얼마나 자제하지 못했던 나의 외침소리가 부끄러웠던가. 나는 그 때문에 장교들 곁에 서 있을 자격도 없는 사람이 되어 버렸다. 나는 그것을 깨닫고 가도로 내려서서 터덜터덜 걷기 시작했다. 파사우에 닿으려면 너무 시간이 늦어 어느 거리에 이르러 숙소를 찾았으나 그곳도 군인들로 만원이었다. 나는 겨우 그 거리에 있는 단 하나의 여관에서 식모의 옆방을 얻을 수가 있었다. 나는 즉시 짐과 외투와 모자를 거기에다 놓아 그곳이 나의 점령지역임을 밝혔다. 화학개요를 맨 위에다 놓았다. 그 신성한 과학의 위용에 의해 다른 숙박자의 침입을 격퇴하기 위함이었다.

"나를 창문 곁으로 데려다 다오!" 하고 애원하는 듯한 목소리를 듣고 계단으로 되돌아가 보았더니 여관 주인이 그 뚱뚱한 몸으로 어떤 병사의 도움을 받으며 노파 한 분을 창쪽으로 옮겨놓는 것이 보였다. 잠옷 차림의 노파도 무척이나 무거워 보였다. 나중에 알았지만 노파는 주인의 모친으로 몇 년째 중풍을 앓는 중이었다. 알폰스 공이 곧 온다니까 노파는 왕자의 모습을 보고 싶어 했던 것이다.

나는 아래로 내려갔다. 뜰은 군인들과 말로 가득 차 있다. 때마침 알폰스공이 기병대장의 호위를 받으며 들어와 한 사람 한 사람 앞으로 걸어가 질문을 하기도, 말고삐를 잡아 보기도 했다. 농군 출신인 듯한 어떤 병졸 하나가 너무나 긴장한 나머지 군대식 호칭을 잊고는 끝까지 네, 왕자님이라든가 혹은 그렇지 않습니다, 하는 식으로 답변을 하는 것이었다. 내 옆에 섰던 수염투성이 상사가 화가 나서 투덜댔다. "저 놈 봐라, 단단히 혼을 내주어야지!" 나는 왜 그러냐고 물었다가 눈총을 받고 이런 교시를 받았다. 제일 중기병

연대 소속의 저 병졸은 사령관이라든지 전하라고 대답해야 되는데 왕자님이라니 정신이 나간 놈이라는 것이었다. 나는 그 자연스러운 호칭을 오히려 좋게 여겼는데 그렇지가 않았다. 공의 뒤를 따르던 기병대위가 당황한 나머지 얼굴을 붉혔다. 나는 물론 그것도 놓치지 않았다. 알폰스공이 대중에게 인기가 있는 건 그럴만한 이유가 있다. "제발, 이 사나이에게 벌을 주지 말게나" 하고 공은 침착하게 명령을 내리고 다른 병사에게로 다가갔다. 몇 사람이 약간 킥킥거리고 웃었으나 수염투성이 상사만이 여전히 볼멘소리로 투덜대며 적어도 3일간의 금고형에 처해야 마땅하다고 주장했다.

밤이 되어 딱딱한 마루 위에서 잠을 청하며, 나는 내 소질에는 광채와 위엄에 넘친 사관생활이 음침하고 고생스러운 의사직보다는 훨씬 적격이 아닌가 하고 생각했다. 죽은 말과 낙마한 병사를 보고 질렀던 여자 같은 비명이 내게 얼마나 군사훈련이 부족하다는 것을 일깨워 주었던 것이다. 아버지만 해도 어떤가! 아버지도 가끔 진료 이외에 전사戰史 같은 걸 좋아하지 않았던가? 아버지는 아무리 훌륭한 의학상의 발명이라도 프리드리히 대왕이나 몰트케의 공적 이상으로 중요하다고 여겼을까? 아버지가 생애를 바친 의학에 대해 그렇게 배반적인 행동을 한 사실은 어떻게 받아들였을까. 특히 병을 앓는 요즈음은 어떨까. 그런 것을 생각해 보니 갑자기 용기가 꺾였다. 안 된다. 집에 닿자마자 아버지의 기분을 언짢게 해서는 안 된다. 스타르저의 딸이 아버지의 훌륭한 투약에도 불구하고 사망했다는 사실을 아버지에게는 어떻게 전하면 좋을까. 나는 그 생각으로 잠시 골치를 썩였다. 반쯤 꿈나라로 들어가면서 나는 생각해 보았다. 농사일을 하다가 사고가 생겨서 그녀가 희생이 되었노라고 꾸며대서 말씀드릴 수도 있다고. 그러나 나는 맞대놓고 아버지에게 거짓말을 할 수가 없음을 마음속에서 잘 알고 있었다.

밤중에 나는 여러 번 소란 때문에 잠을 깨었다. 게다가 판자로 칸을 막은 저 쪽에서부터 남녀의 은밀한 이야기가 들려왔다. 강하게 밀고 나가는 구애와 힘없는 거절의 목소리가 뒤엉켰었는데 얼마 후 내가 눈을 떴을 때는 속삭이는 아가씨의 음성이 똑똑히 들려왔다. "제발, 트라우디에게도 가 주세요. 그렇지 않으면 그녀가 마님에게 고자질할 거예요." 선량하면서도 불안에 떠는 간청이었다. 특별한 요구를 할 수 없는 어떤 가련한 아가씨의 짓눌리는 괴로운 마음이 전해오는 것이었다. 나의 심장이 갑자기 고동을 쳐서 그것이 얇은 칸막이 저 쪽까지 들리지 않을까 걱정이 되었으나 그러는 동안 내가 스쳤던 모든 여성이 나의 눈앞을 어른거리다가는 마지막으로 노파의 모습만이 남았다. 결혼식장에서 나를 다른 사람으로 잘못 보고 결혼에 대한 훈계를 해주던 그 노파가. 그 노파가 이야기한 결혼생활, 두 인간에 의해 이룩되는 경건하고 단조로운 생활이 대지의 뜻에 가장 적합한 것이라고 누가 의심하겠는가. 우리들이 로마의 석관을 보며 거기에서 클라우디우스와, 크라우디아의 이름만을 읽을 수가 있을 때 우리들을 감동시키는 것은 바로 그런 의미 때문이다. 다른 모든 것은 소설이나 이야기를 위해서는 좋겠지만 그것뿐이다. 그러나 자는 둥 마는 둥 아주 얕은 잠을 잔 상태에서 가끔 우리를 엄습하는 그런 명석한 머리로 나는 이런 결론을 얻을 수가 있었다. 자신이 이에 단순한 영혼이 아니라면 단순한 영혼이 구하는 행복이 얼마나 허위적인가 하는 사실이었다.

　겨우 잠이 나를 공상에서부터 해방시켜 주었으나 새벽녘에는 어떤 꿈이 또다시 나를 사로잡았다. 나는 역시 그 초라한 칸막이 방 안에 있는 것이었으나 이제는 자리에서 일어나 옷을 입는 중이었다. 나는 그 방에 벌써 다른 사람이 들어오게 되었다는 것을 알았다. 침대 곁에 트렁크 하나가 놓여 있고 벽에는 바지와 옷이 걸려 있었으므로 나는 그리로 들어오는 사람과 마주치지 않으려고 서둘러 옷을 입은 다음 복도로 나가 거기에 놓아 두었던 신을 찾았다. 반짝반짝 닦아놓은 신이 나란히 세워져 있는데 전부가 내 것처럼 보였으나 막상 발에 맞는 신은 하나도 없었다. 나는 양말 바람으로 계단을 내려가 종업원을 찾고 있는데, 무서운 광경에 그 자리에 얼어붙고 말았다. 창 앞에 서 있는 나무 위에 까마귀 떼가 앉아 있고 밖으로부터 계속 까마귀 떼들이 날아드는 것이다. 그들은 내가 언제인가 만들어 놓은 찌르레기의 집을 포위하고 있었다. 그런데 바로 그 안에 나의 신이 놓여 있다는 걸 나는 알게 되었다. 꿈에서 곧잘 그렇듯 그 신은 동시에 찌르레기의 새끼, 이제 날개가 돋기 시작하는 귀여운 새끼가 되는 것이었다. 그것이 상자에서 아장아장 걸어 나오는 것을 까마귀들은 기다렸다가 그것을 차례차례 잡아먹는다. 나는 될수록 세게 손뼉을 쳤으나 제대로 소리가 나지 않는다. 두세 마리의 까마귀가 자리를 바꾸어 앉았을 뿐으로 도망간 까마귀는 한 놈도 없었다. 그들은 지금은 머리는 까마귀이지만 전체로 보면 커다란 갑충 같은 모양으로 변해 있었다. 나는 찌르레기들의 신변이 걱정되어 안절부절이었으나 그 새끼들은 밝은 소리로 1학년짜리 아이들처럼 되풀이해서 노래를 부르는 것이었다. 그것이 까마귀 떼들을 화나게 하여 우리에 달려 들어서 부리로 쪼기 시작했다. 그러나 우리 속에서 노래를 부르는 것들은 끄덕도 안 했다. 마치 무서운 선생이 붙어 있어 그들로 하여금 주의력을 흐트릴 여유를 주지 않는 것 같았다. 그들은 부른 노래를 외우지 않으면 안 되었는데, 자꾸만 틀려서 되풀이해야 했다. "도둑놈은 도둑놈은, 훔친 것을…… 훔친 것을." 그들이 쉬지 않고 계속한 나머지 마지막에야 겨우 훌륭하게 되었다. "도둑놈은 훔친 것을 즐기네." 그 구절을 듣자 포위자들은 격분해서 정신 없이 한꺼번에 찌르레기 우리를 쳐들어갔다. 마치 우박이 쏟아지는 듯한 소리를 내며. 그리고 그것은 실제로 우박소리였다.

나는 잠이 깨고서도 계속 그 소리를 들었다. 그제야 침실 유리 창을 우박이 때리고 있다는 것을 깨달았다. 거기에 뇌성이 섞여서 들려왔고 나는 뛰어 일어나 창틀에 매달렸다. 하얀 물보라가 성당 의 광장을 지나갔으며 가게의 간판이 날아가 울퉁불퉁한 보도 위 에 뒹굴었다. 뚱뚱한 사나이가 뒤좇아 가서 겨우 우물가에서 그걸 잡는다.

외투와 배낭을 들고 객실로 내려갔을 때 군대는 이미 전부 철수 해 버렸고 대기중에 떠도는 장대한 현상이 그날 날씨가 보통이 아 니라는 것을 보여 줄 뿐이었다. 뇌운은 동쪽 하늘에 걸렸고 마침 떠오르는 아침 해의 힘찬 모습과 마주쳐 어둠침침한 아침에 녹색 번개가 번쩍였다. 홀에는 키가 큰 아가씨가 혼자 앉아서 맥주통을 닦고 있고 베른하르트종의 개 한 마리가 불꺼진 난로 밑에서 졸고 있으며 고양이는 겁도 없이 몸을 웅크리고 개의 목에다 온몸을 기 대고 있었다.

원래가 음산한 방이 갑자기 한층 더 어두워졌다. 짙은 장막 같은 검은 구름이 회색의 하늘을 덮어버렸다. 두 번째의 뇌우가 최초의 그것으로 돌진해 온 모양이었다. 나의 뒤쪽에서 벨이 울렸다. 아침 식사가 차 출구에서 나온 것이다. 키 큰 아가씨가 손을 닦고 초콜 릿과 빵을 날라다 주었다. 나는 지금까지 그 아가씨가 이 여관에 있다는 것을 몰랐었는데 이제 그녀는 번개를 쓰고 내 앞에 서 있는 것이다. 계속 천둥이 울렸다. 나는 무심한 얼굴을 쳐다보았다. 어 디에선가 만난 것 같은 얼굴이었다. 현실에서가 아니라 뮌헨에 있 는 구 회화관의 네덜란드 거장巨匠의 방에 걸렸던 한 폭의 벽화에서 였다. 거기에서는 화관을 쓴 실레노스(말의 다리를 가진 수풀의 여신,

술과 여자를 좋아함)가 어두컴컴한 숲 속에서 걸어 나오려 했고 그 전경에는 금과 은으로 빛나는 블론드의 나부裸婦가 무릎을 꿇고 앉아 젖먹이 아이에게 몸을 구부려 그 풍만한 유방을 아기에게 물리고 있었다.

　음식을 날라다준 그 아가씨는 내게 무척이나 친절했다. 아마도 젊은 손님에게는 누구에게나 그러했으리라. 그러나 내가 그녀더러 내 곁으로 와서 앉아 달라고 청하자, 그녀는 몹시 당황해서 우선 사방을 살펴보았다. 그녀는 아마 조금도 눈치채지를 못했으리라. 그녀의 모습이 나의 마음 속에서 한 거장이 그린 꿈의 결정結晶이 얼마나 아름답게 융화되었으며 내가 삶에 취한 그 대담한 그림을 통해 그녀에게 대해 얼마나 많은 것을 알고 있다고 믿는지를 나는 성급해서 허둥지둥 이야기를 꺼냈던 모양이었다. 그녀는 달래듯 그 무거우면서도 따뜻한 손으로 내 손을 잡았고 내게서는 순간 이제부터 여행을 계속하려는 온갖 의지가 사라져 버렸다. 그러나 아쉽게도 아가씨는 역시 한 장의 그림에 불과해서 내 눈앞에 고정시켜 놓았던 것이 금세 날아가 버렸다. 때마침 주방에서 마나님이 나왔고 우리들이 그것을 깨달았을 때는 그녀는 이미 한가운데로 와 있었다.

　그 부인은 바이에른 술집 여주인에 대해 사람들이 갖는 관념과는 전혀 동떨어진 그런 모습이었다. 한참 좋은 연령에 애교가 전혀없는 바도 아니었으나 핏기라곤 조금도 없이 창백하고 위축된 모습이어서 아직 몸이 성치않은 산모를 보는 느낌이 들었다. 게다가 거무칙칙한 옷에다 유행에 뒤떨어진 모자까지 쓰고 있었다. 손에는 번개를 피하는 피뢰용 초에 불을 붙여서 들고 있었고, 가슴에는 은제의 케이스 같은 것을 늘어뜨리고 있었으나 그 가슴이 완전히 납작했다. 그 대신에 신체와 허리는 보통 이상으로 발달되어서 정말로 조화가 되지 않은 모습이었다. 그녀의 몸에서 화려한 색깔이 있나고 하면 그것은 분홍빛 비로드로 만든 슬리퍼 뿐이었다. 때문에 그녀의 슬픈 듯한 시선이 내게로 옮겨지자 나의 눈은 자연히 그 슬리퍼에 멈추어졌다. 그녀가 어젯밤 옆방에서 들려오던 은밀한 이야기 속에서의 '마나님'이란 것을 깨닫기에는 별로 형안이 필요하지도 않았다. 마나님은 아가씨가 내 곁에 있다는 게 내게 성가시리라고 믿는다는 태도였다. 마나님은 블론드 아가씨를 물러서게 하고 자신이 서비스를 하기 시작했다. 악천후로 말미암아 손님은 나 하나뿐이었으므로 그녀는 온 관심을 내게 쏟을 수가 있었던 때문이다. 우선 그녀는 숙박부를 기입해 달라면서 피뢰용 촛불을 비어 있는 식탁에다 놓았다. 그런 다음 그녀는 자기의 자리로 되돌아갔다. 좌석은 말하자면 약간 높은 곳에 위치해서 야트막한 칸으로 막힌 청죄석 같은 것이었다. 고양이는 개에게서 떨어져 그리로 뛰어올라 여주인에게로 다가갔다. 아가씨에 비해 마나님이 주는 인상은 바랜 것이었으나 그래도 그 시선이나 태도에는 이탈리아인들이 파도로나디 카사(여장군이란 뜻)라는 말을 쓸 때 우리들이 느끼는 위엄과 의연함을 갖고 있었다. 나는 그런 위엄에 주눅이 들어 공손하게 숙박계를 써서 그녀에게로 다가갔다. 그녀는 인사를 한 다음 코안경을 걸치고 나의 숙박계를 읽어 본 후에 점심 식사는 어떻게 하겠느냐고 내게 물었다.

　그녀는 이제 한 묶음의 장부와 연필을 들고 중얼대며 계산을 하기 시작했다. 지난 주일의 수입이 굉장했던 모양으로 중얼거림은 그칠줄을 몰랐고 번개가 칠 때만 중단되곤 했을 뿐이었다. 그럴 때마다 그녀는 침착한 동작으로 성호를 그으면서 그 슬픈 시선으로 나를 쳐다보았으므로 나도 그녀를 따라 성호를 긋지 않으면 비인간적인 태도로 생각될 정도였다. 나는 약간이나마 고집을 피워 보려고 라틴식으로 성호를 그었다. 마침내 나는 자리에서 일어나 현관이나 뜰로 나가보려 했다. 아름다운 아가씨를 만나보고 싶었던 것이다. 파도로나는 벽을 가리키며 거기에 우산이 있다고 말해 주었다. 그러자 나의 시도는 헛일이 되리라는 예감이 들었다. 키가 큰 그 블론드 아가씨는 절대로 모습을 나타낼 것 같지가 않았던 것이다. 그러자 그 음울한 압제자가 그 아가씨를 내게서 떼어놓았다는 의심이 들어 단도직입적으로 그 아가씨의 일을 물어보려고 결심했다. 그러나 엉뚱하게도 나의 머리가 엉뚱한 방향으로 회전해버렸다. 엄숙하면서도 걱정스러운 여주인의 시선이 내게로 쏠리자 나는 그게 아니었다고 중얼거렸다. 나는 걱정스럽다는 음성으로 신체가 부자유스러운 노파의 일을 묻고 말았다. 알폰스공을 보고 싶어 창가로 업혀왔던 그 노파의 일을. 그리하여 단조로운 병력담病歷談이 계속되는 동안 쥐색 스웨터를 입은 집주인이 애교에 넘친 인사말을 하면서 그리로 들어왔다. 손에는 피가 흐르는 자고새 한 마리를 들고 있었는데 뒤에는 다섯 명의 어린애들이 따라온다. 모두가 산뜻한 옷차림이었으며 사랑스러웠다. 어린이들은 모친에게서 키스를 받았고 아이들은 내게도 악수를 청했다. 여주인의 면모에도 변화가 왔다. 위축된 얼굴에도 모든 것에 생명을 주는 영원한 모성의 활력이 넘쳤다. 그 이후로는 업무에 관한 듯싶은 은밀한 이야기가 오고 갔으며 다시 여주인과 나만이 남게 되었다.

나는 내키지 않은 기분으로 내가 갖고 있던 단 한 권의 책을 폈다. 아르놀트의 화학개요였다. 나는 눈에 뜨이는 대로 아무 데나 읽기 시작했다. 칼리움편이었다. 나는 하얗게 반짝이는 결정체의 그 분말을 어렸을 때부터 잘 알고 있었다. 목병을 앓는 사람이 있으면 아버지께서는 소량을 미지근한 물에 풀어 그걸로 양치질을 하게 하면 바로 좋아졌던 것이다. 읽어가는 동안 나는 그 물질이 전연 무해한 것은 아님을 알게 되었다. 그것은 탄소나 황산과 쉬으면 폭발이 일어난다. 아마도 바이에른 교수도 강의에서 그 이야기를 했을 거며 실험도 해 보였겠지만 나의 기억에는 아무것도 남지 않았다. 나는 첫 페이지로 다시 돌아가 하나도 빼지 않고 자세히 읽기 시작했다. 그러자 각기 다른 물질들이 여하히 서로 밀접한 관계를 맺고 있는가가 어렴풋하나마 감지된 것 같았다. 화학식은 생명을 얻기 시작한 것이다. 아니 그것은 전 우주가 끊임없이 그 타당성을 보증해 주는 성스러운 기초로서의 의의를 띄어왔던 것이다. 그리하여 그것을 머리에 넣는 게 내게는 조금도 어렵게 느껴지지가 않았다.

번개는 약해졌다. 마나님은 피뢰용 촛불을 불어 끄고 따뜻해 보이는 숄을 어깨에 두르고 앞서의 자리로 돌아가 계산하기 시작했으며 번개가 멀어져 감에 따라 내게는 주위가 점점 삭막하게 느껴졌다. 그 여관의 객실도 세상에 흔한 그것과 다름이 없었으며 눈을 감자 나는 어느덧 도나우 강가에 있는 아말리에의 여관에 와 있는 것이었다. 벽에는 색이 바랜 그림이 걸려 있다. 백년이나 지난 그림으로 그 여관의 옛날 모습을 그린 것이었다. 그리고 문 곁에는 정화의 불꽃 속에서 속죄하고 있는 승정의 모습이 새겨진 성수반이 눈앞에 떠오른다. 그 아래에서 벌목꾼들과 함께 술을 마시며 담배 연기를 토해내는 사람은 사람 좋아 보이는 벌목계장 종형이다. 순간이나마 두 곳의 객실이 엇바뀌어 보이고 파도로나 디 카사의 옥좌에는 아말리에의 어머니가 턱을 괴고 앉아 있다. 그러나 그녀의 딸을 그려 보려하자 나의 정신적 시력은 힘을 잃은 것 같았다. 아무리 침착하려 해도 그 그리운 얼굴은 나타나지가 않는다. 또다시 슬픔에 찬 우수가 나를 사로잡았다. 오랫동안 잊고 있었던 소년시절의 벌 받던 시간(김나지움 시절에 벌을 받을 때의 환상)이 떠올랐다. 고독할 때 소년을 위로해 주었던 오색의 광선을 발사하던 별이 나타나지 않던 그 때의 일이. 그리고 후회스러운 감정이 그 슬픈 몇 분 동안을 스쳐서 지나갔다.

장부를 대조하던 마나님이 내가 어느 방에 숙박했었느냐고 물었다. 내가 알려주자 여인은 아가씨처럼 얼굴을 붉혔다. 그렇다면 그 몫은 계산을 하지 않겠어요 라고 그녀는 말했다. 나는 얼마 되지도 않는 돈을 아침 식사를 날라다 주었던 아가씨를 주라고 팁으로 내놓았으나 그녀는 미소를 지으며 돈을 되돌려 주었다. 트라우디는 가까운 친척이므로 팁은 필요가 없다는 설명과 함께 그 아가씨가 객실에 나오는 것은 예외의 경우에 불과하다, 오늘은 그녀는 재봉실과 아이롱실에서 일을 돕기로 되어 있었다. 군대 예행연습으로 할 일이 많아졌기 때문이라면서 좋은 방으로 옮겨 2,3일 더 묵으면 어떻겠느냐는 친절한 권유에도 나는 이미 귀를 기울이지 않았다. 트라우디라는 이름은 내가 바라지 않아도 들을 수 있었던 이름이 아닌가. 다시 지난 밤의 은밀한 이야기가 나의 기억을 불러일으켰다.

나는 다시 손에 책을 집어 들었다. 그것은 확실히 내가 할 수 있는 최선의 일이었다. 여러 가지 명제에서 몇 개의 커다란 변이變異에 대한 예감이 떠올랐으며 이미 알고 있던 것이 한층 잘 이해되었다. 어느 원소도 미지의 특성이 예감되었으며 괴테의 저술로서 인간계와의 일치가 생각되었다. 단지 극소수의 물질과만 화합을 긍정치 않는 자랑스럽고 순수한 물질이 있는가 하면 그 반면에 활동적인 물질도 있어서 다른 것은 모두가 그것들에 의해 용해되거나 분해되어 버린다. 게다가 그 물질 자신은 자기를 유지하고 있다. 또한 다른 물질의 의지를 좌절시키기 위해서만 존재하는 물질들도 많으며 타자의 속박에서 해방시켜 그 능력을 발휘케 해주는 물질의 존재도 알려져 있다. 순간마다 세계는 무너지며 또다시 새로운 결합을 한다. 그리고 그런 현상을 통괄하는 모든 규칙이 내가 읽고 있는 페이지 위에 써 있는 것이다. 그것이야말로 정말로 마법의 책이다. 더욱이 그 때까지 내가 매일 꺼림칙하게 등에 업고 지냈던 것이 아닌가.

　나는 너무나도 잘 안다고 믿었던 물의 세계에 대해 전대미문의 지식을 얻게 되었다. 고대인들이 생각했던 것처럼 물이란 내게는 투명 불변한 하나의 원소였다. 뵛크린이 그린 물결의 멋진 희롱이 마음을 황홀케하는 꿈처럼 울려왔다. 내가 어떻게 그 인식을 고쳐야 한단 말인가! 물은 절대로 단순한 물질이 아니라 두 개의 원소로 나눌 수가 있는 것이다. 그리고 우리들에게 가장 의아심을 갖게 하는 것은 그게 두 가지의 액체가 이미 알고 있듯 산소와 수소라는 기체라는 점이다. 전류를 흐르게만 하면 그것은 즉시 분해가 일어난다. 그리고 지금까지 결합해서 성스러운 물을 만들고 있던 기체는 분리를 한 뒤에는 서로 모른 체한다. 아니 그 두 가지를 다시 결합하면 위험한 혼합물인 폭발가스가 되는 것이다. 거기에다 불타는 성냥개비를 대보면 그것도 저 세상에서 끌어온 것 같은 폭발물로 화해서 모든 그릇을 박살내 버린다. 무서운 파멸이 생긴 때문이다. 그러므로 유리된 두 개의 물질을 결합해서 물을 만들려면 또다시 전류를 필요로 한다.

　점심식사를 끝내자 바람의 방향이 변했다. 3시쯤 그 여관을 출발했을 때는 뇌전을 다 방사해버린 힘없는 구름이 서쪽으로 쫓겨 가 커다란 반원을 그리며 마르베르와 라텔산맥 위로 모여 있었다. 길은 대개 내리막길이었다. 때로는 벌써 도나우 강의 계곡이 시야에 들어오기도 했다. 어느 산전山田에서 눈을 찌르는 듯한 빛이 비쳐왔는데 그것은 밭을 가는 소 멍에서 반사되는 빛이었다. 선량한 그 동물 자신은 아무것도 모르지만. 가끔 나는 돌 위에 앉아 예의 마법의 책을 꺼내들었다. 지금부터라도 좋다. 아버지의 질문이 날아

오기 전에 최선을 다하는 것이다. 그러는 동안 나의 마음은 또다시 살아 있는 힘으로 기울어져 화학에 있어서 파괴적인 현상이 다른 어떠한 현상보다도 더욱 강렬하게 뇌리를 사로잡았다. 비가 온 뒤의 신선한 풍경이 내 마음을 부드럽게 스치는 한편으로 조용한 사물로부터 적의에 가득찬 힘이 솟아나올지도 모른다는 악마적인 희열이 머리를 쳐들었다. 자연이 잠시나마 자신을 아무렇게나 취급한다면 우리들의 꽃피어나는 푸른 지표地表는 눈도 댈 수 없는 폐허로 화해 버리리라.

 그것은 병적 감정이다. 아마 과로에서가 아니면 평온을 얻지 못하는 마음에서 비롯된 것이리라. 그러나 정체된 시대가 도움이 될 것이다. 외적인 위험성이 적을 때는 사람들은 즐겨 위험한 상태를 공상 속에서 그려보지만 차츰 도회와 친구들에게로 돌아가고 싶은 욕구를 느끼게 된다. 대도시에 대한 향수 이상으로 강렬한 것은 없다고 오스발트 슈펭글러(독일의 문학사가로 《서구의 몰락》이란 명저를 씀. 1880~1936)가 뒷날 나오게 되지만 우리들은 그 당시 이미 그렇게 느끼고 있었다. 그러면서도 우리들은 그런 심중의 느낌으로부터 시대와 외부로 눈을 돌리지 못했다. 설사 눈을 돌렸다고 해도 아름다운 뮌헨에 대한 우리들의 동경이 '서구의 몰락'과 관련이 있는 것이라고까지는 생각지 못했을 것이다. 만물을 길러주는 전원이 없다면 우리들이 굶어 죽는 수밖에 없다는 사실은 우리들이 전원을 도시 이상으로 높이 평가하는 이유는 되지 못한다. 우리들은 원시인이 되고 싶지도, 산이나 목장이나 그 밖의 대지와 연결된 모든 존재에다 우리들의 행복 전부를 기대지도 않았다. 동굴이나 폭포 근처에 영감에 넘쳐 살고 있는 은자가 있고, 그들을 사모해서 찾아오는 편력자들에게 계시의 빛을 던져준다는 이상한 시대의 이야기는 종종 들은 바가 있는데 그런 시대에는 이들외 자연풍경 위에 열학의 목소리가 흘러 넘쳤었다. 그러나 그것은 과거의 일로 절대 다시 그 때로 돌아갈 수는 없다. 시작詩

作을 하는 그 농부의 딸에게까지도 전원과 향토는 그 궁극의 비밀을 밝혀주지는 않은 것 같았다. 오늘날은 어느 누구도 도시가 갖는 마력에서 피할 수가 없다. 도시는 이제야 온갖 마법의 힘을 갖게 되어 자연의 아들도 그것과의 접촉을 바라고 있다. 대도시에 있어서는 사람들은 가련하게도 자기상실이라는 위험에 빠질 염려가 있지만 그래도 도회지만큼 자기재발견을 안겨주는 곳은 없다.

아무리 가난하여 친구가 없는 사람이라도 강렬한 영혼과 겸허한 마음을 갖고 있는 사람이라면 도시에서는 이 지상의 최고 존재나 사물과 깊은 교류를 가질 수가 있을 것이다. 술집이나 음악회에서는 서로 낯모르는 수천의 사람들이 똑같은 영감으로 맺어져 불처럼 일체가 된다. 산야에서도 그런 기적이 이루어질 수가 있을까. 조각실의 조각품, 조용한 화실에 붙은 거장들의 그림, 유리함 속에 넣어진 옛 왕들의 왕관, 그것들은 모두가 손님을 맞을 채비를 갖추고 있다. 내방자로 하여금 손을 대지 못하게 한다는 게 단 한 가지 제약이라면 제약이랄까. 언제인가 어떤 천재가 대리석 속에다 불어넣은 사상에 내객이 접할 수 있는지 없는지는 오직 그 사람의 마음가짐에 달려있을 뿐이다. 깊은 뜻을 내포한 그림이 그를 포용하여 그를 일변시킬 수 있는지의 여부나 성좌로부터 축복을 받은 별이 그 빛나는 광선으로 그의 혼에까지 도착할 수 있는지의 여부도 그와 마찬가지다. 우리들의 감정을 끝없이 움직여 주는 시인의 아름다우면서도 어두컴컴한 시어도 도시에서 태어난 몽상가들로부터 온 것이 아닌가? 심지어 내가 읽고 있는 이 책에 담긴 지식조차 대학의 실험실이 아니고서는 어디에서도 있을 수 없는 것이 아닌가. 내가 쓸쓸한 시골길에서 펴볼 수 있는 책은 그 한 권 뿐이었으나 나는 그것을 도저히 치워버릴 수가 없었다. 불과 24시간 전만 해도 나의 꿈은 장교가 되는 것이었으나 지금은 화학에 일생을 보내고 싶다는 원래부터의 소망이 새로운 힘으로 눈을 떴다. 원소와 원소를 결합시켜 새로운 특성을 갖는 어떤 다른 물질을 낳게 하는 기술을 갖춘 사람이라면 그 어느 누구보다 세계를 지배하는 것이라고 말할 수가 있다. 홀연히 매력을 갖고 나를 손짓해 부르는 것은 화학적 지배였다. 나는 걸어가며 갖가지 실험을 생각해 보면서 집에 돌아가거든 거기다 시간을 어느 정도 바치고 싶다고 결심했다. 그 중에서도 폭발가스의 실험 장치를 제작하려고 결심했는데, 그건 그렇게 어려운 일이 아닐 것이다.

별로 확실치도 않은 지름길을 걸어가노라니 떡갈나무와 마가목으로 덮여 있는 움푹 팬 곳이 나왔다. 그런 숲은 무언가 독특한 형태를 갖기 마련이어서 월계수나 상록수가 자라고 있는 느낌을 받게 된다. 나무그루터기에 앉아서 나는 공부를 계속했다. 점점 좋아져 갔다. 눈앞에는 버섯이 마법의 반원처럼 빛나고 주위에 특별히 푸른 풀들이 돋아 있다. 고개를 숙인 버섯의 갓 속에 빗물이 아직 그대로 고여 마치 술잔에 든 술과 같았다. 오히려 땅에서 솟아나는 소리처럼 들렸다. 두세 걸음 뒤로 물러서자 그 소리는 사라졌으나 잠시 후 나는 더한층 그 소리가 잘 들리는 곳을 찾아냈다. 그리하여 내가 숲을 떠나 가파른 길을 타고 가도로 나오자 그 소리는 더욱 힘차졌다. 나는 비로소 그 소리의 정체를 알아냈다. 그것은 도나우 강이었다. 그 폭넓고 힘찬 수류水流가 그렇게 높은 곳까지 울림을 보내온 것이었다.

황혼이 물들어가는 저 아래 파사우에서 저녁종이 울리는 동안 그 숲지대는 내게 또 한 번 우정의 표시를 보여주었다. 조그마한 초등학교 학생이 길을 걸어왔다. 갈색의 헌 모자를 쓰고 커다란 우산을 들었으며 등에 짊어진 가방에서 무언가 주머니 같은 것이 삐져나와 건들건들한다. 소년은 나의 얼굴에서 매우 흥분된 그 날의 사상의 흔적을 읽었던지, 그렇지 않으면 내가 아직 독백을 하고 있었는지는 몰라도 소년에게는 내가 수상쩍게 비친 모양이었다. 그는 길 건너편으로 꼭 붙어 걷다가 무사히 거기를 빠져나왔다고 느끼자 뛰기 시작했고, 내가 쫓아올 염려가 없는 곳까지 왔다고 생각하자 걸음을 멈추고 소리를 질렀다. "직공아! 멈춰!" 그래도 내가 아무렇지도 않은 듯 계속 걸어가자 그는 또 한 번 외쳤다. "호도 줄까?" 내가 쳐다보자 소년은 아직도 시퍼런 호도를 꺼내 보였다. 내가 몹시 반갑다는 표정으로 소년을 옆으로 오게 하려고 꾀여 보았으나 거기까지는 용기가 없었던지 소년은 호도를 내가 찾아낼 수 있도록 모래더미 위에다 올려놓는다. 가지러 오라는 표시였다. 그리곤 소년은 뒤도 보지 않고 점점 멀어져 갔다.

여행자가 이삼 일 동안에 얻은 체험 내용은 그것을 정리하고 소화하는데 몇 주일을 필요로 하기 마련이다. 그가 빨리 집에 돌아왔다고 해서 여행이 재미가 없었느냐고 누가 묻는다면 그는 자기의 기분을 알아주지 못한다는 외로움을 느끼지 않을 수가 없다. 어머니를 찾아보니 어머니는 아래층 넓은 방에 계셨다. 마침 손을 뗄 수 없게 바빴던 것이다. 어머니는 그런 질문을 다시는 안 했으나 오늘의 강행군으로 나의 마음은 조급해졌고 어머니가 바쁜 이유를 알고도 그 기분은 여전했다. 어머니는 아버지 대신 붕대를 감아줘야 했는데 그 환자라는 것이 발렌틴이었다. 약간 모자라는 사나이로 우리 집의 수호신이었던 뱀이 이 사나이에게 희생이 되었던 것이다. 그는 정원용 의자에 앉아 있었는데, 곁에는 나의 세면기가 대 위에 세워져 있고 뿌연 액체가 거기에 담겨져 있고 마룻바닥에는 피 묻은 탈지면이 흩어져 있다. 붕대는 맵시 있게 매어졌으며 어머니는 가위로 매듭을 자르며 오늘은 이걸로 끝났다고 알려주었다. 그 위에 어머니는 솔로 그의 윗저고리에서 붕대의 실밥을 털어 주기까지 하며 또 오라고 명령을 내렸다. 사나이는 싱글벙글 웃으며 모친에게 손을 내밀었고 내게도 그랬으나 나는 모르는 척 외면을 했다. 발렌틴이 사라지자 어머니는 나의 태도를 못마땅하다고 나무랐다. 의사의 집을 보호의 장소로 알고 구원을 청하는 자에게는 어떤 원한도 품어서는 안 된다는 것이었다. 어느 취한이 그 불쌍한 남자의 머리에 일격을 가했던 것이라고 어머니는 설명했다. 그것을 듣고 내가 웃으니까 어머니는 또다시 분개했다. 그러나 내가 발렌틴에 대해 그 비슷한 형벌이 내리리라고 예언했던 나의 시 이야기를 들려드리자 어머니도 웃지 않을 수가 없었다.

　어머니가 나간 뒤에 여동생이 뛰어들었다. "그래도 검어졌군요!" 그녀는 규수 시인에 대해 많은 것을 듣고 싶어 했다. 말랐는가 뚱뚱한가, 마음이 까다로운가 정말로 천재다운가 등등이었다. 그러나 나의 대답이 시원치 않은데다 나중에 들려주겠다고 하자 동생은 몹시 실망했다. 동생은 내가 그 규수 시인의 이야기를 들려 줄 가치도 없는 것이라 추측했는지 짐 속에서 화학개요를 꺼내 나의 코앞에다 던져 보이며 복수를 했다. "이것은 어떻게 되었지요? 알아요. 한 번도 펴보지 않았군요." 나는 나의 사악한 지식을 피력하기 시작했다. "아니야. 나는 공부를 많이 했어. 그리고 자연계에서는 모든 것이 가능하다는 사실을 이제야 알게 되었어. 하나의 물질은 언제든지 다른 물질로 변화할 수가 있거든."

　"그런 말해도 속지 않아요. 그러면 지금 닳아서 끊어진 이 앞치마를 새로운 비단 앞치마로 변화시켜 봐요!"

　"크리스마스 선물로 하지." 나는 그렇게 대답하고 진지한 얼굴로 말을 계속했다. "물이란 무엇이냐, 너는 그것을 알고 있어. 너는 물을 마시며 그것이 전부 하느님이 주신 거라고 생각하는데 그건

바닥을 모르는 까닭이야. 물을 보고도 너는 그것이 두 개의 전혀 다른 원소로 되어 있어 간단히 분리할 수가 있다고는 생각지 않을 거야. 그러나 분리가 행해지면 그건 이미 물은 아니야. 두 개의 가스가 거기서 발생해. 말하자면 두 종류의 기체지. 그쯤되면 그 두 가지는 더 이상 원만히 제휴해 갈 수는 없는 거야. 그것을 무리하게 혼합하면 순식간에 거기서 새로운 것이 생기는데, 그건 무척 위험스러운 거야. 눈으로 보아서는 모르고 촛불이나 성냥불을 대어보면 대폭발이야. 엉망진창이 되어버리는데 그게 바로 폭발가스라는 거야. 내일이라도 당장에 그걸 조금 만들어 보겠어."

"그만 둬!" 슈테파니는 소리를 질렀는데 그녀가 얼마나 분격하고 있는가를 담박에 알 수가 있었다. 그래서 나는 그 이상 그녀를 흥분시키고 싶지가 않았다. 그러나 조용한 세계 속에 숨어 있는 무서운 힘에 대해 한 가지만 더 말해 두겠다고 했다. 그녀는 이미 내 말을 가로막았다. "그런 악마 같은 이야기는 그만 둬요!" 그녀는 귀를 막았다. "그렇다면 오빠는 나쁜 일이 없도록 지켜보는 천사님이 없다고 생각하는 거지!"

어머니는 조금 전에 방에 들어와 계셨다. "이젠 그만들 두거라!" 어머니는 나를 꾸짖고 어린 딸을 안아주었다. "자연은 질서를 유지하고 있단다. 우리들은 원소가 각자의 본분을 지키도록 매일 기도를 드려야 한다. 그런 농담은 그만 둬라, 그건 네게는 맞지 않아!"

어머니는 더 심하게 힐책을 할 수도 있었으나 비난을 하면서도 상대방의 가치는 인정하고 있다는 듯한 다소의 여운을 주는 것이 어머니의 특성이었다. 게다가 때마침 내가 늙은 다닝거 농부에게 위로의 말로 들려줬던 말들이 약간 양심에 걸렸다. 악마적이고 원초적인 모든 힘들이 영원히 무력하다고 그 불쌍한 농부에게 해 줄 권리가 내게 있다는 말인가. 내 자신이 파괴적인 행동에 대한 징조를 마음 속에다 갖고 있으면서.

　어머니는 나의 의기소침해진 기분을 알아차리고 차를 끓여 주려고 부엌으로 가셨지만 나의 기분은 조금도 나아지지가 않았다. 나는 어머니에게 아버지의 용태를 물었더니 많이 좋아는 지셨지만 아직 조심해야 된다는 대답이었다. "아버지에게는 언제나 환자가 너무 많아서"라고 어머니는 말했다. "모두 돌려보내기는 했지만 아말리에만은 어쩔 수가 없구나. 그 아가씨가 아까부터 어머니와 함께 와서 기다리고 있단다."

　"병은 아니지요?"

　"약간 감기기운이 있는 것으로 생각되지만 어쨌든 조심해야 할 나이니까."

　그 순간 아버지가 웃는 얼굴로 방문을 열고 청진기로 나를 불렀다. "네가 귀가 밝은지 어떤지 한 번 보여 다오." 나는 아버지를 따라갔다. 아버지의 방에는 벌써 난로에 불이 타고 있었고 아말리에는 상반신을 벗고 의자에 앉아 작은 창 너머로 선로에 시선을 보내고 있었다. 그녀의 어머니는 앉아 있었는데 고질의 두통이 일어나고 있음을 담박에 알 수가 있었다. 나의 여자 친구 아말리에는 앉은 방향을 바꾸지 않고 목만을 돌려 내게 손을 내보였다. 아버지가 다시 청진기를 대보려는 순간 우리 모두를 압도하듯 열차가 지나갔다. 순식간에 방이 어두워지고 그 굉음 때문에 청진이 불가능해졌다. 나의 마음에는 무언가 반항이 들끓기 시작했다. 물론 그런 진찰의 지당함에 대해서는 나도 잘 알고는 있었으나 이번의 경우는 나를 화나게 했다. 무고한 소녀가 그 짓에 의해 멸시당한다는 마음이었던 것이다. 자신의 신성한 직무에 온 정력과 정성을 쏟는 의사로서의 아버지는 존경해야 되겠지만 짓궂은 눈으로 아름답고 순수한 소녀의 내부에서 어떤 숨은 얼룩을 바로 잡아내는 사람, 나의 감정의 속삭임에 따르면 그렇게 함으로써 오히려 그러한 얼룩을 증대시키는 힘을 더하는 사람, 그 사람에 대해 나의 마음 깊은 곳에서는 저항을 했다. 몇 년 전 즐거웠던 여름날에 내가 그녀 자신의 건강을 확신했던 것이다. 좌초한 배를 타고 있는 병든 소년이 그 약으로 치유되기만을 그녀는 바랐었다. 그러나 지금은 그녀 자신이 그 약을 다량으로 먹게 될지도 모른다. 아버지는 명성이 지나쳐 청진기를 내 손으로 옮기기 전에 아버지의 판단을 내게 정확하게 말해 주었는데 그건 잘한 일이었다. 나는 똑똑한 것은 들을 수가 없었던 때문이다. 그날 도나우 강 물소리 때문에 판자에 누운 소년의 가슴을 제대로 청진하지 못했던 것처럼. 나는 마음의 귀를 막고 다른 창을 통해 안뜰로 시선을 옮겼다. 거기에서는 가구 운반인이 마침 도착해서 잡동사니 물건을 내리고 있었고 동네 아이들이 총출동해서 와글거렸다. 마침 아말리에의 막내 동생은 빨간 비로드 의자에다 밤송이 풀을 붙이는 장난을 하는 중이었다.

겉보기만 그럴듯한 나의 진찰은 그리 오래 걸리지는 않았다. 그러기보다는 의외로 빨리 끝나 기쁘기까지 했다. 아말리에는 등을 진찰할 때까지는 가만히 있었으나 아버지가 가슴을 내게로 향하라고 명령하면서 쇄골의 하부와 심장에다 청진기를 대어보라고 하자 그녀는 자리에서 일어서서 몸을 돌린 채 속옷과 윗옷을 입는 것이었다. 그녀의 어머니가 아무리 권해도 말없이 거절의 뜻을 표하기만 했다. 그러면서도 내게 미소를 지어 보이는 건 잊지 않았다. 아버지도 내게 가르치고 싶다는 열정이 너무 지나쳐 타인에 대한 배려를 소홀히 했음을 깨닫고 얼굴을 붉혔다. 아버지는 탁자로 다가가서 처방을 썼으나 나는 그걸 해독할 수가 없었다. 아버지는 말했다. 폐첨응축肺尖凝縮이니 아무 걱정이 없다, 4주간만 지나면 깨끗하게 회복될 거라고.

저녁 식사 때 슈테파니는 오빠에 대한 불평을 다시 들먹였다. "조심하세요. 오빠가 내일은 가스를 폭발시킨대요." 아버지는 의아스러운 듯 나를 쳐다보았다. 나는 동생의 비위를 맞추어 그 탄핵을 겨우 저지시켰다. 선물로 얻었던 나막신을 슬쩍 동생에게 넘겨주었던 것이다. 그런 다음 나는 양친에게 내가 화학책을 읽었을 때 보기에는 아무것도 아닌 물질 속에 그렇게도 무서운 힘이 숨어 있는 것을 알고 얼마나 감동했었는가를 설명했다. "내게는 어떤 물질이 치료에 도움이 되는 한 흥미가 있어" 하고 아버지가 시인하듯 말했다. "그건 그렇고 화학식을 몇 개 외워보도록 하거라. 그러면 너의 불온사상을 용서하도록 하마." 동생은 대만족인 듯 예의 화학책을 가져오라는 아버지의 명령을 즉각 완수했다. 나는 공부한 페이지를 말하고 간이시험을 치게 되었으며 상당한 점수로 합격을 했다.

잠시 후 우리들은 인사를 나눈 다음 각기 잠자리에 들었다. 이리하여 나는 또다시 강바람이 불어오는 낡은 집 속에 손발을 뻗게 된 것이다. 자력을 품은 성스러운 하류(《젊은이의 변모》에 도나우 강을 자력을 가진 강에다 비유했음)는 골짜기를 뚫고 흘러가고 포도알은 창밖에서 흔들린다. 발코니에서는 제비들이 대여행을 앞두고 졸고 있으며 어딘가에서는 쥐 한 마리가 계속 무언가 갉아먹는다. 모든 것이 정든 것이지만 사념은 오버른도루푸로 달려갔다. 나는 격의 없이 사람과 사귀는 사교성이 없었음을 자책했으며, 내가 젠츠에 대해서나 나 자신에 대해서도 거의 아무것도 이야기하지 않았다는 사실이 갑자기 이해할 수가 없게 되었다. 젠츠에게 초대의 편지를 어떻게 쓸까하고 생각하는 동안 동쪽 나라들을 지나 산지를 뚫고 가는 야간열차가 가까이로 다가왔다. 일주일에 세 번씩 통과할 뿐이나 언제나 나의 마음에다 먼 곳에 대한 덧없는 동경을 유혹해 주는 열차였다. 그 열차의 종착역은 먼 바다의 도시, 북해 근처에 있는 오스텐데였으니까. 그것은 번개열차라고 불리고 있었는데, 멀리서부터 선로를 진동시켜 우리 집도 흔들려 찬장에 넣어 둔 컵 따위가 흔들릴 정도였다. 그리하여 굉음과 함께 집 앞을 지나갈 때에는 번쩍이는 빛은 벽에 투사됐으며 자고 있던 제비들은 푸드득거렸다.

모두가 잠에 곯아떨어져 있을 때 젠츠는 언젠가 연로한 양친과 함께 대양을 향해 이곳을 지나간다. 그리고 오스텐데나 어떤 항구에서 배를 탄다. 그렇게 생각될 수밖에 없었다. 그녀는 헛소리를 하는 성질이 아니었고 후에 그것을 실제 실증했던 것이다. 졸음이 무언가 희미한 추억과 함께 덮쳐왔다. 그리고 거기에 나타난 사람들은 대개 완전한 삶을 실현한 사람들이었다. 여 시인 다음에 나타난 사람은 자신의 나라와 꿈의 나라의 경계를 넘어선 왕자였다. 늙은 농부는 지옥에 대한 공포 때문에 천수天壽도 모르고 집안을 배회하고, 아저씨는 열에 들떠 신화책을 저술하지만 그건 완성할 수는 없으며 사랑 때문에 시력을 잃은 청년은 소박한 미소를 띠우고 의학의 거장과 마주 앉았다. 그것은 슬프면서도 조용한 장면이었다. 나는 무의식중에 외면을 했다. 마지막으로 나타날 나 자신의 모습을 보지 않으려고 하였기 때문이었다.

그 후에는 정말로 잠이 엄습해 왔고 곧이어 꿈이 나타났다. 우리들 자신을 완전히 지배하지 못할 때 즐겨 나타나는 그런 꿈이었다. 어떤 백의白衣의 여인이 란츠후트시의 마르틴 성당 제단에 서 있다. 새색시처럼 미르테관을 쓰고 있는데 그녀는 사제로서 황금의 성배聖盃로 해를 가리고 있다. 그녀는 아침 식사를 날라다 주던 아름다운 아가씨가 아니면 네덜란드의 거장이 그렸던 초상화와 닮았다. 그러나 그녀의 키는 초인적인 크기였으며 머리는 블론드가 아니라 보고 있는 동안 백발로 되어 갔다. 뿐만 아니라 그녀는 어느 사이에 어머니의 얼굴 모습이 되어 나를 벌주려는 무서운 시선이 되었으며 성배도 이젠 성배가 아니라 무엇인지 모를 금빛이 되어 주위를 비칠 뿐이었다. 그 모친도 갑자기 한 마리의 암사자가 되어 나의 팔에다 몸을 기대고는 내가 무슨 말을 하려고 하면 입을 다물라고 앞발로 나의 입을 탁탁 두드리는 것이다. 나의 마음은 소년처럼 무서워졌으나 거기서 무언가 원초적인 안심과 신뢰감이 솟아올랐다. 그리고 모든 게 갑자기 난폭한 사랑으로 전환되어 깜빡 잠이 깨었다. 끈질긴 독거獨居에 당황해 하면서도 나는 그 꿈을 추적하지 않기로 결심했다. 포도덩굴을 뚫고 달빛이 나의 얼굴을 감싸 흥분은 차츰 가라앉았다. 새로운 인간이 옛 인간의 속박에서 몸을 빼듯.

예기치 않았던 달빛이 나의 침상 위에서 조금씩 이동됨에 따라서 나는 우리들이 이 세기의 아들이라는 것과 우리들이 자연계의 인식을 위해 몸을 바친 것이 결코 헛된 일이 아니었다는 사실이 깨달아졌다. 은빛 같은 달빛과의 해후에서 느껴지는 은밀한 행복에 그냥 몸을 맡길 것이 아니라 나는 항상 우리들을 돌며 끊임없는 그 천체에 대해 지금까지 읽거나 들었던 몇 가지 일들을 생각해 보려고 했다. 그러자 내게는 지금껏 그 어느 누구도 이 천체에 대해 제대로 파악을 하지 못했다는 생각이 들었다. 학자는 달의 운동을 계산하며 그 높이를 측량하고 시인에게는 달이란 그의 시구를 빛내주는 다정하고 신비한 빛이며 또한 친밀스러운 농담의 기연이기도 하다. 경건한 사람에게는 달은 아마도 영원한 하늘나라로 가는 도상에 있는 조그만 성당이어서 스스로 갈구하는 영혼에 대해 특별한 의미를 지니리라.

달이 그렇게도 가까운 곳에 있는데도 불구하고 거기에 갈 수 없다는 것은 이상스러운 일이다. 일생동안 여행을 하는 사람이라면 달과의 거리에 상당하는 노정을 답파하기는 그리 어려운 일은 아닌데도 달세계를 밟은 사람은 아직 없다. 거기에는 공기도 물도 없으며 따라서 생명도 부패도 없다. 행위에는 방해됨이 없고 고뇌에도 물들지 않는 침묵의 성역, 그 달이 우리들을 돌고 있는 것이다. 지구도 달이 없다면 오늘과 같은 지구는 아니었으리라. 학자들은 달이 지구가 아직 가스 상태나 유동 상태에 있을 때 지구에서 떨어져 나간 것이라고 말하고 우리들은 기꺼이 그 학설을 믿는다. 달은 우리들의 일부이나 우리들이 다만 그것을 자각하지 못할 뿐이기 때문이다. 달의 내측 괘도에서는 지구의 노래가 통용되나 그 반대쪽에서는 다른 법칙이 통용된다. 지구의 단단한 핵이 그렇게 가까이에 있는 아름다운 천공의 조용한 소리를 깨달을 때 그리고 이 별이 우리들의 바다에다 조석간만을 만들어 줄 때, 그 달은 모든 피조물의 다정다감한 마음을 사로잡아 거기다 각인을 찍지 않는가!

　그날 밤 나의 흉중에 오고 간 사념들을 말로써 다 표현할 수는 없다. 그것은 천문학자들이 달세계를 설명할 때 달에는 중력의 작용이 적다는 말과 관계가 있었다. 이 구체球體는 지구보다 훨씬 적으며 보다 가볍고 섬세한 물질로 이루어졌다. 거기서는 지상에서보다는 폭넓은 강물도 뛰어넘을 수가 있으며 무슨 물체이든 더 높이 던져 올릴 수가 있을 것이다. 거기서는 모든 것이 보다 경쾌하며 더 먼 거리를 도달할 수 있을 것이다. 사색이나 행위까지도 그렇겠지. 지구와 다른 가벼움에 대한 예감 그것이 때때로 스스로의 무거움으로 괴로워하는 우리들로 하여금 동경을 불러일으켜 주는 것이 아닐까.

　그 사이 집안은 완전히 정적 속에 잠겼으며 창에는 이미 달빛이 사라졌다. — 그러나 그 빛은 문 가까이에 걸린 나의 비옷과 검은색 여행화旅行靴를 비쳐주고 있었다.

　이렇게 많은 젊은이들이 혹은 삼라만상에, 혹은 자신의 내부에 눈을 돌리고 한밤중의 참다운 영靈의 시간이 주는 입김을 느끼는 것이다. 지구가 갖는 영향권의 이정석里程石, 우리들의 근친인 달, 그것을 젊은이는 마음속에서 다시 발견하며 그것을 보다 높은 영혼들의 집합점으로 여기고 거기다 인사를 보낸다. 특히 노 괴테와 같은 시인들의 시나 소설에 담긴 지구상의 일들이 너무나 우리들의 마음을 냉엄하게 사로잡아 우리들은 우리의 지식이 이 지구 위에서 획득된 것이라곤 믿을 수가 없다. 그러나 우리들은 그런 계시의 발상지로서 무엇에도 허둥대지 않고 달이 갖는 그 정적을 생각한다. 그리고 우리들은 때때로 그런 내면의 정적 속에서 살아간다. 완전히 이 세상과 절연해 본 사람만이 보다 높은 협동정신에 이르도록 성숙한다. 일체가 보다 가볍고 보다 청순한 그 세계에 살아감으로 해서 우리들은 괴롭고 곤란한 인생사에서 마음속의 소원을 실현할 수가 없었던 고독한 사람들을 좀더 잘 이해할 수가 있을 것이다. 그렇게 함으로써 우리들은 계속 그들에게로 가까워질 수가 있다. 그리고 그것이야말로 우리들 자신의 천성에 대한 가장 아름다운 보상이 아닐는지. 우리들은 자신에 대해서는 아는 것이 적으며 우리들의 정신적인 눈은 우리 자신을 직접 인지할 수는 없다. 때문에 우리들은 다른 사람에게 깃드는 가능성을 우리 자신 속에서 개척해 나가야만 한다. 거기에서 비로소 풍성한 수확이 가능할 것이며 그때 우리들이 지불하는 노고에 의해 우리들의 본질이 무엇임을 가장 빨리 알아낼 수가 있다.

　이런 앙양된 기분을 휴고에게 이야기한다면 그는 그것이 몽유병의 재발이라고 하겠지만 거기에 공감도 해줄 것이다. 그런 기분에서 서서히 평정을 되찾고 있을 때 아버지가 회색빛 바탕에 빨간 끈을 단 잠옷차림으로 촛불을 들고 내 방으로 다시 들어오셨다. 이번에는 아마 젠츠의 일을 싫도록 이야기해 줘야 되겠지 하고 나는 생각했으나 막상 아버지기 듣고 싶어 한 것은 아버지의 심부름에 대한 결과 보고였다. "스타르저의 딸은 어찌되었더냐? 너는 왜 그 얘기를 하지 않느냐?"

　나는 침착하게 운을 하늘에 맡기는 기분으로 설명을 해 드렸다. 그녀는 계속 여러 가지 약을 일시에 병용했으나 드디어는 때가 끝났음을 인정하고는 그 후로는 아무런 약도 쓰지 않고 죽음만을 기다렸던 것이라고. 아버지는 언짢은 얼굴로 촛불을 물끄러미 바라보셨다. 마리아 할멈의 앨범에 들어 있던 조그마한 사진과 너무나 닮은 모습이었다. 승복 같은 것을 입고 세 권의 서적을 앞에 두고 의자에 앉아 명상에 잠겼던 청교도적인 소년의 모습이 재현되었던 것이다. 그 순간 나는 달의 사상에 대한 아쉬움에 잠겨 있었으므로 내 쪽이 오히려 아버지보다 훨씬 연장자며 경험이 많은 사람 같은 느낌이 들었다. 나의 보고는 아버지를 조금도 납득시키지 못했다. 아버지는 마지막 진찰 시의 병세를 설명하면서 그런 위급한 병도 당사자 자신이 인내를 잃지만 않는다면 희망이 전혀 없지도 않다는 것을 내게 논증하려고 했다. 아버지가 나를 상대로 이야기하시는 모습은 정원지기가 조수들을 가르치는 그런 것이었다. 그의 화원에는 수고를 기울일 가치가 있는 귀중한 식물뿐인 것 같았다. 아버지가 소녀의 죽음을 자신의 패배로 느껴 타격을 받은 것은 아버지의 건강 탓이었을 것이다. 외고집인 아버지는 절대로 죽음의 권리를 인정치 않으셨다. 그런 아버지가 죽음을 그렇게 열정적으로 생각하기는 그 때가 처음이었다. 때문에 나는 처음으로 아버지도 결국은 유한한 존재라는 것을 느꼈다.

　"그 불쌍한 소녀에게 어떤 약을 먹였을까?" 아버지는 한기를 느껴 몸을 떨었으며 잠옷자락을 여몄다. 나는 극히 일반적으로 그 지방에서 아직도 사라지지 않는 우울한 미신에 대한 이야기를 시작하다가 하마터면 개고기 이야기도 할 뻔했었다. 그러느니 차라리 젠츠의 어머니가 플라트링에 사는 그녀의 친척 하나가 아버지의 약 덕택으로 완쾌되었다는 이야기를 하기로 했다. 아버지는 그걸 기억해 내고는 청진을 할 때처럼 가운데 손가락으로 탁자를 두드리며 빙그레 웃었다. "그랬지, 그랬어."

 아버지의 기분을 완전히 다른 것으로 돌리기 위해 나는 군대 예행연습장을 지나던 일, 그리고 장교가 되고 싶었던 나의 강렬한 동경을 말씀드렸다. 아버지는 조용히 경청하고 있다가 누구나 전투적인 기분, 몸을 어디엔가 바치고 싶다는 욕구를 느끼는 법이라고 말씀하셨다. "하지만 너는 이미 비록 충성의 선서는 하지는 않았지만 어떤 류가 다른 군대에 들어와 있지 않느냐?"

 아버지는 나의 심중을 탐색하려는 듯 나의 얼굴을 응시했지만 나는 아직도 달에 취해 아버지가 말씀하신 의미를 곧바로 이해할 수는 없었다. 마치 시인이 비유를 써서 이야기하는 것을 듣는 기분이었으나 아버지의 온갖 사상은 오직 한 가지에만 둘러싸고 움직인다는 것을 느끼지 않을 수가 없었다. 아버지는 엄지손가락과 둘째손가락으로 초에서 녹물을 뜯어내며 온화스러운 음성으로 말씀하셨다. "우리들은 언제나 위급한 경우를 잊어서는 안 된다. 남자는 나라가 위급할 때면 하루 아침에 병사로 바뀔 수가 있으나 너는 의사로서 비록 평화스러운 시대에도 해마다 적에 대해 대항해야 될 것이다. 거기에 너무나 많은 위험이 도사리고 있기 때문이니라." 그런 아버지의 훈계에 대해서는 이론의 여지가 없지만 나는 똑같은 말이 나와 아버지 두 사람에게 각기 다른 뜻으로 받아들여지는 시기가 시작되었음을 느꼈다. 아버지의 의지는 확고하며 명백하지만 나의 것은 동요하며 위태스럽다. 아버지는 자신의 처방에 대해 어떤 의구심도 갖지 않으며 나도 기꺼이 아버지의 그런 신념에 따르고 싶다. 그러나 나의 은밀한 신뢰와 애정은 그런 처방이 필요 없는 창조적인 천성을 가진 사람들에게 기대하고 있었다.
 아버지가 주무시러 나의 방을 떠나는 모습은 아주 괴로워 보였다. 그리고 아버지는 어떤 큰 기쁨이 가까이 다가와 있다는 사실을 나만큼은 그렇게 잘 모르고 계셨다. *

□ 작품 해설

전통의 수호자, 카로사

홍경호(전 한양대 교수·문학박사)

카로사(H. Carossa, 1878~1956)는 1907년에 처음으로 시집을 간행했고, 32세가 되는 1910년에 최초의 본격적인 작품이라고 할 수 있는 《의사 뷔르거의 임종(Doktor Bürgers Ende)》을 출판했다. 이것은 의사이자 시인이라는 직업상의 갈등과 모순 속에서 작가 자신이 겪었던 체험을 일기체로 그린 소설이어서 그의 전기傳記를 연구하는데 있어서도 매우 귀중한 작품이다(1930년에 《뷔르거 박사의 운명》으로 재출간함).

그 후 1924년에는 1차 세계대전에서 직접 얻은 전선戰線의 체험을 토대로 《루마니아 일기》를, 그리고 그보다 2년 전에는 그의 3부작이라 할 《유년시절》, 《젊은이의 변모》, 《아름다운 유혹의 시절》 가운데에서 그 첫 작품이 되는 《유년시절》을 출판했다. 이 3부작은 모두 자신의 지나간 생애를 있는 그대로 보여주는 일종의 고백적 수기라고도 할 수 있다.

《유년시절》은 일생을 결정짓는 유년기가 갖는 그 신비의 세계를 주제로 하였고, 《젊은이의 변모》는 한 고등학생이 꿈과 격정의 고교시절을 거쳐 청년이 되고 의사가 되었다가 마침내는 시인이 되는 그 과정을 애정 어린 필치로 묘사한 작품이다.

이런 작품 이외에도 카로사는 많은 대작들을 남겼다. 인간관계에 있어서의 신비성, 자연에 대한 경모, 생명과 애정을 그려 나간 《성년의 비밀》, 1차 세계대전이 끝난 독일 땅에서 새로운 생명의 숨결을 찾아보려고 했던 《의사 기온》이 모두 이에 속한다.

뿐만 아니라 카로사는 여러 권의 수필집과 시집을 냈는데, 그 중에도 《지도와 순종》은 그가 사생활에서 여러 면으로 영향을 받았던 사람들에 대한 회상을 엮은 수필집이다. 거기에는 릴케, 게오르게, 데멜 같은 당대의 시인과 학자들이 등장하기도 하고 진찰실에서 받았던 수많은 사람들의 인상이 수록되어 있어 독일문학에서 가장 높이 평가되는 수필집 중의 하나이다.

2차 세계대전이 끝나자 카로사는 대작에는 별로 손을 대지 않고 이런 류의 수필집을 계속 펴냈는데, 《이탈리아 여행》, 《두 개의 세계》, 《괴테의 영향》, 《젊은 의사의 수기》 등이다. 카로사는 1953년에 독일연방공화국의 대 공로훈장을 받고, 1956년에 78세로 생을 마쳤다.

위와 같은 작품연보로 볼 때 카로사는 정치적으로는 1차 세계대전이 시작되기 직전에, 문학사조 상으로는 독일 표현주의 시대와 함께 작품을 쓰기 시작하여 1차 세계대전 중에는 군의관으로 직접 종군했으며, 표현주의가 퇴조하자 '신즉물주의新卽物主義'와 더불어 왕성한 작품 활동을 하다가 나치와 2차 세계대전을 국내에서 직접 목격하고 체험하고, 전쟁이 끝난 뒤에도 상당한 기간에 걸쳐 글을 썼으므로 전후戰後의 폐허주의 문학에도 참여했다고 볼 수 있다.

그러나 시대적인 변화와 거기에서 오는 요란한 소리, 그리고 표현주의의 격정激情 같은 것들은 그에게는 직접 부딪치지 않고 스쳐서 지나갔을 뿐이다. 그는 그런 것에 관심을 두지 않고 어느 유파에도 속하지 않고 초연한 입장에서 독자의 길을 걸어갔다. 또한 신즉물주의 문학에 동참했던 대부분의 작가들이 국외로 망명한 데 비해서 그는 국내에 잔류했었다. 이런 이유 때문에 괴테의 아류亞流라느니 나치에 협력했다는 등의 비난을 받게 되지만 이러한 비난은 그로서는 억울했다. 그가 이토록 세속의 어지러움에서 초연하게 일상 생활을 계속할 수 있었던 것은 의사로서의 직업 때문이기도 하였으나 너무나 고귀한 그의 천성 탓이기도 했다.

그는 의사라는 직분에 지나칠 정도로 책임감을 느꼈을 뿐 아니라 작가로서는 괴테의 고전주의에 경도되어 시대와는 관계없이 고전적 필치로 자신의 체험만을 작품화했다. 이런 연유로 카로사의 작품은 괴테의 그것과 병렬로 비교하고 고찰할 수밖에 없다. 부정적으로 말한다면 카로사는 괴테의 그림자이고, 긍정적으로 말한다면 카로사는 독일문학의 전통에 가장 충실했던 전통의 수호자라 할 수 있다.

괴테가 남긴 유산의 전통적인 계승자라 할 수 있는 카로사는 1878년 남부 독일에서 의사의 아들로 태어나 뮌헨, 라이프치히, 부르츠부르크 대학에서 의학을 공부한 다음 25세의 젊은 나이로 파사우에서 개업을 했다. 1차 세계대전 때에는 군의관으로 참전하여 병사들을 돌보았고, 작가로서도 괴테문학상을 받을 만큼 성공을 거두었다.

의사로서 작품을 쓴 작가들은 많다. 슈니츨러나 고트프리트 벤이나 체호프의 문학에는 의사라는 직업이 그다지 중요한 의미를 갖지 않지만 카로사의 경우에는 그것을 도외시하고는 그의 문학을 생각할 수가 없다. 그는 의사였기에 인간의 삶과 죽음에 대해 보다 깊이 알았으며 그의 심성이 언제나 내적인 평온과 따뜻한 인간애로 가득 차 있었다. 그는 일찍부터 광포狂暴함을 사랑으로 변화시키려 노력했고, 인생의 비밀을 탐구하는데 일생을 바쳤다.

이러한 노력은 심리적인 자기 표현이라는 의미로서가 아니라 인생의 법칙과 리듬을 체험한 데에서 우러나온 표현의 세계였다. 그의 일생이 내밀內密과 성장과 인간세계의 밝음으로 충만되어 있었던 것처럼, 그는 자신의 그런 삶을 통해 보다 밝은 빛을 타인의 노정에다 던져주려고 했다. 대부분 자신의 과거를 솔직담백하게 그려냈던 그의 문학세계는 독자들로 하여금 스스로의 내면세계와 과거를 돌아보도록 하여 인생이란 결코 부정할 것이 아니라는 긍정적 신념을 갖도록 해준다.

카로사는 자기 생활 밖에서는 작품의 소재를 찾지 않았다. 체험이 작품의 기조基調인 경향은 괴테 이래로 독일문학에서 있어서 큰 특징이었으나 카로사의 경우처럼 생애의 전체를 작품화한 예는 드물다. 유년기에서 작가가 되기까지의 성장은 '3부작'에 담기고, 1차 세계대전의 체험은 《루마니아 일기》에, 제3제국 시대와 2차 세계대전의 악몽은 《두 개의 세계》에, 이탈리아의 체험은 《이탈리아 여행》에, 그리고 의사라는 직업에서 겪은 생활은 《의사 기온》과 《젊은 의사의 수기》 등에 각각 담겨져 있다. 생애의 어느 한 부분이라도 작품화되지 않은 것이 없음을 이로써 알 수 있을 것이다.

《아름다운 유혹의 시절》은 작가가 처음으로 고향을 떠나 수줍고 순박한 젊은이로서 대도시 뮌헨에 도착한 날부터 문학과 의학에 눈뜨게 되는 부분을 차지하기 때문에 이 작가의 작가적 성장을 짐작하는데 가장 적절한 작품이다. 작가의 작품 의도가 첫머리에 분명하게 밝혀져 있다.

온 세상에 있는 사과나무가 남김없이 말라죽고 별로 볼품도 없는 단 한 알의 순종 씨앗밖에는 남지 않게 되었다고 한다면, 사람들은 그것으로 어떻게 할 것인가. 그 한 알의 씨앗을 분해하고 현미경으로 검사를 해서 그 정밀한 기록을 후세에 전할 것인가. 그렇지 않으면 운을 하늘에 맡기고 새로운 나무로 자랄 가망은 희박하나마 그것을 땅에 심고 그 결과를 기다려 보기로 할 것인가?

우리들은 때때로 어떤 젊은이의 생활을 묘사하면서 그와 유사한 의문을 제시해 본다. 언제인가는 존재했으나 다시는 나타나지 않을 그 생활을. 그런 형型의 인간은 지금 거의 멸종되려고 하기 때문이다. 그러나 다행히도 예술가들은 정신계에서는 앞서의 두 가지 방법이 서로 결합될 수 있음을 우리들에게 증명해 보여줬다. 때문에 여기서도 그 방법을 따르고 싶으며, 또한 인간의 성장을 돕는 여러 가지 소재를 구명하고 싶다. 그러나 그보다는 차라리 살아 있는 모습 그대로를 친구들의 가슴속에다 심어서 그것이 싹트고 성장하는 것을 기다려 보는 게 더욱 좋을 듯싶다.

이 작품에는 그를 스쳐서 지나간 여러 여인들과의 사랑과 좌절이 그려져 있고, 고명한 여러 교수들과 그들의 강의에서 얻은 새롭고 경이에 찬 학문의 세계, 그리고 그가 밤을 새워 읽었던 고전과 당대의 명저와 시대 사상, 거기에서 얻어진 정신적인 자양분이 젊은이의 영혼에 투입되어 마침내는 질서와 사랑이 평형을 이루는 좌표를 구해 내게 되는 과정이 차원 높은 관조자의 입장에서 묘사되어 있다. 거기에는 괴테적인 고전의 세계, 데멜이 그려 보였던 격정의 소용돌이가 있으며, 엄밀하고 냉철한 자연과학의 법칙이 있다.

나의 마음을 가장 사로잡은 것은 리하르트 데멜에 대한 멜러부르크의 보고문이었다. 더욱이 그 문장에서 울리는 감동은 진실한 것이었다. 그리고 불꽃처럼 새롭고 마음속 깊이까지 뒤흔들어 놓았던 것은 그 문장에 인용되어 있는 데멜의 사생아 임신에 관한 시詩였다. 거기에 담겨져 있는 일체를 나는 새롭다고 느꼈고, 그 중에서도 양성兩性 사이에서 뜨겁게 떠는 처참한 마음은 전대미문의 것이었다. 나 자신의 생활은 아직 그러한 일에 대해서는 아무것도 모른다. 아니 또 그런 것이 지금까지 눈 앞에서 일어났었다고 해도 내게는 그것을 보는 눈이 없었던 것이다.

해부학 교실에서 처음으로 접하게 된 여인의 사체에 전율하면서도 이 꿈 많은 의학도는 변색된 여인의 시체에서 사랑의 신비와 생명의 의미를 찾아낸다. 아무리 애써도 눈에 보이지 않던 화학방정식이 갖는 세계가 구체적인 모습으로 그의 눈앞에 전개되었고, 삼림에 은거하며 일상 속에서 시를 쓰는 여류 시인에게서 문학세계가 갖는 마력을 엿보게 된다.

이렇게 끊임없이 변화되며 생성되어 가는 한 의학도의 내적인 발전과정을 읽으면서 젊은 독자들이라면 자연스럽게 자신의 내부에서 울려 나오는 변화의 소리에 귀를 기울이게 될 것이다.

□ 연 보

1878년 12월 15일 남부 독일 바이에른의 요양지 바트 튈츠에서 태어나다.
1879년 카로사 일가는 쾨니히스도르프로 이주하다. 이후 7년간 그곳에서 거주하다.
1884년 초등학교에 입학하다.
1886년 카로사 일가는 카딩으로 이주하다. 그곳에서 초등학교를 졸업하다. 출생에서 초등학교 졸업까지의 일을 《유년시절》에 쓰다.
1888년 란츠후트 김나지움에 입학하다. 졸업까지의 9년간의 체험을 《젊은이의 변모》에 쓰다.
1897년 10월에 뮌헨 대학에 입학하여 자연과학과 의학을 공부하다. 이 무렵부터 약 1년간의 일을 《아름다운 유혹의 시절》에 쓰다.
1898년 카로사 일가는 파사우로 이주하다.
1900년 가을 학기에 라이프치히 대학에서 의학을 공부하다. 이 무렵부터 약 5년간의 경험을 《젊은 의사의 수기》에 쓰다.
1903년 4월 의사 면허 시험에 합격하다. 파사우의 아버지 곁에서 대신하여 진료를 맡기도 하다.
1906년 가을, 프리드리히 나우만 편집의 《구제》에 시를 싣다.
1907년 발레리에와 결혼하다. 대학시절부터의 서정시를 모은 《스텔라 뮈스티카 혹은 천치의 꿈》을 소책자로 발표하다.
1910년 호프만슈탈의 추천으로 인젤 출판사에서 《시집》을 출판. 단기간 뉘른베르크에서 살다.
1913년 《의사 뷔르거의 임종》 출판. 1930년에 《뷔르거 박사의 운명》으로 제목을 바꿔 출판.
1914년 1차 세계대전 발발. 뮌헨으로 이주하다. 군의관을 지원. 《유년시절》을 집필하기 시작하다.
1916년 루마니아 전선으로 전속. 전쟁터에서 《유년시절》의 집필을 계속하다. 《도주 — 뷔르거 박사의 유고에서》와 여러 편의 시를 쓰다.
1918년 군의관 대위로서 북부 프랑스에 종군하다.
1919년 루마니아에서 북부 프랑스로 전속되었으나, 왼팔에 부상을 입고 뮌헨으로 돌아오다. 다시 병원을 개업하다.
1920년 루마니아 전선에서 쓴 시를 포함하여 시집 《부활절》 출판.
1922년 《유년시절》 출판.
1924년 《루마니아 일기》 출판(이 작품은 1934년 이후에는 《전쟁 일기》로 제목을 바꿔 출판하다).
1925년 이탈리아 여행. 《베로나에서의 고독》을 쓰다 (후에 《이탈리아 여행》에 수록).
1926년 《자전 소묘自傳素描》를 잡지 《리테라투르》에 발표하다. 이 작품은 후에 《어느 청춘에 관한 이야기의 성립에 관하여》라는 제목으로 전집에 수록.
1928년 《젊은이의 변모》 출판. 1933년에는 《유년시절》과 합본하여 《유년시절과 청춘시절》이 되다. 뮌헨 시인상의 제1회 수상자가 되다. 50세의 탄신일을 기념하여 인젤 출판사에서 《한스 카로사에 대한 감사의 서書》 출판.

1930년 개정판 《뷔르거 박사의 운명》 출판.
1931년 스위스의 최고 문학상인 고트프리트 켈러상을 받다. 《의사 기온》 출판.
1933년 《지도와 순종》 출판. 히틀러 집권시에 나치스의 문예 아카데미 회원으로 추대받았으나 거절하다.
1935년 《겨울의 로마》를 쓰다(후에 《이탈리아 여행》에 수록).
1936년 《성년의 비밀 ─ 안거만의 수기에서》 출판.
1937년 이탈리아 여행. 《라벤나의 추억》, 《테라치나의 하루》, 《베수비오 산상에서》 등을 쓰다(후에 《이탈리아 여행》에 수록).
1938년 프랑크푸르트시의 괴테상을 수상하다. 《현대에 있어서의 괴테의 영향》을 강연하다. 쾰른 대학에서 명예 박사학위를 받다.
1939년 이탈리아의 쌍 레모상을 받다. 《파두아에서의 몇 시간》을 쓰다(《이탈리아 여행》에 수록).
1941년 《아름다운 유혹의 시절》 출판. 나치의 선전 기관에 해당하는 유럽저작가연맹의 회장에 강제 취임되다. 《친근한 로마》를 쓰다(후에 《이탈리아 여행》에 수록).
1942년 이탈리아 단독 여행. 《이스키아에의 소여행》, 《나폴리의 한낮》, 《피렌체에서의 편지》를 쓰다(《이탈리아 여행》에 수록). 아내 발레리에 사망.
1943년 《서구의 비가》 완성(후에 《이탈리아 여행》에 수록). 《뮌헨의 하루》를 쓰다(《이탈리아 여행》에 수록). 헤드비히와 재혼.
1945년 5월 7일 독일 무조건 항복. 1933년에서 이 무렵까지를 《이질異質의 세계》에서 상세히 묘사하다.
1946년 시집 《숲속의 빈터에 비친 별》(1940~45) 출판.
1947년 수필집 《이탈리아 여행》 출판.

1948년 70회 탄신일에 파사우시의 명예 시민에 추대되다. 뮌헨 대학으로부터 명예 철학박사 학위를 받다. 다시《한스 카로사에 대한 감사의 서》가 출판되다.
1949년 두 권의《전집》간행.
1951년 《이질의 세계》출판. 단편《1947년 늦여름의 하루》가 첨가되다.
1953년 75회 탄신일에 서독 정부로부터 공로 대십자장功勞大十字章을 받다.
1955년 《젊은 의사의 수기》출판.
1956년 의학 공로상을 수상. 9월 12일 파사우 근교의 리트쉬타이크에서 78세로 사망.《늙은 요술쟁이》(미완) 출판.
1957년 《유년시절》,《젊은이의 변모》,《아름다운 유혹의 시절》,《젊은 의사의 수기》를 합본하여《어느 청춘의 이야기》로 출판.
1962년 인젤 출판사에서《한스 카로사 전집》출판.

옮긴이 홍경호

문학박사. 서울대학교 독문과 및 동 대학원 졸업.
비엔나 대학에서 수학. 전 한양대학교 교수.
역서로는 《개선문》 《마의 산》 《아담 너는 어디에 있었느냐》
《젊은 시인에게 보내는 편지》 《잔잔한 가슴에 파문이 일때》
《독일인의 사랑》 《나비》 《지와 사랑》 《히페리온》 등 다수.

아름다운 유혹의 시절

발행일 | 2021년 6월 5일 초판 1쇄 발행
2022년 10월 15일 초판 2쇄 발행

지은이 | 한스 카로사   **옮긴이** | 홍경호
펴낸이 | 윤형두 · 윤재민   **펴낸곳** | 종합출판 범우(주)
교 정 | 송인길   **인쇄처** | 태원인쇄

등록번호 | 제406-2004-000012호 (2004년 1월 6일)
(10881) 경기도 파주시 광인사길 9-13 (문발동)
대표전화 | 031-955-6900   **팩 스** | 031-955-6905
홈페이지 | www.bumwoosa.co.kr **이메일** | bumwoosa1966@naver.com

ISBN 978-89-6365-340-2   03850

* 책값은 뒤표지에 있습니다.
* 잘못된 책은 바꾸어드립니다.